REFLECTION

{不重要}

d#2 ニケ

Brave New World Revisited

Aldous Huxley

[英] 阿道司·赫胥黎——著

庄蝶庵——译

重返美丽新世界

REFLECTION

Brave New World Revisited

Aldous Huxley

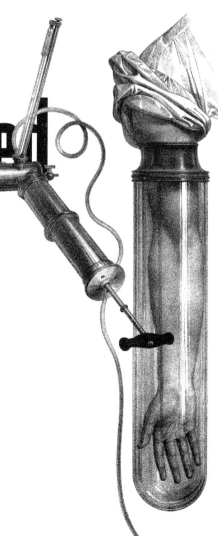

北京时代华文书局

Aldous Huxley

Brave New World Revisited

据伦敦 Chatto & Windus，1959 年译出

Aldous Huxley

阿道司·赫胥黎

目 录
Contents

译者序

　　老舍先生当年在英伦半岛讲授汉文，为提高个人水平，焚膏继晷，大读英文小说，因此萌生了写小说的念头；我与之相反，年轻时即怀了小说家的梦想，因为这一痴梦，在大学时期也读了些英文小说。那时自行规定，每晚睡前至少读二十页，确实坚持了一段时间，也读了一些书，比如 D.H. 劳伦斯的《恋爱中的女人》《儿子与情人》，他的中篇小说《公主》也写得非常优美。哈代的《远离尘嚣》《无名的裘德》《苔丝》《还乡》我也都很喜欢，因小说中那种摆脱不去的宿命感，还有那份诗意。

　　此外，另有两部小说让我印象深刻，那就是《一九八四》和《美丽新世界》。因为它们，我才知道世上还有一类"反乌托邦"小说，并被作品中描述的世界深深打动，自己也依样画瓢，写了人生中第一部可以算是长篇小说的叙事作品《云中帝国》，只是早扔在旧纸堆中，云深不知处了。

在当时，我是一点儿都不会料到，多年之后，自己竟有幸翻译《美丽新世界》和《重返美丽新世界》。好比重温旧梦，但这梦其实沉重。作者阿道司·赫胥黎在七十多年前提出的那些关于人类命运的问题，即便今日也未能完全解决，并依然促使今人对现状进行反省，对未来进行思考。而只有学会反省与思考，人类才有希望。人人都关心这个世界的气候、政治、荣耀与恐怖，才有可能解决其间威胁人类命运的问题。如果没有反省与思考，任邪恶、恐怖和罪行临在别人身上却不去声援，终有一天那些邪恶、恐怖和罪行将会临到我们自己身上——这才是真正可怕的未来，因为未来就源于当下。

《美丽新世界》的作者阿道司·赫胥黎，生于1894年7月26日，卒于1963年11月22日。此人出身世家，其祖父是著名的生物学家托马斯·赫胥黎，以"达尔文的看门狗"自诩，是进化论的坚定信奉者，其名作由严复引介翻译为《天演论》，在中国影响至深；其父伦纳德·赫胥黎则是《康希尔杂志》（*The Cornhill Magazine*）的编辑、传记作家；其母是诗人、批评家马修·阿诺德的侄女。可见，赫胥黎家学渊源深厚，加之天资聪颖，1908年进入了著名的伊顿公学，但因眼疾辍学；后于1913年入牛津大学贝利奥尔学院攻读文学，1916年毕业。在牛津期间，他认识了劳伦斯，结下了深厚的友谊。1917年，赫胥黎在伊顿公学执教，并开始诗歌创作，但很快便放弃了。在伊顿工作的三年间，他屡次前往伦敦，混迹于以伍尔芙为核心的"布鲁姆斯伯里圈"①。1919 年从伊顿辞职后，赫胥黎开始新闻写作，并利用空闲时间进行小说创作，同年在比利时结婚。1923 年，他放弃新闻工作，专心从事小说创作。在此期间他四处游历，20 世纪 20 年代一度旅居意大利，1937 年迁居美国洛杉矶。1960 年他被诊断出患有癌症，并于 1963 年去世。巧合的是，他去世的当天正是肯尼迪总统被刺杀的那一日。

　　作为二十世纪影响力极大的作家，他一生写作了五十多部各种类型的作品，代表作有《美丽新世界》《重返美丽新世界》《卢丹的恶魔》《知觉之门》等。他既是小说家，也是小品文作家、社会评论家、剧作家、诗人，晚年成为了神秘主义的信奉者。

　　1921 年，赫胥黎出版了自己的第一部小说《铭黄》(*Crome Yellow*)，立刻得到了普鲁斯特的赞许，他认为赫胥黎在英语文学中占据了不可动摇的位置。1923 年出版的小说《滑稽的环舞》(*The Antic Hay*)因作品吐露出的幻灭性和讽刺性而受到了评论界的质疑，但却得到年轻读者的喜爱。英国自由主义思想家以赛亚·伯林爵士曾回忆说，他在青年时代把赫胥黎视为文化英雄。1928 年，赫胥黎的小说《旋律的配合》风靡英美。1932 年，赫胥黎出版了《美丽新世界》，这部小说也成为其一生文学创作的巅峰，在文学界、思想界引发热议，并被译为多国语言销售至今。此书虽因其机智的文笔和出色的讽刺著名，但作者在写作时却秉持认真严肃的态度，这一态度延续到其后来的《重返美丽新世界》。全书弥漫的悲观主义氛围为赫胥黎晚年遁入

---

① 二十世纪初一个号称"无限灵感，无限激情，无限才华"的英国知识分子小团体，团体中有许多名人，如梅纳德·凯恩斯、E.M. 福斯特等。团体的核心人物是著名女作家弗吉尼亚·伍尔芙和她的姐姐。

神秘主义和东方哲学世界埋下了伏笔。老年的赫胥黎致力于研究印度哲学，引起了广泛的非议。但这种事并不罕见，英国最伟大的科学家牛顿不是也在晚年去研究上帝了吗，为的是找到"第一推动力"；马克·吐温在晚年结识了天才物理学家尼古拉·特斯拉后，也写出了与自己其他作品风格完全不同、悲观厌世的《神秘的陌生人》。赫胥黎之所以研究神秘主义，据他自言，为的是寻找到能帮助人类突破种种局限的"终极真理"。1936 年，他在《加沙的盲人》（*Eyeless in Gaza*）中公开宣称自己信仰神秘主义，此后又在小说《天鹅死在许多个夏天之后》（*After Many a Summer Dies the Swam*）、《时间必须停止》（*Time Must Have a Stop*），以及其他文章中阐述自己对神秘主义的看法，宣扬神秘主义信仰。《天鹅死在许多个夏天之后》还获得了 1939 年的"布莱克小说纪念奖"。

除了小说，赫胥黎还写作了大量论文和传记。1952 年，他出版了著名的纪实文学作品《卢丹的恶魔》，而 1954 年出版的《知觉之门》（*The Doors of Perception*）是赫胥黎在服用致幻剂后写下的一部描写自己神秘体验的作品，在西方国家药物滥用的 20 世纪 60 年代，此书极其畅销。1958 年，他出版了重要著作《重返美丽新世界》，回顾了《美丽新世界》出版后二十余年里世界的风云变化，并预言了人类的未来。

在国外，《美丽新世界》赫赫有名。前不久，美国兰登书屋下属的现代图书馆（The Modern Library）组织的由多名学者、作家组成的评选委员会评出了二十世纪出版的百本最佳英文小说。其中《美丽新世界》高居第五位，仅次于《尤利西斯》《了不起的盖茨比》《青年艺术家的肖像》和《洛丽塔》，可见其在西方国家读者心中的地位。美国人查尔斯·M.赫尔墨斯在其著作中评论道：

　　我们为何要认真审视赫胥黎的作品，其中价值又何在？准确而言，是因为赫胥黎善于清晰地描绘人类在二十世纪整体精神中理性与道德的缠斗。或许劳伦斯能真诚地表达对这种缠斗的感受，却不能像赫胥黎一样拥有显微镜一般的观察力；或许乔伊斯能挣脱此种缠斗之束缚，但他似乎不能像赫胥黎一样自东方哲思中发现精神的绿洲；或许 E.M. 福斯特能掌握异乡文化，但他却易于视艺术为自足自满之物，并不能如赫胥黎一般鼓舞社会；或许伍尔芙能清楚勾勒私人的苦痛，但她却不能如赫胥黎一般积极参与社会生活，以利发现疗治这苦痛的良药。因此，正是赫胥黎，从二十世纪的英语作家中脱颖而出，最完美地关照、容纳了现代世界的方方面面，并在最普遍的层面最为出色地诠释了现代世界的价值观。

　　而《美丽新世界》在我国却并未产生足够大的影响，远不如奥威尔和他的《一九八四》声名显赫。其实，作为反乌托邦小说，赫胥黎设想的未来世界比奥威尔设想的更贴近我们的生活，让人感觉亲切而惊悚。止庵先生曾撰文推荐此书，他自言平生以《一九八四》对其影响最大，但与《美丽新世界》比较，他以为后者更深刻。他说：

　　如果要在《美丽新世界》和《一九八四》之间加以比较，我会说《美丽新世界》更深刻。我不认为"一九八四"有可能百分之百实现，因为毕竟过分违背人类本性；但是裹挟其中，还是感到孤独无助。然而"美丽新世界"完全让人无可奈何。对"美丽新世界"我们似乎只能接受，因为一个人能够抵御痛苦，但却不能抵御幸福。

于我而言，多年后翻译《美丽新世界》，有如一个美丽却沉重的梦，有很多体会和感受。

首先要提到的是《美丽新世界》的空间结构。在赫胥黎创造的未来世界中，存在三个并行的空间：一是"野人"约翰出生、成长的印第安村落；二是约翰游历的"文明社会"万邦国，万邦国由十位元首统治，文中唯一露面的是穆斯塔法·蒙德；三是亥姆霍兹及其他思想犯们被流放的荒凉岛屿。这三个空间设置得极妙，分别象征了野蛮荒诞、过度文明和思想新生。

其次，此书的时间构成也颇为新颖有趣。小说以美国汽车大王亨利·福特推出福特T型汽车，并第一次在汽车工业中引入流水线作业的 1908 年作为"新世界"的开元之年。故此，福特纪元 632 年就相当于公元纪年的 2540 年。小说中的"文明社会"以福特作为信仰对象，建立的是一个讲求绝对权威，要求民众保持原始思维的愚民社会。而在印第安村落的"野蛮世界"里，则以宗教仪式做对应，这些宗教仪式同样是极其原始的。可见这两个空间并没有本质区别。

理解小说的时空背景之后，我们才能更深刻地去理解小说的众多要素。

其一是人物。在这部小说中出现的主要人物以男性为主。四位男主人公的命运不同，但他们都有一个共同点，都是天才。其中，穆斯塔法·蒙德是顺应潮流的天才；伯纳德·马克思虽然做了反抗，但天性软弱，是放弃抵抗的天才。"野人"约翰跨越三大空间，亥姆霍兹跨越两大空间，他们都有独立思考的能力和决心，是彻底的天才。作者信任的不是大众，而是个体中的天才。天才的特点是反叛性，穆斯塔法·蒙德和伯纳德·马克思反抗的是他们真实的自我，这种反抗也就变成了对自己的否定；而亥姆霍兹写作歌谣，针对的是学生；约翰在医院外对着"卡其色的乌合之众"演讲，质问他们："但是你们喜欢做奴隶吗？"并且将索玛药片倾倒一空，从而引发骚乱。后面两位天才的反叛，是反叛体制，但是失败了。文末，亥姆霍兹被放逐，是天才被放逐；"野人"约翰之死，是天才之死。由这四名主要人物的命运，可知整部小说全然是悲伤的。

其二是小说对"新世界"里社会机制的描述，这反映的正是作者未来学的思想体系。正是这套思想体系，证明了赫胥黎天才般的直觉。

在万邦国里，社会机制的核心是什么？其实上文所引止庵的一段话中早已道破，就是"幸福"二字。穆斯塔法·蒙德自言："我们信仰的是幸福与稳定。"而列宁娜作为一个标准的合格国民，重复了"如今人人皆快乐"的说教。为了达致所谓的"幸福"，万邦国以技术为基础，对国民进行严密的思想、行为监控，而可悲可怕的是，大部分国民并没有受压迫感。这种国家确乎称得上是"幸福"的国家了。

作为"幸福"的表征，有很多方面：直升机交通、电磁高尔夫球、真空震动按摩机、性激素口香糖、老年状态消失（但仍有死亡）、芳香乐器、感官电影——这种电影没有复杂的情节，只有快感的刺激：

"会有一场床戏表演，就在熊皮毯子上大战，据说美妙至极，你甚至可以看到每一根熊毛都栩栩如生呢。"

最核心的"幸福"只有两个。一是完全不受限制的性交自由；二是索玛提供的嗑药快感。

万邦国的小孩从小就开始"玩低级的性爱游戏"，到了成年，更是畅享性爱。亥姆霍兹更是"在不到四年时间里与六百四十名不同的女孩颠鸾倒凤"。

至于索玛，穆斯塔法·蒙德的评价是："这是一款完美的药物，它令人精神愉悦，令人镇静，还能让人进入美妙的幻觉世界。这药物综合了基督教和烈酒的长处，却没有遗留二者任何一个缺陷。它可以让人随时远离现实生活，仿佛遁入悠闲假期，醒过神来，不仅一点都不头痛，而且还不会胡言乱语。从技术上来说，社会和谐终于得到确保。"

当然，为了达到"全民幸福"，还需一些技术手段的帮助，万邦国所利用的技术如下：

克隆技术：此时胎生已经禁止，且"父母乃是色情的东西"。在伦敦孵化场及驯化中心，现代化的人体胚胎产生过程被详尽描述，经过所谓的波氏程序，一个卵子会繁殖、分裂。"一个卵子，最少能长出八个、最多能长出九十六个分体，每个分体则会长成完美无缺的成形胚胎，每个胚胎也都将顺利发育为完全的成人。"这是同一个卵子克隆出来的一模一样的人形动物。但却被万邦国的人认为是"自然界无与伦比的进化"。

值得注意的是，在万邦国，人大致分五种，各完成其社会职责，这种等级之区分，就是刻意控制克隆过程的结果。而这种等级制，完全是借鉴了最古老的种姓制度，再一次证明了小说中印第安村落和万邦国两个空间的本质相同。

新巴甫洛夫条件驯化：对婴儿进行驯化——采用电击方式。比这一驯化过程更普遍的方式是睡眠教育，号称"人类有史以来最强大的道德、社交力量"，即通过睡眠时向婴儿、少年灌输固化的思想而戕害其独立的思维能力。正如伯纳德·马克思心中所想，"六万两千四百多次的重复就能制造一个真理"。

在对技术的描述方面，赫胥黎可谓极尽恐怖之想象，以至于"他的作品给现代知识者造成极深的印象，只要提及技术，人们便会生发复杂的敌意"。

配合科技手段，万邦国还建构了"主福特纪念日""社群赛歌会""团结仪式日"等群体活动，它们是非暴力的，但一定是强制的。小说中提及伯纳德·马克思参加了一场"团结仪式日"，在《团结圣歌》的音乐中，在索玛的药效刺激下，参加者皆进入痴狂的境界："他们绕着圈走，一支圆形的舞者的队伍，每个人都将双手放在前面一人的屁股尖上，转呀转，一起高叫，一起随着音乐的节奏跺脚，敲打着前面人的屁股。"于是众人陷入迷狂、纵欲，直至达到仪式的目的，以小说中的文字言，即是："为一己之泯灭"。

所有这些技术手段和群体活动的目的，是为了达到社会全体的幸福。这幸福似乎达到了，看起来这套社会体系完美无瑕。但是，如果我们仔细去揣摩文字，却能看到那完美的表层之下，何尝不是千疮百孔呢？

我们须知，这套社会体系真正的敌人其实就是个人。睡眠教材中有句名言："当个体自作主张，社群将蹒跚混乱。"褐橥了万邦国对个人的真实态度。

小说中的人物穆斯塔法·蒙德放弃了"个人性"，成为了元首；伯纳德·马克思虽然最终因恐惧而放弃了抵抗，但他一度也具有"个人性"，他开着飞机带着列宁娜悬停于大海之上，在列宁娜的恐惧中，他喊出了独立的声音：

> "似乎我原本可以是一个更像我的人，但愿你明白我的意思。一个更纯粹的自己，而不是彻底成为别的事物的一部分，更不是社会肌体内一个小小的细胞。"

这种"个人性"的觉醒，使伯纳德·马克思变成了人们眼中的怪人，一个孤僻的人。而亥姆霍兹则是因为精力太过旺盛，同样发展了"个人性"："因为感到自己多才多艺，而一样痛苦地意识到自己的独特和孤独。"他甚至写作了关于孤独的一首绝妙的歌谣。至于野人约翰，他的孤僻更其了得。造成他孤独的原因其实很简单，就是在他游历的两个主要空间里，他无一不是主流之外的人。在印第安村落，他因为外来人的身份，而被拒绝于印第安人的社群之外，在那里，他深深感到孤独的存在："孤独，永远是孤独"；在万邦国，他因为自身携带了异质的文化，与万邦国的社会体制产生了尖锐的冲突。而在荒郊野外，当人们欣赏其自我鞭笞时，他内心的高贵最后崩溃，居然与他蔑视的人群同流合污，当其清醒、意识到自己的"个人性"消失之后，便不得不杀了。小说的最后，约翰上吊而死：

> 缓缓地，缓缓地，像罗盘上两个指针般，不急不慢，从容不迫，

那双脚向右边荡去，先是北边，然后是东北方向，然后是东边、东南、南边、西南，然后停住。几秒之后，又是不急不慢、从容不迫地向左边荡去，西南、南边、东南、东边……

这是一个绝妙的场景。

鲁道夫·B.苏墨（Rudolf B. Schmerl）就此评论说："死亡朝向所有方向。万邦国的幸福和谐本质上不过是死亡之呈现罢了。[①]"

1946年，赫胥黎在新版《美丽新世界》的前言中写下过这样一段话："（在1932年）我冒出一个想法，觉得人类有天赋的自由，却选择成为疯子或癫子。这想法我自觉有趣，但……恐怕也极可能是事实。"

赫胥黎的悲观一览无余。

但正如前文所言，赫胥黎的这种悲观，实际上是慈悲。他念念难忘的，还是将人类的未来分析清楚，并期望能找到解决人类问题的方法。

1958年，赫胥黎出版了《重返美丽新世界》，此书对人类未来命运的思考，达到了一个新的高度，他不仅更加清醒地预感到极权社会的出现："极权社会恭候人们莅临，就在下一个街角"，而且还对这个未来的极权社会进行了细致的分析。它既是对《美丽新世界》思想的深入解释，有助于读者对小说的理解；又超越了小说的思想维度。

赫胥黎写道："客观势力正在迫使我们一起往《美丽新世界》那样的噩梦世界进发，这一趋势，我们似乎无法逆转。商业集团和政治集

---

① 见其论文 *The Two Future Worlds of Aldous Huxley*，PMLA 杂志，1962年第三期。

团刻意推动这一趋势的加速，为了少数权贵的利益，它们已经发明了新的技术，去操纵大众的思想与情感。"

究竟是哪些因素在导致极权主义新的发展呢？人岂非无所逃于天地之间？

这些因素包括：人口的膨胀（对资源的压迫）、组织的膨胀（政治、经济力量日益集中在少数权贵和大公司手上）、非理性的意识形态宣传（在独裁者的武器库中，大众传媒是"最生猛的武器"，而娱乐化的世界则让大众好比患上毒瘾）、"群体毒药"（乌合之众失去理智的力量，失去道德抉择的能力，他们习惯于被人教唆，终至失去判断力和自主意志）、商业宣传（满足大众的欲望，甚至小孩子都被蛊惑了）、最先进的洗脑术（包括了高级的条件反射技术、"潜意识投射"技术、睡眠教育法）以及化学药品（制造一个躲避现实的幻觉的天堂），等等。

以上列举的，有些我们在日常生活中即能清晰感知；有些也许存在，但我们感觉不到；还有些可能没有在现实中出现，但其使用条件已经成熟。

总之，读过《重返美丽新世界》，但凡一个有基本判断能力的人都要惊呼恐怖了。因为如果我们不具有独立的思想、自由的坚定意识，我们将会走上奴役的道路。

理查德·J. 沃德（Richard J. Ward）在一篇文章中写道："（《重返美丽新世界》中提及的种种因素）将导致人类成为奴隶，它们摧毁每个人的个性和独一无二的心智，并最终毁掉人的自由。"①

---

① 见其论文 *The Tired, Timid World of Aldous Huxley*, *Review of Social Economy* 杂志，1960年第二期。

赫胥黎不愿坐以待毙，他呼吁读者，起而反抗这危险的趋势。他寄希望于自由的、尊重多元性的教育："关于自由的教育，首先需注重事实和价值。这些事实，包括了个人的差异性、基因的独一无二性；由这些事实则推衍而出相关的价值，包括自由、宽容、互爱。"

他寄希望于立法，来禁止非理性的意识形态宣传、"潜意识投射"技术和睡眠教育法，虽然效果可能有限。

他亦寄希望于乡村社区的复活。

也许这些危险的势力太过强大，如上办法不能有效抵抗，但赫胥黎在文末发誓："只要一息尚存，我们仍需尽一身之责，竭尽所能，抵抗到死。"

这也许是悲壮了些，但这是一个思想者发出的最强音，这个最强音应该鸣响在每一个热爱自由、热爱人类的人的耳边。

《重返美丽新世界》的文笔也同样值得欣赏。赫胥黎继承了自弗兰西斯·培根已降英伦才子们雄辩、流畅的议论之风，读来畅快淋漓。

最后，要感谢这本书的编辑，若无他的介绍，我是无缘翻译这本书的。

是为序。愿读者阅读愉快。

庄蝶庵

2015 年元月

重返美丽新世界

Brave New World Revisited

第一章
人口过剩

　　1931 年，那时我正写作《美丽新世界》，相信留给未来的时间还有一大把。整齐划一的社会组织、系统的种姓制度、自由意志的消失（通过驯化）、奴役的合法化（通过定量服用化学诱导剂使人变得幸福）、填鸭式的说教（通过睡眠教育课程）……凡此种种，终将成为现实，但不会发生在我有生之年，甚至不会发生在我孙子孙女生活的时代。

　　在《美丽新世界》里，我描述的未来如上所列，但其准确的发生时间，我却记不清了。或者是在福特纪元的第六或第七个世纪？但当时我们生活的年代，是公元二十世纪的第二个二十五年。毋庸置疑，那是一个阴森森的时代，经济大萧条使人们坠入噩梦，但与《美丽新世界》描述的那个未来的噩梦般的世界相比，却又决然不同。前者是社会秩序失衡，后者却是社会全面极权。

事物从一个极端移至另一个极端，其间总要耗费长久时光。因此我才幻想，在这过渡的时光里，人类或许能充分利用好这两种社会模式：前者是泛滥的自由主义，后者是过分完美的秩序与高效——却让自由和个人的主动性无处容身。或扬或弃，乃能造出第三种社会模式，对人类来说，才是更幸运的结果。

孰料仅仅二十七年之后，在公元二十世纪的第三个二十五年——此时离福特纪元的第一个世纪结束还有好些年，但我已经比写作《美丽新世界》时更觉悲观。1931年构想的预言正在成为现实，比我原先估计的快了许多。我所幻想的那段过渡的时光，既未开始，也未显出任何即将开始的迹象。

不错，在西方世界，单个的男男女女依然享有大量的自由。但是即使在那些民治传统深厚的国家，自由之精神，甚至是对自由的渴慕之情，似乎也正逐渐消退。而在世界其余地方，个人的自由或者早就不复存在，或者明显在消失。于是，我本来设想为只能在福特纪元第七个世纪（那可是令人甚感安心的遥远的未来）才会发生的极权社会的噩梦，竟已然浮现人世。

极权社会恭候人们莅临，就在下一个街角。

乔治·奥威尔写作《一九八四》，将当时所见的斯大林主义和刚刚过去的纳粹主义合并为一，放大之，于是推测出未来社会；我写作《美丽新世界》，却在希特勒攫取德国最高权力之前，当时那位俄国独裁者也还没有唯我独尊。① 在 1931 年，系统性的恐怖统治还不是时代的典型症状，而到了 1948 年②，恐怖统治成形了。因此，我描述的未来的独裁世界尚显温和，远不如奥威尔如此出色描绘的未来的独裁世界那般残酷无情。生活于 1948 年的人，很可能对《一九八四》中的恐怖世界有所了解。

但是，独裁者们毕竟也不过是凡人，而环境也会变化。近期发生在俄国的事件③，以及科学技术的最新进展，都使奥威尔书中那阴森恐怖、绘声绘色的未来世界大打折扣。毫无疑问，一场核战争将使所有人的预言都化为空谈，但是假设当下诸大国都能有所克制，不愿毁灭地球，然则未来社会走势，或更靠近《美丽新世界》里的世界，而非《一九八四》的世界。

根据我们最近对动物行为尤其是人类行为的研究，可以清楚知道，从长远来看，通过惩罚举止不当者来实现对人的控制效果并不佳，而对举止得当者略施小惠反倒能加强对人的控制。与此类似，总体来看，政府并不能更好地通过恐怖治理社会，相反，通过非暴力的方式操纵环境，操纵个人（包括男人、女人还有孩童）的思想、情感，如此治理社会，收效甚佳。

惩罚只能暂时停止不当行为，并不能一劳永逸地根除受罚者重犯

---

① 希特勒在 1933 年成为德国总理；斯大林极权特征的形成，在 1935 年之后，从 1935 年开始，他进行了"大清洗运动"，1936 年，苏联通过新宪法，正式确定了斯大林的极权统治。而《美丽新世界》则写于 1931 年。

② 《一九八四》写于 1948 年。

③ 《重返美丽新世界》是作者于 1958 年出版的作品，因此"近期发生在俄国的事件"指的应该是 1956 年 2 月在苏联共产党第二十次代表大会上赫鲁晓夫对斯大林和斯大林主义进行批评，此后苏联对斯大林的个人崇拜停止。

错误的倾向。此外，因受惩罚而产生的生理、心理的消极后果，可能就像个人受到惩罚的行为本身一样负面。精神疗法主要针对的，是因旧日的惩罚而导致的精神衰弱或反社会人格。

《一九八四》所描绘的社会，实现社会控制的办法就是利用惩罚和对惩罚的恐惧，别无其他。而在我虚构的世界里，惩罚并不常见，即使有，也只是轻描淡写；政府近乎完美的社会控制，主要由如下措施实现：一是对举止得当者予以系统性的鼓励；二是近乎非暴力的、形式多样的社会控制，既包括生理上的，也包括心理上的；三是标准化的基因工程。

从瓶子里生产婴儿，对人口繁殖进行集中控制，或许不是不可能；但是很显然，在很长一段时间内，人类仍将是一个胎生的物种，他们的繁殖是随意的。因此，从实用性的角度考虑，标准化的基因工程可以取消。于是，要实现社会控制，还是像过去那样，只能在人出生之后用惩罚的方式进行，但用奖励方式以及科学化操控的方式，是更有效的。

在俄国，斯大林时期那种《一九八四》式的陈旧独裁方式，已然让位给一个更时髦的专政体制。在苏联的等级社会中，控制上层阶级的方式由过去的惩罚转变为对得体行为的奖励。工程师、科学家、教师、管理者，此等人群，因其良好的工作获得丰厚的回报，而税率则相对适中，以鼓励此辈干起工作来更加出色，于是也就有更高的回报。在部分领域，他们甚至可以自由思考，或多或少可以凭兴趣行事。只有当他们逾越本分，触碰到意识形态和政治的上层建筑时，才会面临惩罚。正因赋予此辈专业领域的自由，才使得苏联的教师、科学技术人员取得世人瞩目的成就。

此辈特权的获得，可以说是运气好，更是因其天赋出众。但对生活在苏联社会金字塔体系最下层的民众来说，这种自由是一丝一毫都没有的。他们工资微薄，却需承担高物价，向政府缴纳与其收入完全不成比例的赋税，其缴纳的税款在社会总量中占据了很大的份额。他们可别想在自己工作的领域内按自己的喜好行事，统治者更喜欢惩罚他们或威胁要惩罚他们。至于非暴力的操纵术、奖励得体行为的控制法，统治者是不大乐意运用在他们身上的。

苏联现行体制于是将《一九八四》里面的独裁形式，以及《美丽新世界》里预言的统治高级种姓的独裁形式融合在一起。

与此同时，客观势力正在迫使我们一起往《美丽新世界》那样的噩梦世界进发，这一趋势，我们似乎无法逆转。商业集团和政治集团刻意推动这一趋势的加速，为了少数权贵的利益，它们已经发明了新的技术，去操纵大众的思想与情感。

在后面章节中，我将探讨这些操纵术。但目下，我们先聚焦于这些客观势力，它们令民主摇摇欲坠，对待个人自由时冷酷无情。这些势力包括哪些？我本来预想只会出现在福特纪元第七世纪的噩梦，又为什么会提前，并加速向我们包围过来？

要回答这些问题，需回到生命的起点（哪怕是高度文明的社会），即生物学。

在耶稣诞生那一日，此星球上，总人口不过是 2.5 亿，比现在中国人口的一半还要少[①]。十六个世纪之后，当第一批清教徒移民到达普

① 1958 年中国人口约为 6.6 亿人。

利茅斯石时①，全球总人口已经涨至5亿多一点点。到签署《独立宣言》时②，世界人口已经超过了7亿。到了1931年，当我写作《美丽新世界》时，这一数字已经接近20亿。仅仅过了二十七年，现在全球的总人口已经达到28亿。明天呢？这个数字将怎么翻滚？

青霉素、DDT③、清洁的水已经是很便宜的商品，人们支付很少的金额就可购买，但它们却对公共卫生产生了巨大的积极影响。即使最贫穷的政府也可以提供这些商品，于是，死亡率大幅下降。出生率的控制则是另一个问题了。须知，控制死亡率，只需要一个仁慈的政府雇用少量技术人员就能完成。但控制出生率却需要全体民众协调一致，无数的个体需要足够的智力和意志力才能控制自身的繁殖欲望，但这个世界难以计数的文盲恰恰缺乏这两种素质。控制出生率需要化学的或机械的避孕手段，但这些手段花费巨大，这亿万个文盲哪里支付得起？

此外，世间所有宗教皆鼓励竭尽全力挽救生命，并普遍反对节育。因此，控制死亡率轻而易举，但控制出生率却难于上青天。近年来，死亡率骤降；而出生率要么维持在旧有的很高的水平，要么略有下降，

---

① 普利茅斯石是美国马萨诸塞州普利茅斯港的一块大岩石，据说1620年移民美国的第一批英格兰清教徒即在此处登岸。

② 《独立宣言》签署日期为1776年7月4日。

③ DDT又称滴滴涕、二二三，是一种杀虫剂，也是一种农药，为白色晶体，无味无臭，不溶于水，溶于煤油。它的杀虫功效在1939年由瑞士化学家穆勒发现并推广，在20世纪上半叶防治农业病虫害、减轻疟疾伤寒等危害中起到重要作用，极大地增加了农业产量，因此在本书写作的年代，DDT被认为是科学的进步。但在1962年，美国海洋生物学家蕾切尔·卡逊出版《寂静的春天》，称以DDT为代表的杀虫剂破坏了环境，引发世界范围的深思，此后，环保主义兴起，很多国家和地区都陆续禁止使用DDT。

只是下降幅度极小、速度极慢。如此一来，人类物种数量加速增长。在人类历史上，这一景象实属前所未见。

值得一提的是，每年的增长数据，因遵循了"复利"[①]原则，其数据其实是一个幂次方增加的过程。而技术上较为落后的社会，实行任何一项公共卫生政策，都将给世界人口带来不确定的增长。目前，全球人口每年的净增数量将近4300万，这意味着每过四年增加的人口，相当于目前美国的总人口；每过八年半，增加的总人口约等于目前印度的总人口。

从耶稣诞生到英国伊丽莎白女皇一世去世，人类用了十六个世纪，才使地球上的人口翻一番。但按照目前的增长率，只要不到半个世纪，人类的总人口就将翻一番。这疯狂的增长是在这样的一个星球发生的：这个星球上最富饶的土地早已人满为患，贪婪的农夫们为了更高的产量过度种植使土地受损，而丰富的矿藏，因为随意可得，人们则任意挥霍，就像一个喝醉的海员将他在海上积累的酬劳千金散尽一般。

在我的寓言小说中，"新世界"高效地解决了人口与资源之间的矛盾，通过精确计算，世界人口维持在最合适的一个数量上（如果我记得没错，这个数字比20亿略少一点），一代又一代，人口总数始终不变。而在真实的当下，人口问题不仅从未解决，相反，年复一年，这一问题变得日益不可收拾。

尽管这一生物学的严峻形势摆在眼前，然而在这个时代，政治的、

---

① 复利，是指在每经过一个计息期后，都要将所剩利息加入本金，以计算下期的利息。这样，在每一个计息期，上一个计息期的利息都将成为生息的本金，即以利生利，也就是俗称的"利滚利"。

经济的、文化的、精神的种种大戏照样歌舞升平。二十世纪缓步前行，本来已有近 30 亿人口，而新的 10 亿人又将加入，到我孙女五十岁时，整个世界的总人口将突破 55 亿。生物学的形势已经如此，并将更固执、更恐怖地发展下去，直至成为历史舞台的中心主角。

飞速增长的人口对自然资源的威胁，对社会稳定的威胁，对个人福祉的威胁，应是人类目前最核心的问题。再过一个世纪，也许包括未来的好多个世纪，它都将是人类面临的最核心的问题。

据说，1957 年 10 月 4 日这一天，新时代的大幕开启了[①]。但实际上，在目前的环境之下，任何有关后人造卫星时代的夸夸其谈都是无意义的，甚至是胡言乱语。只要念及庞大的人口数量，未来的时代就绝不会是太空时代，而是人口过剩的时代。且让我们拙劣地模仿一首老歌，并且问一下：

> 别看浩瀚宇宙的万丈光芒
> 也许不过是小小神灵灶膛里一点火星？
> 或者是他转身吐了一口痰？
> 呸！呸！呸！

答案很明显是否定的。对登陆月球的国家来说，或许将取得一些军事优势。但这一成就对改善民生却毫无帮助。想想看，只要再过五十年，目前的人口总数将翻上一番，对那些激增的新人口，这一成就能解决他们营养不良的麻烦吗？

---

① 1957 年 10 月 4 日，苏联发射了世界上第一颗人造卫星。

我们甚至可以假设，未来某日，移民火星已经可行，甚至真的有那么些绝望至极的男男女女，愿意前往火星开始新生活，虽然明知生活于火星，就好比生活于一个比珠穆朗玛峰还要高一倍的山峰上面。但这么伟大的成就真的能改善这个星球？在过去的四个世纪里，无数的人离开旧世界，扬帆远航，到达新世界。但无论是离开，还是满载着食物和原材料重新回来，他们又何曾解决了旧世界的问题？与此相似，把一拨可有可无的人送往火星，焉能解决我们土生土长的这个星球上滚雪球般的人口压力？

此问题悬而未决，则其他所有问题一并棘手。更糟糕的是，形势一旦恶化，抛弃个人自由和民主传统就有了借口，未来的自由和民主不仅变为不可能，甚至最后都无人会相信它们曾经存在过。

不是所有独裁政权都按同样的路数攫取政权。要通往"美丽新世界"，其实取径繁多。其中路程最短也最宽广的一条路，今天我们正在上面迈步——我指的就是这条由巨大的人口基数和不断加速的人口增长铺成的路。且让我们简要分析，为何膨胀的人口数量和过快的繁殖速度会与独裁思想的产生、极权体制的崛起密切相关。

人口巨大的基数和持续的增长会给地球有限的资源施加巨大压力，受此压力的折磨，社会经济将岌岌可危。在欠发达地区，此一情况尤其明显。青霉素、DDT、清洁的水易于提供，虽然降低了此类地区的死亡率，但出生率却并未相应下降。亚洲部分地区、中南美洲大部分地区的人口增长如此之快，以至只需不到二十年时间，整个人口数量将翻一番。

若粮食、商品、住房、教育的供给速度比人口增长更快，那么生活于这些欠发达但人口过剩的国家里的可怜民众，其福祉或能得到提升。可是非常不幸，这些国家不仅缺乏农业机械，也没有能生产这些机械的工厂，更没有足够资本来开办工厂。

民众最基本的需要得到满足时，政府才会考虑资本问题。而现实情况却是，在欠发达国家，绝大部分民众的基本需要从未彻底得到满足。一年忙碌到头，最后两手空空，哪来资本去创办工农业企业？而这些企业本来是可以用于满足民众基本需求的。

此外，在所有这些欠发达国家，技术性劳动力稀缺。没有他们，现代化的工农业企业也办不起来，而目前的教育设施又跟不上。资源、金融、文化等力量同样不足，难以改善现有的教育设施。于是，想满足社会的迫切需要根本无计可施。这是何等的恶性循环。与此同时，多数发达国家的年人口增长率高达 3%！

1957 年，加州理工学院的三位教授哈里森·布朗、詹姆斯·邦纳、约翰·威尔共同出版了一本书，名为《下一个百年》，这是一本很重要的书，书中探讨了这一窘境。人类该如何面对人口快速增长的难题？至今还没有特别成功的经验。"有足够证据强有力地表明，在绝大部分欠发达国家，平民百姓的生活状况在过去的半个世纪内明显恶化，人们越来越营养不良，所能获得的商品越来越少，而任何试图改善这一状况的努力，都因为不断增长的人口压力，最后不了了之。"

一旦某个国家的经济变得风雨飘摇，中央政府将被迫承担提供公共福利的责任——虽然是额外的。于是，政府务必要制订应对紧急情况的周详计划，务必要不断加大力度限制民众的抗议活动，而且，假如经济情况恶化导致政治动荡或公开的叛乱（这是很有可能发生的），中央政府必须强力介入，以确保公共秩序和政府权威。如此一来，更多的权力逐步集中于掌权者和其官僚系统之手。

权力的本质在于，即使不曾刻意追逐，甚至是被迫拥有，掌权者也会自然而然去追逐更多的权力。权力即是贪婪。"主啊，不教我们遇见试探"，我们如是祷告，这祷告是很有道理的。只因所受的试探诱惑太迷人或时间太久，人通常都会向诱惑屈膝下跪。

当太多的权力集中到少数人手中时，就会产生极其危险的诱惑，执政者是否会笑纳这些诱惑？只有民主宪法才能阻止执政者被诱惑腐蚀。像在英国或美国，宪法运转良好，尊重宪法程序已变为传统。但在共和传统薄弱或有限君权传统薄弱的国家，即使最好的宪法，也不能阻止野心家笑逐颜开地屈服于权力的诱惑。而在任何一个激增的人口与有限的资源矛盾重重的国家，权力的诱惑忍不住要蠢蠢欲动。

这一趋势对欧洲高度工业化、民主传统强大但人口同样过剩的国家会产生何等的影响呢？假如新出现的独裁政权与欧洲为敌，假如欠发达国家的原材料供应故意中断，西欧国家将会发现自己处于一个极其糟糕的境地。它们的工业系统将瘫痪，它们的高科技也不再万能——本来直到目前，靠着科技的力量，西欧供养了庞大的人口，虽然其本土资源极其有限，远不能支持这么多的人口。如果高科技也玩不转了，那么在如此狭小的西欧，拥有如此之多的人口，其后果将会显而易见。倘若这一切果真发生了，受不利条件所逼，巨大的权力将会集中到中央政府，并将以极权、独裁的面貌出现。

至于美国，目前倒不是一个人口过剩的国家。然而，如果它的人口继续按目前的速度增长（这一速度比印度还高，不过可喜的是，倒是比墨西哥或危地马拉目前的增速低许多），那么到二十一世纪初，巨量人口与有限资源之间的矛盾也将爆发。人口过剩虽然暂时还没有直接威胁到美国人的个人自由，但它是一个潜在的威胁，到下一代人，这威胁就会浮出水面。

假如人口过剩会驱使欠发达国家走向极权主义，而这些新的独裁政府又与俄国人结盟，那么美国人的军事优势就不那么保险了，他们将被迫加强对防御、反击的准备。但是，正如人所皆知的，自由是不可能在一个始终处于战时体制或准战时体制的国家里存活的，因为危机始终存在，中央政府的权力机构就可以名正言顺地始终保持对整个国家的人与事的控制。

综上所述：人口过剩制造了种种是非，我们不得不生活在这样一个世界里。这难道还不是永恒的危机？

第二章
量、质、德

　　我虚构的"美丽新世界"系统地践行着优生学和劣生学，二者并行不悖。优质卵细胞放在一组瓶子中，与同样优质的精子结合，并在胚胎期给予最好的照顾，最后倒出胚胎瓶，成为一个个β人、α人，甚至增α人。而更多的劣质卵细胞则放在另一组瓶子中，与同样劣质的精子结合，经波氏程序处理（1个卵子最多能生产出96个孪生子），在胚胎瓶中用酒精或其他蛋白质类毒物浸泡，最后倒出胚胎瓶的生物，只能说是个"类人物"，但是他们可以承担非技术性工作。经过适当驯化，这些"类人物"可以享受免费而频繁的性爱，这种免费的娱乐令他们上瘾，每日消费定量索玛则强化了他们乖乖仔的行为模式。如此一来，就可以指望他们不会给优质人群制造麻烦了。

但在二十世纪下半叶，我们还不能对人类的繁衍做任何系统性的干预。只不过，目前随意、不经控制的繁衍模式，不仅使这个星球人口膨胀，而且似乎还"确保"了这巨量人口的质量较为低劣（从生物学的角度上说）。在过去的坏日子里，任何一个小孩，只要有或大或小的基因缺陷，都很难存活；而今天，由于卫生条件的改善、现代化的药物学以及社会良知的决心，绝大部分有基因缺陷的小孩都能长大成人，并能繁衍，使其基因缺陷扩散。按此趋势，医学每有进步，受基因缺陷诅咒的人群存活率亦随之增长。

尽管新奇药物不断产生，医疗手段不断改进——其实，从某种程度上说，正因为这些原因——大众的体质却不仅没有任何增强，甚至还在恶化。随着体质的下降，人类的平均智商也很可能随之下降。其实，某些主管当局确信，这种下降的趋势已经发生，并且将持续发展。谢尔登[1]有言："政策环境是软弱的、不作为的，因此人类最好的血统正随意与较差的血统（它们方方面面都比最好的血统低劣）混杂……在学术圈子里，目前流行向学生传授如下观点：担忧不同血统出生率的异动是毫无事实根据的，所有这些人口的问题其实不过是经济、教育、宗教、文化或其他什么东西在作怪罢了。这种乐观像极了波利安娜[2]。但是，错误的生殖方式才是根本原因，它是要从生物学角度去探

---

[1] 威廉姆·赫伯特·谢尔登（William Herbert Sheldon, Jr., 1898—1977），美国心理学家，曾师从卡尔·荣格，先后在哈佛大学、哥伦比亚大学、俄勒冈大学从事教学工作。

[2] 《波利安娜》（Pollyanna），是美国作家埃莉诺·波特（Eleanor Porter, 1868—1920）于1913年创作的一部小说，小说的女主人公波利安娜是一位极天真的乐观主义者。

讨的。"他还补充说："1916年，推孟[①]尝试将美国人的平均智商定为100，但自此之后，没有人知道这个国家民众的平均智商降低了多少。"

在欠发达国家，当人口出现过剩现象时，其五分之四的国民每天摄入的热量不到2000焦耳，只有五分之一的国民可以享受均衡营养，在这种情形之下，谁相信民主制度会自发生成？即使外界力量强加给这个国家以民主制度，或者政府自上而下强行推广民主制度，它又怎能存活？

我们再来看看已实现工业化的发达国家，虽实行民主制度，但因为任由劣生学发挥影响力，国民的智商和身体机能同步下降。在这样的国家，其个人自由和民主政治的传统还能持续多久？五十到一百年之后，相信我们的后代将会看到这个问题的答案。

与此同时，我们必须面对一个极其恼人的道德难题。所有人都知道，不能为了达到良好的目标而不择手段。但是，如上所述的众多反复出现的问题，手段良好，结果却甚是糟糕，这又该怎么解释？

我们举一个热带岛屿的例子，在DDT的帮助之下，我们消灭了疟疾，在两到三年内，我们挽救了成百上千人的性命。很明显这是一件好事。只是，这被挽救的成百上千人，和他们此后生育、繁衍的成百万人，不仅衣不蔽体、无屋遮身、大字不识，甚至还耗尽该岛的资源。是的，人们不再因疟疾而死，但是营养不良、人口膨胀却使生活质量低下，于是，普遍饥饿带来的慢性死亡却威胁着数量更加庞大的

---

① 刘易斯·推孟（Lewis Madison Terman，1877—1956），美国心理学家，被称为"智商之父"。他开创了教育心理学，并对智商问题进行了深入研究，极力提倡优生学，还曾任美国心理协会会长一职。

人群。

　　再举先天不足的人为例，我们的医学和社会救助体系确保他们也可以繁殖后代。帮助不幸的人很明显也是一件好事，只是，不良的突变基因在我们的后代中大规模传布，遗传库受到不断的污染，这绝对是件坏事情，因为人们本来是要从此遗传库中觅取优良基因的。我们深陷道德悖论之中，想找到一条中庸的道路，我们需要融合善良的意愿，还有全部的智慧。

第三章

组织膨胀

我已指出，通往噩梦般的"美丽新世界"，路程最短也最宽广的一条路，就是人口的过剩和人口数量的不断增长（目前是 28 亿，到世纪之交是 55 亿[①]），于是，绝大多数人不得不在无政府主义和极权统治之间做一个选择。

但是迫使人类走向极权主义的原因，不仅仅是持续增加的人口对资源的压力——这种生物学上盲目的扩张是自由的敌人，还包括因为科技进步而壮大起来的诸多极其强大的力量——我们对此甚至还沾沾

---

① 2000 年全球人口约为 63 亿人，比赫胥黎预测的 55 亿人还多了 8 亿人。

自喜呢。

自然，需要补充的是，对这些进步我们有理由感到自豪，因它们皆源于人类的天才、勤奋、理智、想象、忘我，一言以蔽之，乃是人类道德与智力优胜的硕果，对此，我们只有敬意。但万物难逃此理：有所得必有所失。取得这些令人崇敬的、惊奇的成就，人类亦必须付出代价。确实如此，可举去年流行的洗衣机①为例，人们还在为它付出代价：每一期的分期付款都比前一期要高。诸多历史学家、社会学家、心理学家皆有妙文，深切关注因科技的进步，西方人已经付出和即将付出的种种代价。比如，他们指出，在政治力量和经济日益集中的社会里，是基本不能指望民主生根发芽的，但是科技的进步恰恰导致了权力的集中。当机器大生产越来越高效，机器也就越来越复杂、昂贵，对资源有限的工厂主来说，他们很难采用此种生产方式；此外，机器大生产必须有庞大的物流系统做支撑，而庞大的物流系统运转起来困难重重，只有那些实力最为雄厚的生产商才能顺利解决这些困难。在机器大生产和庞大的物流系统主宰的世界里，小人物们缺乏营运资本，在与大人物们的竞争中，处于绝对劣势，于是，他们不仅亏本，而且最终会丢掉独立生产者的资格——小鱼终于被大鱼贪婪地吞噬了。

随着小人物们销声匿迹，越来越多的经济力量被越来越少的一群人掌控。其中，在独裁体制下，一个个财团通过推动科技进步和打压小本经营者来日益壮大，其背后的控制者其实就是国家，也就是说，

---

① 此处的洗衣机，是指自上世纪 50 年代开始流行至今的波轮式洗衣机。

是一小撮党派领袖、他们的跟班、政客以及文职官员在发号施令。在资本主义民主社会里，比如在美国，控制财团的人——按赖特·米尔斯教授[1]的说法——就是权力精英。

这些权力精英直接雇用几百万劳动者，遍布于工厂、写字楼、商店；又通过借贷使更多的人购买商品从而控制他们；再通过控制大众传媒，事实上影响了每个人的思想、情感和行为。套用温斯顿·丘吉尔的一句话："从未见过如此之少的人以如此之手段操纵如此之多的人。"如今，我们已然远离当年杰斐逊[2]对一个真正自由的社会的理想，他以为，真正自由的社会理应由一个个自治的政治单元组成，由下而上自成体系："由社区的基本共和体制，到郡县的共和体制，到各州的共和体制，直到整个联邦的共和体制，共同组成层级清晰的权力机构。"

可我们已经看到，现代科技导致政治、经济力量的集中，也导致社会被大财团和大政府所控制。在极权国家中这种控制是无情的，而在民主国家中这种控制尚算得彬彬有礼，人们倒是不知不觉。但是社会永远都是由单个个体组成的，只有当一个社会鼓励个人发展其潜能，并帮助个人过上幸福、富有创造力的生活时，我们才会说这个社会运转良好。

但是近年来的科技进步对个人又产生了怎样的影响呢？一位哲学

---

[1] 赖特·米尔斯（C. Wright Mills，1916—1962），美国著名的批判主义社会学家，《社会学的想象力》《权力精英》是他的代表作。

[2] 托马斯·杰斐逊（Thomas Jefferson，1743—1826），《美国独立宣言》的重要起草人，美国第三任总统。

家兼精神病学家——埃里希·弗罗姆博士①给出了如下答案：今日的西方社会，虽然物质、智力、政治皆有所发展，却不断损害人心灵的健康，这一趋势，削弱了个体内在的安全感、幸福感、理性和爱的能力，使人成为机器，这机器因人为的故障，心理疾病日益增多，被工作驱动陷入疯狂，不停掩饰挫败感，还装出所谓的快乐。

"心理疾病日益增多"可以在各种神经官能症②中得到体现，这些症状既常见又令人沮丧。但弗罗姆博士说了，"我们千万不要误把精神健康定义成预防精神病症状。症状并非我们的敌人，相反是我们的朋友，症状存在之处，意味着存在冲突，冲突的存在，则意味着生命的力量仍在为其完整和幸福做抗争。"反倒是在那些最正常的人群中隐伏着真正无药可治的精神疾病患者。"许多人看上去很正常，这是因为他们已经习惯了目前的生存模式，在生命的早期，他们就已失声，放弃抵抗，不愿受苦，也不可能像那些神经过敏者一样发展出精神病症状。"

说他们"正常"，不是从这个词纯粹的本义来谈的，而仅仅是指他们在一个深度变态的社会里是"正常"的，他们能"适应"这个深度变态的社会，这恰恰体现出他们的精神疾病。

这无数"正常"地生活于变态社会的人，不仅泰然自若——其实，倘若具有真正的人格，他们本不应该"适应"这样的社会——而且还

---

① 埃里希·弗罗姆（Erich Fromm，1900—1980），美籍德裔犹太人、社会心理学家、精神分析学家、社会学家、人本主义哲学家、法兰克福学派重要成员，毕生致力于修改弗洛伊德的精神分析学说，以切合西方人在两次世界大战后的精神处境。

② 神经官能症，神经症的旧称。

做着"个性自足的迷梦"。实际上，在很大程度上，他们已经"去个性化"了，成为一个同一性的人。对环境普遍顺从，使他们渐渐发展为千人一面。但是，"同一性与自由是绝不相容的，同一性与精神健康也是绝不相容的……人之为人，不是要像机器，倘若成了机器化的人，其精神健康的基础也就被破坏殆尽了"。

在进化中，为了使人人有别，自然曾克服无穷困难。终于，人类选择杂糅父母的基因以繁衍后代，双方遗传因素合并的方式，可谓千变万化，于是，无论是生理还是心理，每个人本来都应该是独一无二的。然而，却有文明以效率为理由，或借着某些政治的、宗教的、教条的名义，试图让人们变得整齐划一，它们实在是在扭曲人类的生物特性，这岂非暴行？

科学其实就可以定义为不断减少多样性，以达致单一性。它试图忽略任何单一事件的独特性，而聚焦于这些单个事件的共性，乃至提炼出所谓的"定律"，既可自圆其说，亦能有效解释无穷无尽、千差万别的自然现象。例如，苹果从树上落下，月亮在天上运动，自古以来，人类都知道这两种现象，他们一定认同格特鲁德·斯泰因①的说法："苹果之为苹果，因其本来就是苹果；月亮之为月亮，因其本来就是月亮。"

到伊萨克·牛顿出世，窥见这两种毫不相干的现象居然有其共性，便生造出一个万有引力的理论，以此单一的理论及其种种说辞，便可解释和处理苹果、天体乃至物理宇宙间一切物体的某种行为特征。

---

① 格特鲁德·斯泰因（Gertrude Stein，1874—1946），旅居法国的美国犹太女作家、诗人、艺术品收藏家。

与之类似，艺术家们将外部世界无穷无尽的多样性和万物皆有的独一性融合于他们的想象中，以造型的、文学的、音乐的艺术形式来建构整齐划一的理论系统，以此赋予外部世界和万物以意义。

试图以秩序取代混沌，以和谐取代杂乱，以单一性取代多样性，说来倒是人类才智的天性，是精神的一种原初的、基本的冲动。在科学、艺术、哲学等领域里的这一现象，我称之为"整合的意志"，它大体上算是有益的。固然，在证据不足的情况下，"整合的意志"也曾制造出某些不成熟的综合性结论；也曾生造出某些荒谬的玄学、神学体系；也曾试图以迂腐的错误概念去解释现实，以卖弄式的象征与抽象解释直接经验产生的数据。

只是不管这些失误多么令人遗憾，它们却至少从不直接造成破坏——虽然也发生过某种糟糕的哲学体系间接造成伤害的情况，但那是当它被利用来为无聊和不人道的行为辩解的时候。

"整合的意志"真正给人类造成危险，是当它出现在社会、政治、经济领域的时候。将莫测的多样性减少为易理解的单一性原本只是理论，在实践中却走形了，变成取消人格的丰富性而以单一人格代替，取消自由而以奴役代替。于是，在政治领域，独裁体制被认为等同于一种成熟的科学理论或哲学体系；在经济领域，工人完全听从机器指令使企业运转良好，被认为等同于一件完美建构的艺术品。

在"整合的意志"作用之下，原本只是单纯想解决麻烦的人可能成为独裁者，建设干净整洁的市容市貌也能成为独裁的理由。

组织当然是不可或缺的，因为它能提供自由。由一小群自由合作的个体组成的小团队，以其自治精神，可以体现出个体的自由。但是，即便不可或缺，组织化却也可能是致命的。太多的组织将男男女女变得机械化，压抑创造精神，终至消灭自由的任何可能性。

一如惯例，唯一安全的办法就是在两个极端之间取中庸之道，这两个极端，一是彻底的放任，一是全面的管制。

在过去的一个世纪里，科技不间断的进步相应地伴随着组织的发展。复杂的机器生产，需要匹配相应复杂的社会管理，以使工作顺利、高效地开展，就像先进的生产工具一样。为了适应这些组织，人们不得不去除自己的个性，否定原本多样化的人格，使自己顺从于唯一一个标准样板，并竭尽全力成为一个机器人。

同时，组织膨胀与人口过剩相互作用，使去除人性的效果大为增强。譬如，工业企业扩张，就会吸引不断增长的人口中的大部分迁移至大城市，可是，大城市的生活对精神健康却是有害的（据说，在工业区贫民窟那蜂群一般的庞大居民中，精神分裂症的得病率是最高的），而大城市的生活也无助于培育负责任的自由精神，这种自由精神原本活跃于小型的自治团体中，且是真正民主制度的首要条件。

城市生活其实是隐姓埋名者的生活，似乎也是抽象的生活。人们确实保持相互联系，却不是以独立完整的人格出现，而是作为经济功能的化身出现；当他们不工作的时候，则以寻欢作乐的不负责任的形象出现。

因为这样的生活方式，个人易于感觉孤独、卑微，他们的存在已然不再有任何意义。

从生物学的角度来说，人类群居生活的程度只能算中等，还不是一种彻底群居的物种。这么说吧，人更像狼或者大象，而不是蜜蜂或蚂蚁。最初，人类社会与蜂巢、蚁垤毫无相似之处，它们不过是一些集群①。别的不提，文明其实就是指的这么一个过程，它把原始人的集群转变为类似于这些群居昆虫一样粗糙、呆板的有机共同体。

现在，人口过剩的压力和科技的日新月异，正在加速这一"文明化"的过程。白蚁窝看来是可以在人类中建成的，在某些人眼里，它甚至是令人艳羡的理想文明呢。当然，不用说也知道，这个理想文明事实上是绝不可能实现的。因为在群居昆虫和我们这种不那么热衷群居的、脑容量硕大的哺乳动物间存在一条巨大的鸿沟，即使后者再竭尽全力模仿前者，也无法弥补这一鸿沟。人类不管多么努力，也无法创建一个社会有机体，他们只能创建一个个组织。如果他们试图创建一个社会有机体，在此过程中，他们也仅仅是创建一个独裁体制。

《美丽新世界》呈现了一幅想象的、有点粗鄙的社会风俗画，在那个社会里，人类像白蚁一样重建了自己的生活，几乎达到了最大的相似性。而现在，我们正被强迫走向"美丽新世界"，这一趋势甚为明显。不那么明显的是，其实只要我们愿意，我们就可以拒绝与强迫我们的那些盲目的势力合作。不过，目前这种抵制的欲望并不那么强烈，也没有那么普遍。正如威廉·怀特②先生在他那本有名的著作《组织人》里所说的，新的社会伦理体系正取代旧的社会伦理体系，后者

---

① 集群，生物学概念，指很多同种或异种的个体以一定的方式聚集在一起，这是动物利用空间的一种形式。采取集群方式生存的动物与完全的群居动物的本质区别在于，前者仍然保留着个体性，而后者则彻底放弃个体性，完全以集体为目的。前者的典型是灵长类动物，而后者的典型就是白蚁、蜜蜂等昆虫。

② 威廉·怀特（1917—1999），美国城市规划专家、组织分析师、记者、社会观察员，1956年出版了探讨公司文化的著作《组织人》，销售超过200万册。

认定，个人价值是首位的。但新的社会伦理体系的关键词却是："自我调节"和"适应""社会导向的行为""归属感""社会技能的获得""团队精神""集体生活""集体忠诚""群体动力学""群体思维"和"团队创造力"。它有一个基本假设，社会整体比微观的个体有更大的价值和重要性，个体天生的生物多样性需为单一性的文化让步，集体的权利则远胜十八世纪甚嚣尘上的"人的权利"。根据这一新的社会伦理，基督宣称安息日特为个人制定，实乃大错特错，与之相反，个人是为安息日而存在，故此务必牺牲其遗传特质，假装自己为善于交际的标准个体，而团体活动的组织者则视这样的个人为团队目标的践行典范。

这典范之人显示出了"动态一致性"（何等标致的术语）：对集体高度忠诚，毫不松懈地渴望着贬抑自己，渴望着被接纳。这典范之人亦必有典范的妻子，极其热爱社交，有无穷的适应能力，她不仅深信丈夫应首先忠诚于集体，而且她自己效忠集体时还格外活跃呢。正如弥尔顿评论亚当和夏娃时说的那样："他只为上帝而存在，她则通过他而臣服于上帝。"只是有一点，这典范之人的妻子与我们的女祖宗相比还是每况愈下的。须知，上帝曾应许夏娃和亚当可以无拘无束地享受"青春纵乐"，我以为，上帝也不曾驱逐亚当远离其白皙的配偶，而夏娃，也从不曾拒绝那夫妇之爱的神秘仪式。然而今天，据《哈佛商业评论》的一位作者所言，为达到当代社会伦理提出来的典范要求，男人努力奋斗，而其妻子，"绝不可占据丈夫太多的时间，也不可要求丈夫与其分享太多的乐趣，因为当他一心一意地集中于自己的工作，他的性活动的重要性也必定降到次要的位置"。僧侣宣誓要清贫、服从、贞洁。而今日的典范男人可以发家致富，却一样要宣誓服从（墨索里尼所言不错[①]："他毫无怨言地服从于权威，凡事皆恭敬等候上级吩咐。"），而为了雇用他的集体的荣耀，他甚至随时准备好将夫妻白头之恩弃如敝屣。

值得注意的是，在《一九八四》里，党的成员们被迫服从一种性爱伦理，甚至比清教徒的还要严酷苛刻。《美丽新世界》与之相反，所有人都可以无限制地享受性爱。奥威尔的小说描述的是一个一直处于战争状态的社会，统治者的首要目标自然是为了政权的顺畅而行使权力，其次是确保臣民们始终处于紧张状态——发动了这场持续战争的统治者们需要这种状态。于是，通过消灭性欲，长官们可以使其追随者保持必需的紧张感，同时以最令人满意的方式满足自己贪婪的权力欲。

而《美丽新世界》描述的世界是一个"万国邦"，战争早已消灭，统治者们的首要目标是不惜代价肃清臣民中的捣乱者。他们做到了，方法（亏他们剔除了其他办法）是允许性自由（通过取消家庭，性自由成为可能），如此一来确保了"新世界"里的人们自觉反对任何破坏性或创造性的情感冲动。

在《一九八四》里，权力欲的满足是通过承受痛苦的方式；而在《美丽新世界》里，却是通过几乎没有任何羞耻感的寻欢作乐的方式。

很明显，在组织膨胀产生种种不尽如人意的后果之后，当下的社会伦理体系不过是对膨胀的组织的辩护说辞罢了。它可怜巴巴地试图为组织的必然性披上有利的外衣，试图从令人憎恶的数据中提炼出组

---

① 原文为意大利语。

织的正面价值，因此，它是不切实际的，因而也是极其危险的一套道德体系。须知，不管怎么假设社会整体的价值远高过个体价值，它也绝不可能像蜂群或白蚁群那样成为真正意义上的有机体，它仅仅是一个组织罢了，是社会机器的一分子，本身毫无价值，除非它真的关心个体的生命与自觉。一个组织既无意识也无生命，它的价值仅仅是工具性的、衍生的，它并无好坏之别，只有当它促进了作为团队分子的个人福祉，才能称其是好的组织。

使组织优先于个人，等于使目的服从手段。目的服从手段会发生什么样的结果，希特勒和斯大林早已清清楚楚地展示过。在二人可憎的统治之下，民众的目的服从了组织的手段，包括一手暴力一手宣传，以及系统性的恐怖和洗脑。在未来更高效的独裁政权中，也许会比希特勒和斯大林时代少许多的暴力。未来的独裁者治下的臣民，则将毫无痛苦地被一批高度专业化的社会工程师所管理。

关于社会管理这门新科学，一位狂热的支持者曾这么写道："当今这个时代，社会管理面临的挑战就像五十年前技术管理面临的挑战一样。如果说二十世纪上半叶是技术工程师的时代，那么下半叶很可能就是社会工程师的时代。"——我还认为，二十一世纪将会是世界元首们的时代，科学化的种姓制度的时代，也将是"美丽新世界"的时代。

有这么一个问题："谁来把守守卫者？[①]"我们可以延伸来发问，监护我们的人又由谁来监护？或者，管理者又由谁来管理？答案可能很乏味，监护者、管理者根本无须监管。就像在某些社会学博士口中似

---

① 原文为拉丁语，通常被认为出自于古罗马诗人尤维纳利斯的作品。

乎流行过的一个令人动容的说法，说社会学的博士们绝不会被社会的权力腐蚀。像加拉哈德爵士①一样，因为心地纯洁，他们一分的力量有十分的功效，而他们之所以心地纯洁，是因为他们可是社会学家呀，他们可是花过六千个小时学习社会学的呢！

唉，算了吧，高等教育可保证不了高尚的品德，也保证不了较高的政治智慧。除了这些出于伦理和心理原因的担忧，还要加上一种纯科学性的担忧：我们能接受这样的理论吗——社会工程师依据此理论进行社会管理，又从这理论中找到种种说辞，为自己操纵民众辩解？

举个例子，埃尔顿·梅奥②曾直截了当地说："人们希望与自己的伙伴不间断地保持工作的联系，这种愿望是人性的彰显——即使不是最强烈的彰显。"但我会说，这句话毫无疑问大错特错。或者有人会具备梅奥描述的这种愿望，但其他人并不一定如此——此愿望其实是气质与遗传的结果。任何一个社会组织，倘若其理论基础是假设人（不管这个人是谁）"希望与自己的伙伴不间断地保持工作的联系"，那么，对于组织里的男男女女来说，他们就好比被捆绑在了普洛克路斯忒斯之床③上，只有经刀俎之苦，截长补短，他们才能适应这个组织。

再比如，人们用抒情的语言对中世纪的历史进行了浪漫主义的误读，可是当下众多的社会关系学家是何等佩服这样的著作啊！"行会、

---

① 加拉哈德爵士（Galahad），亚瑟王传说中亚瑟王的首席骑士，被称为"世上最纯洁高尚的骑士"。

② 乔治·埃尔顿·梅奥（George Elton Mayo，1880—1949），美国心理学家和社会学家。

③ 普洛克路斯忒斯之床（Procrustean Bed），普洛克路斯忒斯是希腊神话中海神波塞冬的儿子，也是一名强盗。在他所开设的黑旅店中有一长一短两张铁床，他逼迫高个子旅客睡短铁床，而后斩断他们的脚使身高与短铁床相等；逼迫矮个子旅客睡长铁床，而后强拉他们的身体使身高与长铁床相等。

庄园、乡村里的成员，在其一生中，都受组织保护，得享和平与宁静。"我们很想问问，这些中世纪的人需要保护，那么他们面对的危险是什么？肯定不会是组织里的权势者要残酷欺凌他们吧？

至于所谓的"和平与宁静"，我们只知道在整个中世纪，弥漫的是无数人长久的挫伤、深刻的忧愁、强烈的愤恨，这种愤恨，针对的是那僵化的等级体制，以至社会阶层的上下流动通道彻底封死，至于被束缚于土地之上的人，则几乎没有自由迁徙的可能。

人口过剩、组织膨胀这两股冷酷的势力，以及想控制它们的社会工程师们，一起驱赶着我们走入一个新的中世纪体系，这回魂的幽灵世界或许会比其前身更加合人心意，因为它会充斥《美丽新世界》里提供的种种赏心悦目之物，比如婴儿驯化、睡眠教育、嗑药快感；但是，对于大部分男男女女来说，它仍然是一种奴役。

第四章

民主社会里的宣传术

杰斐逊曾如此写道："欧洲人深信，若无独立于个人意志之外的权威力量管束人的身体与道德，则方方面面的组织中的人们将不会受秩序与正义的束缚……而我们（新兴的美利坚民主的创建者）则坚信，人是理性的动物，有天赋的权利与内在的正义感，良好的政府需告知民众可自行选择人生，同时以民众的意志为准忠于职守，如此方能为民众扬善避恶。"

在弗洛伊德的信奉者们看来，这等言语固然动人，却未免天真古怪。但情况没有十八世纪的乐观主义者们想的那般美妙，因为人类早没那么多理性，也没有那么多内在的正义感了。另一方面，情况也不是二十世纪的悲观主义者们试图说服我们的那样令人绝望，人类道德并没有到彻底善恶不分的地步，也并非非理性到无可救药。尽管弗洛伊德发现了本我和无意识对人巨大的影响，尽管地方性的神经官能症较为流行，尽管人群中低智商的比例越来越高，但绝大部分男男女女或许仍然足够正派、明智，我们可以相信他们能自主选择自己的命运之路。

民主制度能润滑公共秩序、个人自由和创造性之间的矛盾，并使一个国家暂时的掌权者永远效忠于民众——归根到底，权力还是民众的。在西欧和美国，大体上来看，这一制度运行良好。这一事实足够证明，十八世纪的乐观主义者们并非全错。如果给民众一个公平的机会，让他们自己管理自己，他们可以管理得更好，虽然也许不会有机器般的高效率——"独立于个人意志之外的权威力量"才会像机器一般高效呢。

我强调一遍，是"给民众一个公平的机会"，公平是先决条件。原本在一个独裁者统治之下做顺民，忽然一变，政治民主了，个人自由了，纯然是一个陌生的政治氛围。这种转变，对任何一个人来说都不是"公平的机会"，也难以立刻实践民主制度。同样，在动荡的经济环境下，也没有人能有"公平的机会"民主地管理自身事务。

自由之花盛开于社会繁荣的土壤之中。社会衰退，自由亦消减。只因当社会衰退时，政府才会觉得有必要频繁而彻底地插手民众的事务。

正如前文所论，人口过剩与组织膨胀这两种情形将会夺去社会"公平的机会"，使民主制度不能顺畅运转。由此可见，总有某些历史的、经济的、人口统计学的、科技的因素，使杰斐逊所言的理性的动物——他们具有天赋不可让与的权利，并具有内在的正义感——即使在一个民主化的社会里也无法行使其理性，伸张其权利，展现其正义行动。

我们这些生活在西方社会的人应感到极其幸运，我们得到了"公平的机会"，可以最大化地实现自我管理。但不幸的是，因近来形势有变，看上去，这无限宝贵的"公平的机会"正一点一点被蚕食，从我们手边被夺去。

当然，这还不是全部。个人自由与民主制度的敌人还不仅仅是这两种盲目而冷酷的势力。还有其他一些不那么抽象的力量是追逐权力之辈乐于利用的。这些人的目标是部分或全部地控制其同胞。五十年前，我还是一个小男孩，当时形势看上去是完全不言而喻的，就是说，旧时的坏日子终于过去，折磨、屠杀、奴役、异端迫害，凡此种种，都化为陈年往事。对于当时那些头戴高礼帽、乘坐火车旅行、每日早晨都要沐浴的人来说，那种种旧日的恐惧完全不可能再现，他们心想，我们毕竟生活在二十世纪了呀。可是，数年过后，就是这些每日早晨沐浴、戴着高礼帽去教堂的人，就是他们，双手却沾满鲜血，其暴行规模之大，即使无知的非洲人也不曾梦见过。

照近年情况来看，指望这类现象不会再次发生，怕是痴人说梦。它可能发生，而且毋庸置疑，一定会发生。在不久的将来，我们有理由相信，《一九八四》描述的那种惩罚性的统治术不会发生，真正发生的，会是《美丽新世界》描述的那种强化意识形态的统治术。

有两种意识形态宣传办法。一种是理性的宣传，无论对宣传者本身，还是对被宣传者，这种宣传都符合他们合理的利益诉求，且有利于实际的运作；另一种是非理性的宣传，完全不顾任何人的切身利益，且是命令式的，它呼求的乃是激情。

人们的所作所为必有其动机，其动机比合理的利益诉求可能更高尚；但是在政治和经济领域内，在集体行动的所有有效动机中，合理的利益诉求可能排在首要位置。如果政治家及其幕僚的一言一行都是为了提升他们个人或整个国家的长远利益，这个世界将变成人间天堂；因为实际上，此辈经常背离自身利益采取行动，目的仅仅是满足他们最微不足道的激情，结果，世界化为人间地狱。

理性宣传有利于实际运作，符合合理的利益诉求，它所依赖的证据是充分可信的，因而也是最好的，若以此做出符合逻辑的论断，便能呼求大众的理性。仅凭冲动发出命令式的宣传，不顾切身利益，其提交的证据必定是弄虚作假、断章取义、漏洞百出的，因此其避免做逻辑的论断，而是靠不停重复某些套话，或通过谴责本国内外的替罪羊，或狡猾地将最低级的冲动披上最高尚的理想外衣来加以掩饰。如此一来，他们便可借着上帝的名义蹂躏世人，而明明最是尖酸刻薄的权力政治却戴上了一副宗教教义或爱国责任之类的面具。

约翰·杜威①曾有言道："普通人人性深处信仰的复苏，通常而言将产生巨大的潜在能量，特别当其与理性、真理相呼应时将产生巨大的力量，于是，我们收获了对抗极权政治的坚固堡垒。相比较而言，物质上的巨大满足，或者对特别的法律条文以及政治形式盲目崇拜，

---

① 约翰·杜威（John Dewey，1859—1952），美国极富声望的实用主义哲学家。"五四"运动前后他曾来中国讲学，促进了实用主义理论在中国的传播。

却不能有同样的效果。"呼应理性与真理的能力人人皆有。不幸的是，响应非理性与谬论的倾向也同样存在每个人身上，特别是当谬误居然可以唤起令人愉悦的情感时，或者吁求非理性的时候，我们生命深处那原始的、兽性的部分，居然与之一拍即合。

在某些领域，人们已经在始终如一地响应理性与真理。博学的作者们写论文时，可不会吁求同行的这些科学家、技术专家们的激情，而是倾尽其所有的知识，就某个特定的实际情况陈述事实，他们以理性来解释他们的所见所闻，他们为支撑自身观点而抛出的论断，同样要吁求别人的理性判断。在自然科学和技术领域，这一现象实在是稀松平常。

不过一旦牵涉到政治、宗教和伦理的领域，情况就困难多了。首先，相关的事实经常是令人捉摸不定的；其次，这些事实的意义，必然要依赖于特定的观念系统来解释。对于追求真理的理性者来说，这些还不是他们面对的唯一难题。须知，在公共场合或私人生活中，人们常常没有时间来搜集相关证据，或权衡证据的轻重。于是，我们被迫采取行动，不但所依赖的证据不足，而且所凭据的逻辑也不是那么站得住脚跟。

我们不吝以最高的善意赞美自己，但其实我们并不是总能完全诚实，或者真的始终如一都是一个理性的人。我们力所能及的只是在条件允许之时，尽量保持诚实、理性的态度，并响应别人提出的那些有限的真理和不那么完美的推理——人家这么做其实倒是在体谅我们呢。

杰斐逊有言在先："假使一个国家期望民众既自由却又无知无识，这岂非南辕北辙？……无知无识的民众，是不可能安享一生的。只有当出版界自由的时候，当每个人都能阅读的时候，一切才能有安全的保障。"在大西洋的另一边，还有一人狂热地信仰理性，他同时也在思考这一问题，甚至所用的语言都与杰斐逊差不多，此人即约翰·密尔[①]。下面我引用他评论其父——功利主义哲学家詹姆斯·密尔[②]——时的一段话："他是如此彻底地依赖理性对人思想的影响，以至一旦民众都能亲近理性，他就觉得似乎一切都能成就；似乎所有民众都能阅读；似乎无论言说或写作，所有的思想都允许传播给民众；似乎一旦拥有了投票权，民众将自行任命一个立法机构，将他们所认同的意见立刻付诸实施。""一切皆能有安全的保障"，"一切都能成就"！此处，我们又一次听到了十八世纪乐观主义者们那熟悉的声调。

杰斐逊确实是一个实干家，同时也是一个乐观主义者。他以自身惨痛的经历体悟到，自由出版的权利会受到何等的凌辱。他宣称，"现如今，报纸上的字母一个都不能相信"。即使如此，他依然坚持（我们能怎么办，只能支持他呀），"在真理的范围之内，新闻机构实属高贵，是科学与公民自由的益友"。

一言以蔽之，大众传媒非好非坏，它仅仅是一股势力，就像别的势力一样，既能发挥积极影响，也能制造消极后果。从好的方面来说，新闻界、广播界、电影界对民主的继续存在是不可或缺的；从坏的方面来说，在独裁者的武器库中，它们又是最生猛的一种。

---

① 约翰·斯图尔特·密尔（John Stuart Mill，1806—1873），英国著名哲学家和经济学家，19世纪影响力很大的古典自由主义思想家。边沁后功利主义的最重要代表人物之一。

② 詹姆斯·密尔（James Mill，1773—1836），英国历史学家、经济学家、政治理论家、哲学家。

在大众传媒领域，就像在其他实业领域里一样，技术的进步伤害了小人物们，却扶持了大人物们。近至五十年前，每一个民主国家都炫耀其数量众多的小杂志和地方报纸，地方上成千上万个编辑发表着成千上万种独立的见解，在任一地方，任一个人可以获得任何印刷的东西。但是到了今日，法律上报刊是自由出版的，但是小型的报纸已然销声匿迹。纸浆、印刷机器和新闻稿的成本如此昂贵，小人物们是负担不起的。

关于宣传，早期支持扫盲和出版自由的人们仅仅想到了两个可能性：宣传或者是正确的，或者是错误的。他们没有预见到后来实际发生的情况，尤其在盛行资本主义民主的西方国家，居然发展出体量庞大的大众传媒行业，基本上它并不关心对错，而是关心些虚构的、几乎完全不着边际的东西。简而言之，前辈们未能周全考虑到人对消遣的爱好乃是无穷无尽的。

在过去，绝大部分人一辈子都没有机会彻彻底底地满足这一爱好。他们或许渴望消遣，可是哪有地方提供消遣？圣诞节不过一年一度；盛宴则是"庄重而稀罕"；没有几个读者，也没几本书可读；最近的"街区电影院"可不就是堂区教堂嘛，里面倒是频繁表演，可惜难免陈腔滥调。

我们还可以把视野放得更遥远些，那就必须回到鼎盛时期的罗马帝国。当时的民众享受着免费的、频繁的、丰富多彩的消遣活动，他们的心情可是相当愉悦。当时的消遣包括：诗剧、击剑、背诵维吉尔的诗、搏命的拳击、音乐会、阅兵、行刑示众，等等。但是，即使罗马也比不上今天的报纸、杂志、广播、电视、电影所提供的昼夜不停的消遣那么诱人。在《美丽新世界》中，这些永不停歇的消遣之物是极度诱人的，包括了感官电影、"咬分炮分"吟诵会、"离心球"等，它们作为政策的工具被普遍使用，以避免民众过多关注社会、政治的现实境况。

宗教的世界与娱乐的世界自然有所区别，却也存在共通之处：两者都明显"不是真实的世界"。它们其实都是一种消遣，使民众分神，倘若人们不断地乐在其中，那么按马克思所说，这两者就会变成"毒害民众的鸦片"，也就威胁到自由的存在。

只有那些高度警惕之人，才能确保他们的自由；也只有那些持续而明智地选择生活在当下的人，才有望通过民主程序有效地管理自己。在一个社会里，如果大部分民众耗费了大量时间，却并没有生活于当下，生活于此时此刻，生活于规划妥当的未来；而是生活于他处，流连于运动、肥皂剧、神学、玄妙的幻想组成的不痛不痒的世界，那么他们很难抵抗那些试图操纵和控制社会的人对他们的侵犯。

今天的独裁者在他们的宣传中多半倚赖重复、压制、合理化等手段。重复是反复说一些套话，独裁者们希望人们视这些套话为真理；压制是贬抑某些事实，独裁者们希望它们被人遗忘；合理化是指通过唤醒民众激情，赋予激情以合理性，来达到维护党派或国家利益的目的。既然艺术化的、科学的操纵术其奥秘越来越被暴露，未来的独裁者们必然将学会把这些操纵手段与永不停歇的消遣活动结合在一起。而在当下的西方世界，这些消遣活动之庞大，好比不温不火的大海，威胁着要将理性的宣传溺死，而理性的宣传，对保证个人自由和民主制度的存续实在是至关重要的。

第五章
独裁体制中的宣传

　　"二战"结束之后，在对希特勒的军备部长阿尔伯特·斯佩尔[①]进行审判时，他发表了一通很长的演讲，以非凡的敏锐性自我剖析了纳粹独裁的统治术。"希特勒的独裁，在一点上区别于历史上所有的独裁者。他的政权，是现代科技大发展背景下的第一个独裁政权，他也充分利用了各种技术手段以达到控制国家的目的。他利用的技术工

[①]　阿尔伯特·斯佩尔（Albert Speer, 1905—1981），德国建筑师，在纳粹德国时期成为装备部长以及帝国经济领导人，是后来的纽伦堡审判中的主要战犯，因其承担了自己的道德责任，被称为"道歉的纳粹"而免于死刑。但关于他在犹太人大屠杀中的真实作用，至今存疑。

具，比如广播、扩音器，剥夺了八千万民众的独立思想，于是，让这八千万人臣服于一个人的意志，也就变得可能……早期的独裁者们需要高素质的属下——即使是权力的最末端，这些属下也需要独立思考、行动，但在现代科技大发展背景之下，极权政治系统已无须此辈。多亏了现代化的通讯手段，如今可以将较低的领导阶层机械化，如此便出现了一种新兴人类：命令的盲从者。"

而在我的寓言小说《美丽新世界》中，科技发展的程度，远远超过了希特勒时代的水平，因此之故，命令的盲从者与纳粹时代的同辈相比，也就更加谨小慎微，也就更加顺从于发布命令的精英。此外，他们出生时基因就经过标准化处理，成长时又经过驯化教育，服从成为其使命，政府因此可以期望他们坐卧行止如机器一般始终可控。在下一章中，我们将看到，"较低的领导阶层"的驯化工作已经在开展，俄国人并不仅仅依赖发达科技的间接作用力，他们还直接对其低层领导者"生理—心理"的有机体进行驯化，使其身体、思想惯于服从一个无情的、极其高效的（世人一致认为）驯化体系。

斯佩尔还说："许多人常被噩梦缠住，他们生怕某天国家将会完全通过技术手段来治理。这场噩梦在希特勒的极权体制下几乎实现。"几乎实现，但最终还是没有真正实现，因为纳粹没有足够的时间——也可能是他们没有足够的才智和必要的知识——对其低层领导阶级进行洗脑和驯化，这或许是他们最终失败的原因之一。

在希特勒之后，未来的独裁者们可以支配的武器库里高科技工具已经极大地扩充。除了广播、扩音器、电影摄像机、轮转印刷机，当代的宣传者们还可利用电视机来为其主子服务，传播主子的形象和声音，同时还能通过磁带记录下这形象与声音。感谢科技进步，老大哥①如今几乎就像上帝一样无所不在了。

其实，未来的独裁者并不仅仅是借助先进技术伸长了他的魔爪。在希特勒之后的时代，应用心理学和神经病学领域取得了发展，这两个领域正是宣传家、思想灌输专家、洗脑专家特殊的工作范围。过去，这些投身于改变人类思想的专家都是经验主义者，不断试错之后，他们总结出一套技术和程序，可以有效开展工作，虽然他们并不能精准地知道为什么它们是有效的。到了今天，思想控制的艺术逐渐成为了一门科学。这门科学领域的从业者知道他们在干什么，也知道为什么这么干是有效的。他们的工作受理论和假设指导，但这些理论和假设却牢牢建立在大量实验数据的基础之上。正因了这些新的洞察力和新的技术手段，"几乎就要在希特勒极权体制中实现"的噩梦很可能马上就要彻底实现。

但在讨论这些新的洞察力和新的技术手段之前，我们先看一看在纳粹德国几乎就要实现的那场噩梦。那么，希特勒和戈培尔②使用了什么样的手段，"剥夺了八千万民众的独立思想，让这八千万人臣服于一个人的意志"？而这些大获成功的恐怖手段，其依据的又是何种有关人性的理论呢？回答这些问题，其实大可引用希特勒自己的话。这些话是何等精辟，又是何等引人注目啊！

---

① 老大哥，乔治·奥威尔《一九八四》中的独裁者。
② 约瑟夫·戈培尔（Joseph Goebbels，1897—1945），纳粹德国时期的国民教育与宣传部部长，被称为"宣传的天才"，以铁腕捍卫希特勒政权和维持第三帝国的体制。希特勒自杀后，戈培尔毒杀自己的六个孩子后自杀。

当他写作一些大而无当的东西，比如"种族与历史""天意所在"时，其文章实在不忍卒读。但是当他写作有关"德国大众"，以及他如何统治、指引他们的主题时，他的文风改变了，胡言乱语和夸夸其谈消失不见，取而代之的是理智、强硬、冷嘲热讽和明澈。在他潜心写作的"哲学著作"中，希特勒或者如在云里雾里梦里，或者将别人的半调子言论拿来反复炒冷饭。但是，在论及民众、宣传时，他是根据自己的第一手经验来写作的。为希特勒写传者中属阿伦·布洛克 [①] 最为本色当行，他说，"希特勒是人类历史上最伟大的煽动家"。

有人会加上一句说"仅仅是一个煽动家罢了"，他们可没有领会在大众政治时代，政治权力的本质究竟是什么。希特勒本人就说过："成为一个领袖，意味着能够动员民众。"希特勒的首要目的是动员民众；民众受其蛊惑，其道德观和对传统的忠诚便被他连根拔起；于是，大多数人被催眠，只知道同意；最终，希特勒便可在民众身上施加其自创的一套新的独裁体制。赫尔曼·劳施宁 [②] 在1939年写道："希特勒对天主教的耶稣会 [③] 具有深深的敬意，倒不是说他多么欣赏基督教义，而是赞成其精心设计、严格控制的一套'机械系统'，欣赏其等级森严的体系、极其聪明的伎俩、对人性的熟知，并钦佩它们在控制信众时能机智地利用人性的弱点。"

去除基督精神的教会主义、修道士一般的苛刻纪律，不是为了献

---

① 阿伦·布洛克（Alan Bullock，1914—2004），英国知名历史学家，著有《希特勒：一个独裁政权的研究》（*Hitler: A Study in Tyranny*）一书。

② 赫尔曼·劳施宁（Hermann Rauschning，1887—1982），德国人，曾短期加入纳粹，后立刻脱离，并逃离德国，从此开始公开批评纳粹政权。

③ 耶稣会（The Society of Jesus，简写 S.J.），天主教的主要修会之一。

身于上帝，也不是为了达到自我救赎，而是为了献身于国家，献身于由煽动家转为独裁者的那个人，匍匐于他那伟大的荣耀与权力之下。这就是系统性的群众动员所要达到的目标。

我们且来看看，希特勒是如何定位他所要动员的群众，以及他是如何进行动员的。第一个原则，是关于价值判断的：民众其实轻如鸿毛，他们无法进行抽象的思考，越出他们直接经验范围的任何事务他们都绝不感兴趣，他们的行为并不取决于知识或理性，而是取决于情感和无意识冲动。正是这些本能冲动和情感，"是他们形成肯定或否定态度的真正根源"。因此，要想做一名成功的宣传家，务必要学会如何控制民众的本能和情感。

"在此地球上，曾制造翻天覆地革命的驱动之力，从来都不是超越民众之上的科学教育，而总是鼓舞民众的献身精神，经常还会是一种歇斯底里——它能刺激民众迈向行动。任谁想要主宰民众，首先必须掌握打开民众心灵之门的钥匙……"用弗洛伊德学派的术语来说，就是掌握民众的"无意识"世界。

希特勒就发出了强烈的呼求，他呼求的对象，是那些下层中产阶级人士，此辈在1923年的通货膨胀中饱受摧残，1929年及其后数年的经济衰退给了他们又一次毁灭性的打击，希特勒口中的"民众"，就是这些困惑的、受挫的、长期焦虑的千百万人。为了使他们更加群体化、同质化，希特勒将他们组织起来，于是，成千上万的人涌入广场、大厅，在那里，个体的身份消失，甚至基本的人性都不再存在，终于，个人融入了群众。

任何一个人，都可以通过两种方式与社会直接发生联系。其一，作为家族、行业、宗教等团体的一员；其二，作为群众的一分子。团体是能够表现出道德与才智的，就像组成团体的个人一样；但是群众却是乌合之辈，他们组织混乱、漫无目的，而除了明智行动和务实思考外，他们倒是无所不能呢。

融入群众之中，人们就会失去理智的力量，也会失去道德抉择的能力，他们习惯于被人教唆，终至失去判断力和自主意志。他们变得极其易怒，丧失个人的理智以及集体的责任感，突然爆发的狂怒、激情和恐惧极易感染他们。一言以蔽之，身处群众中的一个人，其举止好比吞食了大量强力麻醉药一般，他就是我所谓的"群体毒药"的受害者。像酒精一样，"群体毒药"是一种能使人活泼、性格外倾的药剂。被"群体毒药"麻醉的个人逃避自己的责任、才智、道德，变得发狂，如禽兽一般。

在希特勒的执政生涯中，他长期都是一个煽动者，他研究了"群体毒药"的药效，学会了根据个人所需加以利用。他发现，演讲者可以唤醒"潜藏的力量"，并激励听众行动——这比那些作家写作的效果彰明多了。阅读乃是一种私密的行为，于是，作家只能针对单个的人说话，这些个体独自坐着读书，心思明澈；演讲者则针对众人说话，这汇聚的群众已然中了"群体毒药"，他们任演讲者摆布，如果演讲者清楚自己的目标，他可以对群众为所欲为。

作为一个演讲者，希特勒自然极其清楚自己的目标所在。他自己说，他能"牵引庞大的群众，随意自如，当他需要一个准确的词语，他的听众那鲜活的情感就会把这个词表露出来；反过来，这个词被他说出，便直接打动了听众的心灵"。奥托·斯特拉瑟^①这样评价希特勒："他是一个扩音器，将一整个国家最隐秘的欲望、最见不得人的本能、最痛苦的折磨和国民的反叛性全部昭告天下。"

在麦迪逊大道^②着手"动机研究"之前二十年，希特勒已经系统地钻研了德意志民众那隐秘的恐惧、希望、渴望、焦虑和挫折感。广告业的行家里手通过操纵"潜藏的力量"而引诱我们购买商品，比如牙膏、某种牌子的香烟，或选择某个党派候选人。同样，希特勒也是吁求那"潜藏的力量"（还有其他一些手段风险太高，麦迪逊大道不敢涉足），引诱德意志民众选出了他们的元首、一种疯狂的哲学，以及一场世界大战。

与民众不同，知识分子的趣味在于理性和事实。因此，宣传或者能对大多数人起很好的作用，但碰到这些喜欢较真儿的人，就不大行得通。在民众之中，"本能地位至高无上，于本能中产生信仰……当健壮的升斗之民们出于本能联合在一处，便形成群众的共同体。"（不用说，这是在一个领袖的掌控之下。）"知识分子就不同，他们四处乱窜，就像养鸡场里的鸡一样，指望他们是创造不了历史的，他们也不能成为群众共同体的一分子。"

知识分子要求提供证据，看到逻辑矛盾和谬论，他们就一惊一乍。他们视过分的简单化为思想的原罪，又鄙夷口号、武断之论、泛泛之

---

① 奥托·斯特拉瑟（Otto Strasser，1897—1974），德国政客、纳粹党员。因反对希特勒的战略观点，1930年被逐出纳粹党。

② 麦迪逊大道位于美国纽约市曼哈顿区，自20世纪初开始成为广告业中心，常常被用作广告业的代名词。

谈，不过这些可都是宣传家们的惯用伎俩。希特勒写道："一切有效的宣传，必须是针对少数必要的情况而发表，且务必用一些陈旧的公式。"这些陈旧的公式必须不停重复，因为"只要不停重复，终将成功在众人脑海中牢固刻下某些观念"。

哲学教会我们，对那些看起来不证自明的事物要持怀疑的态度。与之相反，宣传则要求我们接受这些不证自明的事物——本来我们理应对其表示怀疑。煽动家的目标即是在他的领导之下，建构社会凝聚力。但是，正如罗素所言，"教条的体系其实并无经验支撑，比如经院哲学和法西斯主义，但它们却能在信徒中建构庞大的社会凝聚力"。

因此，善能蛊惑人心的宣传家们必须保持始终如一的教条，他所有的陈述都是无条件正确的。在他的观念里，世界非黑即白，黑则如魔鬼临世，白则如天神下凡。用希特勒的话来说，宣传家需要采取"一种系统化的一边倒态度，来应对所有的问题"。他任何时候都绝不能承认自己也有可能犯错，或者承认持其他观点的人有可能部分正确。至于对手们，根本无须与之辩论，而是直接攻击，盖住其声音，倘若他们太过麻烦，则直接将之清除。道德上带些洁癖的知识分子知道有这种事，只怕会目瞪口呆。可是群众总是确信"主动的攻击者永远正确"。如此便是希特勒关于群众之人性的观点了，格调或许不高，不过，它是否错误呢？

由果子可以知树。而关于人性的一种理论，倘能启发极其有效的统治手段，那么它至少还是有点真理的因子吧。在一个小团体内，个人与个人之间若能自由交流，则能激发美德与才智，可也会激发罪孽和愚蠢。但是当煽动家刺激着他的受害者走向行动时，他所吁求的乃是没心没肺，所倚赖的则是道德上的低能。没心没肺和道德低能，并非作为个人的男男女女的特征，而是作为群众之一员的男男女女的特征，这两者本不存在于人的属性中，而是"群体毒药"发作的症状。

在全世界所有高级宗教中，拯救与教化都是针对个人的。天国其实存于个人之精神，而非存在于群众的集体性的丧智状态之中。两三人并处，则耶稣承诺现身。若成千上万人皆中了"群体毒药"，互相皆迷狂，耶稣焉能显灵？在纳粹统治之下，庞大的人群被迫花费巨量时间，组成密集的行列，前进前进，从此处到彼处，然后再从彼处到此处。"命令全体民众不停行进，似乎只是无谓地浪费时间和精力，只是许久之后，"赫尔曼·劳施宁又说，"才发现原来此种活动含义微妙，其理论基础是精准的调节手段与目的的关系。须知，行进活动转移了人们的思想，最终杀死思想。它终结了个人的存在感。它好比不可或缺的魔棒，在其指挥之下，群众便逐渐适应一种机械的、准仪式性的活动，直到它成为人们的第二天性。"

就其观点和选择执行他那恐怖事业的程度而言，希特勒对人性的判断完全正确。但是，对于像我们这样——视男男女女为个人，而不是群众或严酷集体中的成员——的人来说，希特勒似乎大错特错。

在人口过剩、组织膨胀的趋势不断加速的时代，在大众传媒宣传手段越发高妙的今日，我们如何来维护人性的正直，并重申个人的价值？这个问题仍然值得我们追问，也许我们还有机会获得有用的答案。倘若再过一代人，想找到这个问题的答案也许就已经太迟了。在未来社会那令人窒息的集体氛围中，甚至连追问这个问题或许都不再可能。

第六章
兜售的艺术

　　民主能否继续存在，取决于广大民众是否有能力根据准确的信息做出现实的抉择。独裁政治却相反，它通过审查或扭曲事实而维持自身存在，它会吁求激情、偏见，或希特勒所说的"隐藏的力量"（隐藏在每个人心底深处的无意识中），而不是理性、合理的利益诉求。

　　在西方社会，政府宣布实行民主原则，许多才华出众、本诸良心的政论家竭尽全力向选民提供准确的信息，通过理性的论证，鼓舞民众依据这些信息来做出现实的抉择。凡此皆大有好处。但不幸的是，在西方民主社会里，尤其是在美国，宣传有两副面孔和一个分裂的人格。在编辑部门，总会有一个民主派的杰奇博士（作为一个宣传家，他乐于证明，杜威所言人性有能力呼应理性与真理实属正确），只是，这位杰出人士只控制了大众传媒这架机器的一部分。在广告部，我们会发现一个因反对理性而反对民主的海德先生 ①——或者说是海德博士，因为现在，这位海德老兄已经取得了心理学的博士学位，同时还取得了社会学的硕士学位。如果每个人都像杜威说的那样，这位海德博士可就真的不高兴了——真理、理性是杰奇的事，可不是他的事。海德是一个动机分析专家，他专门研究人性的弱点和缺陷，探索那些无意识的欲望和恐惧——人类如此之多的显性思考和行为都是由此决定。他如此勤奋，可不像道德家努力让人类变得更好，也不像医师们尽心尽力增进人类的健康，他的真实目的，仅仅是发现最佳途径来利用人类的无知，挖掘人类的非理性，以便其主子大发横财。

毕竟会有人起来辩驳，说："资本主义已经消亡，如今消费主义至上。"而消费主义要求销售老手们使用各种说服的艺术（包括非常阴险的手段）来为主子效劳。在自由企业制度之下，全面的商业宣传是绝对不可或缺的，可是，不可或缺并不意味着令人满意。在经济学的范围内被证明为很好的东西，或许对作为选民——甚至是作为一个人——的人来说倒不大好呢。那些更具道德感的古人，倘若见到今日动机研究员们那冷冰冰的玩世不恭的态度，只怕要极度震惊吧。

---

① 杰奇博士（Dr. Jekyll）和海德先生（Mr. Hyde）是英国作家罗伯特·路易斯·史蒂文森（Robert Louis Stevenson，1850—1894）所著小说《化身博士》（*Strange Case of Dr. Jekyll and Mr. Hyde*）里的人物。在小说中杰奇博士饮用了实验药剂后会在晚上化身成海德先生四处作恶，令他饱受折磨。

今日，在阅读像范斯·帕客 ① 的《隐秘的说服者》这样的书时，我们更多地会感到有趣、倾倒，而不是恐怖、义愤。考虑到弗洛伊德四处流行，考虑到行为主义甚嚣尘上，考虑到企业家大鳄们长期以来一直极度渴求大众消费，那么这种转变的发生也就是顺其自然的事情了。但是我们想问一问，在未来，我们还会期待什么样的事情发生？是否到了最后，杰奇和海德会相互融合？支持理性的运动会否被支持非理性的运动（后者可比前者精力充沛得多）狠咬一口，动弹不得？这些问题，目前我不想回答，我们且将之悬置，作为我们下面讨论技术发达的民主社会里流行的"大众说服术"的背景吧。

民主社会里的商业宣传，与被一个独裁者或一个谋求独裁的政客所雇而进行的政治宣传相比，其任务在某些方面更容易，但在另外一些方面又更难。之所以说更容易，是因为几乎每个人在啤酒、香烟、冰箱等事物上本来就有所偏好，但几乎没有人生来就对独裁者有偏好。之所以说更难，是因为商业宣传根据自身的游戏规则，是不能吁求大众更多的野蛮本能的。日用品的广告商倒很想告诉他们的读者或听众，他们所有的麻烦都来源于国际上某些渎神的人造奶油制造商的阴谋诡计，而出于爱国主义者的责任，他们需要游行，把那些压迫者的工厂一把火烧个精光。

可是，这类做法早就禁止了，因此，广告商不得不满足于温和得多的宣传途径。可是，温和的方式远远比不上采取语言暴力或直接动

① 范斯·帕客（Vance Packard，1914—1996），美国记者、社会批评家、作家。《隐秘的说服者》（*The Hidden Persuaders*）一书主要揭露了制造商、金融掮客、政治家操纵大众，使其甘心购买物品、金融品或投票的方法。

手那么刺激——虽然从长远的角度看，调动愤怒与仇恨的情感最终会弄巧成拙；不过，短期内，倒是能收获心理的甚至生理的满足感（须知愤怒、仇恨的情感能释放大量的肾上腺素和降肾上腺素）。

或许，民众起初对独裁是怀着一种偏见的，可是当独裁者或未来的独裁者向他们宣传时，痛斥他们的敌人（尤其是这些敌人势孤力单易于迫害）的邪恶，从而释放了他们的肾上腺素，他们就满怀激情，起而跟随了。比如，希特勒在他的演讲中不停重复如下词语：仇恨、力量、无情、摧毁、粉碎等，当他口中说着这些词时，他还会伴之以更暴烈的肢体动作。他会狂吼、尖叫，他的静脉会鼓凸起来，他的脸色会变得苍白。正如每个演员和戏剧家都知道的，强烈的情感是最能传染的。当演讲者传递出他那恶意的狂暴，受其感染，听众会呻吟、啜泣、尖叫，陷入难以抑制的激情的狂放状态之中。这种狂放状态是如此令人迷恋，大部分人只要感染过一次，便会渴盼更多次。

我们几乎都渴望和平与自由，但是却很少有人会对成就和平自由局面的思想、情感、行动产生热情。反过来说，没有人希望战争、独裁，但是却有相当多的人对造成战争独裁局面的思想、情感、行动怀抱深深的喜悦，但这类思想、情感、行动太过危险，是不能移用于商业目的的。受此拘束，广告界人士既要少用迷狂的情感，又要采用较为安静的非理性的形式，他们也只得竭尽所能去做宣传了。

只有考虑周全，并对象征的本质以及象征与被象征的事物之间的关系有清晰的认知，理性的宣传才有可能取得极佳效果。非理性宣传相反，其有效性建立在普通人无法理解象征本质的前提之下。头脑简单的人倾向于在象征与被象征物之间画等号，倾向于把宣传家们选择用来描述事物品质的词语等同于事物本身的品质——目的是谈论事物时有话可说。

举一个简单的例子，绝大部分的化妆品其实都是由羊毛脂制作的，是用提纯的羊毛脂和水混成的一种乳剂。这种乳剂有许多有价值的特性：它能渗透皮肤，不会发臭，很温和，还能防腐，诸如此类。但是商业宣传家们可不会描述这乳剂的真正性质，他们只会给它重新命名，用上一个生动撩人的名字，然后心醉神迷地描述（其实完全是误导）它那滋阴养颜的功效，并配上金发碧眼的白肤大美女，她们因那"皮肤营养品"而容光焕发。"化妆品制造商，"其中一个广告商曾经这么写道，"并不是在推销羊皮脂，他们是在推销希望。"为了这所谓的希望，为了她们将重获新生这样的欺骗性承诺，女人们会花上十倍、二十倍的价格来购买这种乳剂，而这种乳剂，都已经被宣传家们巧妙地描述过一番，他们用的是误导性的象征话语，并投合了天下女性普遍的、根深蒂固的一种愿望，即让自己更加有吸引力。

这种宣传的原理极其简单，找到大众的欲望、广泛的无意识恐惧和焦虑，寻求叙述的模式，将此渴望与恐惧投射在要销售的商品身上，然后以语言或符号的象征构建起一座桥梁，消费者穿过这座桥梁，便能将事实转化为补偿性的迷梦，做了这梦，消费者便生幻觉，以为一旦购买了此商品，便能梦想成真。

"我们不再买橘子，我们购买的是'活力四射'。我们不再是单纯买一辆汽车，我们购买的是'声望'。"以此类推。以牙膏为例，我们购买的不仅是清洁与防腐之物，更是购买了确保自身性吸引力仍然叫座的自信。

至于伏特加和威士忌，我们购买它们，不是为了购买一种原生质毒剂（若是少量使用，从心理上倒能缓解紧张，算是有其价值），而是为了购买友情、兄弟之谊、丁格来谷①的温暖、美人鱼酒店②的荣光。而购买泻药，等于购买了一位希腊神灵的健康，是沾了狄安娜③的属下宁芙④的光。而购买每月畅销书，我们其实是购买了文化、他人（大字不识的街坊邻居）的羡慕、世俗的尊敬。

如上的每一个例子，其实都是动机分析专家先发现了人们根深蒂固的愿望或恐惧，利用这种隐藏的力量鼓动人们掏腰包消费，如此便间接地推动了工业车轮的运转。此种潜在的力量隐藏于无数个个人的思想与身体深处，通过精心设置的象征语境，这些力量被释放、传输出来，并绕过人的理性，蒙蔽事物的真相。

有时，这些象征因其本身的夸张而令人印象深刻，使人魂牵梦绕、神魂颠倒，如此产生宣传之效。宗教的仪式和诸种盛景便是一个好例子。这些"圣洁华美之物"强化了信众原已存在的信仰——如果他们还没有信仰，则能促其转变。此等"圣洁华美之物"吁求的只能是审美快感，它们虽被强行与宗教的教条联系在一起，却并不能保证此教条之为真理，也不能保证其伦理价值。

史实明白无误，所谓的"圣洁华美之物"常常与不那么圣洁的假

---

① 丁格来谷（Dingley Dell），狄更斯小说《匹克威克外传》中的一个农场，是匹克威克和朋友们围着炉火享受美食、尽情欢乐的场所。

② 美人鱼酒店（Mermaid Tavern），伊丽莎白一世时代作家们的聚会场所。

③ 狄安娜（Diana），罗马神话中的月亮女神和狩猎女神，众神之王朱庇特和温柔的暗夜女神拉托娜的女儿，太阳神阿波罗的孪生妹妹。在希腊神话中对应的是阿尔忒弥斯。

④ 宁芙（Nymph），希腊神话中的一位女神，是自然的精灵。

美之物并行不悖，甚至被后者挤掉。例如，在希特勒治下，每年一度的纽伦堡党代会，实在是仪式和剧场艺术的杰作。对此，希特勒统治时期的英国驻德大使内维尔·亨德森爵士这么评论："大战之前，我曾有六年时间待在圣彼得堡，那是俄国芭蕾的黄金时代，但是就宏大之美而言，我看没有任何芭蕾表演能与纽伦堡党代会相媲美。"有人会念叨，济慈不是有言"美即是真，真即是美"嘛，唉，算了吧，这等真理只能在某些终极的、超凡脱俗的层面上存在。在现实的政治和神学层面上，"美"与胡言乱语、独裁专制配合甚好，可谓严丝合缝。这倒也算是幸事，因为倘若"美"与胡言乱语、独裁专制不匹配，那么世上的艺术就既珍又稀了。须知，世上绘画、雕塑、建筑之佳作，大抵都是因宗教、政治宣传而产生，为的乃是宣扬神、政府或僧侣的伟大荣耀。但是大部分帝王和僧侣都是暴君独夫，而一切宗教皆充斥着迷信。

天才匍匐于专制之下，艺术则谄媚于本地祭仪的排场。时间流逝，真正好的艺术会与差劲的形而上学分家。可是，我们能否不学事后诸葛，而是在这种分离发生前就学会把两者区别开来呢？这是一个问题。

在商业宣传中，我们很容易理解其夸张、诱人的象征原则。每一个宣传家都有自己的艺术部门，始终努力美化广告牌，或者采用显目的海报，或者在杂志内页插入的广告中布满漂亮活泼的图画、相片。广告之中无艺术杰作，因为杰作召唤的是少量的受众，而商业宣传家极力捕获密集人群的注意力，对于他来说，理想的广告乃是适度与优异的结合，无须太好，但求足够显目，这样的"艺术"期待与它所要象征性描述的商品本身完全匹配。

另一种夸张、诱人的象征方式是商业歌曲，这是最近才出现的。不过，神学上祷告时的歌声，即圣歌与赞美诗，早在宗教诞生时就一并出现了；军歌、进行曲，则与战争同步出现；爱国歌曲（国歌的前身）——毋庸置疑专门用来提升群体凝聚力，强调"我们"与"他者"的区别——早在旧石器时代就由一群一群游荡的猎人和食物采集者唱响了。

对于大部分人来说，音乐本身即具有内在的吸引力。此外，动听的歌曲易于在听者的思想中生根，一段旋律很有可能回响于人的一生。假设现在有一段枯燥无味的陈述或价值判断，单单放在这里，无人会注意。可是，将这段话配上一段朗朗上口、易于记住的旋律呢？立刻，这段话就显出了魔力。而且，只要旋律响起，或自然而然想起了这段旋律，那么话语就自动开始重复。看来俄耳甫斯[①]与巴甫洛夫[②]已然结盟了——音乐魔力与条件反射相互配合。

对商业宣传家和他在政治、宗教领域里的同行们来说，音乐还有另一个优势。一个正常理性的人，要写、要说或听他人说些胡言乱语的东西，未免自觉惭愧；但这些胡言乱语倘若谱成歌曲，让一个理性的人去唱、去听，他将满怀愉悦，甚至获得知识的自信。如此一来，我们又怎能将听歌、唱歌时感到的愉悦，与这动听之歌所掩盖的宣传意图明确区分呢？这也是一个问题。

多亏义务教育和轮转印刷机，宣传家们多年来已经能够将其意图

---

① 俄耳甫斯（Orpheus），古希腊神话中的诗人和歌手，善于弹奏竖琴。
② 伊万·彼得罗维奇·巴甫洛夫（Ivan Petrovich Pavlov，1849—1936），俄罗斯生理学家、心理学家、医师，因对狗的研究而出名，并在1904年获诺贝尔生理学或医学奖。

传递给任一文明国度里几乎任何一个成年人。今天，又多亏了广播与电视，宣传家们欣然发现，他们甚至可以向未上过学的成年人和未开蒙的小孩传递信息呢。

正如所预料的，孩童极易受宣传的影响，因为他们对世界及其运行模式一无所知，也就毫无防备。他们还不知批评为何物。年纪最小的甚至还不懂得理性，年纪较大的则涉世不深，因此即使初知理性，也不能很好地运用。在欧洲，过去人们常开玩笑说，应征入伍就是去当"炮灰"，而现在，他们小小年纪的弟弟妹妹们则成了"广播粉""电视粉"。在我的童年时代，家人教我们唱童谣，在虔诚的家庭里，则唱赞美诗。而到了今天，小家伙们则哼哼着商业歌曲。

下面的一些商业歌曲还算是较好的呢。"莱茵黄金①是我的好啤酒，好啊好干啤。"或者"嘿呀嘀叨嘀叨，猫和小提琴好。"

可是这些呢？"与我同在吧。"或"用上白速得，牙渍哪去了？"鬼知道！

"我不是说要怂恿小孩看了电视广告之后就缠着父母买这买那，可是，我又不能睁眼说瞎话：这事可是天天发生呢。"某一电视明星写道，他为一个青少年节目工作——这样的节目现在有很多。他又补充说："小孩子们就是一卷活灵活现的磁带，把我们每天所灌输的东西说给别人听。"总有一天，这些电视广告的活灵活现的磁带，会长大、赚钱、购买工业产品。"想想看，"克莱德·米勒②兴高采烈地说，"如果你能

---

① 德国的尼伯龙根传说中，莱茵黄金系一处秘藏的黄金，原为莱茵河三位仙女守护，后为尼伯龙族人和齐格弗里德所占有。此处指一啤酒品牌。

② 克莱德·米勒（Clyde L. Miller, 1910—1988），美国民主党政客。

驯化一百万甚至一千万的小孩，他们长大成人后，将会条件反射式地购买你的产品，就像训练士兵前进，一旦听到'起步走'，他们就像扣动扳机一样行动。想想看！这得给你的公司增加多少利润！"

是的，仅仅想一想都要欣喜若狂！

与此同时，我们不能忘了，独裁者们和未来的独裁者们也一直在思考这种事情，已经有很多年了。而成百万、上千万甚至上亿的孩子在成长的过程中，也不得不购买当地暴君的意识形态的产品，就像训练有素的士兵一样，他们一听到在其思想中生根的触发词，同样就像扣动扳机一样，按标准行为来行事。暴君的宣传喉舌们成功了。

人数越多，自治能力越差。选区越是庞大，单个人的投票价值也就越小。如果这单个人只是几百万人中的一员，他会自觉渺小，无足轻重。他投票选出的那个人在遥远的地方，在权力金字塔的顶峰，跟他毫无关系。

从理论上讲，当选者应是民众的公仆；实际上，公仆反倒是发布命令的人，而远远居于这巨大金字塔底部的民众，却是必须服从的人。不断增加的人口、不断发展的科技，使总人数增加了，使得组织更复杂了，也使得官员手中聚集了更多的权力——与此同时，选民反而日益丧失了对官员的控制力，而公众对民主程序的关注度也相应下降了。现代世界里各种庞大的、无情的力量原本已经削弱了民主制度，现在，政治家和他们的宣传喉舌们又从内部加以攻击了。

人类行为，在许多方面固然是非理性的，但是倘若给予"公平的机会"，所有人似乎都能依据可靠的事实做出理性的选择。民主制度下，只有当所有人皆尽其可能努力传播知识、鼓舞理性的时候，这一制度才能运转流畅。可是今天在世界上大多数势力强大的民主国家里，政客们和他们的宣传喉舌宁愿使民主程序变成废话一箩筐，他们吁求的几乎只是选民的无知和非理性。

1956 年，一家重要的商业日报的编辑这么写道："两家党派，其玩弄选民和政治议题的方式，与商家售货的办法异曲同工。这些办法包括：以科学的方法筛选出有吸引力的议题，刻意重复……电台插播广告不断重复一些句子，其强度是预先计算好的。广告牌上的标语，其效果也是要经过证明的……在电视摄像机面前，候选人们除了嗓音富有磁力、用语得当之外，看起来还必须显得'很真诚'。"

政治推销员们唯一吁求的，就是选民的弱点，从来不会考虑选民们蕴藏的政治力量。他们不会做任何努力去引导民众学会自我管理，他们只满足于操纵或剥削民众。为达到这一目的，此辈动用了一切心理学和社会科学的手段。比如，会谨慎选择一些选民，让候选人与之进行"深度访谈"，这些"深度访谈"会呈现出选举期间社会上最为流行的无意识恐惧和愿望。于是，专家们会选用一些语句和形象，目的是缓和或加强（如果有必要）这些恐惧，满足这些愿望或至少象征性地满足，然后将这些语句和形象投放出去，作用于读者或观众，他们接收之后，其选举态度会改变或者巩固。此后，竞选团队要走向大众传媒了，现在他们需要的只是大把的金钱和一名候选人。通过训练，这名候选人看起来已经"很真诚"了。

在这种新的游戏规则之下，政治原则、特定的行动计划都逐渐失去其大部分的作用。候选人的个性和他被宣传家们广而告之的方式，才真正起到了核心作用。或者是一个精力充沛的男子汉，或者是一位慈祥和蔼的父亲，总之，候选人务必光彩照人。他还必须是一个娱乐家，他的观众对他的表演从来不感觉厌倦。观众已经习惯了电视和广播，他们也就惯于走神，不喜欢集中注意力，或做长时间的脑力活动。因此之故，这位娱乐家兼候选人的所有言论务必简短且生气勃勃。当天的重要话题，处理时间最多五分钟——最好六十秒解决问题，因为观众对通货膨胀和氢弹并不感兴趣，他们总是急着把话题转到轻松许多的一些事情上去。其实，在政客和牧师们中间，始终都有一种倾向，即将复杂事情极简化，这就是雄辩术的本质。

站在布道台或讲台上，即使最认真负责的演讲者也会发现，讲出全部的真相也是极其困难的。到了今日的世道，采用了如上论及的诸种手段，一名政治候选人已然被机械化了，似乎他不过是一瓶除臭剂，积极地守护着他的选民们，使其永远不被任何事物的真相所感染，仿佛真相是熏臭难闻的。

第七章
洗脑术

在前面两章中，我描述了可以称之为"批量思想操纵法"的种种手段。有史以来最成功的商人、最厉害的煽动家都在使用。但是，单单用"批量思想操纵法"，也解决不了人类的问题。猎枪有其功效，但皮下注射器也不能少。在其后的章节中，我将描述一些很是有效的技术，这些技术不是用来操纵人群或整个公众，而是操纵孤立的个人。

在进行条件反射这一划时代的实验过程中，巴甫洛夫发现，长时间身处生理或心理的压力之下，被实验的动物们会表现出精神崩溃的所有症状。面对令人难以忍受的环境，它们拒绝配合，其大脑开始罢工，就是说大脑完全不工作（有些狗失去了意识），或者反应迟钝乃至破坏大脑功能（有些狗行为怪异如在梦中，或者表现出歇斯底里的生理症状——用人类的术语来说）。有些动物较别的动物抗压能力更强。巴甫洛夫称之为"强烈兴奋型"的狗，与他称之为"一般活泼"（不易发怒、焦虑）的狗相比，前者更快地崩溃了。与此类似，"自我控制力较弱"的狗，与"清醒冷静"的狗相比，前者会更快地蹿到绳子的终点。但是，再冷静无所谓的狗，也不能无限制地忍受折磨。倘若它承受的压力足够大，时间足够长，它最终也会崩溃，就跟它同类中的最脆弱者一样，可怜而彻底地崩溃。

巴甫洛夫的发现在"二战"中得到了验证，那是在极其广泛的范围内，以最痛苦的方式做出的验证。在士兵中，或者因为单一的创伤经历，或者被连续的恐怖（受惊程度较小但是不停重复）惊吓，他们便会呈现出各种心理无能的症状，比如，暂时的昏迷、狂躁、嗜睡、功能性失明或瘫痪、完全不真实的应激反应、固化的行为模式忽然逆转，等等。所有这些症状巴甫洛夫都在实验的狗身上看到过，后来在世界大战的士兵身上重现——"一战"时这些症状被称为"炮弹休克"，"二战"时则称为"战斗疲劳"。

同狗一样，每个人都有其忍受压力的限度。在现代战争的环境之下，面对或多或少但持续不断的压力，大约三十天之后，大部分人就达到了忍耐的极限；比常人更为坚韧的战士们能够抵抗四十五天甚至五十天。不管忍耐力是强大还是弱小，总之到了最后，他们所有人都会崩溃。注意，我们说的是，所有那些原本正常的人，因为足够讽刺的是，在现代战争中能无限抗压的仅有少数人，而这些人，无一例外都是精神病。疯狂的个体对集体疯狂的后果乃是免疫的。

每个人都有其忍耐的极限，这一事实已被广泛认可。其实自古以来，人们就在利用这一点，虽然采用的是较为粗野、不那么科学的方式。某些情况下，一个人对同类凶残、毫无人道，其实源于此人对残忍本身的爱好，他认为残忍是可怕的、迷人的。然而，更多时候，这种纯粹的虐待狂，倒是被功利主义、神学或国家主义催逼出来的。法官们为了让顽抗的证人松口会折磨其身体，或施加其他的压力；牧师们为了惩罚异端，引诱他们改变信仰，也会这么做；同样，面对被怀疑为反政府的人士，秘密警察也以此手段逼使他们坦白。

在希特勒治下，折磨以及随之而来的种族灭绝，皆施加于那些他认为的生物学上的异端——犹太人。身为一个年轻的纳粹分子，需在死亡集中营中当班，照希姆莱①的说法，这是"最好的教化，使其明白低劣生命和次等人究竟是何物"。在维也纳的贫民窟里，年轻的希特勒重拾反犹主义的信条，且终身不曾放弃，因此，原本是宗教裁判所用来对付异端与巫女的种种手段，后来统统死灰复燃，就是不可避免的了。

可是根据巴甫洛夫的发现，和精神病医师在治疗战争神经症中所获的知识来看，理论与实践之间似乎显出了可怕的、怪诞的时代错乱。

其实，无须身体的折磨，只要用上野蛮且无人性的一些手段，就能够产生充分的压力，足够令人的大脑彻底崩溃。

不管早年发生过什么，至少目前很可以确定，不发达国家的警察

---

① 海因里希·希姆莱（Heinrich Himmler，1900—1945），纳粹德国的重要人物，德国秘密警察首脑，将党卫队发展为控制着整个纳粹帝国的庞大组织。他属下的集中营屠杀了六百万犹太人。

并未广泛使用折磨这一手段。他们不是从宗教审判官或党卫军那里，而是从生理学家和系统性的条件反射实验中的动物身上激发了灵感。对于独裁者和他手下的警察们来说，巴甫洛夫的发现具有重要的实践启示，因为如果一条狗的中枢神经系统可以崩溃，那么政治犯的中枢神经系统一样可以崩溃，他们需要做的，仅仅只是给政治犯们施加足够的压力，持续足够的时间。承受此等压力之后，犯人们会变得神经衰弱或歇斯底里，他们随时准备向其抓捕者坦白，泄露一切。

可是坦白是不够的。一个无可救药的神经患者对任何人都是无用的。聪慧的、务实的独裁者可不需要把一个病人纳入组织里，而是需要为神圣事业服务的变节者。独裁者再一次转向巴甫洛夫，他了解到，在即将崩溃之际，狗比任何时候都易受影响，如此一来，新的行为模式轻易就建立起来，而这些新的行为模式，看起来是不可根除的。动物一旦被植入新的行为模式，其条件反射便不能消除。在压力之下学会的东西，将在它的性格中烙下不可磨灭的痕迹。

有很多种制造心理压力的方式。当刺激极其强烈时，狗会变得卧立难安；过度延长刺激与常规反应之间的时间间隔，狗就会表现出焦虑情绪；如果与先前建立的条件完全相反，狗在受到刺激时脑子会一片混乱；如果刺激超过了这条狗已经建立的条件坐标系，它会茫然不知所措。此外，研究还发现，故意施加恐惧、愤怒、焦虑等情绪到狗身上，会明显提高它对暗示的敏感性，但倘若这些情绪长时间维持在高强度，狗的大脑就开始"罢工"了，"罢工"一旦开始，人就能极其容易地在狗的大脑里建立全新的行为模式。

能提高狗对暗示的敏感性的躯体应激力包括了疲惫、受伤和各种疾病。

对于未来的独裁者来说，这些发现在实际应用中非常重要。比如，它们证明了希特勒是完全正确的——他曾坚持认为在晚上举行群众集会要比在白天举行效果好得多。"身处白天，"希特勒写道，"人们的意志力强度极高，若有人试图将某个人的意志和思想强加给他们，他们必极力反抗；但是在夜晚，面对一个更强大意志的主宰力，他们会更容易匍匐在地。"

巴甫洛夫很可能会同意希特勒的观点，因为疲惫会提高人对暗示的敏感性，这也是为什么电视节目的赞助商准备了大把大把的钞票，就是要选择晚间来播放节目的原因所在。

疾病与疲惫相比较，会更有效地提高人对暗示的敏感性。过去，病房里上演了不计其数的改宗好戏。未来的独裁者将接受科学培训，他们将把自己控制范围内的所有医院都布满电线，在每个病床枕头下都配备扬声器，二十四小时不间断地播放录音训话。而更重要的一些病人，则会由政府专门派遣灵魂拯救者、思想改造者来进行说服工作，就像在过去神父、修女、虔诚的教徒会走到病人的床前一样。

其实，早在巴甫洛夫之前，就有人观察到，强烈的消极情绪易于提高人对暗示的敏感性，有助于改变人的思想，这一发现立刻就得到了使用。威廉·萨金特[①]曾在他那本很有启迪性的书《为心灵而战》

---

① 威廉·萨金特（William Sargant，1907—1988），英国心理学家，是"二战"后英国心理学界的重要人物，但因其治疗的偏激方式备受争议。他的学术著作《为心灵而战》（Battle for the Mind）探讨了如何影响他人心灵。

里指出，约翰·卫斯理①作为牧师取得了巨大成功，其成功的基础在于他凭直觉知道中枢神经系统的存在。通常，他布道的开场白都是对痛苦进行大段大段穷形尽相的描述，除非立刻转到信仰的正途，否则所有听众毫无疑问将被打入地狱，永无翻身机会。于是，当听众充满恐惧、痛苦、罪恶感，达到一定的极限，有时甚至超越极限程度，他们的中枢神经系统就崩溃了，然后，他声调一变，向信仰者和忏悔者许诺得救的可能。用这样的方式布道，卫斯理让成千上万的男人、女人、小孩改宗。

在此例中，高强度的、持续的恐惧令听众崩溃，并使听众对暗示的敏感性达到极高的程度，身处此种状态，他们不分青红皂白地接受了牧师的神学宣言。其后，牧师又以温馨的言语安慰他们，使其摆脱痛苦，重建一个新的、通常更好的行为模式，它会深深扎根在听众的思想和中枢神经系统。

政治和宗教宣传的效果，取决于采用的宣传方式，而非所宣传的具体教条。这些教条或对或错，或好或坏，区别很小，甚至根本就没有区别。只要在人神经疲惫之时，施以恰当方法，所有的灌输必定成功。事实上，只要条件充分，任何人几乎都可以被驯化改变。

我们已经掌握了翔实的证据，可以知道某些不发达国家的警察们是如何对付政治犯的。政治犯一被拘捕，就被施以系统性的、形式多样的压力，包括生理的和心理的。吃得很差，住得极不舒服，每晚睡觉时间不到几个小时，以此迫使他始终处于一种焦虑、不安、极端恐

---

① 约翰·卫斯理（John Wesley，1703—1791），英国十八世纪著名基督教牧师、神学家，他领导了英国宗教复兴，也是卫斯理宗和卫理公会的创立者。

惧的状态。因为巴甫洛夫的这些警察信徒深知疲惫的价值——增强人对暗示的敏感性，于是，他们就一日复一日、一夜复一夜地讯问政治犯，一口气都不停能长达数小时。同时，讯问者无所不用其极，使政治犯恐惧、困惑、完全不知所措。只要这般来上个几周或几个月，政治犯的大脑就罢工了，他会向当局交代一切。然后，如果不想枪毙这个政治犯，还想转化他，则会给予他安慰与希望，如果他诚心信仰党国的唯一真理，他甚至都能被拯救呢，当然不是在来世（因为官方当然不承认还有来世），而是在今生。

在这种驯化体系中，个体就像是原材料，被运送到特殊的营地，在那里，受训者与他们的朋友、家人以及整个外界彻底隔离，进行生理和心理的残酷训练，直至筋疲力尽；他们不被允许一个人行事，永远都是和一个团体内的所有人在一起；他们被鼓励相互监督；他们被要求写检查；他们时刻恐惧，生怕因为自己坦白了什么，或者因为告密者说了他们的什么坏话，最后大祸临头。

六个月之后，这样长期的生理和心理的压力能产生什么样的结果，知道巴甫洛夫实验的人自然会想到：一个接一个，甚至整个团体的受训者们都崩溃了，出现种种神经过敏、歇斯底里的状况，其中一些受训者甚至自杀，其他人（据说多达20%的受训者）则患上严重的精神疾病。而经历残酷的思想改造存活下来的人，其行为模式焕然一新、牢不可破。但与过去有关的所有联系——朋友、家人、传统礼仪、孝顺——已经烟消云散。他们是新人了，崇拜着新的偶像，并完全听命于他。

在这个世界上，从成百上千个这样的"训练营"里，每年产出成千上万个这样的年轻人，他们受过驯化，富有奉献精神。耶稣会曾经为反宗教改革的罗马教会所做的一切，这些用更科学、更残酷的方式驯化出来的产品也正在做着，毫无疑问，他们还会持续做下去。

在政治上，巴甫洛夫或许是一个老式的自由主义者，但讽刺的是，命运总是离奇巧合，他的研究和理论衍生出一支狂热之徒组成的大军，他们奉献心智与灵魂，以及自身的条件反射和神经系统，为的却是摧毁老式的自由主义——不管它在哪里出现。

这就是洗脑术，它是一种混合技术，其功效一部分取决于系统性地使用暴力，一部分取决于对心理操纵术的娴熟应用。它既代表了《一九八四》设想的独裁传统，也在朝《美丽新世界》设想的独裁传统发展。

在一个长期存在的、运转良好的独裁体制下，目前流行的由一般暴力组成的控制术看来无疑是荒谬而粗暴的。倘从幼儿即开始驯化（或者也可以先行用生物技术设定好），一般说来，中级和低级种姓的个体对唯一真理是信奉至死的，无须害怕他们转变思想，甚至无须让他们复习。而高级种姓的人们则务必使其明了面对新情况时需有新思想，自然，对这部分人，其驯化不必那么苛刻；而对中级和低级种姓，既然他们无须思考事情的原因，而仅仅只需去做事情，并且死亡之时要求其安之若素，那么对他们的驯化必然要严苛许多。因此，这些高级种姓的个人，乃是野性较多的；而他们的驯化员和管理员对其本身也只是略微做一些驯化，使其完全成为家养动物一般的人种。此辈因其野性尚存，他们有可能变成异端或公然犯上，这种事情一旦发生，他们或者被清除，或者接受洗脑，重新成为循规蹈矩之徒，或者（像

《美丽新世界》描述的）被流放到某个荒岛，在那里，他们什么麻烦也制造不起来——当然，他们互相之间倒是可以窝里乱的。

不过，幼儿驯化和其他操纵控制术仍然遥远，要等几代人之后才能看到。于是，在通往"美丽新世界"的路上，统治者们也就只有依赖过渡性质的、临时的洗脑术了。

第八章
化学药品之诱导

在我的寓言小说《美丽新世界》里，没有威士忌，没有香烟，没有非法的海洛因，没有私售的可卡因。人们不得抽烟、饮酒、嗑药，也无处注射毒品。一当有人感到沮丧或心情不快，他只需吞下一两粒名为索玛的化合物。我用索玛这名字来命名一种虚构的药物，因为索玛原本是一种无名的植物（或许是马利筋属植物的酸剂），为古雅利安人所用。他们当时侵入了印度大陆，在其最庄严的一种祭仪上，索玛那令人迷醉的汁液从茎干处渗出，祭司和贵族们就在那精致的典礼的现场，痛饮索玛琼浆。在《吠陀》①的颂歌中就曾记载，畅饮索玛者，遍得赐福，其身体转为强壮，其心灵充溢勇气、欢乐、激情，其思想开悟并立刻体验永生的感觉，于此，饮者确信自己必将长生不老。但是这神圣的琼浆也有其缺陷，它其实是一种危险的药物，危险到即使伟大如天神因陀罗②，也曾因畅饮此物而致病。普通的凡人饮用过量，甚至会一命呜呼。可是，畅饮的感觉是如此超凡脱俗，使人喜悦满怀，并启迪人心，以致饮用索玛变成特权的象征。为获此特权，人们可以付出任何代价。

"美丽新世界"里的索玛，没有古印度原型索玛一丁点儿的缺陷。服用少量，它能给人带来喜悦；用量过大，又不过使人产生幻觉；如果吃了三粒，不过让人沉睡，醒来又神清气爽。它完全不会产生任何生理和精神的负担。"美丽新世界"里的人服用索玛好比度假，远离阴暗情绪，远离日常生活的种种烦恼，根本不会伤及身体或永久性地破坏身体机能。

在"美丽新世界"里，消费索玛的喜好并非见不得人的勾当，它其实是一种政治制度，是生命、自由、追求幸福的本质，是受到《权利法案》庇护的。不过，它虽然是臣民们不可分割的特权，珍贵无比，却也同时是独裁者军备库中最有力的武器之一。系统性地令个体享受药物，原为的是国家之利益——当然顺便也让个体取乐取乐，这是世界元首们政策中的核心纲要。每日供应定量的索玛，可遏制个人不适、

---

① 《吠陀》是婆罗门教和现代印度教最重要和最根本的经典。"吠陀"又译为"韦达"，是"知识""启示"的意思。

② 因陀罗，《吠陀》上记载的众神之首。

社会骚乱，防止颠覆性观念的扩散。卡尔·马克思曾经宣布，宗教是民众的鸦片。而在"美丽新世界"里，这种情况反转过来，鸦片，准确说是索玛，是民众的宗教。像宗教一样，这种药物有抚慰、补偿民众之力，它可招引另一个更好的世界的幻象，它更能提供民众以希望，加强民众对政权的信仰，并促进民众更加宽容。

一个诗人曾这样写道：

> 啤酒……远胜弥尔顿之能
> 它见证上帝之路
> 引人前往天堂。

读者务必记住，与索玛相比，啤酒作为一种药物是最粗糙的，效果也是最不可靠的。向凡人呈现上帝的道路，要论功效，索玛远胜啤酒，就像啤酒远远胜过弥尔顿的神学论述一样。

1931 年，我正在写作一篇文章，论述一种想象中的合成物，凭借此物，未来的一代代人能变得快乐和温顺。当时著名的美国生化学家欧文·佩奇博士[1]正准备离开德国，此前三年，他一直在恺撒威廉研究所[2]工作，研究大脑的化学构成。在最近的一篇文章中，他写道："很难理解，为什么隔了如此长的时间，科学家们才开始着手研究人类大脑的化学反应。就我个人的切身经验而谈，其实早在 1931 年，我正

---

① 欧文·佩奇（Irvine Page, 1901—1991），美国生理学家，长期研究高血压，在该领域极其有名。早年曾经研究过大脑神经化学。

② 恺撒威廉研究所（Kaiser Wilhelm Institute），德国知名科学研究机构，始建于 1911 年，位于柏林，"二战"期间与纳粹关系密切，1946 年机构解散。

要离开德国回家……当时我无法在此领域（大脑化学领域）获得任何工作，也不曾掀动一丁点儿的波澜，使世人对此领域感兴趣。"但是到了今日——已经是二十七年之后了，1931年的时候还不存在的小小波澜，早已成滔滔浪潮，生物化学、精神药理学研究已经是炙手可热了。

人们正在研究调节大脑运转的酶。在身体内部，迄今为止还不甚知名的化学物质，比如肾上腺素、血清素（佩奇博士是血清素的共同发现者之一）已经被分离出来，科学家们正在研究它们对人的精神和身体机能的广泛影响。与此同时，人们又合成了新的药物，这些药物能加强、修正、干预多种化学物质的作用，这些化学物质促使神经系统作为身体的司令官、意识的中介与工具发挥作用，时时刻刻创造着生命的奇迹。

从目前的观点来看，这些新药最有趣的地方在于，它们短暂改变了大脑的化学作用以及思想的联结状态，却未曾对整个机体造成任何永久性的损伤。从这点来看，它们很像是索玛，与过去那些改变思维的药物完全不同。比如，传统的镇静剂极像鸦片，但鸦片是一种危险的药物，从新石器时代到今天，它一直培养着瘾君子，并摧毁着人们的健康。传统的兴奋剂——酒精，也如鸦片一样，照大卫王[①]的说法，酒精"使人心情舒畅"。不幸的是，酒精不仅能使人们心情舒畅，若饮用过量，也会造成疾病和上瘾，在过去的八千到一万年间，它乃是犯罪、家庭不幸、道德衰退、意外灾害的主要原因。

---

① 大卫王（King David，前1040—前970），公元前十世纪以色列的第二任国王。

谢天谢地，在传统兴奋剂之中，如茶、咖啡、马黛等，皆是无害的，但其刺激的效果不敢恭维。不像这些"令人愉悦但不能沉醉的一杯杯的东西"，可卡因兴奋效果强烈，但也甚是危险。食用者虽得狂喜，却也付出代价：他们会感觉身体、精神力量皆无穷无尽，但却断断续续感到痛苦与沮丧；还会出现某些可怕的体征，好似无数爬虫钻心；甚至产生妄想，这妄想或能导致罪恶发生。

较近发现的另一种兴奋剂是安非他明，更为人所知的是购买时它的另一个名字苯丙胺。安非他明作用明显，但滥用之下，却会对身体、精神健康造成伤害。据报道，在日本，大约有一百万安非他明瘾君子。

在传统的迷幻剂中，最有名的包括乌羽玉[①]和大麻；此外，在全世界广泛消费的迷幻剂还包括哈希什[②]、印度大麻、麻醉剂、大麻烟。根据最可靠的医学和人类学研究，与杜松子酒和威士忌相比，乌羽玉的副作用小得多，它帮助宗教仪式中的印第安人如入天堂，使他们感到与至爱的社群融合为一，这等享受的害处却寥寥无几，不过是咀嚼时味道有点难闻，或一两个小时内感到作呕罢了。至于大麻，就没有那么良性了，虽然其害处也没有谣传的那么大。1941年，纽约市长任命的医学委员会调查过大麻烟，经过认真研究后得出结论，大麻对社会甚至对上瘾者都没有致命威胁，这东西不过是惹人烦心罢了。

抛开这些传统的改变思想的迷幻剂，我们再来谈谈精神病理学研究的最新产品，其中三种宣传最广的镇静剂是利血平、冬眠灵和眠尔

---

① 乌羽玉（Peyote），一种细小无刺的仙人掌，含有精神生物碱，很早就被美国原住民用作宗教致幻剂。

② 哈希什（Hashish），一种用印度大麻榨出的树脂。

通。在对某些类型的精神病患者进行治疗时，发现前两者的效果极其显著，倒不是说它们能治好精神病，但至少能暂时缓解他们的痛苦症状。对受到各种精神衰弱症折磨的人们，眠尔通也有相似的疗效。

这些药物并非全然无害，但是考虑到它们有利于人类身体和心智活动的效果，这些害处还是微末至极的。简而言之，固然有得必有失，但镇静剂所得甚大，而所失甚小。冬眠平、眠尔通并没有索玛那么神奇，但有一点已经很接近这神奇的药物：它们同样能使人暂时缓解精神紧张，而在大多数情况下，却并不会对机体造成永久的伤害——要说有什么伤害，也仅仅是它们起效时会对人的心智和生理的工作效率产生极其细微的损伤。

作为麻醉剂它们也比巴比妥酸盐好许多，后者会使人的头脑反应迟钝，若用量过大，还会造成许多意想不到的身心症状，甚至可能导致完全上瘾。

在另一种药物LSD[①]上，药理学家最近发现了又一个近似索玛的特征：提升感觉力、制造幻觉，而且从生理学的角度看，近乎没有副作用。这一别致的药物，剂量小至一克的百万分之五十甚至百万分之二十五便能起效。像乌羽玉一样，此药物能把人引入另一个世界。在大部分案例中，LSD创造的另一个世界宛如天堂，但反过来也有可能好比炼狱。只是，不管是积极的还是消极的，几乎所有服用过此药的人皆感觉到，其效果实在是非比寻常、引人入胜。

总而言之，思想可以如此剧烈地改变，代价却如此之小，这岂非

---

① LSD，一种曾在世界范围内流行的致幻剂。

惊世骇俗的发现？

索玛不仅仅是一种迷幻药或镇静剂，毫无疑问它也能刺激精神与身体，既创造积极的愉悦之感，也在释放人的焦虑、紧张感之后产生一种消极的快感——这可就令人难以置信了。

理想的刺激药物——效果明显却毫无伤害——仍然等待人们去发现。我们已经知道，安非他明远不能让人满意，它虽有效果，却损人太多。另一个前途远大有望媲美索玛的药物是异丙烟肼[①]，它具有索玛的第三个特征，并已实现临床应用——使抑郁的病人摆脱痛苦，使冷漠的病人变得活泼。总之，提升了有效的心理能量。更令人欣慰的是，我认识的一位优秀的药理学家告诉我，有一种新的合成药物，正处于试验阶段，名为酏乐，它是一种氨基醇，被认为可以提高人体内乙酰胆碱[②]的含量，如此一来，人体神经系统的活力和工作效率就会大大提高。服用此药的人所需睡眠时间减少，感觉更为敏锐和愉悦，思考速度更快，更聪明，而且几乎对机体无任何损害，至少从短期观察来看如此。听起来很是美妙，有点儿不像真的。

现在我们可以看到，尽管索玛在现实中尚未存在（可能永远都不会存在），但相当棒的替代品（它们已经具有索玛类似的功效）已经被发现。现在，人类已经拥有了便宜的生理镇静剂、迷幻剂和兴奋剂。

因此，很明显，任何一个独裁者，只要他想，就能将这些药物用于政治目的。只需改变臣民们大脑的化学作用，就能避免任何形式的政治骚乱，并使臣民们对奴役状态心满意足。用上镇静剂，能让激动

---

① 异丙烟肼（Iproniazid），治疗抑郁症药物。

② 乙酰胆碱（Acetylcholine），神经中枢及周边神经系统中常见的神经传导物质。

的臣民冷静下来；用上兴奋剂，能唤起冷漠的臣民内心的激情；用上迷幻剂，能让悲催的臣民从自己的凄惨境遇中分神别观。不过，读者诸君可能会问，独裁者又如何能迫使他的臣民们服用这些药物，以使臣民们按他所期望的模式思考、感受、行动呢？

其实很简单，保证这些药物随处可以买到即可。今日世界，烟酒随处可买，它们作为兴奋剂、镇静剂的效果远没有那么好，但是人们却愿意为之大把花钱，比他们准备用在子女教育上的投入要多得多。再看看巴比妥酸盐和一些镇静剂，在美国，这些药物只需一张处方笺就能买到。而美国公众是如此渴望有什么东西能够使他们在城市、工业化环境中的生活稍微舒服一点点，因此，医生们只有手不停歇地写处方笺了，这导致今日的美国各种镇静剂销售额达到每年四千八百万美元。此外，大量的处方笺还可以反复填写，须知，一瓶镇静剂带来的快感可是远远不够的。一瓶用完了，再去买一瓶，又用完了，再去买……毫无疑问，如果购买镇静剂和购买阿司匹林一样便捷、实惠，那么其销售总量可不止现在的数字，而是要翻上二十倍，甚至一百倍。质优价廉的兴奋剂也会同样受欢迎。

在独裁体制下，药剂师必须听指令，根据情况之变，随时转换口风。在国运艰难之时，他们必须促进兴奋剂的销量；太平之时，臣民太过警觉，其精力太过充沛，对独裁者来说，或者会造成尴尬的局面，在这样的时候，药剂师必须配合政府，鼓励大众购买镇静剂、迷幻剂。在甜滋滋的糖浆的滋润下，臣民们定然不会给他们的主人制造任何麻烦。

照目前的情况来看，镇静剂或许可以阻止某些人制造相当大的麻烦——不仅是给统治者，也是给自己制造麻烦。过度紧张是一种疾病，太少的紧张感也是疾病。在某些特定情况下，我们需要保持紧张感，此时太过镇静（尤其是通过化学手段从外部强加的镇静）完全不合适。最近，我参加了一场有关眠尔通的报告会，一位知名的生化学家开玩笑地建议说，美国政府可以免费赠送苏联人民五百亿粒这种最为流行的镇静药。虽是玩笑，其实蕴含深意。在这两个大国的比拼中，其一国民众始终被威胁、许诺所刺激，始终受单一宣传的引导；而另一国民众始终被电视分神，被眠尔通安抚。两者之竞争，你们猜鹿死谁手？

除了镇静、致幻、刺激的作用，在我的寓言小说中，索玛还有提升人对暗示的敏感性的作用，如此便可用来强化政府宣传的效果。现实生活中，虽然效果差强人意，而且对人的生理造成较大的伤害，但医生的处方里面还是有几种药物，同样可以用于促进宣传。例如，有一种药物叫作东莨菪碱，从天仙子中提取有效成分，如果剂量过大，会有较强的毒性；还有硫喷妥钠①、异戊巴比妥②。

因为某种奇怪的原因，硫喷妥钠有个外号叫"吐真剂"，许多国家的警察已经用此药来从顽固的罪犯口中套取自供，或者也有可能诱使顽固分子接受暗示说出口供。硫喷妥钠、安米妥钠缩短了意识与潜意识之间的壁垒，对治疗"战斗疲劳"有极大的价值，其治疗过程被英国人称之为"精神疏泄治疗"，被美国人称之为"精神综合法"。据说，另一些国家偶尔也会用上此等药物，确保某些重要的罪犯在法院公开露面时不出问题。

---

① 硫喷妥钠（Pentothal），一种麻醉剂。

② 异戊巴比妥（sodium amytal），一种精神药品。

与此同时，药理学、生化学、神经学正在大踏步发展，我们可以确信，用不了几年，就会发现更新更好的化学方法来提升人对暗示的敏感性，并降低人的心理抵触。与其他发明发现一样，其结果之善恶，全本诸人心之善恶。它们可以帮助精神病医生们治疗精神疾病，也可以帮助独裁者消灭自由。更有可能的是（须知科学正因其不偏不倚而神圣），它们既能制造奴役，也能推动自由，所谓能立亦能破也。

第九章
潜意识劝导

在 1919 年出版的《梦的解析》一书中，弗洛伊德通过一个脚注，呼吁读者留意波孜博士的著作，此人是澳大利亚的一名神经病医师，当时刚发表了一篇论文，描述了他用速示器 [①] 所做的一些实验。所谓速示器，是一种仪器，由两部分组成，包括了一个观看的小箱子，箱内的观看者会在不到一秒的时间里看一幅图像；还包括一个神奇的天窗（像灯笼一样），配备了一个高速快门，能快速将一幅图像投射到屏幕上。在这些实验中，"波孜要求观看者画下在速示器中看到并记

[①] 速示器（Tachistoscope），一种使人们短时呈现视觉刺激的仪器。在知觉、记忆和学习等方面的实验中，经常要用速示器把刺激呈现给被实验者，以记录他们的反应。

住的一幅图像……然后波孜转而注意实验者次日夜晚所做的梦，再一次要求观看者画下能清晰记得的梦境。结果表明，观看者所见的图像的某些细节倘若一开始没有被记住，就会成为后来的梦的素材"。

经过反复的修改和完善，波孜的实验被重复了多次，近来做这项实验最勤的人是查理·费雪博士，他写作了三篇出色的论文，发表在美国心理分析协会的会刊上，主题都是关于梦以及"前意识知觉"的。与此同时，学院派的心理学家们也没有闲着，在确认了波孜的发现之后，他们进行了更多的研究，发现其实人们真正的所见所闻，远比他们意识到的所见所闻，内容要丰富太多了，这些没有被意识到的见闻，储存在潜意识中，却能对人显性的思想、情感、行为产生影响。

纯科学可不会永远那么纯洁，或早或晚，它都要被应用到实际中去，最终变成技术。理论转变为工业实践，知识变成生产力，公式、室内实验经过华丽转身，甚至都能变成氢弹呢。在此处讨论的实例中，波孜所做的小而精致的纯科学实验，以及其他在"前意识知觉"领域所做的同样小而精致的纯科学实验，保持了其原始的纯洁性，时间倒是相当长。后来，1957年的早秋，在波孜最初的论文发表整整四十年之后，人们宣布科学的纯洁性已然不再，波孜的发现已经进入应用化阶段，并成为了一种技术。

这在整个文明世界一石激起千层浪。其实，这是不足为奇的，因为这门新的技术名为"潜意识投射"，顾名思义，这门技术与大众娱乐业关系匪浅，而在文明人的生活中，大众娱乐业如今起着至为核心的作用，好比中世纪时的宗教。我们的时代有好些绰号，比如"焦虑的时代""原子时代""太空时代"。或许，同样有充分的理由称之为

"电视迷时代"或"肥皂剧时代"或"播音员时代"。在这样的时代里，波孜的纯科学已经以"潜意识投射"之名技术化了，这一声明免不得要引发全世界大众娱乐行业的极大兴趣。

因为，这门技术直接针对大众娱乐业的受众，其目的就是操纵他们的思想，却不让他们知道自己被操纵了。通过特别设计的速示器，当节目正播出（不是播出之前也不是播出之后）的时候，特定的文字、图像可以在一毫秒甚至更短的时间里在电视屏幕或影院幕布上一闪而过。

当节目里正播放着情侣相拥或心碎母亲眼泪直淌的场面时，"来杯可口可乐"或"点上一根骆驼牌香烟"这样的字眼已经叠加到画面上去了，观众的视神经记下了这些隐秘的信息，其潜意识会响应这些信息，长此以往，他们会意识到自己对汽水或香烟极度渴望。与此同时，其他一些隐秘信息则被低柔地说出来，或尖厉地叫出来，终有一日，听者会真的意识到这些声音。在意识层面，听众也许正注意到诸如"亲爱的，我爱你"这样的句子，而在潜意识层面，在低于阈值的意识之中，在他们那令人不可思议的敏锐的听觉和下意识的神志中将接收到有关除臭剂和泻药的最新好消息。

这种商业宣传真有效果吗？从第一家披露"潜意识投射"技术存在的广告公司提供的证据来看，效果不明显，若从科学的角度来说，这效果尚不是很令人满意。据说，在电影画面中定时闪入购买更多爆米花的暗示，能使电影中场休息时间的爆米花销量猛增50%，但是孤例不能说明什么。此外，这个试验本身做得也不完善，既未对试验过程进行控制，也未考虑到必定会影响观众消费爆米花的多种变量因素。

更何况，莫非这就是从事潜意识知觉研究多年来积累的知识，其最有效的技术转化？从本质上来讲，单单把一个商品的名字和购买该商品的指令打在屏幕上，就能打破销售阻力，吸引新客源吗？针对这些问题，答案很明显是否定的。自然，这不是说神经学家和心理学家的发现没有任何实际价值，其实，只要应用得当，波孜所做的小而精致的纯科学实验可以变成一种威力强大的工具，用于控制那些毫无防备之心的人，这方面的证据还是有一些的。

且抛开爆米花零售商的试验不谈，我们来了解一下在同样的领域里所做的另外一些试验，这些试验没那么嘈杂，但更具想象力，手段也更先进。在英国，控制低于阈值的意识的程序，被称作"频闪输入法"，研究者强调，创造适当的心理状态，为"潜意识劝导"做准备是非常重要的。任何暗示要想对高于阈值的意识更有效果，必须确保接受暗示者正处于轻微的催眠状态——或者是特定的药物正在起作用，或者因疾病、饥饿以及其他任何生理、情感的压力而疲惫不堪；但是，既然暗示能对高于阈值的意识起作用，也一定能对低于阈值的意识起作用。总而言之，一个人心理抵触程度越低，那么"频闪输入法"的暗示效果就越好。未来的科学独裁者将会在学校、医院以及所有公共场所装备耳语机器和"潜意识投射仪"（须知儿童和病人最易接受暗示），通过暗示性的演讲、仪式，软化听众的防备之心。

前面我们讲到如何创造条件使潜意识的暗示效果更好，现在我们要来谈谈暗示本身。何等情况下，宣传家们可以直接影响受众的潜意识？要让直接命令（"去买爆米花"或"给琼斯投上一票"）、断语（"斯大林是臭大粪"或"X 牌牙膏清除口臭"）起作用，前提是受众已经对琼斯或爆米花有所偏好，已经对斯大林和口臭的害处非常敏感。但增强已经存在的信念还不够。一个称职的宣传家务必要去创造新的信念，务必学会把中立的或立场动摇的人拉到自己一边，务必能够促使敌人软化态度甚至转变立场。因此，他知道，自己必须在潜意识的命令、断语之外，加上潜意识的劝导。

针对高于阈值的意识，最有效的非理性劝导手段就是我们所称的"联想劝导"。宣传家蛮横地将他要推广的产品、候选人、理念，与特定文化中大多数人视为绝对正确的观念、人或事物的形象联系在一起。因此，在销售策略中，可以生生将美女与从推土机到利尿剂的任何物品联系在一起；在政治运动中，爱国主义既能与从种族隔离到种族融合的任何理念挂上钩，也能与从甘地到麦卡锡之间的任何人物牵扯到一起。

几年前，在中美洲，我亲眼见到一个"联想劝导"的实例，对设计者我不免心怀钦佩之情（虽然难免有些惊悚之感）。在危地马拉山区，唯一进口的工艺品是彩色日历，由外国公司免费分发，这些外国公司的产品，是要卖给印第安人的。其中，美国公司分发的日历上面，都是一些狗啊，风景啊，半裸的美女啊之类的图片，但是对于印第安人来说，狗不过是一种实用的动物，风景不过是他们每天见到太多的东西，至于半裸的金发美人，他们不仅不感兴趣，兴许还有些厌恶呢。相比较而言，这些美国公司的日历，就远没有德国公司的日历那么受欢迎了。因为德国的广告专家们不辞辛劳地研究了印第安人的兴趣和价值观。我仍然记得其中一本日历，实在是商业宣传的杰作。这本日历是一家阿司匹林制造商出版的。在日历画面的底部，人们可以看到装着白色药片的眼熟的药瓶上面那眼熟的商标，其上则没有什么雪景、秋日森林、可卡犬、大胸的女演员。呸，德国人狡猾着呢，他们印上了色彩明艳、栩栩如生的基督像，他坐于云上，为圣约瑟、圣母马利亚、各式各样的圣徒和一群天使环绕。德国人就是以这等形象与他们的镇痛药联系在一起。其神奇的效果便是，他们生产的阿司匹林在印第安人朴素、虔诚的心灵中与圣父以及整个万军之天国紧紧相连了。

潜意识投射的手段配合此"联想劝导"术，效果似乎甚佳。在美国国立卫生研究院的支持之下，纽约大学做了一系列实验，实验表明，一个人对某些意识可见的形象的感觉，如果在潜意识层面与另一个形象（或最好是有价值判断性的词句）联系到一起，则此人原来的感觉会被改变。也就是说，如果在潜意识层面与"快乐"这个词联系到一起，那么即使一张空洞的、毫无表情的脸，在受众看来，也似乎是在灿然微笑、友好对望、和蔼可亲、乐于助人；同样一张脸，如果在潜意识层面与"愤怒"这个单词联系到一起，这张脸就会呈现出令人生畏的表情，对受众来说，它似乎是充满敌意的，令人感到厌恶。（不过对于一群年轻的女士来说，似乎"愤怒"的这张脸她们觉得是充满阳刚之气的，相反，当这张脸与"快乐"联系在一起时，她们却把这张脸看成是属于她们这个性别的一员。诸位父亲、诸位丈夫，你们可得记牢了。）

对于商业或政治宣传家来说，这些发现明显有非常高的价值。如果他能提升受众对暗示的敏感性，直到反常的高值；如果此时他向受众展示他要推销的事物、人，或通过一个象征来推销一个观念；与此同时，在潜意识层面，他还能将要推销的事物、人、象征物与某些带有价值判断的词语或形象联系到一起，那么，他就能改变受众的情感、观点，而受众则完全不知道他已经对他们施加了魔法。

据新奥尔良一家娱乐集团的说法，采用此种办法，就能够提升电影、电视剧的娱乐价值。人喜欢体验强烈的感情，因此他们愿意欣赏悲剧、恐怖片、神秘谋杀案以及爱情故事。戏剧化的打斗场面、拥吻场景，在观众心中唤起强烈的感情；如果在潜意识层面，这些场面能与适当的词语、象征物联系在一起，还能造成更强烈的震撼呢。

例如，在电影《战地春梦》① 中，假如在屏幕上反复闪烁不祥之词如"痛苦""血淋淋""死亡"等来刺激观众的潜意识，则女主人公死于难产的场景将变得更加凄楚哀伤。自然，在意识层面上，这些词语人们注意不到，但是它们会极大地影响人们的潜意识，并显著加强人们被所意识到的画面、对白激起的情感。事情看来甚是明显，倘若潜意识投射一直用于强化电影观众的感触，电影工业就不会破产；当然，前提是电视剧的制造商们没有抢先一步用上这门技术。

根据上述所论的"联想劝导"术以及通过潜意识暗示增强情绪的手段，我们试着来想象一下，未来社会的政治集会将是何等模样。候选人（如果届时还有所谓的候选人的话），或寡头政权的指定代表将对所有人发表演说，与此同时，速示器、耳语机器、尖叫机器、影像投射仪等设备开动起来，传递出的信息是如此含糊，只有潜意识才能接收。于是，此君说的每一句话，其效果都会被系统性地加强，方法即是：在描述自己时，利用"频闪输入法"，不停将此君及其观念与动

---

① 《战地春梦》（*A Farewell to Arms*，1957），又名《永别了，武器》，根据海明威半自传式小说改编的电影。

人的词语、神圣的形象联系在一起；一旦提及国家、党派的敌人，则同样利用"频闪输入法"，不停地将敌人与贬义的词语、可憎的符号联系在一起。

好比在美国，林肯的形象、"民治"等词语会倏忽闪过，统统投射到演讲现场。在俄国，则自然是轮到列宁、马克思先知般的胡子等形象以及"人民民主"等词语频闪出现在演讲现场。正因为这样的场面会发生在未来，所以，现在的我们还能笑得出来，可是二三十年后，恐怕就没有那么好笑了。因为，我们现在只是在科幻小说里看到的场景，终有一天会变成日常的政治现实。

当写作《美丽新世界》时，我竟然忽视了波孜的预言，因此，在我的寓言小说中，并没有提及潜意识投射。我粗心大意了。如果今天可以重写《美丽新世界》，我一定会改正此错误。

第十章

睡眠教学法

1957 年的晚秋，美国加州图莱里县一个叫"林地露营"的刑法机构里，进行了一次有趣的实验。一群犯人自愿像豚鼠一样参加心理测试，在他们枕头下面，放置了微型扬声器，这些扬声器全部与典狱长办公室的一台留声机连线。在整个夜晚，一个鼓舞人心的声音不停地低声重复着一段简短的《道德生活的原则》，如果犯人夜里起来，他可能会听到这低语的声音，颂扬着基本美德，或咕哝着呼唤个人的良知，"我全心已然满是对世人的爱与同情，上帝，请佑助我吧"。

看完有关这个"林地露营"的报道，我转而想到《美丽新世界》的第二章。在此章节里，西欧孵化与驯化中心的主管向一群新人介绍国家伦理教育系统的工作，时间是福特纪元的第七个世纪，这套教育系统名为"睡眠教育法"。主管对他的听众说道，最初睡眠教育的尝试误入歧途，所以并不成功。最初，教育者们试图对睡觉中的学生进行智识训练，可是，智力活动与睡眠是不相容的。睡眠教育法只有在用于道德训练时才真正成功，也就是说，在人的心理阻力最低的时候，通过语言暗示，对其行为模式进行驯化。

"非语言的条件反射既草率，也失之于笼统，无法传授较为复杂的行为——这些行为乃是国家所需要的。所以，需要的是语言，不过是不讲理性的语言。"这种语言，要想被理解，倒也不需要进行分析，只需在睡眠中一股脑儿地灌输到大脑中去即可。这就是真正的睡眠教育法，"乃是人类有史以来最强大的道德、社交力量"。在"美丽新世界"里，低级种姓中没有任何人起来挑事，为什么？因为从他们能说话、能理解别人的话时开始，每一个低级种姓的儿童一夜复一夜，在其困倦睡眠之时，都要接受永不歇止、不停重复的暗示。这些暗示好比："液封蜡，一滴滴流下来，黏附、镶饰于这受体，并与之融合在一起，最终一整块岩石都能变成猩红色混沌的一团。最终，幼崽们的脑子尽是这些告诫，所有告诫整合一起，也就变成崽子们的思想。还不仅仅是崽子们的思想呢，成年人的思想也是一般无二，甚至是终其一生。判断、欲望、决定，这些所谓的思想，其实都是由这些告诫组成。而所有这些告诫，全部都来自我们，来自国家……"

到目前为止，据我所知，还没有任何一个国家进行的睡眠暗示能比图莱里县的实验更令人敬畏，图莱里县的睡眠暗示针对的是违法者，其本质是无懈可击的。我倒是想，如果不仅仅是"林地露营"里的家伙们享受这等福气，而是我们所有人都能在睡梦中满心充溢对世人的爱与同情，倒是妙极人寰呢。不，我们不是反对那鼓舞人心的私语所传递的信息，我们反对的是政府机构公然采用睡眠教育法。在民主社会里，官员们受民众委托行使权力，他们难道可以随意自行裁定，来使用睡眠教育法这样的工具吗？在此处提到的实例中，官员们也只是在自愿者身上进行了睡眠教育实验，而且意图良好。可是，无人可以保证，在别的情况下，意图就能是良好的，或者驯化会在自愿的基础上进行。任何允许官员们尝试邪念的法律或社会制度，必定是邪恶的。任何保护官员不因自身利益而滥用职权（甚至只是在极短的时间之内）的法律或社会制度——在这样的社会里，教会组织亦有存在价值——是良善的。睡眠教育法，倘若果真有效，在任何一个有权向被奴役的受众强加暗示的人手中都会成为威力极其强大的工具。而一个民主社会相信如下道理，即权力经常会被滥用，所以官员们受民众委托所据有的权力，只能是有限的，而且其行使权力的时效也有限制。在这样的社会里，官员们可依法推行睡眠教育法，当然，前提是说睡眠教育法果然具有强大的威力。但是，它果然是一个威力强大的工具吗？或者，它会像我想象的那样，按福特纪元第七个世纪的模式来应用？且让我们看看如下的证据吧。

在1955年7月刊的《心理学公报》上，查尔斯·W.西蒙和威廉·H.埃蒙斯就睡眠教育法领域十项最重要的研究进行了分析和评估，所有这些研究都与记忆相关。睡眠教育能否帮助学生提升死记硬背的能力？趁熟睡时低声对着耳朵说出的材料，到了第二天早晨醒来时还能记得多少？对此，西蒙和埃蒙斯如此回答："我们对睡眠教学法的十项研究进行了评估，其中许多项研究被商业公司、流行杂志、新闻报道不加批判地作为证据使用，以支持睡眠教学的可行性。对这些研究的实验设计、数据、方法论和睡觉的定义标准，我们分别进行了严格的剖析，结果发现，或多或少，这些研究都存在不足之处。可见这些研究并不能准确无误地证明睡眠教学果真可行。不过，有些学习经验是在一种特殊的清醒状态获得的，而参加实验的人事后却不记得当时他们是否清醒。从学习时间的效率上来说，这一发现可能具有重大的应用价值，只是，这却不能被定义为睡眠学习……因为对睡眠缺乏精准的定义，问题显得更加混乱了。"

虽然如此，某些事实仍不变。例如，美军在"二战"期间（甚至在"一战"期间就曾做过实验）向士兵培训摩尔斯电码和外语，除了白天的学习之外，还以睡眠教学来补充，很显然，这一做法收到了奇效。"二战"结束以来，美国和美国以外的好几家公司售出了大量的"枕头扬声器"、"定时留声机"以及磁带录音机，以方便日程密集的演员记台词，方便政客、牧师记演讲词（他们希望给听众一种错觉，让大家以为他们的雄辩乃是顺其自然的），或方便学生准备考试，最后也是价值最大的，是它们帮助不计其数的对自己现状不满的人接受暗示，或自我暗示，直至焕然新生，与旧我告别。

自我暗示可以很容易就记录在磁带上，一遍又一遍地去听，不管白天还是睡眠。外界的暗示可以通过购买相应的磁带得到，这些磁带记录了相当多领域的有价值信息。比如，市场上就有关于舒缓压力、深度放松训练的磁带，以及促进自信的磁带（多是销售员需要），还有的磁带有助于提升一个人的魅力，使其个性更富吸引力。其中最畅销的，是关于两性和谐和减肥的磁带（如"我不喜欢巧克力，对土豆不感兴趣，对松饼完全无动于衷"）。还有些磁带是关于促进健康的，甚至是关于如何赚大钱的。令人称奇的是，有些购买磁带的顾客感激涕零地回信，自动做证，证明有一些人在听了有关如何赚大钱的睡眠暗示之后，居然真的发财了；许多肥胖的女士居然真的瘦身了；还有一些夫妇，本来濒临离婚的边缘，却重新找回性和谐，从此白头偕老了。

关于这点，西奥多·X.巴伯 [1] 在 1956 年十月版的《临床与实验催眠学报》发表了论文《睡眠与催眠》予以论述，极富启发性。他指出，浅层睡眠和深度睡眠有着重要的区别，在深度睡眠之中，脑电图仪未能记录下 α 脑波，而在浅层睡眠之中，α 脑波却现身了，由此可见，浅层睡眠更靠近清醒状态或催眠状态（在这两种状态中，α 脑波都出现了）。一声巨响，能把一个处于深度睡眠之中的人惊醒；如果声响稍微降低些，却并不能惊醒这个深度睡眠中的人，只是，α 脑波居然出现了，这表明，深度睡眠转变为了浅层睡眠。

处于深度睡眠中的人，不能接受暗示。但是处于浅层睡眠中的人，若给予其暗示，他们会接受——巴伯先生发现，在催眠状态之下，其接受暗示的方式是一模一样的。

许多早期研究催眠术的人都做了类似的实验。米恩·布拉姆韦尔 [2] 在其 1903 年出版的经典著作《催眠术的历史、实践与理论》中记录道："许多权威宣称能够将自然睡眠转变为催眠状态。据维特斯特

---

[1] 西奥多·X.巴伯（Theodore X. Barber, 1927—2005），研究后催眠行为的心理学家。

[2] 米恩·布拉姆韦尔（Milne Bramwell, 1852—1925），英国医生和催眠专家。

朗^①说，将一个人尤其是小孩置于睡眠状态，实在是小菜一碟……维特斯特朗以为，这种诱使催眠的方法应用价值很大，他自称成功地完成了多次。"布拉姆韦尔还说其他一些熟练的催眠师（其中包括了一些杰出的权威，如伯恩海姆、莫尔、佛瑞尔）也曾达到同样效果。

今天，任何一个实验人员都不会说"将自然睡眠转变为催眠状态"，他会说，浅层睡眠（与不出现 α 脑波的深层睡眠相反）是这样一种状态，处于这种状态的人会乐意接受暗示，这与被催眠的人一模一样。举个例子，当一个人处于浅层睡眠时，告诉他一会儿之后会起床，会感觉非常口渴，然后他真的就起床了，而且喉咙真的非常干，急切要喝水。浅层睡眠时，人的大脑皮层固然不很活跃，不能做积极思考，但是它还是足够清醒，能够接受暗示，并将暗示传递到自主神经系统的。

我们已经知道，著名的瑞典医师和实验家维特斯特朗，在睡眠儿童的催眠处理上可谓得心应手。今日他的手法仍然被一些儿科医生沿袭，他们告诉年轻的母亲们睡眠教育的艺术，教育她们在婴儿处于浅层睡眠时，可以给孩子一些有用的暗示。通过这种睡眠教育法，可以纠正孩子们尿床、啃指甲的恶习，可以引导孩子们做手术时减少恐惧，而当孩子们的生命状况堪忧时，则能给予孩子们信心和安慰。我自己就曾亲眼看到，通过临床上的睡眠教育法，孩子们取得了一些显著的成绩。而成人们，若采用此法，也应能取得相应的成绩。

对于未来的独裁者来说，睡眠教学发展至此，此中价值，不言而

---

① 奥托·格奥尔格·维特斯特朗（Otto Georg Wetterstrand，1845—1907），瑞典内科医生和精神治疗医师。

喻。在合适的条件之下，睡眠教学法确有效果，看起来和催眠的效果一样。在催眠状态中，能让一个人做的大部分事情、能对一个人做的大部分事情，也同样可以在浅层睡眠状态中实现。语言暗示可以从处于催眠状态中的大脑皮层传递到中脑、脑干，以及自主神经系统。如果这些暗示精心设计、不断重复，那么睡眠者的身体机能就能够改善或能接受外界干预，新的情感模式将建立起来，旧的情感模式被修正，催眠后的人可以接受命令，而口号、公式、触发词则深深刻入记忆深处。孩子比成人更能接受睡眠教学法，未来的独裁者自然会充分利用这一情况。幼儿园的孩子们午觉之时，将会接受睡眠暗示。大小孩——尤其是干部的孩子们，他们要成长为领袖、管理者、教师——则进入寄宿学校，在此，除了白天接受良好的教育，晚上还以睡眠教育作为补充。至于成人，则会特别关注病号。正如巴甫洛夫多年之前验证的那样，意志坚定、冥顽不灵的狗，动了手术之后或者忍受着病痛之苦的时候，它们就能彻底接受暗示了。我们的独裁者因此将确保每个医院病房布置好声音设备。一次阑尾手术、一次分娩、肺炎或肝炎的一次发作，都将成为病人们接受忠诚、唯一真理的精读课程的良机，也将成为温习意识形态原理的理由。其他被奴役的听众则聚集在监狱、劳改营、军营、海船、夜间的火车飞机上，或者在巴士总站、火车站阴郁的候车室里。即使睡眠暗示对这些人所起的效果还不到10%，但仍然是一个骄人的成绩，而对一个独裁者来说，这等好事是千载难逢的。

且暂不讨论浅层睡眠、催眠的神奇效果了，我们来看看清醒状态的人——或至少自认为处于清醒状态（实际上，佛教徒们坚称，绝大部分人始终处于半睡半醒之间，好似梦游者一般度过一生，唯有听从别人的暗示。只有悟道，才是真正的清醒。"佛陀"这个词本身的含义，就是"觉醒"）——他们对暗示的敏感性又是怎样的。

从遗传学的角度来看，每个人都是独一无二的，在许多方面，人人皆相互不同。在统计定额中，个体差异的幅度之大，已然令人惊叹，而我们千万不要忘了，所谓的统计定额，只在保险统计中有些用处，大抵是不能使用于真实人生的。真实人生中，没有一个人是所谓的"标准人"，只有一个个单独的男男女女、老老少少，每人皆自有其与生俱来的精神、身体的特质，却无一不刻意（或被迫）扭曲自己的生物差异性，以融入某个文化模型的同一性中去。

对暗示的敏感性，是这些特质之一，同样人人大不相同。自然，环境因素会影响一个人接受暗示的敏感性，不过，恐怕这一特质的区别也有个体体质差异的原因。对暗示极度反抗，这种案例甚是罕见，幸亏如此，否则如果每个人都像别人一样不接受暗示，社会生活就不存在了。社会之所以能以一种理性的方式高效运转，就是因为虽然程度不同，但大部分人都对暗示敏感。但是，对暗示极度敏感的现象，一样甚是罕见。这也是社会之幸，否则如果大部分人对外界暗示极度敏感，那么任何选区里的大部分选民将不可能做出自由、理性的选择，民主制度亦将不存。

几年之前，在麻省总医院里，一群研究者就安慰剂（安慰剂从药理学上说，是毫无疗效的，但是病人们却相信它们有效）的止痛效果进行了一场极其成功的实验。在这项实验中，参加实验的患者为162人，他们都刚从手术室出来，身体非常疼痛。一旦有病人要止痛药，研究者们就给他们注射吗啡或蒸馏水。所有的病人都接受了吗啡、蒸馏水的注射，其中，约三成的患者根本不能从安慰剂中获得缓解疼痛的效果，另外 14% 的患者每次注射蒸馏水之后都觉得病痛缓解了，剩下的 55% 的患者，有时能从安慰剂中获得缓解疼痛的效果，有时则不能。

到底是什么把暗示感应者与暗示不感应者区别开来的呢？严肃的研究和测试证明，年龄、性别不是重要的因素。男人、女人，老者和少者一样频繁地对安慰剂产生反应。标准的智商测试显示，智力水平似乎也不是重要因素，因为这两组人（暗示感应者与暗示不感应者）的平均智商差不多。

说一千道一万，区别只在气质上，在于他们对自己、他人的感受，在这一点上，这两组人显著不同。暗示感应者与不感应者相比较的话，前者更愿意合作、较少批判性、不太怀疑，他们不会给护士制造麻烦，对于自己在医院接受的治疗，他们简单概括为"棒极了"。虽然感应者对他人比不感应者要友善得多，但感应者对自己却通常过于焦虑，在压力之下，焦虑感会以各种身心失调的症状表现出来，比如消化不良、腹泻、头痛。无论是不是因为焦虑，大部分感应者在表达情绪时都比不感应者更加无拘无束，也更加健谈，他们也更易信仰宗教，对教会的事务更有热心，在潜意识层面上，他们也更加关注性事。

如果将这些患者对安慰剂的反应数据与催眠专家们在其专业著作中的预测做一比较，会是很有趣的事情。催眠专家们说，大约五分之一的人口可以很容易就被催眠；另外的五分之一根本就不能被催眠，或者，只有当药物作用或疲惫降低了其心理抵触水平的情况下，他们才可能被催眠；剩下的五分之三人口比第一类人催眠起来略微困难些，但又比第二类人催眠起来容易得多。一位制造睡眠磁带的商人告诉我，他的客户中大约有 20% 的人是热情的，他们会在较短的时间里就能得出极佳的效果，并反馈给他。但另一方面，却也有 8% 的少数人，总是要求他退钱。在这两个极端之间的顾客，他们不能很快取得成效，但其暗示感受性也是足够的，只要他们坚持去听合适的睡眠暗示材料，最终他们会收到想要的效果，比如自信、两性和谐、减肥或赚钱更多。

民主、自由的理想遭遇了人性易受暗示的残酷现实。五分之一的选民几乎只需一眨眼之间就能被催眠，七分之一的选民只要注射蒸馏水就能缓解他们的病痛，四分之一①的选民对睡眠教学法能迅速产生热情的反应。这些人算是非常愿意合作的少数人，此外还要加上那些反应启动较慢的多数人，其暗示感受性虽然较低，但是任何熟知业务且愿意花费时间和辛劳的人，都能将其暗示感受性有效提升。

个人自由能与个人高度的暗示感受性兼容吗？当内部专业的思想操纵员经过科学培训能熟练开发个体或群众的暗示感受性时，民主制度能存续吗？暗示感受性的存在有利于个人及民主社会，但在何种程度上，过高的感受性天赋能通过教育被中和吗？商人、牧师、政客（无论在朝在野）对暗示感受性的过度开发，究竟达到何等程度，需要法律来控制？头两个问题，在前面的章节里已经或明确或含蓄地讨论过了，在下面的章节中，我将讨论预防、纠偏的问题。

---

① 原文为四分之一，但根据上下文理解，应为五分之一。

第十一章
教育为自由

教育的根本，是为人类的自由。这个道理要畅达天下，务必先陈述自由之事实、弘扬自由之价值；务必继续发展相关技术，以实现此价值；对于那些无论动机为何，刻意忽视自由之事实，否定自由之价值的人，则务必与其决战。

在刚开始的几章中，我讨论了社会伦理，据此论证了组织膨胀、人口过剩必将引来邪恶，此邪恶得到社会伦理的理论支持，且会改头换面，让人以为它看上去还是不错的呢。这种邪恶的价值体系，与人的体质和气质能协调吗？社会伦理假定，后天的教养在决定人的行为方面具有举足轻重的作用，而人类生来即有的生理、心理的种种特质却是微不足道的。这话有道理吗？是否人类真的只不过是社会环境的产物？如果这话没有道理，我们又如何自圆其说，证明个人与其所在的群体相比较，具有同样的重要性呢？

其实证据自足。所有现存证据可以归结到一点：在个人与社会的生活中，遗传的重要性与文化相比毫不逊色。每个个体在生物学上都是独一无二的，与别人并不相同。因此，人人自由是极好的事情，人人宽容是极大的美德，控制个体则缔造不幸。因了种种实用的、假设的理由，独裁者们、组织官员、某些科学家却急于简化人类遗传天然的多元性（这种多元性会令他们发疯），控制社会处于一种同一性状态之中。在行为主义发展的初始阶段，J.B. 华生 [1] 一股热诚，悍然宣称他能够证明"行为模式并无遗传性，天赋（音乐、艺术等）亦然，人们以为天赋会在家族里遗传，这纯属无凭无据的瞎想"。直到今天，我们还发现有一位杰出的心理学家——哈佛大学的 B.F. 斯金纳教授 [2] ——坚信，"随着科学发展，科学能解释的现象其范围越来越广。比如人们宣称个人所做的贡献，如今看来几乎等于零；人们夸夸其谈的所谓创造力，在艺术、科学、道德上的成就，所自夸的自主选择的能力，以及为自己的选择负责的态度，如今在新科学的自画像里，早已不再耀眼"。

一言以蔽之，莎士比亚的戏剧作者不是莎士比亚，不是培根，也不是牛津伯爵，它们的真正作者乃是伊丽莎白时代的英格兰。

---

① 约翰·布罗德斯·华生（John B. Watson，1878—1958），二十世纪美国著名心理学家、广告设计者。

② 伯尔赫斯·弗雷德里克·斯金纳（B.F. Skinner，1904—1990），美国心理学家、行为主义学派代表人、作家、发明家、社会哲学家。

六十多年前，威廉·詹姆斯 [1] 写过一篇文章《论伟人及其环境》，驳斥赫伯特·斯宾塞 [2] 对杰出个人的攻击。后者曾宣称，科学（该词将一定时期内所有的 X 教授、Y 教授、Z 教授们的观点以动人、便捷的方式人格化了）已然彻底废除了所谓的伟人。他写道："伟人与其他社会现象一样，必须归类为社会的产物，他实在仅仅是其祖先的一个延续罢了。"伟人也许是（或者看起来是）"变革的最先发起人……如果真的可以解释清楚这些变革的发生，也需要在导致变革发生的总的社会条件中去寻找原因，连伟人本身也是从这些社会条件中诞生的呢"。

　　这种假装深奥的虚无言辞，几乎不可能有实际意义。我们这位哲学家的真实意思是：只有在认识清楚每一个事物之后，我们才能透彻理解单个事物。说得好极了。不过，实际上我们永远都不可能清楚认识每一个事物，因此，我们必须满足于自己片面的世界观，并用直接原因去解释事物——其中也包括伟人的影响力。

　　对此，威廉·詹姆斯写道："假如人性可以确定的话，那么正确的说法应该是这样的：伟人的社会并不曾造就伟人，相反，是伟人诞生之后，这个社会才称之为伟人的社会。社会、政治、地理，某种程度上还包括人类学，这些条件对生理力量的影响，好比维苏威火山 [3] 对瓦斯火花的影响一样，你说这影响是大是小呢？其实是生理力量塑造

---

① 威廉·詹姆斯（William James，1842—1910），美国哲学家与心理学家。著名作家亨利·詹姆斯是他的弟弟。

② 赫伯特·斯宾塞（Herbert Spencer，1820—1903），英国著名的哲学家、社会学家、教育家，社会达尔文主义之父。

③ 维苏威火山（Vesuvio），欧洲大陆唯一的活火山，位于意大利。

了伟人。斯宾塞先生莫非以为，社会诸种压力恰好汇聚一起，时间恰好在 1564 年 4 月 26 日左右，恰好作用于埃文河畔的斯特拉特福，然后便必须在此地诞生某个莎士比亚，此位莎士比亚，必定还得智力超常？……他是不是说假如上述这位莎士比亚幼时患了婴儿吐泻病不幸夭折，那么埃文河畔的斯特拉特福还得有另一个母亲务必得再生一个孩子，与上述这位莎士比亚一般无二，以重建社会的平衡？"

斯金纳教授是一位实验心理学家，他的论文《科学与人类行为》坚持以事实为基础。但不幸的是，这些事实局限在小范围之内，于是，当他冒险进行概括时，其结论的不切实际，就像维多利亚时代的理论家们一样彻底。这是不可避免的，因为就像赫伯特·斯宾塞一样，斯金纳教授对詹姆斯所称的"生理的力量"满不在乎，他只用了不到一页的篇幅，就把决定人类行为的基因问题一带而过。在他的著作中，他对体质医学的新发现不屑一顾，对体质心理学根本连提都不提，其实，依据这些（根据我的判断，只需要依据这些即可），都可以写一本全面的、实事求是的个人传记了，这本传记要与传主存在的相关事实紧密联系，包括他的身体、气质、智力禀赋，他生活的直接环境（随时间变化而不同），他的时代、所处地理以及生活于其中的文化。

人类行为的科学就像抽象的运动科学一样——在研究上是必要的，但是就研究本身来说，却完全与实际事物不相关。来比较一下蜻蜓、火箭和近破波，这三者可以说明相同的运动规律，但是其表现形式却并不一样，可是它们之间的区别至少与它们之间的共性一样重要。其实，就其运动研究本身来说，这种比较几乎什么都不能告诉我们。

与此类似，行为研究就其本身来说，同样什么都不能告诉我们，比如个人的身心是如何呈现其"行为"的。但是作为身心俱全的我们来说，了解身心却非常重要。此外，我们通过观察和实际经历可以知道，个体与个体之间，其身心之差别可谓天上地下，而其中一些个体，其身心之强大，可以而且确实极大地影响了社会环境。在这最后一点上，罗素与威廉·詹姆斯英雄所见略同，而且，我要说，几乎每个人（斯宾塞行为主义的信奉者们除外）都会同意威廉·詹姆斯的意见。

按照罗素的观点，历史变革原因有三：经济形势、政治理论、重要个体。他说："我相信，这三者缺一不可；同时，三者中单独的一个是不能全面解释清楚历史变革发生的原因的。"

如此说来，假如俾斯麦和列宁幼年夭折，我们的世界将截然不同；正因为有了他们，世界才成为如今这般模样。"历史尚不是一门科学，只有通过歪曲和有意省略才能让它看起来像科学。"在真实的人生中，生活究竟是如何一日复一日地过下来，人们是无法解释清楚的。所以，只有在理论上才能说"人们宣称个人所做的贡献，如今看来几乎等于零"，而在实际中，任何个人都是重要的。当这个世界上有一件事做成了，请问究竟是谁做的？是谁的眼睛和耳朵在感知事物，是谁的大脑皮层在思考，又是谁拥有积极的情感和坚强的意志去克服困难？显然不是什么社会环境，也不是什么群体——因为群体并不是一个有机体，仅仅是一个盲目的、无意识的组织。

任何一个社会里，每一件事情都是由个人来做的。这些个人当然会受到当地文化的深刻影响，古人的图腾和道德观加上正确的信息和错误的信息一起代代相传，并通过口传或书面文字的方式保存在个体身上。但是不管个人从社会中获得任何东西（更准确地说应该是：不管个人从属于某个团体的个人那里获得什么东西，或从他人——无论是生者死者——编辑的符号文献中获取什么东西），他使用此物的方式都是独一无二的，包括他独特的感受、他的生物化学的构造情况、他的体格和气质——这是别人无法代替的。

科学解释再丰富，解释范围再广，也不能解释清楚这些不证自明的事实。我们务必记住，斯金纳教授视人为社会环境的产物，但这个世上不是只有他一人才能对人类做科学的描述。这里便有一人，乃是罗杰·威廉姆斯^①教授，他对人类行为的描述，不是将其抽象化，而是视其为身心的共同作用，每个人身心的发展，部分源于与他人共存的环境，部分则源于个人独一无二的遗传性。在《人性之边界》和《自由但不平等》两书中，威廉姆斯教授以翔实的证据，论述了人与人之间内在的差异，这种差异，华生博士认为"纯属无凭无据"；而其重要性则被斯金纳教授一笔抹杀——"几乎等于零"。

在动物中间，尤其在特定物种之中，进化程度越高，生物差异度就会变得越来越醒目。尤其是人，其生物差异度在整个自然中是最高的，人在生化、结构、气质等方面的多样性，高过其他任何一个物种。这是简单事实，一眼就能看出来，但是因为我所命名的"整合的意志"的存在，世上总有人意图把一种简单易懂的同一性强加到万事万物身上（因事物的多样性令其抓耳挠腮），如此一来，许多人便被诱导，遂忽略了这一简单的事实。他们于是降低生物的独特性，全神贯注于较为简单的、更易被人理解（就目前知识水准而言）的环境因素，因为

---

① 罗杰·约翰·威廉姆斯（Roger John Williams，1893—1988），美国生化学家，命名了维生素 B，发现了维生素 B_5，美国科学院院士，美国化学学会主席。

环境总会介入人类行为中。"思考与研究皆关注于环境因素，"威廉姆斯教授写道，"由此导致人们普遍认为婴儿有必要按照统一模式养育。一大帮社会心理学家、社会学家、社会人类学家，以及其他一些专家，比如历史学家、经济学家、教育家、法律学者，还有社会大众，居然一致信奉这一教条；那些将去制定教育政策和政府大政方针的人，他们的主导思维模式中也复刻了这一教条；而那些毫无独立批判精神的人，对这一教条则无条件地接受。"

如果一种伦理系统以非常实际的态度评估各种实践经验的数据，那么它便能造福人群；但事实恰恰相反，很多伦理系统在评估实践经验、观察事物性质时，却不切实际到无可救药的程度，导致这种伦理系统自然弊大于利，遗患无穷了。

因此，直到最近，人们仍然普遍认为坏天气、疯牛病、阳痿可能是因为邪恶的魔法师在作祟，而且有很多事例表明确实如此。于是，抓捕、杀死魔法师变成了一种责任。此外，这种责任已然白纸黑字写在神圣的《出埃及记》里了："行邪术的女人，不可容她存活。"[①] 以此种错误的观念为基础（在许多个世纪里，权势人物极端相信这些观念），建立起来的种种伦理系统和律法系统，制造了最骇人听闻的邪恶勾当。

在这些关于魔术的错误观念流行的年代，遍地监视、死刑盛行、冤死无数，种种恶果皆自成逻辑并强制执行。能与这样邪恶的时代匹配的，是不久前的纳粹德国。纳粹的伦理系统，其基础是关于种族的

[①] 《圣经·旧约·出埃及记》22章18节。

错误观念，且得到强制推行；披上合法外衣的暴行，其规模之庞大，则远胜过去的时代。

其结果便是，几乎没受多少阻力，人们便大抵信奉这样的社会伦理体系了。其实，它的基本观点是错误的，因为它认定人类是一种完全社会化的物种，所有婴儿自出生起本质即一样，而个人乃是经由集体环境驯化出来的产品。如果这类观点无误，如果人类实际上真是一种完全社会化的物种，如果个人的差异性微不足道——而且通过适当的驯化可以彻底抹杀，那么，很明显，自由将不复存在，而国家也将公开正义地迫害那些追求自由的异端。

于是，个人好比白蚁，对白蚁窝的奉献便是纯粹的自由。问题是，人类并非纯然社会化的物种，人类只是适度群居；人类社会也不是一个有机体，并不像蜂房或蚁垤一样；人类其实是被组织起来的，所谓的组织，换一种说法就是为集体生活而临时安排的一架架机器罢了。此外，人与人之间的差别是如此巨大，即使有强力文化的熏陶与"熨烫"，最底层的"内容矿物"（借用 W.H. 谢尔登的概念）仍然保留着其内在的敏感特质——即使已经社会化；而病人与瘦弱之人的体内，也仍然保留着巨大的精力与体力；而最强的"外部矿物"将始终存留于大脑敏感部分。如此一来，人必定是内省的、过度敏感的。

在我的寓言小说《美丽新世界》中，通过基因控制和后天驯化，人的行为被塑造为适应社会需求；胎儿放在瓶子中培育；为了确保产出的胎儿具有高度同一性，社会便精选少量母亲，取其卵子，采用高科技手段，使这卵子一次又一次地分裂，于是造出了一百个甚至更多的成批成批的孪生子——他们一模一样。这样便能制造标准化的"机器人"，在标准化的机器上劳动。为保证这些"机器人"的标准化更加完善，婴儿生产出来之后，社会便以婴儿驯化、睡眠教育、嗑药等方式产生的快感，替代过去人类对自由、创造力的满足感。

在前面的章节中，我已经指出，在当今世界，巨大的客观势力正在导向极权政治和管制社会。虽然个体通过基因控制成为标准化的人目前仍然不大可能，但是大政府和大财团已经或即将掌握我在《美丽新世界》里描述过的那种"思想操纵法"，还有其他一些邪恶手段，我那贫乏的想象力是无法预见的。

只因尚无法对胚胎进行同一性的基因控制，于是，在人口过剩、组织膨胀的未来的世界里，独裁者们只能把社会和文化的同一性强加在成人与儿童身上。为达此目的，他们将全面使用（除非被阻止）"思想操纵法"，并将毫不犹豫地通过经济胁迫和身体暴力，来强化这种非理性的劝导手段。要想避免这样的独裁社会，我们必须毫不耽搁，立刻开始教育我们自己和我们的下一代，以确保自由和法治。正如我前面所言，关于自由的教育，首先需注重事实和价值。这些事实，包括了个人的差异性、基因的独一无二性；由这些事实则推衍而出相关的价值，包括自由、宽容、互爱。

可是很不幸，单单拥有正确的知识和合理的原则还不够。朴素的真理或许会被骇人的谬误所遮掩，而娴熟地吁求激情则往往败坏理性的决定。荒谬而险恶的宣传，其后效很难消除，除非训练人们学会分析宣传的技巧并看透其中的诡辩术。在人从动物境界跨入文明社会的过程中，语言起了关键的作用；但是语言也能唤起人心中持久的、系统化的愚昧，激起那种仿若魔鬼的邪恶——这可不像是人类的行为。

其实，语言本来是能激起人心中种种美德的，比如做事有条理、深谋远虑、仁慈如天使。

语言有助于使用者关注人、事、物，即使人、物已不存在，而事情则已过去。语言定义了我们的记忆，它通过将经验转化为象征符号，能使即时的渴望、厌恶、仇恨、爱意转化为稳定的情绪和行为准则。通过某种我们完全意识不到的途径，大脑的网状系统能从海量的刺激因素中，选取少量的经验，这些经验，对于我们来说实际意义重大。从这些无意识中选择的经验，我们则或多或少有意识地选择、提炼其中一部分，从我们的词汇库中选择词语给他们贴上标签，并将之分类，立刻放入一个形而上学的、科学的、伦理的系统中，这个系统则由更高层次的抽象词语来为其中的概念——命名。

这一过程有两种结果。其一，如果选择、提炼经验的过程能就事情的本质，以正确的观念系统做支持，并聪明地选择合适的标签，使其符号性质简单易懂，那么，我们的行为会倾向于务实、相对正派。其二，如果选择、提炼经验的过程以错误的观念系统做支持，并错误地选择、使用标签，其符号性质近乎无人能懂，那么，我们的行为将倾向于一种组织化的愚蠢，而且邪恶无比，这种愚蠢、邪恶的本性，感谢上帝，连哑巴一般无知无识的动物们（确实，它们都是哑巴，不能开口说话）都未曾有过呢。

在反理性的宣传中，自由的敌人们系统性地颠覆语言的本源，以甜言蜜语、恐吓威胁迫使民众如思想操纵员们所希望的一样思考、表达情绪、行动。故此，关于自由的教育（当然还包括爱和理解力，它们是自由的必要条件，也是自由的结果）必须首先解决正确使用语言的问题。在过去的两三代人里，哲学家们花费大量精力，致力于分析象征符号、意义。词语、句子我们每日在用，它们是如何关联到我们每日生活中都要处理的人、事、物的？讨论这个问题，恐怕要花费大量笔墨，且容易离题万里。

不过，我们只需要明确如下事实就够了，那就是：以正确的用语方式进行合理的教育所需的智识储备已然完成，它可以告知学生辨别正确、错误使用符号的方法，它可以覆盖从幼儿园到研究生的所有教育阶段，而现在，我们立刻就可以启动这种教育。其实，在过去的三四十年间的任何时候，它随时都有可能实施，但是，却没有地方可以用系统的方式，教育孩子学会辨别真与假、意义与荒谬。这是为什么？因为他们的长辈，即使生活在民主国家中，也不希望孩子们接受这样的教育！

关于这点，我们要提到宣传分析学院①那短暂、失败的历史——其实它在人类发展中有重大的意义。1937 年，当时纳粹的宣传最喧嚣，也最有成效，于是，法林先生这位新英格兰地区的慈善家起而创建该学院。在该学院的支持下，专家们不仅对非理性宣传进行了分析，而且还为高中生、大学生编写了几本教材。但是，大战爆发了，这次大战的破坏力是全方位的，其对人心理的破坏，毫不亚于对人身体的破坏。当同盟国政府都已经全力部署"心理战"的时候，还坚持对宣传进行分析，已然显得有些不合时宜。1941 年，该学院关闭。

---

① 宣传分析学院（Institute for Propaganda Analysis，简称 IPA），1937 年由部分社会科学家、舆论领袖、历史学家、教育家、记者等在美国成立。该机构认为，扩散的宣传降低了公众的独立判断能力，于是致力于鼓励民众理性思考，以建设性的方式讨论时事。

但是，即使在战争开始之前，也已经有一些人似乎对该学院的事业深为反感。比如，某些教育家就反对说，向学生传授如何分析宣传材料，将使年轻人变得过分愤世嫉俗。军方高层也表示反对，他们担心新兵会对军训教官的指令予以分析并质疑。此外还有牧师和广告商们。牧师们反对的理由是，人们的信仰会被削弱，也会减少去教堂的次数；而广告商们的理由是，对品牌的忠诚度将会降低，销售量因此会萎缩。

这些担忧和厌恶不是没有道理。如此之多的普通民众也能详细剖析牧师们、长官们的话，似乎确实具有相当大的颠覆性。即使在当下的生活中，社会秩序也依赖于民众不假思索即接受由各种权威或本地传统提供的宣传。所以，问题的关键又一次归结到寻找中庸之道，也就是说，个人必须足够敏感，愿意而且能够履行自己的社会工作，但并没有敏感到完全拜倒于专业思想操纵员的符咒的程度。

与之相似，民众需经足够的教育，能分析宣传材料，以避免对纯粹的胡说八道都毫无批判地信赖；但又不可太过，以至于对传统的宣扬者善意的宣传（虽然不总是全然理性）也完全拒之门外。或许在盲目轻信与盲目怀疑之间永远都无法找到一个平衡点，而且单靠分析，也无法始终保持这种平衡。看来，要解决上面那个疑问，刚才讨论的方法有些消极，我们还需要用一些更积极的方法来加以补充，即在事实的坚实基础之上，建立一套大家普遍都能接受的价值观。

当然，说到价值，首先就是个人自由，它源于人的差异性和基因的独一无二性；其次还有互爱与同情，它们源于古老的事实，而且为现代心理学所再次发现，即不管人的精神、体质的差异性有多么大，爱就如同事物和居所一样，对人来说是不可或缺的；最后还包括智识的价值，没有智识，爱将徒然无功，自由将无处可觅。这一套价值观将给我们提供一个标准，我们可以此来评判宣传。任何宣传，如果纯粹胡言乱语，且淫邪苟且，则我们立刻抛弃；如果仅仅是不讲理性，但与爱、自由等价值观是相容的，且不违背智识的原则，我们则可斟酌其价值，考虑暂时接受。

第十二章
尚有可为否？

　　我们理应接受关于自由的教育。不过这一教育的现状却不容乐观，但我们应该可以做得更好。然而，正如我前面论及的，自由受到多方面的威胁，包括人口统计学的、社会的、政治的、心理学的。这个社会的病根乃是由多种病因综合造成的，如需根治，除非多方下药。因此，要应付复杂的人类问题，我们不能仅仅只考虑一个因素，而需要综合考虑所有相关的因素。毕竟，没有任何东西是万能的。自由已然遭到威胁，推广关于自由的教育实在是十万火急的事情，同时其他许多项事情也同样火烧眉毛了，比如为保障自由而设置社会组织，进行人口控制，以及相关立法工作。让我们从最后一项开始讨论。

从制定《大宪章》①的时代起，甚至还要更早些，英国的立法者们就已经关注于如何保障公民的人身自由，如果一个人被不清不楚的法律关进监狱，那么他有权根据1679年颁布的《人身保护法》，申请由上级法院发出"人身保护令"。这一保护令由高等法院的法官发到地方治安官或狱卒手上，责成他在限定时间之内，将其关押的人带至上级法庭，以审明案情。这里务须强调，不是把申诉信或法定代理人带至上级法庭，而是申诉者本人，是他那活生生的肉体，他的每一块肉每一根骨头都曾被迫睡于木板之上，他的鼻子曾被迫去闻牢中恶臭的气味，他的嘴巴曾被迫去吃牢中那恶心的饭食。

对自由的基本条件（免于身体遭受迫害的自由）的关注，毫无疑问是必需的，但还不是需要我们关注的全部。让一个人离开监狱，是完全可以做到的，但此人却不一定自由——即使他身体免遭了迫害，却仍可能成为心理上的受奴役者。他可能被强迫按照一个国家或国家内部的私人利益集团的代言人所要求的一样去思考、感受、行动。世上可永远不会有什么"心灵保护令"，因为地方治安官或狱卒不可能将一个被非法拘禁的心灵送到上级法庭，而世上也没有一个心灵被奴役（具体奴役方式见前文）的人会站到某个法庭上控诉自己遭受心灵的奴役。

心理管制的本质就在于，那些曾被迫采取某些行动的人，最终视

---

① 《大宪章》（拉丁文 *Magna Carta*，英文 *Great Charter*），1215年6月15日（一说1213年）英王约翰被迫签署的宪法性的文件，其宗旨为保障封建贵族的政治独立与经济权益，不利于加强王权，这张书写在羊皮纸卷上的文件在历史上第一次限制了封建君主的权力，日后成为了英国君主立宪制的法律基石。

此压迫为自然，从此自觉做行动。"思想操纵法"的受害者不知道他是一个受害者，他其实身处一个无形的监狱，却自以为身处自由之中。只有别人才能看出来他是不自由的。他的奴役状态是完全客观存在的，谁也无法抹杀——包括他自己。

我要再次强调，世上永远不会有什么"心灵保护令"，但至少可以有预防性的法律，宣布心理奴役的买卖为非法，这个法律将保护心灵免于遭受奴隶贩子们肆无忌惮的、恶毒的宣传，它所要模仿的就是那部保护人身的法律——它使监狱肆无忌惮的贩子们无法贩卖猪食、毒药给囚犯。

例如，我以为我们可以，而且也理应立法，限制无论是文职还是军职官员的权力，禁止他们在受其控制或被其拘禁的人身上使用睡眠教育手段。我还以为我们可以，而且也理应立法，禁止在公共场合或电视屏幕之中使用"潜意识投射"手段。我同时以为我们可以，而且也理应立法，不仅禁止政党候选人花费超过一定限度的竞选资金，而且禁止他们使用任何非理性的宣传手段，这样的宣传手段把整个民主程序贬得一文不值。

这些预防性的法律或者能起些作用，但是，倘若目前正威胁着自由的那些巨大的客观势力仍在增强其势力，那么这些法律也不能长久发挥作用。不断增长的人口、不断发达的科技，使人口过剩、组织膨胀的压力不断加大，面对这两股压力，最好的宪法和预防性法律都显得无能为力。宪法自然不会被废除，这些良好的法律也依然会印在法律全书中，但是这些自由主义的文本不过是一块遮羞布，掩盖着已然深受奴役的本质。

如果人口过剩、组织膨胀的压力不除，我们就会看见历史的倒转——曾经英格兰转变为一个民主政体，仍保留着君主制的外衣，但未来它将成为一个君主制国家，却披着民主制度的外衣。随着人口过剩、组织膨胀的压力无情地加速挤压这个世界；随着"思想操纵法"花样翻新且越来越有效，民主制度将会变色，但其老旧古怪的政治形式（选举、议会、最高法院以及其他）却会得到保留，而潜渊之下，其政体本质则是一种新型的非暴力的极权主义。那些传统的漂亮名号、那些神圣的标语，依然保留，就像在美好的往日一样。是的，民主、自由仍将是广播、社论的极佳主题，不过，这里的民主、自由却完全是匹克威克式 [①] 的口吻。与此同时，寡头统治者及其手下那些经过高级训练的精英士兵、政客、思想制造者、思想操纵员，将以他们认为合适的方式，静悄悄地主宰世界。

我们来之不易的自由如今面临这些巨大的客观势力的威胁，我们怎么去抵抗？如果单纯从语言的角度泛泛而谈，要回答这个问题简直轻而易举。就说人口过剩吧，高速增长的人口对自然资源施加了越来越沉重的压力，我们能做什么？很显然，我们必须尽快控制人口增长率，使其与人口死亡率持平；同时，我们必须尽快提高粮食产量；尽快创建并执行一项全球政策，以保护土地和森林；尽快发明有较高安全性、较低消耗速度的实用燃料，来替代核能；我们还要在节约使用简单易得的矿产资源的同时，尽快开发新的、省钱的技术，对这些越

---

① 匹克威克是狄更斯的作品《匹克威克外传》中的主人公，为人宽厚憨直；但在英语中，匹克威克式（In a Pickwickian Sense）多指一种表面上侮辱而实际上是无伤大雅的玩笑表达方式。

来越稀缺的矿产资源进行开采——在这些资源中，最贫瘠的矿产在大海里。

可是，毋庸讳言，所有这些几乎都是说来容易做来难。人口年增长率要降低，可是怎么降低？我们只有两个选择，一个是饥荒、瘟疫和战争，一个是人口控制。大多数人会选择人口控制，可是这随即带来一个问题，这个问题既是生理学的、药物学的、社会学的、心理学的，甚至还是神学的。口服避孕药尚未问世[①]，如果一旦发明，那么又如何分发到数以亿计的未来的母亲（或者假如这粒药丸是作用于男性——那些未来的父亲）手上，并确保她们（他们）为了降低人口出生率而服用呢？

而且，考虑到现行的社会风俗、文化与心理的强大惯性，又如何说服那些本该服用避孕药却不想服用的人呢？还有，罗马天主教对任何其他形式的节育都极力反对又该如何？该教会只允许一种所谓的"自然避孕法"，这一避孕方法在最需控制人口出生率的工业落后地区得到试用，但却证明几乎毫无效果。

所有这些有关未来、避孕药的问题，即使考虑到目前已经可用的化学的、机械的节育办法，也几乎无望获得圆满答案。

当我们从节育问题转到增加粮食供给和保护自然资源的问题上时，我们仍然会遇到一些困难，虽然没有节育问题那么严重，但依然是不可轻视的。首先是教育问题。那些负责种植作物以供给全世界绝大部分粮食需求的农民，他们人数庞大难以计算，要想教育他们使其

---

① 口服避孕药在 1960 年发明，作者写作此书时并不存在。

改进种植技术提升产量，又得花上多少时间？假设他们果然接受了教育，又到哪里寻找资本为他们提供机器、燃料、润滑剂、电力、肥料、改良的种子、家畜——没有这些东西，最好的农业教育也白费。相似的问题是，又是由谁来负责教育人类保护资源的原则和方法？

而且，倘若一个国家人口猛增，对食物的需求暴涨，又如何去阻止这个国家里饥饿的农民们不去开垦土地？如果可以阻止他们，那么当肥力耗尽、伤痕累累的土地缓慢恢复生机的过程中，又是谁来负责这些农民的生计？或者，再考虑一下落后的社会吧，它们迫切要实现工业化，如果它们成功了，为了拼命赶上"先进国家"，势必又要像早期的"先进国家"一样（它们到现在还是如此），愚蠢、铺张地浪费掉这个星球上的不可再生资源，那么又由谁来阻止这些落后的社会追逐先进的脚步？

清算的日子终会来到。当矿藏挖掘殆尽，在现有的条件下，如果技术上可行、经济上合算，还能够从残余的矿藏中再挖掘剩余不多的珍贵的矿物，但在那贫穷的国度，又到哪里去找科学人才和巨量的资金来完成这一工作？

或许，最后还是会发现一个现实可行的答案，可以回答上面所有的问题，可是到底还要等多久才能发现这个答案？无论人口总量与自然资源做何等的较量，时间永远不会站在我们这一边。到本世纪结束，如果我们人类足够努力，或许到那时世界市场上的粮食总量会比现在的翻一番，可是到时人口的总量也差不多翻了一番，其中几十亿的人口都将生活在半工业化的国家里，他们将消费现在十倍左右的电力、淡水、木材和不可再生矿物质。一言以蔽之，到了那时，粮食供给状况一如今日般捉襟见肘，而原材料的供给状况则要比今日更糟糕。

而要解决组织膨胀问题，也并不比解决人口增长与自然资源之间的问题来得容易。如果单纯从语言的角度泛泛而谈，要回答这个问题同样轻而易举。此处有一句政治格言：权力尾随财产而至。但如今生产资料正迅速集中至大财团和大政府之手，这已经是铁板钉钉的事实了，所以，如果你信仰民主制度，请将你的财产分散出去吧，范围越广越好。

再来看看投票权的问题。原则上，这是极大的权利。但在现实中，正如近期的历史反复呈现给我们看的那样，投票权本身绝不能保证公民的自由。因此，如果你想通过投票权来避免独裁制度，请解散现代社会中仅具功能性的各类集体组织，学会自我管理，学会以自愿为基础组建小型的交流团体，使其能躲开大财团、大政府的官僚系统而独立运作。

人口过剩和组织膨胀催生了现代化的大都市，在大都市中，想再过上由丰富多彩的人际关系构成的完满的人性之生活，几乎已经是不可能的事了。所以，如果你想逃避个人的、社会的精神贫瘠状态，离开大都市，让小小的乡村社区复活吧；或者破坏大都市机械化的组织体系，在其内部组建一个个与乡村社区一样的小型社区，在这些社区中，人们相聚，作为完全的个体相互交流，而不是仅仅作为专业化功能的人形化身出现。

这些问题，时至今日已然人人都能明了；其实，五十年之前，这些问题即已眉目清晰地为人所知。从西莱尔·贝洛克①到莫蒂默·阿德勒先生②，从早期的信用合作社的信徒们，到今日意大利和日本的土地改革者，善良的人们一代又一代地提倡去中心化（防止经济巨鳄集中权力），以及广泛地分散财产。有不少分散生产力的天才的计划提出来，致力于重建小型的"乡村工业"。还有杜博瑞尔③那周详的计划，试图在一个个的大型工业组织中的不同部门里分配一定量的自治权和主动权。

还有工团主义者④，他们有一份蓝图，希望在产业联合会的帮助之下，以生产集团的联盟为组织架构，建立一个无政府的社会。在美国，亚瑟·摩根⑤和贝克·布朗内尔⑥提出了一个理论，构想了一种新的社群生活方式，其规模维持在乡村和小型市镇的水平。

哈佛大学的斯金纳教授在他的乌托邦小说《桃园二村》中，就人类的问题，提出了一个心理学家的看法，小说描写了一个自给自足、自立自治的社会，其组织方式如此之科学，以至于没有人会受到引诱去反对社会，无须借助高压政治，也无须宣传，而每个人都能为其所当为，乐其所当乐，人的创造力于是被普遍激发了。在法国，"二战"

---

① 西莱尔·贝洛克（Hilaire Belloc，1870—1953），英法双国籍作家、诗人，作品轻松诙谐。

② 莫蒂默·阿德勒（Mortimer Adler，1902—2001），美国哲学家、教育家、畅销书作家。

③ 雅客·勒迈特·杜博瑞尔（Jacques Lemaigre Dubreuil，1894—1955），法国商人、社会活动家。

④ 工团主义，又称工联主义，兴盛于20世纪初，是一种工人的组织。其基调是要求会员发扬主动性，提倡战斗精神（包括怠工和搞破坏活动），通过纯粹的工业组织和斗争来推翻资本主义国家。

⑤ 亚瑟·欧内斯特·摩根（Arthur Ernest Morgan，1878—1975），美国土木工程师、官员、教育家。

⑥ 贝克·布朗内尔（Baker Brownell，1887—1965），美国哲学家。

进行之时以及结束之后，马塞尔·巴布[①]和他的追随者们建立了许多自治的、无等级的生产社区，社区之内人们互助互爱，过着纯然人性化的生活。同时在伦敦，佩克汉姆实验[②]证明了通过互助的医疗帮助体系，使人人关注集体的更广泛的利益，即使在一座大都市里，也可以建立一个真正的人性化的社区。

如此我们便可看到，组织膨胀的病毒已然清晰可辨，人们也开出了包罗万象的药方，在不同的地方，都有人在针对组织膨胀的病症做一些实验性的治疗，而其结果甚是喜人。然而，不管如何倡导，也不管实验性的举措如何开展，这一病毒却稳定发展，越发厉害。我们固然知道权力不可集中在少数的寡头统治者手中，然而真实情况却是，权力确乎集中在越来越少数的人手上。我们固然知道，对于大多数人来说，生活于大都市意味着成为一个匿名的、原子一样的人，不能过纯然人性化的生活，然而大城市却在稳定地扩张，同时"城市—工业"的生活模式却毫无改变。我们固然也知道，在一个庞大、复杂的社会之中，民主如果不是与规模适当的小型自治组织相挂钩，将近乎毫无意义。然而，每个国家的事务，却越来越多地为大政府或大财团的僚吏们所操控。

事情是明摆着的：在实际过程中，组织膨胀的问题解决起来与人口过剩的问题一样困难。面对这两个问题，我们都知道应该做什么；

---

① 马塞尔·巴布（Marcel Barbu，1907—1984），法国政治家。

② 佩克汉姆实验（The Peckham Experiment），由英国的乔治·斯科特·威廉姆森（George Scott Williamson，1884—1953）与其妻子因尼斯·哈普·皮尔斯（Innes Hope Pearse，1889—1978）在伦敦附近的佩克汉姆所做的一系列实验，时间为1926年至1950年，实验内容是关注工人阶级的健康问题等。

但及至现在，我们却都不能依据自身知识，有效采取应对措施。

在这一点上，我们发现自己面对一个非常让人困惑的问题：我们果真愿意利用自身知识去解决问题吗？

此外，设法中止，如果可能则逆转目前朝向极权统治的趋势，大部分民众是否真的认为这般不辞劳苦是值得的？在美国——它是目前以至将来很长时间内世界上"城市—工业"型社会的先行者——目前的民意调查显示，实际上十多岁的年轻人中的绝大多数，作为未来的选民，对民主制度却毫无信心，对不合时宜的思想审查制度毫不反感，也并不相信什么民有、民治的政府，如果可以继续早已习惯的富裕的生活方式，他们对由少量精英统治的寡头政府照样很是满意。

在全世界最强大的民主政治之下，如此之多生活富足的年轻的电视观众，他们居然对民治的观念完全无动于衷，对自由思想、公民不服从权力完全视若无睹，这一事实难免令人沮丧，只是倒也不必一惊一乍。我们常说"像鸟一样自由"，并羡慕那带翅的生物，它们有能力在三维空间里不受限制地飞翔。但是，天啊，我们却忘了渡渡鸟①。须知，任何鸟类，如果学会了在地上挖挖啄啄，且能过上小康生活，它自然不再有动力展开它的翅膀在天空翱翔，很快，它将厌弃飞翔的特权，从此永远生活在大地上。通过这个故事，可以看到人类的本性与鸟类有些相似。如果一日三餐有丰富的面包定时供应，那么，许多人将完全满足于只靠面包生活，或顶多再靠看马戏调剂一下生活。

在陀思妥耶夫斯基的寓言小说《卡拉马佐夫兄弟》中，宗教大法

---

① 渡渡鸟（Dodo），一种古代的巨鸟，仅现于毛里求斯，因为不能飞翔，最后灭绝。

官这样说："到最后，他们将抛弃自由，扔在我们的脚下，并且说：'让我们做你们的奴隶，只是要喂饱我们。'"而当阿廖沙·卡拉马佐夫问他的兄弟伊凡——这部小说的叙事人——宗教大法官说这话是否只是一种讽刺时，伊凡回答："一丝一毫的讽刺都没有！审判官只是出于他个人以及他所在的教会的善德，才摒弃众人的自由，以此让众人幸福。"说得不错，"让众人幸福"。

"而且，在此世界上，"大法官强调说，"对于个人或一个社会，从来是没有比自由更遭人反对的了。"——不过，"不自由"除外。因为，当情况变糟，食物分配定额削减，那在地上定居的渡渡鸟将再一次吵吵嚷嚷，要求重新开启翅膀。不过，当情况好转，喂养渡渡鸟的农夫们变得更仁慈慷慨些，则这些渡渡鸟会再一次放弃它们的翅膀。如今的年轻人也是一样，他们现在对民主政治甚少思考，长大成人却有可能成为自由的斗士，过去呼喊"给我电视、汉堡包，只是不要拿自由的责任来烦我"的人，在条件改变之下，或者会改而呼喊"不自由，毋宁死"。如果这样的革命爆发，其原因一部分在于甚至最强有力的领导者对权力的运转也逐渐失去控制，一部分则在于统治者的无能，他们不能充分利用思想操纵术——科技发展已经使其完全可用，而且未来的独裁者一定会使用。

考虑到在过去的时代，像大法官这样的人物对思想操纵术甚少了解，而且缺少现代化的统治手段，他们却能做得很棒。而他们的继承者——那些知识储备充分、思维彻底科学化的未来的独裁者，势必将比前辈们做得更好。大法官责备耶稣，谴责他呼吁民众追求自由，他告诉耶稣："我们更正了你的工作，并且将其建基于奇迹、神秘、权威的三位一体。"但是，奇迹、神秘、权威还不足以保证一个独裁政权的永续。在我的寓言小说《美丽新世界》中，独裁者们又在这份清单上添加了科学，如此便能通过控制婴儿的胚胎、驯化，以及控制成人、儿童的思想来推广其权威。

而且，他们已不再仅仅谈论奇迹或用符咒暗示神秘，因他们已然可以通过药物手段，令其臣民直接感受到奇迹与神秘，如此便能将单纯的信仰转变为狂喜的经验。过去的独裁者之所以失败，是因为他们不能给臣民提供足够的面包、马戏、奇迹、神秘，也没有真正有效的思想操纵术。过去的自由思想者和革命者往往都是极端虔诚的正统教育的产品，也就不足为奇了，因为正统的教育者过去使用现在仍在使用的手段根本就没有用。

而在一个有着科学化思维的独裁者治下，教育将会真正发挥功效，结果是，绝大部分男男女女长大为人之后，将热爱他们的奴役状态，永远都不会念想革命。似乎没有任何理由可以质疑，为什么一个完全科学化统治的独裁政权将永远不会被推翻。

与此同时，在这世界上，仍将残留一些自由的火种。或许，许多的年轻人看上去真的不重视自由，但是我们中的一些人仍然信仰自由，因为没有自由，人将不成其为完满的人，自由因此而珍贵无比。或许，目前威胁自由的势力确实太过强大，我们不能抵抗多长时间，但是，只要一息尚存，我们仍需尽一身之责，竭尽所能，抵抗到死。

美丽新世界

Brave New World

第一章

　　眼前矮笨强固的灰色楼体，高仅三十四层。大门处"伦敦孵化场及驯化中心"的标志醒目非常。墙上铭牌刻着万国邦的国训："社群统一，身份共一，稳定第一"。

　　底层大厅庞大，门朝北开。相对来说虽是夏天，窗外却已有些凉意，但室内却设定为热带温度，忽而看见一道光线穿过窗户，很纤细，却着实刺目，令人心生寒意。那光是在寻觅一些披着袍子的傀儡般的人体模型，或是某些苍白的学者的身影——他们一身鸡皮疙瘩，最终却只发现些玻璃杯、镍制器皿，还有实验室所用的瓷器，瓷器阴郁地闪着光芒。

　　环境冷清，一切也就冷清。工人们的工装裤是白色的，手上戴着副苍白的橡胶手套，跟死人的颜色似的。室内的光线冷冰冰的，毫无生气，仿佛幽灵的世界。只有透过工作台上那一个个显微镜的黄色镜筒，才能窥见一抹生命，这生命仿佛一条条诱人的黄油，装在那些锃亮的导管里。

"这里，"孵化中心主管一边开门一边说，"是受精室。"

室内，三百名受精师正在仪器上忙碌，有的全神贯注，几乎只听见呼吸的声音，有的思想出神，不免喃喃自语，偶尔还吹个口哨。一群刚到达的实习生，皆是年轻粉嫩之辈，惶然凄然，紧跟着主管的脚步。他们每人都手拿一个笔记本，面前这位大人物一开口，他们便龙飞凤舞地记录。一定要依样画葫芦。须知，像主管先生这等大人物，能郑重其事地带新人们转一转中心的各个部门，难道还不是新人们的运气？

他每每解释说："这样转悠，只是让你们对这里有一个概念。"这还用说吗？新人们若无一些基本概念，他们又怎能机智地胜任这等工作？但这等机智还是少些为妙，因为要做社会的良善乐民，知道得越少才越好呢。

但正如世人皆知的：细节造就美德与幸福感，概念则导出必要的理性之恶，所以，哲学家本应遭社会鄙弃，拉大锯之辈和集邮者才是社会的脊梁。因此，他补充说，一面笑着，看来亲切，其实倒有些许恐吓的意思，"明天，你们将定下心来，从事伟大的事业，这些概念就再也没有用了。与此同时……"

当然，来此工作同时也是一项特权。男孩子们飞速抄录，这等金玉良言，的的确确是从这个大人物的嘴里流出来的呢。

主管先生一边说，一边进到屋内。此人又瘦又高，脊背挺拔，下巴很长，牙齿外露，倘不说话，他那丰满且线条曲折生动的双唇倒是能把牙齿勉强包住。他到底是年轻还是老朽？到底三十岁还是五十岁？也许都五十五了？这却看不出来。其实，根本就没有人关心他的年纪。因为当这太平盛世——时为福特纪元632年[①]，世上已无人关心这等无聊的问题了。

"我从头再说一遍。"主管先生说。那些更加积极的新人于是立刻在笔记上记录主管先生的名言：从头再说一遍。

主管先生伸手一指，"这些就是培养器。"并推开一道隔热门，好解释得更清楚些。"务必保持正常体温，以使雄性配子存活；"（他又打开一道门）"它们需保存在35摄氏度环境下，并不是正常的37摄氏度，保持正常体温将毁掉它们的生殖力。"自然，裹在保温箱里的公羊自己是不会生出羊羔来的。斜靠着培养器，主管先生又简要描述了现代化的受精过程（新人们的铅笔依然在笔记本上龙飞凤舞般工作呢），无疑，他首先从外科手术开始，手术过程自然以社会福祉为目标，更不必说自愿手术还能带来丰厚的奖金，总额等于六个月的薪水呢；接着谈到如何保存割下的卵巢，并保持其活性；又提及最佳温度、盐分、黏性，以及分离出来并成熟的卵子浸透其中的溶液；（他领着他们走到工作台，立刻指给新人们看，这种溶液是如何从试管中提取出来，并一滴滴地滴在显微镜的玻片上，这玻片还是特制的，有适当的温度）又叙述如何严格筛选出畸形的卵子，计量健康的卵子，将之转移入一个有气孔的容器中；又带他们看操作过程，告诉新人们这个容

---

① 作者赫胥黎以美国汽车大王亨利·福特推出福特T型车并第一次在汽车工业中引入流水线作业的1908年，作为"新世界"的开元之年。故此，福特纪元632年等于公元2540年。

器是如何浸泡在一片温暖的营养液中，在这营养液中，精子们正欢快地畅游呢，密度达到每立方厘米最低十万个精子（主管先生格外强调了这一点）；十分钟之后，提出容器，再次检查容器中的物质，倘有任何卵子未能成功受精，便被再一次浸泡，如有必要，这一过程可以反复进行；最后，受精卵被送回培养器中，经过分类，α 族、β 族受精卵终被小心翼翼地装瓶，而 γ 族、δ 族、ε 族 ① 三种受精卵则再次取出来，需要历时三十六个小时的"波氏程序" ②。

"波氏程序。"主管重复一遍这名词，新人们便在笔记上的这个词下面画了着重线。

一个卵子，一个胚胎，最终是一个健全的成人。不过，经过波氏程序，一个卵子会"发芽"，会繁殖，会分裂。一个卵子，最少能长出八个、最多能长出九十六个分体，每个分体则会长成完美无缺的成形胚胎，每个胚胎也都将顺利发育为完全的成人。若在过去，一个卵子只能成就一个人，但今日，却能成就多达九十六个人。这就是进化的伟大！

"本质上，"主管总结陈词，"波氏程序本是设计为让一系列的发育停滞，以确保健全部分正常发育，不料，卵子却以发芽来应对，这真是出人意料。"

"发芽应对。"铅笔驰骋纸上。

---

① α、β、γ、δ、ε 都是希腊字母，系第一到第五个字母，在本书中指"新世界"里的克隆人等级。

② 波氏程序，原文为 Bokanovsky's Process，是作者虚构的一种克隆人程序。历史上并无研究克隆术的所谓 Bokanovsky 其人。有观点称赫胥黎在书中用此名字，是影射一个名为 Maurice Bokanovsky 的法国官僚，此人极力鼓吹对社会进行高效率的管理。

主管先生又指着一条缓慢移动的传送带，正将一个塞满了试管的架子传送到一个很大的金属容器之中。此时，传送带另一头，又一个同样的试管架子出现了。这套传送的机器咕噜咕噜叫唤，声音很是微弱。他告诉新人们，所有试管传送完毕，约花去八分钟时间，在这八分钟之内，卵子将接受X射线的强烈照射——其强度乃是卵子可以接受的极限。少量卵子在这过程中死去。剩余的卵子中，敏感性最差的，只能分裂出两个分体；大部分则分裂出四个分体；有一些可以分裂出八个分体来。所有这些分体都将被送进培养器，并在其中成长，两天之后，培养器内温度骤降，工作人员再度检查这些分体。那时，"发芽"的过程再度开始，一分为二、二分为四、四分为八，如此这般重复，这些新的分体将被浸泡于酒精——几乎要令它们丧失活性；但它们会存活下来，且又一次"发芽"，从此诞生的更新的分体，而后就不再折腾，任其发育了——因为再进行一次"发芽"对这些分体来说通常是致命的。这样算起来，那原始的卵子自然很有希望培育出八个到九十六个分体胚胎，这实在是自然界无与伦比的进化，谁敢否认？这些分体胚胎可以说是孪生子，但又与旧时代里胎生的那些双胞胎、三胞胎截然不同，因为后者的诞生，都是因为一个卵子偶然的分裂，但如今分裂的次数是好几十次。"几十次，"主管重复了这个词，他张开双臂，似乎在慷慨布施，"几十次啊。"

　　不料一个愚蠢至极的男孩却冒出句话，问人工分裂卵子的优势到底在哪。

　　"我的乖乖！"主管转身对着这男孩，"这你都看不出来？这你都看不出来？"他竖起一只手，显出庄严的神情。"记住：波氏程序乃是

129

保证社会稳定最主要的工具之一啊！"

如此记下：社会稳定最主要的工具。

想想吧：标准化的男人和女人，统一着装，一组一组的；一个小型工厂所有的工人，甚至单单源自一个——是一个啊——经过波氏程序处理的卵子！

"九十六个完全一样的胞胎，在九十六个完全一样的机器上工作！"主管先生充满了激情，以至于说这句话时声音都在颤抖。"你们现在知道身在何处了！这可是人类历史新的一页！"接着，他引用了可堪为宇宙真理的那段国训："社群统一，身份共一，稳定第一。"

这华美的辞章！

"假如可以的话，我们早就无限制地采用波氏程序，然后，世界上所有的难题将迎刃而解。"主管先生充满自信地说。标准的γ族，恒久稳定的δ族，均衡如一的ε族，这三种受精卵将解决所有的困难。于是要有成千上万个完全一样的胞胎！生物终于可以批量生产了！

"只是，唉，"说到这里，主管先生居然叹了口气，还摇摇头，"我们却不能无限制地采用波氏程序。"九十六个孪生子似乎就是批量生产的极限，平均起来最多也就七十二个。而且，他们目前想到的最好的办法（其实是次好的办法），也只是让同一个卵巢和同一个男性配子结合，产生尽可能多的孪生子，甚至连这个办法也不是那么容易就能完成。

"因为，如果顺其自然，女性体内的二百个卵子，需要三十年的时间才能达到真正的成熟，但我们的生意要求我们必须在此时此地就保证人口数量的稳定。要等待四分之一个世纪，才能把卵子一个个挤出母体，这样的等待有何意义？"

很明显，没有意义！幸亏波茨纳普技术①极大地加速了成熟的过程。他们可以确保在两年时间之内，让一个女性体内的至少一百五十个卵子成熟，令其受精，经过波氏程序，换句话说，就是把一个卵子乘以七十二，然后，在两年时间内，可以同时产出平均数量高达一万一千个的兄弟姐妹，他们来自同一个母亲，却分属于一百五十组孪生子。

"运气好，我们甚至可能让一个卵巢产出一万五千个成体呢！"

此时，一个金发、脸色红润的年轻人恰恰走过，主管招呼他："福斯特先生！"这位脸色红润的年轻人于是便走过来。"福斯特先生，告诉我们，单一的卵巢最多产出过多少成体？"

福斯特一口报出了结果："在本中心里，纪录是一万六千一十二个。"

福斯特说话非常快，他有一双活力四射的蓝眼睛，当引用数据的时候，明显看出他很享受这个过程。"一百八十九组孪生子，一万六千一十二个成体，可是有人做得更棒，"他喋喋不休地说，"那是在一些热带地区的孵化场。比如，新加坡孵化中心经常产出超过一万六千五百个成体；蒙巴萨的孵化中心居然创造了一万七千个成体的最高纪录——可是他们赢得并不光彩，想想看，这些黑种的卵巢对她们那脑垂体分泌物的反应是多么厉害！假如你习惯于研究欧洲人种，你难免会对两个人种之间的区别大感惊讶。即使如此，"他话锋一

---

① 波茨纳普技术，波茨纳普是英国作家查尔斯·狄更斯的长篇小说《我们共同的朋友》中的反面角色。作者以他的名字命名加速卵子成熟的技术，有讽刺的性质。

转，微微一笑（可是他眼中那股争强好胜的神气未散，而他的下巴上扬，一副挑衅的意思），"我们仍有可能击败黑种人的纪录。现在，我正在研究一个副δ族卵巢，才十八个月，已经产出一万两千七百个幼体，或者已经倒瓶，或者已成胚胎，他们日日都在变得更强壮。我们终将击败这些黑种人。"

主管大喜，"我欣赏的就是这种不服输的劲儿！"他拍了拍福斯特的肩膀，"你就跟我们一起走，把你擅长的拿手绝活告诉这些男孩，让他们不虚此行。"

福斯特谦恭地笑了："乐意之至。"

他们继续前行。

于是到了装瓶间，那里一片喧嚣，却井井有条。新鲜的母猪腹膜被切割为一条一条，尺寸合适，从半地下室的器官商店，用小型载货电梯迅疾地传送进来。只听到嗖嗖的声音，然后咔嗒一声，电梯舱口洞开，装瓶工只需伸出一只手，取出腹膜条，塞进瓶中，按平，即告完工。工人们速度奇快，循环不息的输送带上的每一个瓶子，都不会空空而去。这个瓶子刚装好，又听见嗖嗖的声音，然后咔嗒一声，又一条腹膜从电梯弹出，等待着被塞进下一个瓶子。于是，在这条输送带上，装瓶工们完成着这虽然缓慢，却永无止境的工序。

装瓶工旁边站着检录员。工序到了这一步，只见一个个卵子从试管转移到更大的容器内，于是检录员们灵巧地将卵子的腹膜撕下，于是桑葚胚[①]应声落下，检录员们接着将盐水注入卵子……最终卵子被

---

① 桑葚胚，指一个受精卵经过多次分裂，形成数十至数百个细胞组成的早期胚胎。

置放进瓶中，这时轮到标签员忙碌了，他们记录下卵子的遗传情况、受精日期、波氏胚胎组编号，这些信息原来贴在试管上，现在转移到瓶子上。这些卵子不再是匿名状态，它们被命名、被标识。

工序缓慢地继续下去，装有卵子的瓶子通过墙上的一个洞，缓慢地送进命运规划局。

"这里的卡片索引装满了八十八立方米的柜子！"当他们走进命运规划局时，福斯特得意地说。

"索引中包含了所有的相关信息。"主管补充说。

"而且每天早晨就更新。"

"而且每天下午就调整完毕。"

"以这些索引为基础，规划员们对胚胎们的命运予以设计。"

"天啊，这么多个体被制造出来，质量是如此出色！"福斯特说。

"又如此大规模地被分配到社会上去！"

"无论何时，这里的倒瓶率都是最佳。"

"任何偶然的损耗都迅速得以补偿。"

"绝对迅速，"福斯特强调说，"比如上次日本大地震，人员损失惨重，你们可不知道，当时我们加班加点了多长时间来弥补这个损失啊。"他居然和气地笑起来，一边摇着头。

"先是规划员将社会需求的数据传递给受精师们。"

"受精师则将相应数量的胚胎交给命运规划员。"

"因此相应数量的卵子被装瓶，并详细规划其未来用途。"

"此后，瓶装卵子就被送到胚胎仓库了。"

"我们现在正向胚胎仓库走去。"

福斯特打开一道门，他领着众人走下一段楼梯，到了地下室。此处的温度仍然宛如热带。他们又往下走，光线转淡，暗色加重。只见两道大门、一条长廊，长廊有两个转弯，以保证这地下室可以挡住日光的渗透。

"胚胎就像是摄像胶卷，"福斯特俏皮地说，一边推开第二道门，"它们只能承受红色光。"

其实，跟随福斯特进入仓库的新人们，却感到在这暧昧的暗色环境中，事物仍是可见的，而且皆镀上深红色。这种黑暗感，极似人们夏日午后闭目时所感到的那种。在仓库里，一排排延伸下去的货架和一层层堆着的瓶子，鼓鼓囊囊地排列在过道两边，一切皆闪耀，如无数红宝石般绚烂；男男女女暗红的身影穿行在这些红宝石的阵列中，如幽灵一般，他们皆有一双紫色的眼眸，浑身皆显出红斑狼疮的症状。在这环境中，唯有机器的轰鸣，或许能略微搅动这沉闷的空气。

"福斯特先生，告诉来客一些数据。"主管说，他已然倦于多谈。福斯特则再高兴不过了，他喜欢列出数据。他说，这里长有 220 米，宽有 200 米；又指着天花板说，高则达到 10 米。如小鸡啜饮时旁观周边的那股劲头，新人们顺着福斯特手指的方向去看那远处的天花板。这里一共有三层货架：地面长廊、一阶长廊、二阶长廊。

蜘蛛网一般的钢铁架构，连接着错综交叉的走廊，却都在远处的黑暗中隐没。就在他们旁边，有三个红色的人影正忙碌着，沿着一架自动扶梯，卸载一个又一个坛子。

这架自动扶梯，往上通向之地，正是命运规划局。

装瓶的卵子可以放在十五个带轨道的货架上，每个这样的货架，均以每小时三十三又三分之一厘米的速度缓慢传动（慢到常人都感觉不到），也就是一天移动八米，每年移动二百六十七天，这样全部加起来，所有货架每年要移动的距离是两千一百三十六米。这样的货架轨道，一条在地下一层，一条在一阶长廊，还有半条在二阶长廊。就这样历经二百六十六天，直到那第二百六十七天清晨的到来，倒瓶室里终于洒满了阳光，人们称这一天为卵子的独立日。

"其实在此过程中，"福斯特总结说，"我们已经做了无数工作，真的可说是倾尽全力了。"他笑起来，这是见证者的笑容，也是成就者的笑容。

"我欣赏的就是这股劲头！"主管再一次表示了赞赏，"让我们继续转转，福斯特先生，你可以告诉他们所有的事情。"

遵循指示，福斯特确实讲了许多。既告诉他们胚胎如何在腹膜制成的胎床上成长，又让他们舔了舔胚胎们的营养品——数量极其庞大的血液替代品，还解释了为什么胚胎需要胎盘素和甲状腺素的刺激；接着又谈及如何提取黄体①；又指示给新人们看喷嘴，在货架移动过程中，从开始移动算起，移动到两千零四十米，其中每移动十二米的距离，都要通过喷嘴自动往瓶子中注射相关物质；在第一百一十二米行程抵达时，在每个瓶子中人工设置母体环境；在最后的九十六米行程，往瓶子里注入的脑垂体溶剂逐日增量。然后指给新人们看红色的"蓄水池"——里面是血液替代品；以及离心泵——它保证了血液替代品在胎盘中的运转，并实现人工肺部的血液循环；以及人体废物过滤器。

---

① 黄体，排卵后由卵泡迅速转变成的富有血管的腺体样结构。

此外还提及胚胎有贫血的危险倾向，指责胚胎那猪一样贪婪的营养摄取量，为此，他们不得不为胚胎提供小马驹的肝脏。

复又描述道，在货架移动的过程中，每经过一个八米的距离，其中最后两米的距离，都要同时抖动所有胚胎，以使其习惯运动性；又暗示胚胎会感受到"倒瓶创伤"（其实乃是重力作用的结果），为此需提前采取措施，通过对瓶中胚胎的适度训练，使这种受惊感降到最低；在移动到二百米左右，会对胚胎进行性别检测。还解释了标签含义，"T"表示胚胎为男性，一个圆圈表示女性，一个黑色的问号（写在白底纸上）则表明该胚胎为自由马丁①。

福斯特说："当然，在绝大部分情况下，繁殖力太盛也令人烦恼，其实一千二百个卵巢中只保留一个就足够我们使用的了，但我们也希望所做的决定更聪明、更有回旋余地，所以，肯定总是要保持更高的安全系数，于是，在性别检测环节，我们保留百分之三十的女性胚胎，允许它们正常发育；剩余的女性胚胎，在余下的行程中，每过二十四米距离，则要被注射男性荷尔蒙，结果，它们倒瓶之后，成为特殊的胚胎——结构正常却没有生育功能，这是务必要保证的。当然，这些胚胎未来难免偶尔会长出几根小胡子。"他继续说，"如此一来，人类终于不再像奴隶一般遵循自然，而是自行创造生命，想想看，这样的世界将会多么有趣！"

说到这里，他高兴地搓起手来。可见，福斯特先生和他的同人们可不是因为能孵化胚胎而大感得意的——这种成就，就是一头母牛都

---

① 自由马丁，本是兽医学用语，原指异性双胎雌性牛犊。90%以上的异性双胎雌性牛犊不育。此处指不育的女性克隆人。

做得到。

"我们决定胚胎的命运，我们也为他们的发展提供条件。我们塑造我们的胚胎成为各种各样的人，比如α族、ε族，比如未来成为污水工人或……"他本来是准备说"世界的统治者们"，却立刻改口为"孵化场的主管先生"。

主管微微一笑，很是受用这段奉承。

一行人经过了第十一货架，它的行程目前是三百二十米，一个年轻的副β机械工正拿着螺丝刀和扳手，忙于通过血液输送泵把血液替代品输入一只胚胎瓶中。当他拧着螺母旋转时，发出时断时续的声音，与泵体的马达声合并一处。往下拧！往下拧！……还有最后那一拧，看看转速计，终于大功告成。他沿着轨道又走了两步，在下一个离心泵处开始相同的工作。

"这是为了降低转速，"福斯特解释说，"血液替代品因此可以旋转得慢些，如此一来进入肺部循环时流速较慢，胚胎因此获得的氧气也更少。要知道，只有缺氧才能确保一个胚胎活性降低呢！"说到这里，他又一次兴奋地搓起了手。

此时一个新人很幼稚地问道："可是为什么你们要让胚胎的活性低于正常水平？"

一时众人愣住了。

"蠢材！"总管叫道，总算打破这过长的沉默，"难道你就想不到，ε族胚胎必须有ε族基因并且必须生存于ε族的环境吗？"

这个愣小子自然没有想过这个问题，他依然是一头雾水。

"种姓越低，摄氧越少。"福斯特解释了，氧气少了，头一个受影响的就是大脑，其次是骨骼，如果只能摄取百分之七十的标准氧气量，人就会变成侏儒；如果低于百分之七十，就会变成一个瞎子，同时变成一个怪胎。"这样的人当然毫无用处。"福斯特总结道。

他的声音忽然变得自信而热切，"然而，倘若有人能发明一项技术，可以缩短胚胎的成熟期，对于社会来讲，那将是多么巨大的成功，多么伟大的贡献啊！"

"想象一匹马。"

新人们便去想象。

一匹马在六岁的时候成熟，一头大象的成熟是在十岁。而人呢，到了十三岁，还没有性成熟，只有到了二十岁，才算彻底成熟。这不是生生耽误了人类的发展与智力的进化吗？

"但是，对于 ε 族人，"福斯特大义凛然地说，"我们可不需要他们的智力。"既不需要，也从不曾索取。可是，即使 ε 族人的大脑十岁即成熟，他们的身体却只有到了十八岁才适合工作，这么长的成熟期完全是多余的，实在是浪费严重。假如能加快身体的发育速度，可以让 ε 族人像头牛一样发育迅速，想一想，这将节约多少资源，对社群又是何等伟大的贡献啊！

"确实太巨大了！"新人们喃喃自语，深表赞同。福斯特的激情是富有传染力的，但他也能快速转换成一个专家的角色。他又提到，由于内分泌系统不正常，男性发育过于迟缓，他假设原因在于生殖的突变。那么，有没有可能扼杀这种突变呢？能否通过适当的技术处理，使任何 ε 族胚胎回复到狗或者牛的正常状态呢？这就是问题所在，而这个问题甚至差一点点就解决了。

蒙巴萨的专家皮尔金顿，曾经创造出一些个体，四岁性成熟，六岁半身体发育完成。这实在是科学的巨大成就，可是却无法推广。因为六岁的男人和女人，实在太蠢笨，甚至连 ε 族人的工作都完成不了。这种实验其实是孤注一掷的，要么彻底失败，要么一步成功，彻底改变人类的发育模式。专家们仍在耗费精力寻求完美的方案，使六岁的成年人与二十岁的成年人没有本质的差距，迄今尚未成功。说到这里，福斯特叹口气，摇了摇头。

在深红色的微光中，他们继续前行，此时到了第九个货架所在的一百七十米的节点附近，从此节点往前，第九货架被封闭起来，其中的瓶子像是在隧道中走完剩余的路程，只是常被一些两三米宽的开口阻断路途。"在这些开口，要对货架加热。"福斯特解释说。

其实，温度的调节是冷热交错进行的。在 X 光的强照射下，凉爽的温度变化也只是给胚胎带来痛苦，当胚胎一旦被取出，它们对低温就会很恐惧，因此，它们就命定为在热带地区工作，做一个矿工，或者醋酸丝纺织者，或者钢铁工人。此后，还要对它们进行思想灌输，使其完全认可身体的特性——虽然这其实是别人下的结论。

"我们设定环境，使它们在热带气候中成长，"福斯特说，"我那些楼上的同人们也会教育它们，去热爱热带的生活。"

主管简练地插了一句话："对你不得不做的一切，必须去热爱——这就是幸福与美德的奥秘所在。所有的环境训练目的同样如此：让人们热爱自身被限定的命运，无人可以逃脱。"

在两条隧道的中间，有一个缺口，众人见到一个护士正细致认真地用一根长长的注射器戳进瓶子，瓶中乃是一团胶状的黏稠物。新人们和他们的向导沉默着，驻足观看这个护士，花了些时间。

护士终于忙完注射的事情，挺起身子，此时福斯特突然向她打了声招呼："你好，列宁娜。"女孩吃一惊，转过身来。尽管光打在身上像是得了红斑狼疮，还有紫色眼睛，但她依然极其动人。

"是亨利！"女孩笑起来，牙齿闪着红光——她的牙齿是珊瑚色的。

"多迷人啊，多迷人啊！"主管嘀咕着，轻轻拍了几下这女孩，而这女孩则报之以恭恭敬敬的微笑。

"你在往瓶子里注射什么？"福斯特问道，装出一副专业性的样子。

"啊，那是常用的伤寒和嗜睡病菌。"

福斯特于是向新人们解释："在一百五十米的节点，这些未来的热带工人就被注射疫苗了，此时胚胎仍然有腮，我们就给这些鱼状的胚胎做好免疫，使其未来不怕人类的疾病。"说完又转向列宁娜，说："今天下午四点五十五分，我们照例楼顶上见，不见不散。"

"太迷人了。"主管再一次说，在大家都离开之后，他还不忘最后拍了下列宁娜。

第十货架，装的是下一代化学工人，这些胚胎正受训练，以忍受铅、烧碱、柏油、氯气的侵害。第三货架，第一批二百五十个飞行器工兵的胚胎正经过一百一十米的节点，通过一套特别的机械程序，这批胚胎正在容器中经受持续的旋转。"这是为了让它们提升平衡感，要知道，在半空中为火箭进行维修可不是一件容易的事情。因此，当它们位置处于正上时，我们就让其体内的血液循环放缓，使它们处于半饿的状态；但当它们位置颠倒时，我们就把血液替代品的流量增大一倍。如此，它们将会把颠倒状态视为幸福，老实说，只有倒立时，它们才会感到真正的快乐呢！"

"现在，我要让你们看看增α族胚胎，它们未来是知识分子，它们的成长环境非常有趣。看，它们就在地面长廊的第五货架上，有一大批呢。"福斯特先生说，他叫住了两个男孩，他们正准备从走廊下到第一层来。"这些知识分子如今约在九百米的节点，可是只有当它们的尾巴褪掉，我们才能做些有用的事情，设计出知识分子的胚胎环境。跟着我。"

此时，主管看了看手表，"已经两点五十分了，"他说，"恐怕没时间参观知识分子胚胎了，我们现在要到婴幼托管所去，赶在幼崽们午睡结束之前。"

福斯特甚是不快，"至少要去看一眼倒瓶室吧。"他恳求道。

主管对其很是溺爱，他笑了笑，"好吧，好吧，那就看一眼。"

第二章

福斯特留在倒瓶室。主管与新人们上了最近的电梯，上到第五层楼——"婴幼托管所及新巴甫洛夫条件驯化处"，名称略复杂些，但公告栏上就这么写的。

主管开门，众人便进入一个很大的空房间，明亮至极，阳光充足，因为这房间整个南面的墙其实就是一面超大的单体窗户。这里有六名护士，穿着样式统一的长裤和夹克，都是粘胶亚麻布制作的，完全符合规范；她们的头发都藏在白色帽子里，以保证环境的绝对清洁。此时她们正忙于往地板上摆放一长溜玫瑰花瓶，花瓶极大，塞满了怒放的玫瑰花。成千上万的花瓣，成熟绽放，丝样柔滑，像无数的天使那精致的双颊，但在这般艳阳的光芒中，这些天使，不仅包括了粉红色的纯种雅利安人，亦包括黄灿灿的中国人，还有墨西哥人种，以及因吹多了天上的号角而中了风①，如死人般苍白的人——他们那种苍白，就像是毫无生命的大理石的白。

一俟主管进来，护士们立刻紧张待命。

"把书铺开。"他言简意赅地说。

护士们默然执行命令，便在每个玫瑰花瓶之间，整齐安放下书籍，都是些有关幼儿护理的四开本，随意打开到某页，页面上乃是些乳头、小鱼、小鸟的图画，色泽艳丽、画面欢快，实在诱人。

"现在把幼崽们带进来。"

她们立刻跑出去，一两分钟之后又回来了，每个人都推着一种轻型运货升降机，升降机的每格架子都裹上四方的铁丝网，网里装着八个月大的幼崽，全部一模一样（明显是经波氏程序处理的同一组胚胎发育而成，且其种姓都是δ族），穿着全是卡其色。

"把幼崽们放到地上。"

幼崽们于是被搬下来。

"把它们朝向花和图书的方向。"

此时，幼崽们立刻安静下来，开始爬向白纸，白纸之上那些光洁的色彩和形象，明亮、令人愉悦。等爬到纸张旁，太阳刚好从一朵云后面露出脸（一场短暂的日食刚刚结束），玫瑰花一时光芒闪烁，似乎从其生命深处突然绽放了激情；于是，发光的书页顿时被注入一股全新的、深刻的意义。从那爬着的幼崽口中，便发出惊奇的尖叫、咯

---

① 吹天上号角的人，是暗指《圣经·新约·启示录》中提到的七位在天上吹号的天使。

咯的笑声、喜悦的呢喃之声。

主管又搓起了自己的手。"完美极了！简直像是故意设计出来的一样。"

此时，爬行最快的小崽子们已经抓到了目标物，那些稚嫩的小手犹犹豫豫地伸出去，触碰、抓住、撕下那些已经变形的玫瑰花，又揉皱那明亮的书页。等到所有崽子都忙得欢天喜地的时候，主管发言了，"仔细看。"举起手，他发出了指令。

此时，在房间另一头，站在一个配电盘旁的护士长，拉下了一个控制杆。

突然就是一阵躁狂。声音尖锐些、再尖锐些。只听警报器尖叫着，警铃发狂地响着。

崽子们受惊了，尖叫了，因为恐惧，它们的脸全都扭曲了。

因为噪声震耳欲聋，主管只得大叫起来："听着！现在要给予它们轻微的电击！"

他再次挥手，护士长便拉下了第二根控制杆。崽子们的尖叫声突然改变了音调，显出绝望、近乎疯狂、痉挛性的嚎叫，它们是在宣泄。它们幼小的身体扭曲、僵硬，四肢痉挛，似乎被看不见的电线拖拽着。

"我们完全可以让那片地板区域全部通电，"主管大叫着解释，"但这已经足够了。"他又朝护士长做了个手势。

骚乱暂停了，警铃不再响，警报器的尖叫声也逐渐停歇了，终至无声。僵化、抽搐的幼崽们身体终于放松了些，方才那种幼崽的发狂的啜泣和尖叫，转为一种普通恐惧刺激下的常规性嚎叫。

"再次把鲜花和书籍给它们。"

护士们遵命。可是，看到玫瑰花过来，看到色彩艳丽的图画过来（这些图画可是些猫咪、公鸡喔喔啼、黑绵羊咩咩叫之类的动人东西），幼崽们却恐惧地缩紧身体，想要离开，它们的嚎叫声也突然间增大了。

"看到没有？看到没有？"主管得意地喊道。

在幼崽们的意识中，现在书籍与噪音、鲜花与电击已经构成联系。再经过两百次相同或类似的训练，这两两之间的联系将牢不可破。这是人工设定的关联，自然已经无力去破坏。

"它们将长大，却带着对书籍、鲜花发自本能的厌恶——正如心理学家们说的那样。驯化已经不可逆转。从此它们一生将远离书籍、植物的坏影响。"主管说，然后转身对着护士们，"现在把这些小东西带走。"

身着卡其色衣服的幼崽们，虽然仍在哭泣，却被重新放回升降机里，又被推出房间，但在房间里留下了一股酸臭的奶味。此时，房间里立刻安静下来，众人甚是喜欢这难得的安静。

一个新人举起了手。他自然晓得，低等级的人是不可阅读的，否则就是在浪费社群的时间；而且读书总存在一丝风险，这些低种姓的人说不定会读到什么东西，破坏它们的驯化，这当然是令人不快的。可是，他就是不明白，为什么要自找麻烦，让那些 δ 族的人在心理上绝不喜欢花？

主管极其耐心地解释说，使幼崽们一看到玫瑰花就尖叫，完全是基于经济政策的考虑。不久（大约一个世纪）以前，γ 族、δ 族，甚至 ε 族的人，曾接受过喜爱鲜花的驯化，不管是家养的，还是野生的，都喜欢，目的在于让这些人一有机会就跑到乡下去看花，这样迫使他们进行交通消费。

"难道他们没有进行交通消费？"新人问。

"倒是消费了很多，"主管说，"但是除此之外，它们不愿意消费别的东西。"

主管指出，报春花啦，自然风景啦，这些鬼东西，都有一个严重的缺陷，就是不需要花钱就能享用。热爱自然，使得工厂都开不了工啦。所以，上面决定取消热爱自然的驯化，但保留消费交通的驯化，因为毫无疑问，让他们不断地到乡村去是很有必要的，虽然他们其实憎恶乡村。问题在于需要找到一个从经济上来说合情合理的理由，使他们乐于消费交通，但并不是出于对报春花或自然风景的喜爱。这个合适的理由找到了。

主管说，"我们设定，大众憎恶乡村；但我们又设定，大众热爱乡村运动。同时，我们确保所有乡村运动务必使用精密的运动装备，这样，大众既消费了交通设施，也消费了制造品。如此，你就明白为什么要对这些幼崽进行电击了。"

"我懂了。"这个新人说，沉默着，深陷敬仰之情。周围的人也沉默着。直到主管清了下喉咙，说道："曾经，当伟大的主福特仍活在世上，有一个叫鲁宾·拉宾洛维奇的男孩，他的父母都是说波兰语的。"

主管停顿了下，"我估摸，你们怕是都知道波兰语是什么东西？"

"是一门绝迹的语言。"

"就像法语和德语已经绝迹一样。"另一个新人补充说，殷勤地炫耀着自己的博学。

"那你们知道父母是什么意思吗？"主管先生考大家了。

屋子里立刻一阵沉默，大家都很不安。有几个男孩甚至脸红起来了，他们显然还没有学会严格区分色情与纯科学。这个区分其实是顶要紧的呢。终于，一个新人鼓起勇气举起了手。

"过去人类常常……"说到这里他犹豫了下，两颊羞红，"常常，常常都是母体胎生的。"

"正确无误。"主管先生赞许地点点头。

"一旦婴儿被倒出来……"

"是生出来。"主管先生纠正说。

"好的，一旦婴儿生出来，就有了父母。不，我说的当然不是婴儿，而是别的人。"说到这里，这个可怜的男孩自己脑子也糊涂了。

"简而言之，"主管总结说，"所谓的父母就是爸爸和妈妈。"

本以为父母乃是色情的东西，现在发现是科学的，这男孩松了口气，他不再沉默，也不再回避别人的目光。

"妈妈，"主管大声重复这个词，感觉这个词中的科学味道，接着靠着椅子，严肃地说，"我知道，这些事情令人不安，可是，历史上大部分事情都是令人不安的。"

他继续讲述小鲁宾的故事。一个晚上，在小鲁宾的房间里，他的父母（咳，咳，不是色情词！）因为疏忽，忘记关收音机了。（"你们一定知道，在过去大规模胎生的时代，通常孩子都是由父母照顾长大，而不是像现在这样被送到国家健康中心统一养育。"——主管加了一句。）当小鲁宾熟睡时，伦敦一个广播节目突然开始播音，第二天早上，鲁宾的父母（咳，咳，不是色情词！）——再次提到父母这个词时，几个胆大的男孩已然互相咧嘴而笑了——惊奇地发现，小鲁宾已经醒来，嘴里却一字一字地重复着一份演讲稿，乃是一个古怪的老作家的文章，他名叫乔治·萧伯纳，是极少数作家中的一员，他的作品被允许流传后世。这篇演讲，讲的是关于他本人的天才，文章自然是经过审核无误的。小鲁宾一边叽叽呱呱地讲这篇演讲，一边不时眨眼、吃吃窃笑，父母当然完全听不明白，他们以为孩子发疯了，立刻去找医生。幸亏医生懂英语，他立刻听出来，这是昨天晚上萧伯纳的广播演讲，医生意识到这是一个很严重的问题，立刻就向医学媒体中心发去一封信。

"睡眠教学法则，就这么被发现了。"主管先生意味深长地停顿了一下。要知道，虽然发现了这个法则，可是，直到很多很多年过去，这个法则却一直没有实际应用。

"小鲁宾事件的发生，仅仅是在我主福特的第一款T型车投放到市场上二十三年之后。"说到这里，主管先生在胃部划了一个T型符号，所有的新人立刻满怀敬意地照样画瓢。"然而……"（新人们在笔记本上极速记录。）"直到福特纪元214年，官方才第一次正式使用睡眠教学法，为什么不在这之前？有两个原因。首先，早期实验方向就是错误的，他们曾以为利用睡眠教学法的理论，可以造出一个传授知识的仪器。"

（画面淡入：

　　一个小男孩靠右侧斜卧，右胳膊伸出来，右手软绵绵地搭在床沿。床边一个盒子，其中一面是一个圆形的光栅①，有一个温柔

---

① 光栅，是结合数码科技与传统印刷的技术，能在特制的胶片上显现不同的特殊效果，在平面上展示栩栩如生的立体世界。

的声音传来：

"尼罗河是非洲最长、全球第二长的河流，只有密西西河比它长，然而考虑到它的流域跨越的纬度范围达到三十五度……"

次日早晨早饭时，有人说："汤米，你知道非洲最长的河流是哪条吗？"汤米摇头。"可是你难道不记得有段话是这么开头的——尼罗河是……"

于是汤米变得滔滔不绝："尼罗河是非洲最长、全球第二长的河流，只有密西西河比它长，然而考虑到它的流域跨越的纬度范围达到三十五度……"

"那么，告诉我，非洲到底哪条河流最长？"

汤米一脸迷茫。"我不知道。"

"汤米，是尼罗河呀。"

"尼罗河是非洲最长、全球第二……"

"那么，汤米，到底哪条河最长？"

汤米的眼泪夺眶而出："我不知道！"他嚎叫起来。

画面淡出）

主管澄清说，就是这声嚎叫，令早期的研究者们沮丧之极，最终放弃了实验。再没有人尝试于睡眠时教给孩子们尼罗河的长度。这是对的，只有知道所学为何，人才能真正学会一门科学知识。

"要是一开始试验是在睡眠中教育小孩道德，那就好了。"主管先生一面说，一面引领众人向一扇门走去，新人们紧跟着，一面走路、上电梯，一面还要近乎疯狂地记录。

"要知道，不管在任何情况下，道德教育都绝不需要通过理性思维。"

他们上到了第十四层楼，突然，一个扩音器低语道："安静，安静……"而每个喇叭口都不屈不挠地间歇性地传出"安静，安静"的声音，这声音在每一个走廊响着。新人们，甚至主管本人，听到这声音，都下意识地踮着脚站立，他们自然是 α 族人，但即使 α 族人，也是经过严格的驯化的。"安静，安静。"于是在第十四层楼的空气中，嗞嗞响彻这绝对意志①。

踮着脚，众人走了五十码，来到一扇门前，主管小心翼翼地开了门。他们踏过门槛，走进一间有百叶窗的宿舍，宿舍内光线不足，有如暮色。沿墙依次排列着八十张简易小床。只听见轻轻的、有规律的呼吸声，持续不断的喃喃自语声，仿佛远处有人在低语。

见到众人进来，一个护士立刻站起来，等候主管吩咐。

"今天下午的课程是什么？"

"前四十分钟是性知识基础，"护士回答，"但现在已经是初级阶级论的课程了。"

主管先生沿着那一长排小床缓缓走下去，那八十个孩子满脸红光，深处睡眠之中，状态轻松，呼吸温柔。在每一个枕头下面，都有一个轻柔的声音在传递。主管在一个小床前止步，弯腰细听。

"你刚才说是初级阶级论？让我们把音量放大来听听。"

房间另一头墙上，挂着一个扩音器。主管走过去，调整了按钮。

一个辨识度很高的声音，温柔极了，众人听到："……万物着绿，"

---

① 绝对意志，德国哲学家康德用以表达普遍道德规律和最高行为原则的术语。

这是从一个句子的中段开始，"只有δ族的孩子们穿着卡其色服装。哦，不，我可不想跟δ族的孩子们玩耍，更别提ε族的孩子，他们更差劲，而且蠢到不会读、不会写。此外，ε族的孩子们穿黑色衣服，只有畜生才喜欢这种颜色。至于我，身为β族孩子，我再开心不过。"

一个停顿，然后继续。

"α族的孩子穿着灰色衣服，他们比我们工作更辛苦，因为他们太聪明了，要做太多的事。我真的极其开心，因为我是一个β族孩子，而我不想工作那么辛苦。此外，我们比γ族和δ族的人棒多了。γ族人是蠢笨的，他们穿着绿色，δ族是卡其色。哦，不，我不想和δ族的人玩。更别提ε族的孩子，他们更差劲，而且蠢到不会……"

主管把音量又调低了，直至无声，但在那八十个枕头下面，那纤细的声音仍像幽灵一样喃喃自语。

"在幼崽们醒来之前，这段课程还要重复四十到五十次；然后是在星期四重放；然后是星期六重放。在三十个月的时间里，这段课程一周要放三次，每周总共要播放至少一百二十次。然后，更高级的课程就开始了。"

玫瑰花、电击、δ族人的卡其色衣服，加上一点点阿魏剂[①]，紧密结合在一起，在幼崽们能说话之前，持续施加影响。但是非语言的驯化既粗率，也失之于笼统，无法解释清楚更细微的区别，也无法教崽子们较为复杂的行为，因此，课程中必须要有言语的存在，但这样的言语又不能羼杂任何理性。简而言之，这就是睡眠教学法。

[①] 阿魏，一种印度香料。从阿魏属一些有伞状花序的植物根部提取的苦树脂，用于制作祛风剂、镇静剂及祛痰剂。

"这乃是人类有史以来最强大的道德、社交力量。"

新人们立刻在他们的小本子上记录这些，一定要依样画葫芦。

主管再一次触碰了按钮。

"……太聪明了，"那个温柔的、奉承的、精力充沛的声音再次响起，"我真的极其开心，因为……"

这重复的语言也许不像水滴——虽然水滴石穿是千真万确的事——倒更像是液封蜡，一滴滴流下来，黏附、镶饰于这受体，并与之融合在一起，最终一整块岩石都能变成猩红色混沌的一团。

"最终，幼崽们的脑子尽是这些告诫，所有告诫整合一起，也就变成崽子们的思想。还不仅仅是崽子们的思想呢，成年人的思想也是一般无二，甚至是终其一生。判断、欲望、决定，这些所谓的思想，其实都是由这些告诫组成。而所有这些告诫，全全部部都来自我们！"主管因巨大的胜利感忍不住叫喊："来自国家！"然后，他猛地捶击最靠近身边的一张桌子。

"因此它遵循……"

突然发出的这阵噪音使他转过身。"哦，主福特啊！我太激动，把这些小崽子们吵醒了。"

第三章

　　屋外的花园里，正是游戏的时候。在六月温暖的阳光下，六七百个小男孩小女孩光着屁股，尖叫着跑过草地，或者在打球，或者三三两两蹲坐在鲜花盛开的灌木丛中。玫瑰花绽放得可爱，两只夜莺正在树丛深处兀自话语，菩提树上一只杜鹃唱歌跑了调，蜜蜂、直升机的嗡嗡声使空气染上催眠的气质。

　　主管与新人们临时站了一会儿，为的是观赏一场离心球①比赛。只见二十个幼崽围成一圈，绕着一座铬钢塔，玩着一个球。此球先要扔到塔顶部的平台上，然后滚进圆筒形的塔身，跌到一个急速旋转的

---

① 离心球，作者虚构的一种游戏。

圆盘上，塔身外面，穿了无数个小孔，球被圆盘甩出小孔去，然后幼崽们要捉住它。

"怪了，"当他们离开时，主管沉思着说，"想想就奇怪啊，即使在我们这个主福特的时代，大多数游戏居然除了一两个球、几根棍子、几段网线外都不需要更多的设备。想想吧，让人们去玩一些复杂的游戏，却根本没有提升消费，这该是何等愚蠢的事情。这简直就是发疯。现在，元首们是绝不允许发明任何新游戏的，除非这些游戏像现有的最复杂的游戏一样，需要足够多的设备支持。"

他正说着，却突然打断了自己的话。"看，那是多么迷人的一对。"他指着前方说。

前方是一个小小的海湾，绿茵盖地，海湾两边是长势茂盛的地中海石南花，在那海湾上，两个幼崽，一个男孩大概七岁，一个女孩或者还要大一岁，他们很是严肃，像科学家那样聚精会神，正努力发现某些奥秘——其实他们是在玩低级的性爱游戏。

"迷人至极！迷人至极！"主管充满感情地说。

"确实迷人。"新人们谦卑地表示同意，可是他们的笑容看起来有些牵强。他们也就是刚刚脱离类似的幼稚的娱乐，不能不带着一丝蔑视看待这两个幼崽的游戏。迷人？不就是两个小兔崽子在干些蠢事吗？幼稚！

但是主管仍然用同样伤感的声调说着，"我常常以为，……"却被尖锐的呜呜声打断。

从附近一个灌木丛中，钻出一个护士，紧紧抓着一个小男孩的手，那小男孩一路走一路嚎叫。另一个小女孩，看上去很焦虑，跟在护士鞋跟后面一路小跑。

"出了什么事？"主管问道。

护士耸耸肩，回答说："没多大事，就是这个小男孩非常不喜欢性爱游戏，这可是大家都要参与的。我已经注意过他一两次了，今天他又拒绝参与游戏，刚才他还在大喊大叫的呢……"

此时那个一脸焦虑的女孩插话了，"真的，我没想过伤害他，其他的想法也没有。真的是这样。"

"亲爱的，你当然没有伤人。"护士安慰道，转而继续对主管说，"那么，我这就带他去见见心理中心副主任，看看他是不是有什么病态。"

"你做得很对，"主管说，"带他进去。"护士离开了，仍然是那副怒气冲冲的气势。

"小姑娘，你就待在这里，"主管加了一句，"告诉我们，你叫什么名字？"

"菠莉·托洛茨基①。"

"这名字很棒，"主管说，"你可以走了，去看看能否找到别的小男孩陪你一起玩。"这小女孩便跑进了树丛，转眼不见了。

"多么高雅的小东西啊！"主管说，目送她离开。接着，他对新人们说："马上我要告诉你们一些事，也许听起来不可思议。不过，既然你们对历史毫不熟悉，过去的事情自然听起来就是不可思议的。"

他便讲了些令人震惊的真相。在我主福特诞生之前，有很长一段时期，甚至在我主诞生之后，还有好几个时代，幼崽们之间的性爱游

---

① 托洛茨基，这个姓氏是在影射20世纪初苏联共产党和第四国际领袖列夫·达维多维奇·托洛茨基。

戏还被认为是变态的（听讲者大笑起来），不仅是变态的，而且是反道德的（不！听讲者叫道），因此人们严厉禁止幼崽们玩这样的游戏。

果然，听讲者脸上露出震惊、不可思议的表情。可怜的幼崽们居然不被允许自娱自乐？他们简直不敢相信。

"甚至青少年，"主管先生继续说，"就像你们一般大小……"

"不可能！"

"甚至暗中稍微搞点自渎、同性恋爱，也被禁止。其实所有性游戏都被禁止了。"

"什么都没有？"

"在大部分情况下，真的是什么都不被允许，直到那时的人年纪过了二十岁。"

"要到二十岁？"新人们异口同声地大叫道，根本不相信。

"就是二十岁，"主管重复道，"我告诉过你们，你们一定会觉得不可思议的。"

"可是，这样的话，不会发生什么事情吗？会有什么结果？"他们问道。

"结果糟糕至极。"一个雄厚的声音突然加入谈话，令人吃了一惊。回头一看，原来他们身边站着一个陌生的男子，中等个头、黑发、鹰钩鼻、饱满的红唇、目光尖锐而冷酷。"糟糕至极。"他再一次说道。

主管此时已经坐在一张椅子上（这椅子是用钢铁和橡胶制造的，在花园中随意摆放），但是一看到这个陌生人，立刻跳起来，一个箭步上前，早早伸出手，咧开嘴，热情洋溢地笑着。

"伟大的元首！这等至乐，吾辈何曾想到！诸位，尚何所思？此即是伟大的元首阁下，穆斯塔法·蒙德①是也！"

　　此时，在孵化场的四千个房间里，四千座电子钟同声敲击，报告四点钟。喇叭口传来无形的声音："第一组日班工作人员下班，第二组日班工作人员顶班。第一组日班工作人员下班……"
　　在前往换班交接点的电梯里，亨利·福斯特与命运规划局的副主管刻意将脊背对着心理中心的伯纳德·马克思，避免被这个声名狼藉的人缠上。

　　胚胎商店里，机器微弱的嗡嗡声和咯咯声仍在搅动那深红色的空气。大家都在来去换班，一个个脸上尽是红斑狼疮迹象的人被下一组人顶替。传送带永恒运转，满载着未来的男人和女人。这是何等伟大的景象。
　　列宁娜·克朗轻快地走向大门。

　　穆斯塔法·蒙德阁下！亲眼见到阁下，这些新人们满怀崇敬地仰望，眼珠子都快掉出来了。是穆斯塔法·蒙德阁下！是整个西欧的永恒元首！世界十大元首之一！也是十大……看，他现在居然坐在了主管旁边，莫非他要暂留此处？真的，他居然要向他们说话……如假包换啊！就像主福特本人在说话一样！
　　突然，从附近的灌木丛中钻出两个晒成虾棕色的幼崽，看了他们

---

① 作者在"新世界"中刻画的元首穆斯塔法·蒙德，是影射土耳其共和国第一任总统穆斯塔法·凯末尔·阿塔蒂尔克。

一会儿，眼睛很大，甚是吃惊的样子，然后又回到树叶茂盛的所在，继续他们的娱乐了。

元首说，用他那浑厚的嗓音："我想，你们务必牢记，那是我主福特君的名言，美丽至极，极富启发，他说：历史就是一堆废话。^①"元首又慢慢地重复了一遍："历史就是一堆废话。"

他挥着手，就像用一把隐形的鸡毛掸，掸去了灰尘，这些灰尘，就是那些历史，譬如哈拉帕^②、迦勒底的乌尔^③；又扫除了一些蜘蛛网，这些蜘蛛网，也如那旧的存在，譬如底比斯^④、巴比伦、克诺索斯^⑤、迈锡尼^⑥。

掸去一切吧，掸去一切吧。谁还记得奥德修斯、约伯、朱庇特、乔达摩、耶稣？扫除一切吧，扫除一切吧，那些历史的暗尘，什么雅典、罗马、耶路撒冷、埃及中王国，皆已随风逝去。继续扫除，所谓的意大利已经变成荒土。清除教堂、清除李尔王、消灭帕斯卡的思想。遏绝激情、弥撒、交响乐。抹去一切旧时代的痕迹……

---

① 福特汽车公司的创始人亨利·福特曾说过类似的话：历史就是一堆废话。它不过是传统，我们不要传统。我们只要活在当下。

② 哈拉帕，古代印度河流域的文明，时间在公元前 2500 年—公元前 1500 年左右。今属巴基斯坦境内。

③ 乌尔，是美索不达米亚的一座古城。最早的建筑始于公元前 5500 年左右，属于欧贝德文化，这是美索不达米亚南部可考证的最早的文化。今属伊拉克境内。

④ 底比斯，上埃及古城，位于尼罗河畔，从公元前 22 世纪中期到公元前 18 世纪曾繁荣一时。

⑤ 克诺索斯，古希腊克里特岛文明的中心，被认为是传说中米诺斯王的王宫所在地。

⑥ 迈锡尼，希腊南部阿尔戈斯地区古城，是荷马史诗传说中小亚细亚人的都城，由珀耳修斯所建，在特洛伊战争时期由阿伽门农所统治。这座一度被认为只是传说中的虚构的城市，由德国考古学家海因里希·施里曼在十九世纪时挖掘出来才得以重见天日。

命运规划局的副主管问福斯特："今晚去感官电影院吗？听说阿尔罕布拉新开了一家分店，第一流的设备。今晚会有一场床戏表演，就在熊皮毯子上大战，据说美妙至极，你甚至可以看到每一根熊毛都栩栩如生呢，这种效果令人完全感到感官世界的迷人。"

"正因如此，你们不必学习历史，"元首说，"不过，现在时机已然成熟……"

主管紧张地望着元首。曾有谣言，说元首书房的一个保险柜里，居然藏着旧时代的禁书，如《圣经》、诗歌……但是只有我主福特才知道是否果然如此。

穆斯塔法·蒙德切断了主管焦虑的眼神，他那红润的唇角讽刺性地抽搐了一下。

"别紧张，主管先生，"元首说，声调似带着模糊的嘲弄之意，"我倒不会腐蚀子民们的灵魂。"

主管大感困惑。

只有那些自觉被鄙视的人，才善于装出鄙视他人的模样。而现在，伯纳德·马克思的脸上可就露出了轻蔑之色。呸！还每一根熊毛都栩栩如生呢！

亨利·福斯特说："我一定去。"

元首探过身来，对众人摇着一根手指头。"我只是要让，"他说，他的声音很奇怪，像是传递出一阵寒战，在他们的脑膜片上跳动，"我是要让大家都能真正体会，有一个胎生自己的母亲会是个什么样子。"

胎生！又是这个淫荡的词。但这次，这个词并未令他们陷入梦幻般的笑容中。

"想象一下，'与家人生活'这句话究竟是什么意思？"

众人努力去想象了，可是却明显想不出任何名堂。

"你们又有谁知道'家'这个词？"

众人便摇头。

列宁娜·克朗从她那深红色的、阴暗的地窖乘坐电梯，直上十七层，踏出电梯，转身向右，走过一条长廊，打开女更衣室的大门，便置身于震耳欲聋的喧嚣之中：胳膊飞扬、乳房乱晃、内衣跳跃。成百个浴缸里，热水流或洒下，或汩汩涌入。八十个真空震动按摩机忽而隆隆响，忽而嘶嘶叫，同时捏压、抽吸着八十个超级健壮的女体，她们的皮肤被太阳晒得黝黑。所有的女人都在竭尽全力高声讲话。一架电子音乐播放器里传出超音小号独奏那袅娜的颤音。

"范妮，你好。"列宁娜向一个年轻的女人打招呼。这女子的更衣柜就靠着她。

范妮在装瓶间工作，她的姓也是克朗。不过，既然这个星球上二十亿人中本来就只有一万个姓，这种巧合也就不稀奇了。

列宁娜用力拉开夹克的拉链，双手同时使劲脱下裤子，又脱下内衣。不过，她仍然穿着袜子和鞋子，就直接向浴室走去。

家啊，家。想象几个小小的房间，有一个男人住着，一个时不时生育的女人住着，一群男孩女孩住着——各种年龄都有。想象这些房间会多么令人窒息：空气稀薄、空间逼仄；就像一个未能消毒的监狱，充斥黑暗、病菌、恶臭。

（元首如此引领他们的想象，是如此生动，以至一个比他人多了些敏感的男孩，一听到这样的描述就脸色发白，濒临呕吐。）

列宁娜走出浴室，擦干身体，从墙上摘下一根长长的软管，将喷口压住自己的胸部，看起来像是要请死的样子。她按下了开关，一阵热风，格外细腻的滑石粉喷遍她全身。洗脸池水龙头上装着八种味道的香水以及古龙香水。她打开左手起第三种香水的龙头，那是素心兰。提溜着鞋袜，她想找到一架真空震动按摩机。

"家"不仅在肉体上意味着肮脏，而且精神上也同样卑劣，就像一个兔子洞、一处粪堆。在"家"里，因拥挤的生活而产生种种摩擦，火药味十足，却又不时涌动着臭烘烘的情感。一大家子人之间，所谓的亲密是何等令人窒息，所谓的家庭关系又是何等的危险、疯狂、淫秽！"家"里的母亲就像个疯子，闷闷不乐地看着她的孩子们（就这么待她的孩子），跟老猫看着小猫有什么区别？她不就是会说几句话吗？她就叫着："我的宝贝，我的宝贝。"一遍又一遍地叫，"我的宝贝，哦，哦，到妈妈乳房这里来，用你那小手抓紧，宝贝饿了，宝贝来喝奶啊，咬得我好痛，我又好快乐！啊呀，我的宝贝终于睡觉了，看啊，他的嘴角还冒着乳汁的泡泡呢。我的宝贝睡啦，睡啦……"

"看，"穆斯塔法·蒙德点点头，说道，"你们恐惧了吧。"

真空震动按摩机就像一个内部散发粉色光芒的珍珠，列宁娜使用完，转身去问范妮："今晚你跟谁约会？"

"我一个人。"

列宁娜惊讶地扬起了眉毛。

范妮解释说："最近我感觉很不舒服，威尔斯医生建议我用一个妊娠替代品。"

"不会吧，亲爱的，你才十九岁啊。只有到了二十一岁，大家才必须要用第一个妊娠替代品呢。"

"亲爱的，我知道，但是有些人其实越早使用对她们越好。威尔斯医生说，骨盆宽大的深肤色女人，比如我，必须在十七岁用上第一个妊娠替代品，所以，其实我是滞后了两年，而不是提前了两年。"范妮打开自己的柜子，指着一排小盒子，又指着架子上面贴着标签的小药瓶。

列宁娜大声读出来："黄体糖浆。这是卵巢素，确保新鲜使用，福特纪元 632 年 8 月 1 日过期，直接从乳腺提取，一日三次，饭前服用，用时需喝一小杯水。这是胎盘膏，五毫升，每隔两天静脉注射一次……啊，呸！"列宁娜浑身颤抖，"我是多么厌恶静脉注射啊，你呢？"

"我也不喜欢，但是如果它对人有好处……"范妮可是一个非常通情达理的人。

我主福特——或我主弗洛伊德（因为某些不可思议的原因，我主福特一旦提及心理问题，就喜欢这么称呼自己）是世上第一个揭露家庭生活恐怖本质的人。这世上曾经到处都是父亲之辈，因此也就充满痛苦；这世上曾经到处都是母亲之辈，因此就随处可见堕落：虐待狂、假贞操；这世上曾经到处都是兄弟、姐妹、叔伯婶姨，因此也就遍地疯狂、自杀。

"然而，在新几内亚海岸那边，有名为萨摩亚 ① 的群岛，那里的野人……"

那是热带的阳光照耀之地，仿佛温暖的蜂蜜涂抹在赤裸的儿童身上。儿童们在盛开的芙蓉花丛里杂乱翻滚。那里有二十幢棕榈叶覆盖的草屋，所谓的"家"，就是这样的屋子。其实，在特罗布里恩群岛 ②，怀孕不过是祖先的鬼魂作祟，在那里，无人听说过世上还有什么叫"父亲"的东西。

元首说："两个极端彼此注定要碰面。"

"威尔斯医生说，使用妊娠替代品，将在未来三到四年的时间里，对我的健康产生有益影响。"

"我希望他说的是真的，"列宁娜说，"可是，范妮，莫非未来三个月你真的不能干那个事？"

"哦，亲爱的，当然可以。只是一两周不能干罢了，这一两周，我晚上都待在俱乐部练习音乐桥牌。恐怕你是要出去约会的吧？"

列宁娜点点头。

---

① 萨摩亚，位于太平洋南部，波利尼西亚群岛的中心。
② 特罗布里恩群岛，巴布亚新几内亚的群岛，位于该国东面所罗门海，由 5 个主要岛屿组成，总面积 450 平方公里。

"跟谁出去呢？"

"亨利·福斯特。"

"又是他？"范妮那张饱满如月的脸突然变了，原本和善，现在却掺杂了一丝痛苦、反对、惊讶。"你是说你仍然和他在鬼混？"

父亲、母亲、兄弟、姐妹。除了这些东西，还有过丈夫、妻子、情人，以及一夫一妻制，还有风流韵事。

"虽然，也许你们并不清楚存在过这些词。"穆斯塔法·蒙德说。

众人大摇其头。

家庭、一夫一妻制、风流韵事，都意味着排他性，都是神经脉冲与体内能量的一种狭窄的释放通道。

"可是，每个人都属于别人。"元首总结道。他引用的是睡眠教学材料中的一句格言。

新人们大点其头，极其郑重地钦佩此格言，因为，深夜里超过六万两千次的反复教育，不仅使他们认可这句格言，更使他们相信这句格言乃是正大公理、不证自明、永无争辩的。

"可是说到底，"列宁娜反驳说，"和亨利在一起，也不过才四个月罢了。"

"才四个月！你说得好轻松。我倒很喜欢你的语气。但我要指出来，"范妮一面说，一面伸出一根手指表示指责，"在这四个月中，除了他，你是不是没有跟别人干过？"

列宁娜脸涨得通红，可是看她的眼神，听她说话的口气，你知道，她一点都不屈服。"是的，就是没有过别人，"她几乎是在挑衅了，"我倒很想知道，难道这样不可以吗？"

"看，她倒很想知道，难道这样不可以吗？"范妮重复列宁娜的话，似乎列宁娜的左肩膀后面还有一个隐形人，在偷听她们说话似的。"可是，我是很认真的，我真的希望你慎重考虑，只跟唯一一个男人搞在一起，是非常可怕的。如果是在四十岁、三十五岁，也许这样还不算糟糕，可是，列宁娜，在你现在这样的年纪！不，决不能这样。你自己也知道，主管是坚决反对任何人过分热情或长久持续参与什么事的。想想看，整整四个月，只和亨利·福斯特一个人，可是，如果他知道了，难道他就不会怒火中烧……"

"想象一下，水管中水承受怎样的压力？"

众人便去想象。

"我曾戳穿一个水管，"元首说，"多么强烈的喷射！"

他戳穿水管一共有二十次之多，因此也就有了二十个小小的室外喷泉，撒尿一样地喷射。

"我的宝贝。我的宝贝……"

"妈妈！"

疯狂是有传染性的。

"我的爱，我唯一的爱，你是何等珍贵啊，珍贵啊……"

母亲、一夫一妻制、风流韵事。喷泉高高射出水流，那水流凶猛、泡沫横溢。这是解决内在压力的唯一途径。我的爱人，我的宝贝。呸！怪道这些旧时代的可怜人疯疯癫癫、可怜可耻，他们生活的世界让他们什么都不能轻松对待，也就不能表现出理智、正直、快乐。他们终日痛苦地体验人生，比如：怎么去处理和母亲、情人的关系；如何去忍受那些他们根本不习惯的禁令；怎么去抵抗诱惑、孤独、悔恨；怎么去对付疾病与那无穷无尽的隔离之痛苦；怎么去承担人生的不确定性和穷困。这样的体验是何等强烈啊，而且是深处孤独的境地，在一个个毫无希望的个体的孤岛之上！难道能指望他们可以体悟安稳的人生？

"我当然没有让你彻底放弃他，我只是希望你能多换换男人，他也会有别的女孩，难道不是吗？"

列宁娜承认了。

"他当然会有别的女孩。要相信，亨利·福斯特乃是完美的绅士，他不会错的。此外，你还要考虑一下主管会怎么看你，你知道他是一个如此注重细节的人……"

列宁娜点头，"今天下午他还拍了拍我的肩膀。"

"看到了吧，"范妮得意地说，"你可以看到他是一个什么样的人，他是所有规则最严格的执行者。"

"稳定，"元首强调说，"要的就是稳定。没有社会稳定，哪来文明世界？没有社会稳定，哪来个体安稳？"他的声音就像喇叭一样铿锵有力，认真听讲的人们感到这声音还在变得更加洪亮、温暖。

机器必须运转、运转、永远运转，一旦停止，文明衰亡。曾经有十亿人面朝黄土背朝天，但当机器轮子开始运转，仅过了一百五十年，人类就繁衍到二十亿人；当所有轮子停止运转，只需一百五十个星期，人类就会衰减到十亿人，另外十亿人早就饿死了。所以，机器轮子必须持久地运转，也必须要有人来确保它们的运转，这些人，要像围绕机轴旋转的机器轮子一样强硬，他们是人类之光：理智健全、服从命令、万事满足。

想象他们哭闹：我的宝贝、我的妈妈、我唯一唯一的爱人；想象他们呻吟：我的罪孽、我那暴烈的上帝；他们在尖叫，因痛苦而尖叫；他们因寒热而咕哝；因年老和贫穷而自怜自艾。你指望这样的人去照管机器轮子？假如他们照管不了呢？……想想看，十亿人的尸体堆积起来，怎么去埋葬？怎么去焚毁？

"毕竟，"范妮的声调缓和了些，半哄半骗的样子，"在亨利之外，再找一两个男人，得到的只有开心，别人也不会反对。注意：你一定要多点乱交。"

"稳定，"元首强调，"我们需要稳定。它是我们最初的也是最后的追求。有了它，一切就搞定。"他挥挥手，指向花园、行为矫正中心那些庞大的建筑，指向在灌木丛里鬼鬼祟祟或在草地上奔跑的赤裸的孩子。

可是列宁娜却摇头拒绝。"我也不知道为什么，"她沉思着说，"最近我对乱交很不感兴趣。据说有些时候人们就会不喜欢乱交，范妮，你没有碰到过这种情况？"

范妮点头，表示同情与理解。"可是一个人还是要努力去适应，"她扼要地说，"人要适应游戏规则，记住：每个人都属于别人。"

"正确。每个人都属于别人。"列宁娜慢慢地重复了这句话，叹口气，沉默了一小会，然后，牵住范妮的手，轻轻捏了下。

"你说的完全正确，范妮，一如以往。我应该努力去适应。"

被抑制的冲动只会流溢出来，就像洪水泛滥，情感、激情，甚至疯狂将四处蔓延。其泛滥的程度，取决于冲动的强度以及阻力。只有自由流淌的细流，才能温柔抵达指定的渠道，如此塑造一个个安稳、幸福的个体。

胚胎饿了，血液输送泵就日日夜夜地输入血液替代品，运转速度高达每分钟八百转；倒瓶出来的婴儿嚎叫了，一个护士立刻出现，带着一瓶外分泌物。这样才会塑造真正安稳、幸福的个体。

再去感受一下欲望和欲望被满足之间的时间差，缩短这个时间差，打破所有旧的阻碍，因为它们是毫无意义的，只会破坏生命的完满发展。

"男孩子们，你们何等幸运！"元首说，"为了让你们生活于轻松的情绪中，我们付出了如此多的努力，这一切没有白费！我们已经尽一切可能，使你们没有任何情绪。"

"福特在他的小汽车里，世界便万事如意了。①"主管先生忍不住喃喃自语。

---

① 改自英语诗人罗伯特·勃朗宁的诗句：上帝在他的天堂里，世界就万事如意了。

"你说列宁娜·克朗？"亨利·福斯特说，重复了命运规划局副主管的问题，一边拉上裤子拉链，"她啊，很不错的一个女孩，非常丰满，你居然没干过她？"

"我也不明白怎么就没干过她，"副主管说，"一旦机会到，我一定干她。"

伯纳德·马克思此时正好在更衣室走廊对面，恰好听见对面二人说话，他的脸色霎时转白。

"老实说，"列宁娜说，"我也开始有一点厌倦每天都跟亨利干那事了。"她套上左边的长筒袜，"你认识伯纳德·马克思吗？"她问道，语气显得非常随意。

范妮吓了一跳，"你不会想跟……"

"怎么不行了？伯纳德可是增α族，他倒是邀请过我到野人保留地去呢，我也一直想去看看野人保留地是个什么样子。"

"可是你晓得他这个人名声不好。"

"他的名声好不好关我什么事呢？"

"别人说他甚至都不喜欢障碍高尔夫。"

"总是别人说，别人说。"列宁娜嘲讽的口气。

"而且，他大部分时间都是索然寡居的样子。"范妮声音中露出了一丝害怕。

"跟我在一起，他就不会孤单了呀。不管怎么说，大家对他怎么可以这么坏？我倒是认为他人很温柔的。"这么一说，列宁娜暗自一笑，感觉到自己以前是多么荒唐，害怕接触伯纳德，似乎她是这个世界的元首，而伯纳德却反而是一个副γ族机器的看管员。

"回顾你们的生命，"穆斯塔法·蒙德说，"你们可曾碰到过任何无法克服的困难？"

众人皆沉默，表示否定。

"当你们有了欲望，是否曾被逼等待较长的时间，才能让欲望得到满足？"

"不过，"一个男孩欲言又止。

"大声说出来，"主管说，"不要浪费我们元首的时间。"

"我曾经等了差不多四个星期，才和一个心仪的女孩上床。"

"因为此事，你是否感到情绪激烈？"

"非常糟糕的感觉！"

"显然，确实非常糟糕，"元首说，"我们的祖先愚蠢而又短视，当时第一批革命者来了，要帮助他们彻底摆脱糟糕的情绪，他们却爱理不理。"

"谈论她，就像谈论一片肉。"伯纳德咬碎钢牙，恨恨地想。"你来享用，他来享用。"似乎她是羊肉，把她贬低到这样的程度！不过，她说会认真考虑，这周就给我答复的。啊，我主福特，我主福特君。当时，他真想走上前，痛击这两个混蛋的脸，一遍又一遍，狠狠地打。

"不错，我格外推荐你去干她。"亨利·福斯特说。

"比如说体外生殖。费兹纳和川口曾研究出整套技术，可是政府曾经正眼看过一下吗？不，当时有一个叫做基督教的东西，迫使妇女们继续胎生。"

"可是他那么丑？"范妮说。

"我却觉得他长得很不错。"

"而且他个子那么小。"范妮扮了个怪相，体型微小，乃是低种姓人群的典型特征，实在太可怕了。

"我认为他很温柔，"列宁娜说，"看到他就想宠爱他，你知道的，就像宠爱一只猫。"

范妮大感诧异。"你没听说过，当他还是个胚胎，在瓶子中的时候，有人犯了个错误，以为他是γ族，结果在他的血液替代品中掺杂了酒精，导致他现在长得小模小样。"

"你胡说！"列宁娜愤愤不平地说。

"在英格兰，睡眠教学法其实是被禁止的，那鬼地方流行什么自由主义，他们的议会——我估计你们没有听说过这个词——通过一个法律禁止睡眠教学，档案馆里有当时的材料，我听过一些演讲，尽是什么宪政民权那一套。所谓的民主、自由，套用到个体身上，只会让人效率低下，生活惨兮兮的，完全就是圆凿方枘，根本不合适。"

"不过，我亲爱的伙伴，我保证你一定受她的欢迎，一定的。"亨利·福斯特拍着命运规划局副主管的肩膀说，"毕竟，每个人都属于别人。"

伯纳德·马克思，这个睡眠教学法的专家，此时心中暗想：四年时间，每周三个夜晚，每个夜晚要重复一百遍，于是，六万两千四百多次的重复就能制造一个真理。真是些白痴！

伯纳德痛恨他们，极其痛恨。可是他们是两个人，而且强壮、宽大。

"还有种姓制度，一直有人提议立法通过，却一直被否决，据说是因为有'民主'，莫非除了身体内自然元素的平等，人还有其他平等可言吗？

"福特纪元 141 年，九年战争爆发了。

"战争用上了碳酰氯、三氯硝基甲烷、碘乙酸乙酯、二苯代脒腈、三氯甲基、氯甲酸酯、二氯二乙硫醚，更不要忘记氢氰酸。①

"一万四千架飞机一时疏散开来，巨大的噪音啊。可是在选帝侯大街和第八郡，炭疽炸弹爆炸的声音，几乎都不比一个纸袋破裂的声音更大呢。"

"不多说了，总之，我决定接受他的约会邀请。"

"即使伯纳德的血液替代品中真的羼杂过酒精你也不在乎吗？"

"我才不信呢！"列宁娜说。

"为什么？"

---

① 上述几种化学品均为有毒气体，如光气、芥子气等。

"就因为我真的真的想去看看野人保留地。"

"算了，你已经没救了，列宁娜。"范妮说。

真是美好的公式啊！ $CH_3C_6H_2(NO_2)_3+Hg(CNO)_2=?$[①] 等于完美。当时那个夏天，是多么的辉煌灿烂！那时地上被炸开一个巨大的洞穴，无数石块，血肉横飞。还有一只腿呢，靴子挂在上面，这单个的腿便在空中飞啊飞，然后噗通一声，掉到红色天竺葵丛中。令人神往啊！

"当时，俄国人关于污染供水系统的技术尤其令人拍案叫绝！

"九年战争，然后是经济大崩溃。当时要么统一管理世界，要么等待人类灭亡。其实就是，要么选择稳定，要么……"

背对背，范妮和列宁娜继续沉默地穿衣服。

"好吧，我已经准备好了。"列宁娜说。可是，范妮却一言不发，想回避列宁娜。"我们和好如初吧，亲爱的范妮。"

"范妮·克朗这小妞其实也不错。"命运规划局的副主管说。

"绝不可能像列宁娜一样丰满，绝对不可能。"

在托儿所，初级阶级论课程已经结束，授课内容已经调整为未来供需关系。"我超爱飞翔，"幼崽们窃窃私语，"真的超爱飞翔，我真的超爱新衣服，我真的……"

---

① 　此反应式是三硝基甲苯（俗称 TNT 炸药）加剧毒品氰化汞。

"可是粗人才穿旧衣服，"枕头下那不知疲倦的声音继续道，"我们务必扔掉旧衣服。扔掉旧衣好于缝缝补补，扔掉旧衣好于缝缝补补，扔掉旧衣好于缝缝补补……"

"因为炭疽炸弹，自由主义自然就销声匿迹了，可是，我们仍然不能指望暴力可以解决一切问题。

"政府要做的事，是坐下来谈判，而不是到外面攻击。我们要的是头脑和屁股协调一致，我们不需要挥舞拳头。比如，鼓励消费。

"为了工业的发展，每个男人、女人、小孩，都必须不停地消费、消费，唯一的结果是……"

"扔掉旧衣好于缝缝补补。针线活越多，家中越贫穷；针线活越多，家中越贫穷……"

"总有一天，"范妮闷闷不乐地强调，"你会惹上麻烦的。"

"我现在看起来如何？"列宁娜问道。她的夹克是深绿色的，醋酸纤维材质，袖口、领口皮子上涂了层纤维胶。

腿上是绿色的灯芯绒短裤，膝盖下面是纤维胶、羊毛混纺的长筒袜。

一顶绿白相间的骑师帽给列宁娜的眼睛投去一抹阴影，她的鞋子是绿色的，光亮如新。

"有人提出了良心说，反对大规模的消费，提倡什么拒绝消费、重回自然，……

"重回古典。真的，他们真的说要重回古典。如果整日坐着看书，当然不可能大量消费。"

"我超爱飞翔，我超爱飞翔。"
"扔掉旧衣好于缝缝补补。扔掉旧衣好于缝缝补补。"

"在高特格林，我们用机关枪消灭了八百个愚人。
"然后我们又在大英博物馆大干一场，二氯二乙硫醚喷过去，两千个古典文化的粉丝就翘了辫子。"

穆斯塔法·蒙德说，"最终，元首们决定，单纯的暴力不能完美解决问题，于是，他们想到了体外繁殖、新式巴甫洛夫驯化、睡眠教育法，此类统治形式，成效甚慢，但是绝对可靠……"

在她腰间，是一条镀银的摩洛哥式样的绿色皮带，定量的避孕药塞在腰带里面（列宁娜可不是自由马丁），很是鼓凸。

"漂亮极了！"范妮热情叫好，她不能抵抗列宁娜散发的魅力，"尤其这条马尔萨斯腰带 ①，真是酷毙了！"

"最后，我们发现费兹纳和川口能起到作用，于是我们发动了一场声势浩大的反对胎生繁殖的宣传……
"同时配以反传统的运动，包括关闭博物馆，炸毁历史古迹——

①　马尔萨斯腰带，暗指的是马斯·罗伯特·马尔萨斯（1766—1834），英国人口学家和政治经济学家，以人口理论闻名于世。

幸运的是大部分古迹在九年战争中已经被摧毁——以及取缔福特纪元150 年以前出版的所有图书。"

"我也必须得到一条这样的腰带，我那条旧的黑色腰带，要多丢人有多丢人。"范妮说，"已经用了三个月啦。"

"比如说，曾经有过叫金字塔的东西，还有过名叫莎士比亚的人——当然，你们都从不曾听说过这些。这就是纯粹的科学教育的好处。

"我们选择将我主福特的第一个 T 字架树立起来，作为新时代开始的标志。"

"针线活越多，家中越贫穷；针线活越多，家中越贫穷……"
"扔掉旧衣好于缝缝补补。扔掉旧衣好于缝缝补补……"

"但我前面提到过，曾经有过一种名为基督教的东西，其哲学观和伦理观竟然是抑制消费。

"有低效率生产，抑制消费就有必要；但在机器大生产的时代，在一个固氮①工程普遍的时代，再提抑制消费就是明显的敌视社会的犯罪行为。"

"扔掉旧衣好于缝缝补补。扔掉旧衣好于缝缝补补……"

---

① 固氮，指将空气中游离态的氮（氮气）转化为含氮化合物（如硝酸盐、氨、二氧化氮）的过程。

"*我爱新衣服。我爱新衣服。我爱新衣服……*"

"这条腰带，是亨利·福斯特送给我的。"
"这是真正摩洛哥式样的。"

"我们把所有十字架的头部砍去，于是 T 字架就树立起来。曾经
还有过名为上帝的东西。

"现在我们建立了万国邦，我们拥有'主福特纪念日'、'社群赛
歌会'、'团结仪式日'。"

"主福特啊，我如此痛恨他们。"伯纳德·马克思想到，"他们谈
论女人，就像谈论一块肉，许多许多的肉。但最痛苦的是，她居然也
把自己当成一块肉。"

"曾经还有一物，号称天堂，可是当时的人们不稀罕，仍旧沉湎于
巨量的烈酒。旧物还包括：灵魂、不朽，可是当时的人们更喜欢吗啡
和可卡因。"

"帮我问问亨利，他是从哪里搞到这个腰带的。"

"福特纪元 178 年，我们资助两千名药理学家和生化学家攻关，六

年之后，索玛^①诞生，并实现商业量产，这是一款完美的药物，它令人精神愉悦，令人镇静，还能让人进入美妙的幻觉世界。这药物综合了基督教和烈酒的长处，却没有遗留二者任何一个缺陷。它可以让人随时远离现实生活，仿佛遁入悠闲假期，醒过神来，不仅一点都不头痛，而且还不会胡言乱语。从技术上来说，社会和谐终于得到确保。"

"他看起来确乎很阴沉，"命运规划局副主管指着伯纳德·马克思说，"让我们逗逗他。"

"阴沉，马克思，太阴沉了，"突然，有人拍了他肩膀一下，吓了他一跳，抬头一看，原来是那流氓——亨利·福斯特，"你需要来一克索玛。"

"主福特啊，我真想杀了他！"但是他嘴上却说："谢谢，不需要。"然后挡开了福斯特递过来的药瓶。

但是亨利·福斯特坚持着，"吃一粒，吃一粒。"

命运规划局副主管在一旁帮腔："一立方厘米的药量可以治好十次情绪低沉呢。"其实引用的乃是睡眠教材中常见的一句名言。

"见鬼，见鬼！"伯纳德·马克思大叫道。

"哎哟，倒挺会装腔作势嘛。"

"不过，一克药总比见鬼好。"二人大笑着离开了。

"最后，只剩下征服老年问题了。通过使用性激素、镁盐和输入年

---

① 索玛，原文 soma，作者在小说中虚构的精神类药物。

轻人血液，老年人身上的红斑再也不见了，稀奇古怪的脾性也看不到了，终于，所有人一辈子都将保持精神的稳定，一成不变。"

"天黑之前要完成两轮的障碍高尔夫比赛。我定当飞翔。"

"想想看，人到了六十岁，仍然在工作、娱乐，与他们十七岁时的力量、趣味一模一样。在过去的糟糕时代里，那时的老人只会放弃、退休、迷恋宗教、浪费时间阅读或思考。"

"真是些白痴、污烂货！"伯纳德·马克思自言自语。他沿着走廊走，进了电梯。

"现在你们看，这才叫进步呢！这些老人工作、交媾、忙得一塌糊涂，根本无时间享乐，也无时间坐下思考。假如有过一些倒霉时刻，在他们持续忙碌的过程中，突然空出来一段茫然的时间，我们还有索玛。美味的索玛呀，半克就能让人享受半日假期，一克可以让人享受一个周末的假期，两克能令人恍若进入华丽灿烂的东土，三克足以让人沉入恬美黑暗的月球世界。等到这段茫然的时间结束，他们将完全回归日常劳作和忙碌，踏踏实实地过他们的生活，到处看感官电影消遣，享受一个少女不够还要享受一个丰满的少女，玩电磁高尔夫球或……"

"小女孩，滚开！"主管先生怒叱道，"小男崽子们，也给我滚开！你们没看到我们的元首非常劳碌吗？到别的地方去玩你们的性爱游戏去吧。"

"我们总得忍受这些小孩子。"元首说。

伴随着机器的嗡嗡声，慢慢地，庄重地，传送带向前送物，一个小时移动三十三厘米。在那红色的黑暗中，无数的红宝石闪烁着。

第四章

一

　　电梯里尽是从 α 更衣室出来的男人，当列宁娜进来，他们皆以点头和微笑致意。她可是很时髦的姑娘，而且话说回来，或多或少，他们几乎所有人都曾跟她共度过良宵。

　　列宁娜回礼，心想，他们是很高贵的男孩，很迷人呢。其中，她看到了乔治·埃德赛[①]，真希望他的耳朵没有那么大（或许在轨道三百二十八米处的节点上，人家给他多注入了甲状腺？）；看着贝尼

[①] 乔治·埃德赛，原文 George Edzel，此处暗指亨利·福特的儿子埃德塞尔·福特（Edsel Ford）。

181

托·胡佛 ①，她不由自主想起，他光屁股时，那一身毛茸茸的模样，以及那黑黑的阴毛，这使她忽而略觉伤感。目光一转，她发现躲在角落里一个瘦弱单薄的身体，于是看见伯纳德·马克思那张忧郁的面庞。

"伯纳德呀，"她主动上前打招呼，"我一直都在找你。"纵使电梯上升时一片嗡嗡之声，她清脆的声音仍然清晰可闻。其他人都很好奇地看着他们。"我想跟你再谈谈我们的新墨西哥计划。"从眼尾余光，她看到贝尼托·胡佛惊讶地张开了嘴，这使她甚为恼怒。"走着瞧，你总有一天还要来求我出去风流快活！"她心中想到，然后，她大声喊着，声音中充满了前所未见的温柔，"七月份希望能有一周时间，我能跟你在一起共度时光。"（至少，这么一来，她就当众证实自己无须对亨利钟爱不二，范妮想来会高兴，即使她现在邀约的人是伯纳德。）"我是说，"她对着伯纳德深深一笑，极其甜美，意味深长，"如果你还愿意跟我在一起的话。"

伯纳德那苍白的脸霎时潮红。"这究竟是怎么一回事？"她感到惊讶，同时却对自己居然有这等魔力很是动容。真是奇怪啊。

"我们找个别的地方再讨论这件事，是不是更好？"伯纳德结结巴巴地说，看上去浑身不舒服。

"我像是说了什么很糟糕的事情？"列宁娜暗自沉思，即使我说了一个下流的笑话——比如问他母亲是谁，或类似的事情——恐怕他也不会显得更尴尬。

---

① 贝尼托·胡佛，原文 Benito Hoover，此处暗指两人。一个是法西斯主义的创始人、原意大利领导人贝尼托·墨索里尼（Benito Mussolini）；一个是美国第31任总统赫伯特·胡佛（Herbert Hoover）。

"我是说，这里有这么多人……"伯纳德自己也大感困惑，几乎说不出话来了。

列宁娜大笑起来，爽朗而充满善意。"你真是个幽默的人！"她说。她内心里也真的以为他是很幽默的呢。"是不是至少一个星期，你要一直这么提醒我呀！"接着，话锋一转，她说："我想，要不我们乘坐'蓝色太平洋号'火箭出发？它是在炭化T塔发射，还是在汉普斯特德①发射？"

伯纳德还没有来得及回答，电梯突然停了。

一个迟缓粗糙的声音叫道："楼顶到！"

电梯司机像个瘦小的类人猿，作为一个副ε族人，等同于半个白痴。此人穿着一件束腰的黑色长衣。

"楼顶到！"

他猛地打开大门。午后阳光温暖耀眼，使他一惊，不觉眨起眼来。"啊，楼顶！"他再次重复了这个词，显出狂喜的语气，仿佛以前一直恍恍惚惚，身处黑暗，自觉沉沦，现在突然清醒，既觉震惊，也感到喜悦。"楼顶！"

望着电梯乘客们的脸，他露出谄媚的笑，就像一只狗崇拜和期待它的主人。笑着、谈论着，乘客们步入楼顶，走进光明。电梯司机的目光一路尾随。

"楼顶？"他又一次重复，却变成了疑问。

突然，一阵铃声响起，电梯天花板上一个扩音器叫起来，声音听

---

① 汉普斯特德，伦敦北部地名。

来很柔和，却显得很急迫，乃是为了发出指令。

"下行，"那声音说道，"下行，到第十八层，下行，下行。到第十四层。下行……"

电梯司机砰的一声关上电梯门，按下按钮，于是，电梯极速跌进低沉作响、光线暗淡的电梯井中，那暗淡的光亮他习以为常，引导他进入恍惚之境。

楼顶上既温暖又明亮。来来往往的直升机嗡嗡作声，使这个夏日午后催人昏睡。喷气式飞机加速时发出低沉的轰鸣，它们在众人头顶五六英里之上明亮的天空中飞翔，却不见身影，只有低沉的轰鸣声穿越潮湿的空气，缥缈得仿佛一个吻。伯纳德深吸一口气，仰头看天，极目可见蓝色的地平线，然后低头，凝望列宁娜的面庞。

"难道不是漂亮极了！"他说，声音近乎颤抖。

她朝他微笑，深深显出对他的理解之同情。

"对障碍高尔夫运动来说，这简直是最完美的一天。"她欣喜地接话，"可是，现在我必须走了，伯纳德，如果我迟到了，亨利会发火的。我俩的约会时间定下来，一定尽早告诉我。"说完，她挥挥手，跑过平坦宽阔的楼顶，跑向飞机库。伯纳德呆呆看着她那双白色长袜在奔跑时闪亮；她那被阳光照亮的膝盖充满活力地弯曲、伸直，一遍又一遍；她那灯芯绒的短裤剪裁得体，此时柔和地褶动着；啊，还有她那深绿色的夹克！

他的脸痛苦至极。

此时在他身后，一个快乐而响亮的声音传来："不得不说她很漂亮。"

伯纳德暗暗吃惊，四处去看，原来是贝尼托·胡佛，他那胖乎乎的红脸正热情洋溢地看着他，带着极大的真诚。贝尼托的老好人性格是很出名的，大家传说即使一点都不碰索玛，他也能过一辈子。别人因埋怨、发脾气需要放假，在他却从来感觉不到一丝这样的苦恼。贝尼托所见的世界永远是阳光灿烂的。

"而且很丰满，绝对的！"然后他变了声调，说道："可是，我得说，你看起来却很忧郁，看来你需要吃一克索玛。"他手插进裤子右口袋，变戏法似的拿出一个药瓶，"一立方厘米的药量可以治好十次情绪低沉……可是，喂，听我说！"

但伯纳德突然转身，飞快跑开。

贝尼托目视他离开，摇着头，心想，这家伙究竟是怎么一回事？然后断定，传说是真的，这个可怜的家伙在胚胎瓶中时，他的血液替代品中一定掺入过酒精，从此，这家伙的脑子就坏了。

他收好索玛药瓶，又掏出一包性激素口香糖，塞进口中。腮帮子鼓鼓的，他缓缓走向飞机库，一边咀嚼着。

亨利·福斯特的飞机轮胎已经解锁，当列宁娜进来时，他已经坐在驾驶舱里等着她了。

"迟到四分钟。"他就说了这么一句话。列宁娜爬进来，坐到他旁边。发动机点火，他的直升机开始启动，笔直地升入半空。亨利加快了速度，推进器轰鸣起来，开始仿佛大黄蜂尖锐的飞翔，然后降低声音，变成黄蜂的飞鸣，最后变成蚊子哼哼那样的低音。速度计上显示，他们正以每分钟两公里的速度迅速上升。伦敦城在他们脚下消失不见。几秒钟之后，"伦敦孵化场及驯化中心"那幢巨大的建筑，与其桌子一样平整的楼顶，已然变小，不比一床蘑菇大，像从公园、花园的深绿中催发出来的一般，呈现不同的几何形状。

其中有一朵仿佛木耳，茎瘦而长，苗条至极，乃是碳化 T 塔，直刺天空，顶着一张闪闪发亮的水泥圆盘。

在他们头顶上方，大片大片饱满的云朵懒洋洋地躺在蓝天之上，譬如健儿那强大的体魄，只是有些缥缈罢了。突然，从其中一朵云里掉下一个小小的绯红的昆虫，越坠落越嗡嗡叫。

"那是瑞德火箭，"亨利说，"从纽约发射，刚到伦敦。"他看了下自己的手表，"不过晚点了七分钟，"他摇摇头说，"大西洋航线的服务，实在太不像话，总是晚点。"

脚松开油门，直升机螺旋桨叶子的鸣叫声立刻降了一个半八度，仿佛从黄蜂、大黄蜂的嗡嗡声变化为小蜜蜂、金龟子、鹿角虫的哼哼声。飞机向上的冲劲舒缓下来，一刻钟之后，飞机悬停在空中，一动不动。亨利推了一个操作杆，只听到咔哒一声，然后有雾气出现，起初旋转很慢，然后越来越快，直到他们眼前一片雾气，做圆形的旋转，而他们前面的推进器也开始旋转。水平速度的风在飞机悬停的时候哓哓鸣叫，更加尖利。亨利盯着转速计看，当指针指到一千二百的刻度时，他松开了直升机的螺杆，此时飞机仍然有足够的动能继续飞行。

列宁娜透过窗户，看着她脚下的土地。他们现在在方圆六公里的公园上方盘旋，此公园将伦敦核心区与外围第一圈卫星镇隔开。从上往下看，这片绿色中皆是缩微的生命，有如虫子一般。在树木之间，一个个离心球比赛用塔鳞次栉比，微微闪光。靠着谢菲尔德公园区，两千名副β族人正进行黎曼曲面①网球混合双打比赛。从诺丁山到威尔斯登的大路两边，各排列着一长列扶梯墙手球②运动场。在伊宁露天体育场，正举行δ族人的体操比赛，同时还有一场集体大合唱。

"卡其色太丑陋了。"列宁娜评论说，这是她这个种姓睡眠教材中的教条之一。

洪斯洛感官电影制片厂占地七点五公顷，旁边的伟西路正在施工，一片黑色、卡其色的劳动大军正忙于对路面进行玻璃化处理。飞机低飞时，他们见到一架巨型的可移动坩埚正处于工作状态，融化的石头发出耀眼的炽热之光，流淌到路面上，石棉辊碾来碾去，在一辆绝缘洒水车的尾部，蒸汽升腾，譬如一朵朵白云。

在宾福特，电视公司的厂房看上去就是一个小型的市镇。

"看，他们一定是正在换班。"列宁娜说。

比如蚜虫和蚂蚁，身着叶绿色的γ族姑娘们，和黑衣的ε族人（等于半个白痴）正围着大门，或者正在排队上单轨电车。衣装桑葚色的副β族人员在人群中来往巡查。电视公司主楼的天台上，直升机起起落落，一片繁忙景象。

"哎呀，幸亏我不是γ族人。"列宁娜说。

十分钟之后，他们到达斯托克波吉斯③，开始打障碍高尔夫球，这

---

① 在数学领域中，黎曼曲面是德国数学家黎曼为了给多值解析函数设想一个单值的定义域而提出的一种曲面。

② 墙手球，以手对墙击球的一种球类运动，起源于16世纪的爱尔兰。

③ 斯托克波吉斯，英格兰白金汉郡南部村庄，是十八世纪英国诗人托马斯·格雷所作《墓畔挽歌》的背景地。

是他们的第一轮比赛。

二

伯纳德目光下垂，假如碰到同类，也立刻悄悄转移视线。他正在楼顶上飞奔。似乎有人在追逐他——乃是他不愿见到的敌人，他生怕敌人对待他可能比他想象得要更凶残，而他本人，则感到罪孽更深，也更加茕茕孑立。

"贝尼托·胡佛，可恶的东西！"虽然其实此人原本倒是好意，却难免使伯纳德感觉更加糟糕。那些用心良好的人与用心邪恶的人，其行为效果倒是异曲同工呢。即便亲爱的列宁娜，也让他深感难受。他想起当初是如何辗转反侧、害羞犹豫，在那几周时间里，他凝望过她，渴慕过她，也因恐惧而不敢邀请她，为此深感绝望。难道他能冒险，承担被她轻蔑拒绝的奇耻大辱吗？只是，只是，只要她说，我愿意，那将是何等的狂喜啊！但是，现在，她答应了，他却依然感到难受，因为她会认为这个下午是打障碍高尔夫球赛绝佳的时候，因为她轻快地跑进了亨利·福斯特的怀抱，也因为她笑话他，不肯在公众场合讨论他们二人最私密的话题。一言以蔽之，他难受，是因为她表现出来的，完全是一个阳光、正直的英格兰女孩所应该做的，绝无那等变态、怪异的言行。

他打开直升机库的门，对两个懒洋洋的副δ族的侍者大喊，命令他们把他的飞机推到楼顶上去。这个飞机库的管理员全部产自同一个波氏程序组，一样的矮小、黝黑、丑陋。伯纳德的声音尖锐、傲慢，带着威胁，乃是一个身处特权位置，却毫无安全感的人说话的声音，因为他与低等种姓打交道之时，照例感到极其痛苦。就体型讲，伯纳德委实并不比一般的γ族人更强壮，虽然很难解释原因（也许说他在胚胎期曾在血液替代品中误掺酒精的流言恐怕是很接近真相的——毕竟事故也是常发的）。他比普通的α族人矮八公分，同时也更加瘦弱，因此与低种姓人在一处，他便不觉想到自己体型的谬误，感到痛苦。"我便是我，可我但愿不曾存在。"这种自省尖锐而沉重。每次当他发现自己不得不直视，而不是俯视一个δ族人的脸时，他便感到无地自容。这些低种姓人是否仅仅只因他种姓更高而尊重待他？这个问题困扰着他，因为γ族、δ族、ε族人早被驯化，他们习惯把体格与社会等级联系在一起。其实，在睡眠教材中，对各种姓人体格尺寸的偏见实属普遍。也正因此，每当向妇人们邀请约会，他会被嘲笑；而在同类男性之中，他也无例外地成了恶作剧的对象。于是，他便成了一个疏离者，自外于同类，既有此感，行为上便越加疏离同类，更增加了众人对他的歧视，最后，他那身体的缺憾引发更多的蔑视和敌意，导致他本人更加孤独、疏离人群。

长期恐惧于他人的轻视，使他愈发逃避同类，亦使他在面对低种姓之人时，越发强烈自觉个体的尊严。他是何等痛苦地嫉妒着亨利·福斯特、贝尼托·胡佛之辈！他们无须朝着ε族人吼叫，对方便自觉服从；他们视自身的高贵为当然；他们身处种姓体系中却如鱼得水，如此自如，以至于根本意识不到个体的存在，也意识不到因其种姓被赋予的种种好处和享乐。

如今，在他看来，这两个孪生子侍从一身慵懒，满心不情愿地把他的直升机推出了楼顶。

"给我快点！"伯纳德恼火地喊道。其中一个侍从瞄了他一眼。从此人灰色的空洞无光的眼睛中，他是否感觉到一丝粗鲁的嘲弄之意？"给我快点！"他更其大声地吼道，粗声粗气的，很是丑陋。

他爬进直升机，一分钟之后，已经朝南方飞去，向着大河的方向。

在舰队街^①上，有一幢六十层高的大楼，乃是宣传部和情绪管理学院所在地。此楼地下室和下面几层，乃是三家英国权重媒体的办公处、印刷处，这三家媒体是：《每时广播》（服务于上等种姓）《浅绿伽马公报》（服务于γ族人）《台达之镜》（此报纸印在卡其色纸上，而且所有词语无一例外全是单音节）^②。

往上便分别是宣传部的电视中心、情愫映像、合成之声，共占据了二十二层楼。再往上，是录音胶卷、合成乐工作者为完成他们精细微妙的工作而配置的搜索中心和软垫隔音间。最上面的十八层，便是情绪管理学院了。

伯纳德在宣传部大楼天台降下，走出机舱。

"打电话给亥姆霍兹·华生^③，"他命令增γ族的门房，"告诉他，伯纳德·马克思先生正在天台恭候。"

他坐下来，点燃一根香烟。

---

① 舰队街，现实中位于伦敦，英国媒体的代名词。

② 《每时广播》《浅绿伽马公报》《台达之镜》三份作者虚构的报纸，分别对应现实中英国的《每日邮报》《媒体报》《镜报》。

③ 亥姆霍兹·华生，原文 Helmholtz Watson，此处暗指两人。一个是十九世纪德国著名物理学家赫尔曼·冯·亥姆霍兹（Hermann von Helmholtz）；一个是二十世纪美国著名心理学家、广告设计者约翰·布罗德斯·华生（John B. Watson）。

亥姆霍兹·华生接到消息时，正在写东西。"告诉他，我立刻就到。"说完挂了话筒。转身对秘书说："趁我不在，好好收拾家里。"声音一如方才冷淡，公事公办的口吻。秘书灿烂的笑容，他也完全无视，迅速走出门外。

此君体格强壮，胸腔厚实，肩膀宽阔，体形硕大，可是行动敏捷机灵。圆而结实的脖子上，乃是一个漂亮的头颅。他头发乌黑、卷曲，脸部棱线分明。若就阳刚的标准，他算是个美男子，按照其秘书从来不嫌啰嗦的重复说法，他是每根筋肉都是完美的增α族人种。在职业上，他是情绪管理学院写作系的讲师，在讲课之余，还是一位专业的情绪指导员。他在《每时广播》上有自己的专栏，会编感官电影剧本，善于想口号、给睡眠教材押韵而且乐在其中。

"多才多艺，"他的上司们一致认定，"不过，"（这时他们会摇摇头，明显降低声调），"他也太全能了吧。"

他们说得很对，不错，他是太过全能了。精神过于发达作用于他，就像身材矮小作用于伯纳德·马克思，产生了类似的后果。筋骨柔弱迫使伯纳德远离同类，这种孤独之感（以现有的标准来看，也是一种精神发达的表现）反过来造成他更广泛的疏远感。至于亥姆霍兹·华生，却是因为感到自己多才多艺，而一样痛苦地意识到自己的独特和孤独。这两人混在一处，只是为了彼此分享对自我独特性的感知。然而，伯纳德因为自觉到体型缺陷，一辈子都深陷孤独之中，亥姆霍兹·华生却是在最近方才感觉到自己精神过于发达，因而领悟到自己与周边众人有所区别。

这位电梯壁球的冠军，不知疲倦的造爱者（传说他在不到四年时间里与六百四十名不同的女孩颠鸾倒凤），备受尊敬的委员会成员，最棒的调音师，也只是突然意识到，就他本人而言，运动、女人、社群活动其实不过是第二最爱，在生命的深处，他对另外的事物感到迷恋。可是那东西究竟是什么？究竟是什么？正是这个问题，吸引了伯纳德过来与他讨论，或者这样说吧，亥姆霍兹从来都是主要发言者，伯纳德不过是来听他的朋友倾诉的。这已经不是第一次了。

亥姆霍兹一踏出电梯门，便被宣传部合成之声的三个靓女围住。

"嗯，亥姆霍兹亲爱的，我们在埃克斯穆尔[①]准备了一场野餐晚宴，你可一定要来。"

她们几乎贴到他身上，充满请求地望着他。

他却摇摇头，推开她们。"不，我不能去。"

"可是到时只有你一个男人呢。"

面对如此动人的承诺，亥姆霍兹依然毫不动摇。"不，"他再一次说，"我实在很忙。"毅然离开了。姑娘们试图尾随他，直到他爬进伯纳德的飞机，关上门，她们才放弃，不免有些恨意。

"看看这些女人！"他在飞机升空的当头感叹说，"这些女人啊！"

说完他摇摇头，皱紧眉头。

"确实糟糕透顶！"伯纳德违心地表示赞同，私心却希望，他要是能像亥姆霍兹一样轻松就有那么多女孩可以厮混就好了，忽然，他忍不住炫耀起来，却强迫自己用一种随便的口吻说："我将带着列宁娜·克朗到新墨西哥去。"

---

① 埃克斯穆尔，英国历史悠久的村庄，位于德文郡。

"真的吗？"亥姆霍兹说道，显然毫无兴趣。沉默了一小会儿，他又说道："过去一两周，所有委员会我都没有去，也没有跟任何女孩约会。你恐怕想象不到，在学院里，其他人对此是怎么议论纷纷的。但是，我觉得这是值得的。只是有一些后果……"说到这里，他有些犹豫，"很古怪的后果，确实很古怪。"

生理的缺陷能造成某种精神的富余。看起来，反向作用一样是成立的。精神的富余，竟使人刻意选择孤独，自愿对外部世界封闭自己的感官，并因禁欲而达致人为的阳痿——精神的作用力莫非自有其目的？

此后一段行程很短，大家都沉默起来。直到飞机降落，他们终于进入伯纳德的居处，舒服地四肢摊开在充气沙发上。这时，亥姆霍兹又开口说话了。他说得很慢。

"伯纳德，你有没有这样一种感觉，似乎你身体内有什么东西，一直等待你把它释放出来？是某种你从未使用过的能量，就像所有的水更想从瀑布之上一泻千里，而不想通过涡轮的旋转流出来？"他看着伯纳德，期待答案。

"你是说，假如万事万物与现在的形态完全不同，人们会涌现怎样的丰富情感？"

亥姆霍兹摇头，"不全是这个意思。我思考的是一种奇怪的感情，我有时感到它的存在，那时，我似有什么重要的事情要说出来，也有足够的力量宣布，可我就是不知道这是什么事情，于是，我的力量也就没有发挥的余地。要是有某种不同的叙述方式就好了……或者可以写一些陌生的事物……"他沉默了一会，继续说道，"你是知道的，我非常善于发明短语，某些单词组合在一起，会让你如同坐在大头针上一样突然跳起来，这些短语看起来很新鲜，令人激动，虽然，它们明显不过是在复述睡眠教材中的说辞。可是，单单组成这些很棒的短语，看起来似乎还不够，或者只有描述的东西本身是好的，才是真正棒的。"

"可是，万事万物都是很棒的呀，亥姆霍兹。"

"好吧，就目前的情况来看，万事万物是很棒。"亥姆霍兹耸耸肩，"不过，它们只是在狭小的范围内称得上很棒。或许，它们重要性不足。我是觉得自己可以做一些更重要的事情，真的，某些更紧张、更狂热的事情。可是究竟我能做什么？而什么事又可以被说成更重要？一个人假如想描述某个事物，他又怎么可能对这个事物表现出狂热的态度？词语可以像 X 射线，倘若正确使用，它们可以穿透万物。你正阅读着，然后你被词语穿透。怎样让写作更具穿透力，是我试图教给学生的东西。可是话说回来，如果写成的文章——或者关于社群大合唱的，或者关于芳香乐器最新的改进的，这样的文章即使有穿透力，对读者来说又有什么真正的好处？此外，写作这样的文章时，你又怎么保证你的词语组合真的具有穿透力，就像真正强大的 X 射线一样？你真的能描述虚空却像是在描述万物一样？我想来想去，想到这里，却无以为继。我好努力，好努力地去想……"

"嘘！"伯纳德突然说，竖起一根手指示意安静。他们静听着。伯纳德轻声地说："我怀疑门外有人。"

亥姆霍兹站起身，踮着脚尖穿过房间，霍地把门打开。其实，根本无人在门外。

"我很抱歉。"伯纳德说，深感自己的愚笨，一脸窘相。"我猜现在我的神经过分紧张了。当人们开始怀疑你，你也就开始怀疑别人。"他擦擦眼睛，叹息一声，声音转而伤感起来。这是在自我辩护吗？他说："真希望你知道我最近究竟承受了什么样的压力。"声音几乎带着哭腔，自怜自艾的情绪像清泉喷涌一般泛滥开来，"真的希望你知道！"

　　亥姆霍兹听着，却有一种难受的感觉。"可怜的伯纳德！"他自言自语。与此同时，他又为他的朋友感到羞耻。他宁愿伯纳德展现更多的骄傲。

第五章

一

　　到晚八点，灯光渐暗。达斯托克波吉斯俱乐部的扩音器开始播音——这声音高渺仿佛并非人类在发声，宣布比赛结束。列宁娜和亨利结束了比赛，步行返回俱乐部。内外分泌托拉斯的辖地上，成千上万头牛在哞哞叫唤，这些牛以它们的激素和奶汁，为皇家法汉村①那座庞大的工厂供应原材料。

　　暮色之下，空气中尽是直升机不断的嗡鸣声。每隔两分半钟，一座钟敲响一下，伴之以尖锐的哨声，即宣布一列运载低等种姓高尔夫

———————————
① 皇家法汉村，英国白金汉郡的一个小村庄。

球手的轻型单轨列车出发，他们已结束自己的比赛（只能低等种姓的选手参加），要返回大城市。

列宁娜和亨利爬进飞机，飞机起飞了。在八百英尺的高度，亨利降低了螺旋桨的转速，于是，飞机在半空中悬停了一两分钟，底下景物已然模糊。伯恩汉姆比奇斯①的森林铺展，有如黑色的池塘，蔓延向西，直至与明亮的海岸线相接。海天交界处，一片深红，残阳最后的光芒正在衰退——橘色退为黄色然后显现为淡淡的水绿色。越过树林，望向北方，内外分泌工厂那二十层高的大楼里，每个窗户都散发出刺目的灯光，使得整个工厂耀人眼目。在飞机的下方，即是高尔夫俱乐部的大楼以及低等种姓人巨大的营地，与之隔着一堵墙，另一边乃是α和β族人居住的别致小屋。通往单轨铁路站台的小路上，黑压压的，尽是低等种姓的人群，像蚂蚁一样在移动。只见一列闪亮的列车穿过玻璃拱顶的隧道，出现在地面。两人的目光跟着这列火车，见到它朝东南方向而去，穿越黑色的平原，于是看到了羽化火葬场那宏伟的建筑。为了保障夜间飞行的安全，火葬场四个高高的烟囱都被泛光灯照得雪亮，并镶嵌了深红色的危险标志。火葬场是一处地标。

"为何围着烟囱会建一圈类似阳台的东西？"列宁娜问道。

"磷回收，"亨利简洁说道，"气体沿着烟囱上升时，将经过四道处理程序。每次焚尸，五氧化二磷都会分解出来，通过气体处理程序，现在可回收百分之九十八的五氧化二磷气体，以一个成年尸体计算，总量超过一点五公斤。现今单单一个英格兰，每年需用四百吨磷，羽

---

① 伯恩汉姆比奇斯，地名，位于英国白金汉郡内。

化火葬场供应了其中绝大部分。"他显得高兴而骄傲，全身心地为这巨大的成就而欣喜，仿佛这成就是他造成的一般。"想到我们即使死了，还能给社会做贡献，这是多棒的事情。我们的尸体将使植物茁壮成长呢！"与此同时，列宁娜却转过头望着飞机正下方的单轨铁路。"是很棒，"她表示赞同，"但是很奇怪，为什么α、β种姓人的焚化肥料，并不比下面那些肮脏下流的γ、δ、ε种姓人的焚化肥料养育更多的植物呢？"

"其实从物理、化学的角度而言，人无区别，"亨利简练地说，"此外，即使贱如ε族人，也为社会承担了不可缺少的服务。"

"即使贱如ε族人，……"列宁娜突然回想起旧时一个场景，那时她还是一个上学的小女孩，那次，她夜半醒来，第一次意识到，有声音像幽魂一样，一直穿行于她的睡眠世界。仿佛她再一次看见那一束一束的月光照进来，照亮那一排小小的白色的床；仿佛再一次听到那温柔得不能再温柔的声音（经过那么多黑夜的重复播放，那些语词已经停留在头脑中，忘也忘不了）："每个人皆为他人工作。没有别人，我们无可作为。即使贱如ε族人亦有用处。没有ε族人，我们无可作为。每个人皆为他人工作。没有别人，我们无可作为……"当时的恐惧、惊讶（恐惧、惊讶的感觉当时在她是第一次感受）令她震颤，这感觉记忆如新；她仍记得自己在半个小时的失眠中无端生出许多猜测，但是被那些无穷无尽的语词的重复所影响，加之精神上不断被语词抚慰、抚慰、抚慰，最后瞌睡虫鬼祟着牵引她进入睡眠……

"我恐怕ε族人并不介意自己是ε族。"她大声说。

"他们当然不介意。他们怎能介意？他们根本就不知道除了做一个ε族人，还能是别的什么人。当然，我们倒是介意变成ε族。可是，我们毕竟驯化途径不同，此外，我们与ε族人遗传基因也是不一样的。"

"我很高兴自己不是ε族人。"列宁娜极其肯定地说。

"倘若你是一个ε族人，"亨利说，"你也将经过驯化，因此对自己不是β、α族人感到同样庆幸。"

他将前推进器挂挡，驾驶飞机向伦敦飞去。在他们身后，靠西边那里，深红色、橘色的光芒几乎不见，一片乌云爬上了天顶。飞机飞跃火葬场，在经过烟囱喷出的热气柱时，亨利把飞机垂直拉升，直到下面空气温度降低，然后突然降落。

"看，那热气柱蜿蜒曲折上升，壮观极了！"列宁娜高兴地大笑道。

但是亨利的声音却突然忧郁起来，"那热气柱，你知道它究竟是什么？那是一些人在最后告别世界，他们永不再回来。他们已经成为一团热气，喷射到空中。你会好奇他们是谁，是男的还是女的，α人还是ε人……"他一声叹息。但很快，他的声音重新变得坚毅乐观，"不过，谁在乎？我们只确定一件事，那就是：不管是谁，只要活着，便是幸福。如今人人皆快乐。"

"是的，如今人人皆快乐。"列宁娜学舌说。在十二年的时光里，他们每天晚上都要听到这句话被重复一百五十遍。

飞机停在威斯敏斯特①一座四十层高的公寓天台，那是亨利的住处，他们乘电梯直接到了饭厅，在喧嚣而欢乐的氛围中，他们吃了一顿很棒的晚餐。还有索玛伴咖啡。列宁娜吞咽了两粒半克的索玛，亨

---

① 威斯敏斯特，又称西敏，是英国大伦敦下属的一个拥有城市地位的伦敦自治市。

利则吃了三粒。晚九点二十分，他们步行穿过大街，到新开业的威斯敏斯特教堂①卡巴莱②。夜空明朗无云，并无月亮，星光闪闪，不过，列宁娜和亨利很是走运，根本未曾注意到这冷清的夜色，他们被高空广告牌上"加尔文·斯特普③萨克斯乐队"的字样吸引——明亮的广告遮住了夜色。从新的大教堂的正面看过去，可以见到巨大的字母闪耀，显得楚楚动人——"伦敦最佳色香之地，奉献最新合成音乐"。

他们走进卡巴莱秀场。空气灼热，龙涎香弥漫，几乎令人难以呼吸。在大厅穹顶，幻彩乐器间歇性喷出热带日落的盛景。十六名萨克斯乐手组成的乐队正吹奏一首经典老歌《除了我亲爱的小瓶子，世上瓶子皆粪土》。四百对男女正在打了蜡的地板上跳着五步舞。他们加入，成为第四百零一对。萨克斯管音色悲啸，好像女中音和男高音在配合，又宛如月光下叫春的猫儿般动听迷人，一副欲仙欲死的模样。丰富的和声、战栗的合唱共同导向音乐的高潮，声音越飙越高，终于，指挥一挥手，乙醚音乐那破碎般的音符被释放出来，十六位萨克斯乐手也就彻底垂下乐器。降 A 大调雷鸣曲开始，然后，在单纯的死寂中，在单纯的黑暗中，音乐式微，一个减弱音慢慢滑落，降至四分音，低，

---

① 威斯敏斯特教堂，一座位于威斯敏斯特市区的大型哥特式建筑风格的教堂，这里一直是英国君主（从英格兰、不列颠到英联邦时期）安葬或加冕登基的地点。曾在 1546 年—1556 年短暂成为主教座堂，现为王室胜迹。1987 年被列为世界文化遗产。

② 卡巴莱，是一种具有喜剧、歌曲、舞蹈及话剧等元素的娱乐表演，盛行于欧洲。表演场地主要为设有舞台的餐厅或夜总会，观众围绕着餐台进食并观看表演。此类表演场地本身也可称为卡巴莱。

③ 加尔文·斯特普，原文 Calvin Stopes，加尔文这个名字在此处暗指两人。一个是十六世纪法国著名的宗教改革家、神学家、加尔文派的创始人约翰·加尔文（John Calvin）；一个是美国第 30 任总统小约翰·卡尔文·柯立芝（John Calvin Coolidge, Jr.）。

低，低到主和弦悬停不息像微弱的私语（同时四五拍子在更低处持续跳跃），在音乐暗淡的时分，这极低的私语般的乐音，仍然迫使节奏保持一种紧张与期待，这期待终于得到满足——音乐像喷发的朝阳陡然高亢，同时，十六位萨克斯乐手便引吭高歌：

> 我的小瓶子，
> 我一直渴望你！
> 我的小瓶子，
> 为什么我会被倒出？
> 在你的世界里，
> 天空碧蓝，
> 气候永恒美丽。
> 要知道，
> 在这世界里，
> 没有任何一个别的瓶子，
> 可以与你媲美，
> 我那亲爱的小瓶子。

跳着五步舞，一遍又一遍，旋转过威斯敏斯特大教堂。列宁娜和亨利仿佛是在另一个世界里翩翩起舞，那世界温暖、色彩丰富、善意无穷，那是属于索玛的假日世界！看啊，每一个人都是那么和善、美丽、开心！"我的小瓶子，我一直渴望你！……"其实列宁娜和亨利已经找到他们的渴望之物……他们此时此地，其实就在那里面：很安全，享受着和美的天气，以及永恒的蓝天。

十六位萨克斯乐手累了，放下萨克斯管，合成乐器于是单独奏起了最新的马尔萨斯蓝调音乐，缓慢行进。

而他们，就像两个孪生子，正沐浴在小瓶子里那血液替代品的海浪中，轻柔摇摆。

"晚安，亲爱的朋友们。晚安，亲爱的朋友们。"扩音器发出亲切、悦耳的声音，其实是在遮掩，这是在命令众人该是离开的时候了。"晚安，亲爱的朋友们……"众人皆遵从了。列宁娜和亨利离开了秀场。那时，冷清压抑的星星已经在夜空中行走了很长一段路。可是，即使高空广告牌错落的屏幕一个个都淡入了夜色之中，这两个年轻人仍然沉浸于欢乐，无视黑夜的存在。

在宵禁之前还有半个小时时间，他们吞下了第二份索玛，这使他们在自我意识与真实世界之间立刻树立了一道坚不可摧的墙壁，他们再次像进入了小瓶子那迷乐的至境之中，便那样子穿过街道，乘坐电梯，抵达亨利的住处——在公寓的第二十八层。虽然列宁娜又吞咽了一克的索玛，虽然一如亨利般沉浸于迷乐至境，列宁娜可没有忘记哪怕一条避孕规定。这不奇怪，这么多年高强度的睡眠教育，以及从十二岁到十七岁接受的每周三次的马尔萨斯避孕操，如今采取避孕措施对于她来说完全是自动的、必然的，就像人必定要眨眼睛一样。

"哦，对了，我想起来了，"当列宁娜从浴室里出来的时候说，"范妮·克朗想知道，你是从什么地方搞到这条可爱的绿色摩洛哥式样皮带的。"

二

　　每隔一个星期四，伯纳德都要参加"团结仪式日"的活动。于是，在爱神宫①（根据《第二规章》，亥姆霍兹最近刚被选为此宫的委员会成员）早早吃完晚饭，伯纳德与朋友告别，在天台上租了一架飞机，让驾驶员把他带到福特森②社群合唱馆。飞机爬升了二百米之后，转头向东飞，很快，伯纳德看见了合唱馆那巨大、漂亮的房子，泛光灯照得它透亮，三百二十米长的白色卡拉拉大理石③闪闪发亮，照耀得路德门山④雪白而炽热。合唱馆的直升机坪的四角，各立着一个巨大的 T 字架，深红明亮，盖住夜色。二十四个金色的大喇叭隆隆作响，一首庄重的电子音乐正在播放。

　　"见鬼，我迟到了。"伯纳德一见到大亨利钟⑤——这是合唱馆大钟的名字——不免自言自语。他肯定迟到了，因为当他付钱给驾驶员时，"大亨利钟"时针刚走到九点的位置。只听所有的金色喇叭里传来洪亮、低沉的声音："福特，福特，福特……"确乎是九声。伯纳德奔向电梯。

　　大礼堂专用于福特诞生纪念日活动以及其他大型合唱活动，位于整幢建筑的最底层。礼堂上方，共有七十层，每层一百个房间，这

---

① 爱神宫，原文 Aphroditzeum，赫胥黎在"新世界"中以阿佛洛狄忒（Aphrodite）名字命名的宫殿。阿佛洛狄忒在希腊神话中是代表爱情、美丽与性欲的女神，在罗马神话中与其相对应的是维纳斯。
② 福特森，现实世界中是一款拖拉机的名字，福特公司出品。
③ 卡拉拉大理石，卡拉拉是位于意大利的一座小城，以盛产大理石闻名。文艺复兴时期的多数著名雕塑都使用卡拉拉大理石为原料。
④ 路德门山，位于伦敦，山上有圣保罗大教堂，是英国圣公会伦敦教区的主教座堂。
⑤ 大亨利钟，隐喻大本钟。此处的亨利指亨利·福特。

七千个房间都归"团结协会"使用，以备举行每隔十四天一次的"团结仪式日"。伯纳德在第三十三层出了电梯，他让自己紧张起来，开门进去。

感谢主福特！他还不是最后一个。围绕着圆形工作台那三排椅子（每排十二把椅子）并未坐满。他滑向最近的一把椅子，希望神不知鬼不觉。他还指望能对后来的迟到者皱皱眉头呢——不过谁知道他们什么时候到。

"今天下午你怎么玩的？"左边的女孩转过身问他，"是障碍高尔夫，还是电磁高尔夫？"

伯纳德看了她一眼。主福特啊，她居然是摩甘娜·罗斯柴尔德[1]！他只得红着脸承认，他其实什么都没有玩。摩甘娜惊奇地望着他。他们尴尬着沉默了。

终于，她转过身，朝向她左边的人说话了，那家伙是更有运动相的人。

"团结仪式日的一个好兆头。"伯纳德苦涩地想，他预见到自己将再次一无所得。他怎么就没有好好观察呢，居然随随便便就找了最近的一把椅子！他本可以坐到菲菲·布拉德劳[2]和乔安娜·狄塞

---

① 摩甘娜·罗斯柴尔德，原文 Morgana Rothschild，此处暗指两层意思。一个是指亚瑟王传说中的女巫摩根勒菲（Morgan le Fay，别名 Fata Morgana）；一个是指罗斯柴尔德家族（Rothschild Family）。英国的历史研究者认为，在十九世纪，罗斯柴尔德家族是全世界最富有的家族。

② 菲菲·布拉德劳，原文 Fifi Bradlaugh，此处暗指十九世纪英国国会议员查尔斯·布拉德劳（Charles Bradlaugh）。查尔斯·布拉德劳是一名无神论者，曾拒绝以基督教的方式宣誓就职，并向议会提出用另外的方式宣誓，结果被拒绝并剥夺当选权利。此后，他又重新当选了两次，但都被拒绝就任。1886年，布拉德劳第四次当选，众议院终于允许他宣誓就任。上任后他提出《宣誓法案》并获得通过，使任职宣誓不再限于宗教方式。

尔①中间的呀。结果倒好，他一把坐下来，像个瞎子一样，把自己撂在摩甘娜旁边。主福特啊！那可是摩甘娜！

想想她那丰盛的乌眉——准确说是一字眉，在鼻子上方相连。主福特啊！

而他的右边，坐着的是克拉拉·德特丁②，还好，她的眉毛还算分开了，可是她实在太过丰满了。而菲菲、乔安娜倒算得完美无缺：丰满、金发白肤、身材匀称等等，还有个蠢货，那个汤姆·河口③，居然一屁股坐在她们中间。

最后一个到的是沙拉金尼·恩格斯④。

"你迟到了，"小组的组长严肃地说，"以后不允许。"

沙拉金尼表示歉意，溜到自己的位置上，她坐在吉姆·波卡诺夫斯基⑤与赫伯特·巴枯宁⑥之间。小组成员已然到齐，"团结圆圈"完

---

① 乔安娜·狄塞尔，原文 Joanna Diesel，此处暗指德国工程师、柴油发动机的发明者鲁道夫·狄塞尔（Rudolf Diesel）。

② 克拉拉·德特丁，原文 Clara Deterding，此处暗指两人。一个是指亨利·福特的妻子克拉拉·简·布赖恩特（Clara Jane Bryant）；一个是指亨利·德特丁（Henri Deterding），荷兰皇家壳牌集团成立初期的领军人物。

③ 汤姆·河口，原文 Tom Kawaguchi，此处暗指的是河口慧海（Kawaguchi Ekai），日本僧侣、佛教学者、探险家，四次到过尼泊尔，两次到过西藏，是第一个到这两个地方旅行的日本人。

④ 沙拉金尼·恩格斯，原文 Sarojini Engels，此处暗指两人。一个是指人称奈都夫人的沙拉金尼·奈都（Sarojini Naidu），印度政治家、女权运动者及诗人，是第一位任邦行政长官的女性；一个是指马克思主义创始人之一的弗里德里希·恩格斯（Friedrich Engels）。

⑤ 吉姆·波卡诺夫斯基，原文 Jim Bokanovsky，与波氏程序一样，暗指名为 Maurice Bokanovsky 的法国官僚。

⑥ 赫伯特·巴枯宁，原文 Herbert Bakunin，此处暗指两人。一个是指乔治·赫伯特（George Herbert），十六世纪英国诗人、演讲家和牧师；一个是指十九世纪俄国革命家、无政府主义者米哈伊尔·巴枯宁（Mikhail Bakunin）。

美成型，男人，女人，男人……围绕着圆桌男女错开坐定，像一个圆圈。一共是十二个人①，准备就绪，他们希望相聚、交融、去除个性，合并为一个更伟大的个体。

组长站起来，做出"T"的手势，扭开合成乐，于是，那不知疲倦的鼓声和乐器的合唱（近似于号角与超弦之配合）温柔响起，短促、八面环绕的《团结圣歌第一曲》那美妙的旋律一遍遍重复着，凄切动人极了。一遍，一遍，又一遍。直到最后不是双耳在聆听那脉搏一般不倦跳动的韵律，而是上腹部的隔膜在听；反复作响的和声，其悲鸣与铿锵不是在大脑中缠绕，而是在渴慕同情的大肠之内顺流直下。

组长再次做出"T"的手势，坐了下来。仪式开始了。圆桌中央放置了奉神之物——索玛药片。装有草莓冰激凌、索玛的爱杯②依次传递给下一个人，人人皆祈祷："为一己之泯灭干杯。"如此十二人皆大口啜饮这甘霖。伴着合成交响乐之轰鸣，众人遂唱起《团结圣歌第一曲》：

> 主福特，吾辈乃是十二人
> 啊，让吾等成为唯一者
> 像万滴水珠合成社会的大江大河
> 啊，现在使吾辈狂奔吧
> 迅捷无比
> 好似主麾下的富力否③

---

① 模仿耶稣的十二个门徒。
② 爱杯，原文 loving cup，宴会上递酒用的双柄大酒杯。
③ 富力否，原文 Flivver，廉价的小汽车之意。

就这节诗，众人哼唱十二遍，灌注热情与憧憬。爱杯乃再次传递。此次众人便喊道："为广大的唯一干杯！"众人皆痛饮。音乐持续，毫不倦怠。鼓声隆隆。和声之悲叫与撕裂，被众人酥软的大肠吸附，如痴如醉。《团结圣歌第二曲》又响起了：

来吧，广大真君
汝乃社会之友
消灭十二个私体
成就独一个
须知吾辈渴望去死
盖吾辈之末日
实乃更广大之生命
如日之初起

此节诗，众人亦哼唱十二遍，至此，索玛之功效尽情发挥。眉目闪亮，双颊粉红，万能慈悲那内在之光芒喷薄而出，照耀众人面庞，欢乐福祥，笑容绽放。纵使伯纳德，也深感陶醉。当摩甘娜·罗斯柴尔德转身面对他，他也竭力深情回望，可是她那眉毛，那黑糊糊的一字眉，见鬼，明晃晃地横在那里，他无法忽视——竭尽全力也不能。看来他之陶醉感未能贯彻始终，或者他起初坐在菲菲、乔安娜之间就好了……

爱杯已然是第三次传递了。"为圣主之临凡干杯！"摩甘娜·罗斯柴尔德喊道，这次恰好轮到她开始循环仪式。她的嗓门甚高，声音甚是狂喜。她痛饮甘霖，又将爱杯传至伯纳德。"为圣主之临凡干杯。"

伯纳德重复说，极力揣摩体验圣主临凡之伟大，可是，见鬼，那一字眉还是阴魂不散，因此，这临凡的时日看来也就相当遥远了。他也饮了一口，将爱杯传至克拉拉·德特丁。"这次又失败了，"他告诉自己，"我早就知道这事不成。"可是，他不得不继续竭尽努力去微笑、凝望。爱杯传递了一圈。这时，组长举起手，发出信号，如此，众人一同合唱起《团结圣歌第三曲》：

> 广大真君已至
> 汝辈可曾感动
> 狂欢，沉醉，然后去死
> 在鼓声中融化消逝
> 因你便是我
> 我便是你

一诗节接着一诗节，众人的声音渐至兴奋，心跳狂烈加速。圣主临凡之感，譬如空气通电，激动了他们。组长关掉音乐，等最后一个诗节的最后一个音符衰歇，屋内即是彻底的寂静，这寂静，蕴藏着极大的渴盼，众人战栗，因生命被通电而匍匐在地。

组长伸出双手。

忽然，从众人头顶，传来伟大的声音，这声音低沉而雄厚，比单纯的人声更美妙动听、更丰富、更温暖；它充满更多的爱、渴望、怜悯；它是神奇的、神秘的、超自然的。只听它缓慢地说："啊，主福特，主福特，主福特。"声音渐低，缓慢下沉。于是，一股温暖的感觉迅速传遍每一个听者，他们从心口到身体的每一个毛孔都感到极大的战栗，他们泪水涌溅，他们清晰感觉自己的心，自己的肠正在蠕动，似要脱离他们寻求独立的生命。"主福特啊！"他们酥醉融化。"主福特啊！主福特啊！"他们在融化，融化啊融化。突然，另一个声音叫起来，令人惊悚。"听着！"这声音从喇叭中传出，"听着！"他们洗耳恭听。停顿一下，这声音又降至低语声，可这低语声，比方才的狂叫更具穿透力。"广大真君脚步已至。"再一次重复。"广大真君脚步已至。"这低语声好似快要窒息。"广大真君已然移步至楼梯。"再一次，整个屋内鸦雀无声。刚刚那渴望才放松些，此时陡然拉紧，越拉越紧，人都要感到撕裂。广大真君，他的脚步？啊，真的，他们都听到了，他正在缓慢地走下楼梯，越来越靠近他们——沿着那空中无形的楼梯！这是广大真君的脚步呀！突然，一人打破了这拘谨与紧张，她瞳孔放亮，嘴唇大张，那是摩甘娜·罗斯柴尔德，她忽地站起来。

"我听到了，我听到了！"她尖叫着。

"他真的来了！"沙拉金尼·恩格斯大叫道。

"真的，他来到了，我听到了。"菲菲·布拉德劳和汤姆·河口一起站起来。

"啊，啊，啊！"乔安娜也出来证明了，只是口齿不清。

"他来了！"吉姆·波卡诺夫斯基号叫着。

组长探身过去，碰下按钮，便听见铙钹、铜管、大鼓狂乱作响，众人便如高烧，如癫狂。

"啊，主来啦！"克拉拉·德特丁尖叫道，"哎呀咦！"这声音听起来，就像她被人割喉一般。

伯纳德明白他也得干些什么，便也跳将出来，大叫道："我听到了，主来了。"其实这是胡扯，他可啥也没有听到，他也根本未见到谁出现。不管音乐如何响亮，不管众人之激动如何山呼海啸，就是什么人都没有。但是他也挥舞着双臂，与众人一般叫得响亮，当别人开始抖动、跺脚、坐立不安，他也就抖动、跺脚、坐立不安。

他们绕着圈走，一支圆形的舞者的队伍，每个人都将双手放在前面一人的屁股尖上，转呀转，一起高叫，一起随着音乐的节奏跺脚，敲打着前面人的屁股。这十二双手，动作起来好像一个人；这二十四瓣屁股发出厚实的回响，也就像一个人的屁股在发声。十二人就如一个人。十二人就如一个人。"我听到了，主来了。"有人叫，音乐就加速，跺脚就加速，双手节奏就加速。直至突然间，一个响亮的合成贝斯声低沉地叫出一个词"咬兮炮兮"①，宣告赎罪的时刻来到，团结的顶峰抵达，此刻，十二人为一——这是最高的存在道成肉身了呀！此时，手鼓依旧敲击着他们的狂热的信仰：

      咬兮炮兮，主福特
      赐予我辈欢乐
      吻着娘儿们
      她们是同一人
      小伙子们众多
      也只是一个人
      娘儿们
      她们只是安静等

---

① 咬兮炮兮，原文 Orgy-porgy，大意为像鲷鱼一样放荡。Porgy，鲷科鱼类。

咬兮炮兮
　　让吾辈放炮放炮兮

　　"咬兮炮兮，"舞者们紧咬住这仪式的副歌，"咬兮炮兮，主福特，
赐予我辈欢乐。吻着娘儿们……"当他们歌唱，灯光便缓缓淡出，虽
然亮度衰歇，那灯光却转而变得更其温暖、扩散、深红，直至变成暮
色般绯红，众人在其中舞蹈，譬如身处胚胎仓库。"咬兮炮兮。"在那
血红色、子宫般的黑暗中，舞者们照旧转圈、应和，精疲力竭地应和
那不知疲倦的节奏。"咬兮炮兮。"于是圆圈松散、破开，三三两两，
舞者们倒在环绕着桌椅的一圈沙发上。"咬兮炮兮。"温柔地，那玄妙
的声音浅哼低吟，在红色的灯光中，譬如某只巨大的漆色的鸽子，咕
咕叫着，悬停半空，慈悲俯视，在它下面，舞者们或俯卧，或仰卧，
忙碌得了不得。

　　他们到了天台。大亨利钟敲响十一点的钟声。夜色安详温暖。
　　"太美妙了，不是吗？"菲菲·布拉德劳说，"真的确实太美妙了，
对吗？"她看着伯纳德，一脸狂喜的神色，却不见丝毫的激动与亢奋。
据说人处于激动，表明欲望仍未获得满足，至于她，目下因欲望消费
成功，因心灵平和，乃深陷那平静的迷狂中。她并非仅因为那空虚的
满足和无聊而至于如此，实在是深感生命和谐、能量平衡、自身安然，
才能有这样平静的迷狂。这是一种宁静，境界丰富，活力充足。要知
道，"团结仪式"既能夺取，亦能赋予，褪去旧有，其实为的是新生。
她身心灌注，已然被塑造为完美之人，她甚至已不再是她自己，而是

更广大个体的一分子。

"你真的不觉得这是很美妙的吗？"她固执地看着伯纳德的脸，那双眸闪亮，仿佛是非自然的光。

"当然，我认为是很美妙的。"他撒谎了，目光偏注。看到她容光焕发的脸，他立刻感到自责，并想到自己的孤独，实在是荒诞可笑。到现在，他仍然像仪式刚开始时那样，痛苦而孤单，而且因他的空虚自我未能新生，亦因其欲望不曾真正满足，他的孤单感反倒更强烈了。

当别人与广大真君融合为一之时，他索然一人，无法填补自身的空虚；当他被摩甘娜拥入怀中，他依然落寞，这种落寞与绝望之感强烈无比，他此生从不曾体验过。从暮色般的深红退出，在普通的电光中浮现，那更其清晰的自我，将他摔打进苦恼的深渊。他彻彻底底地难受，而这很可能是他自己出了毛病（她那双明亮的双眸正在谴责他）。"实在太美妙了。"他只能重复道，可是，此时此刻，他唯一想到的，不过是摩甘娜的一字眉。

第六章

一

古怪，古怪，古怪，这是列宁娜对伯纳德·马克思的评价。古怪之极，以致在其后的几周时间里，她不止一次琢磨，是否要取消与伯纳德前往新墨西哥度假的约定，选择与贝尼托·胡佛去北极。问题是，就在上个夏天，她曾与乔治·埃德赛去过北极，更糟糕的是，她觉得北极冰寒无趣，无事可做，而且宾馆非常破败，令人极其失望，卧室里甚至都没有电视机，也无芳香乐器，只有极其过时的合成乐，电梯壁球场地也只有二十五个，客人倒是超过了二百人。不，她果断地想，不能再去北极了。更何况，美洲她只去过一次呢，而且印象几无，她都想不起来是跟让－雅克·哈比布拉① 还是波卡诺夫斯基·琼斯一起去的纽约了，那实在是极其简单的一次周末度假。不管怎样，总之那次纽约之旅无足轻重。而这次就不同，想想看，再次飞向西半球，而且度假时间长达一个星期，实在诱人极了。更诱人的是，他们还要在野人保留地待上三天呢！算起来，驯化中心里去过野人保留地的人寥寥无几，不超过六人。身为增α族人又是心理专家的伯纳德，是她所知少数有权去那里的人中的一个。对于她来说，这个机会实在是天赐的。可是，伯纳德的古怪也是常见的，以致她对是否把握这个机会犹豫不决，也曾认真想过是否和风趣的贝尼托老兄再度冒险去去北极，毕竟，贝尼托算是个正常人。可是，伯纳德呢，他啊……

"血液替代品中掺入了酒精。"范妮的这个解释可以说明伯纳德为何处处透着古怪。可是，某次她和亨利同床共枕时，有些焦虑地与亨利讨论起她这个新情人，亨利却把可怜的伯纳德比作一头犀牛。

"你别指望能教会一头犀牛，"他解释说，一如既往的简洁、富有激情，"有些人真的就像是犀牛，他们无法正确接受驯化。这些可怜的鬼崽子！伯纳德就是其中一个，幸运的是，他倒是擅长自己的工作，否则主管早就将他扫地出门了。不过，"他用安慰的口吻说，"他这个人倒也不怎么坏。"

或许是不怎么坏吧，可是却着实令人不安。首先就是他那股私底下神神秘秘干事情的狂热模样，照直了说，也就是这个人什么事都不

① 让－雅克·哈比布拉，原文 Jean-Jacques Habibullah，此处暗指两人。一个是指启蒙时代的法国思想家让－雅克·卢梭（Jean-Jacques Rousseau）；一个是指塔吉克族的阿富汗国王哈比布拉·卡拉卡尼（Habibullah Kalakani），他在位仅九个月。

干，因为人怎么可能私下里做自己的事情呢（当然，私下里他们上床了，不过不能总是卧在床上啊）？

再说了，美洲有什么好东西？几乎就没有。抵达的第一个下午，他们外出，情况还相当不错。列宁娜建议他们一起到托基乡村俱乐部游泳，然后到牛津学联晚餐，但是伯纳德却认为那里人太多。她又提议去圣安得烈电磁高尔夫球场打一轮高尔夫，伯纳德又一次否决了，他认为打电磁高尔夫纯粹是在浪费时间。

"那么我们怎么度假？"列宁娜很惊奇地问。

结果，他的提议是，去滨湖区漫步，然后爬到斯基多峰顶上，并在石南花丛中走上个把小时。"只有我和你，列宁娜。"他说。

"可是，伯纳德，这不就是说，我们要整晚都远离人群。"

伯纳德脸红了，目光躲闪。"我是说，我想和你一个人说说话。"他咕哝着。

"说话？说什么？"散步、说话，如此就耗费掉一个下午？实在太古怪了。

最后，在列宁娜的坚持下，伯纳德让步了，他们飞往阿姆斯特丹，观看了女子重量级摔跤锦标赛半决赛。"深处人群之中啊，"他咕哝着说，"一如往常。"于是一整个下午，他固执地阴沉着脸，拒绝与列宁娜的朋友们说话（在摔跤比赛暂停的间歇，他们在冰激凌索玛吧台前碰到了好几十个这样的朋友），并坚决不吃她递过来的覆盆子圣代冰激凌（内有半克索玛）——其实吃不到圣代他也很痛苦呢。"我宁愿一人，即使下流腌臜；也不愿成为别人，即使欢乐幸福。"

"一克索玛及时喂，胜过十克同时服。"列宁娜说，她引用了睡眠教材里的至理名言。伯纳德却不耐烦地推开了玻璃杯。

"好吧，千万别发脾气，"她说，"一立方厘米的药量可以治好十次情绪低沉呢。"

"见鬼，看在主福特的面子上，请你安静点！"他叫道。

列宁娜晃晃肩膀，"一克药总比见鬼好。"她最后说，一脸傲然高贵之貌，独自吃完圣代冰激凌。

返回路上，飞过海峡时，伯纳德非要把飞机停住，于是，直升机就在波浪一百英尺之上的地方盘旋着。天气正变得糟糕，一阵西南风陡然兴起，天空阴云密布。

"你看。"他强调说。

"可是天气太糟糕了。"列宁娜说，从窗户旁缩回了身子。夜色中涌动的空虚感、身下不停起伏的黑色的泡沫、苍白的月光（在加速涌集的乌云掩映之下，这月光显得如此憔悴与散乱），实在令她惊骇。"快点开广播，快点！"她急切地伸手够到仪表板，扭动广播调频，随意打开了一个频道。

"……天空照影在你心间，蓝色而忧伤，"乃是十六个颤抖的假声歌手，"天气永远是那么……"

突然咯嗒一声，然后一片寂静。原来伯纳德关掉了调频。

"我想在安静中欣赏大海，"他说，"但耳边响着野兽般的噪音，又怎么有心思去欣赏？"

"可是这音乐很动人，而且我也不想往下面看。"

"可是，我想看，"他坚持说，"大海让我感到，似乎……"他犹豫了下，想寻找词语表达此刻的想法，"似乎我原本可以是一个更像我的人，但愿你明白我的意思。一个更纯粹的自己，而不是彻底成为别的事物的一部分，更不是社会肌体内一个小小的细胞。列宁娜，你有没有这样的想法？"

但是列宁娜哭了。"太可怕了，太可怕了，"她一遍遍重复说，"你怎么可以这样说话？一个人怎么可能不想成为社会大集体的一部分？更何况，每个人都为别人工作，没有他人我们将一事无成。即使 ε 族人……"

"我知道你要说什么，"伯纳德嘲弄道，"你会说：即使 ε 族人也是有用的！对吗？我也是有用的，对吗？我真他妈希望自己是没用的。"

他渎神一般的粗鲁吓坏了列宁娜。"伯纳德！"她谴责他了，声音听起来既惊奇又悲痛，"你怎么可以这样！"

伯纳德的回答却用了另一种声调，"我怎么可以这样？"他沉思着重复她的话，"不，真正的问题应该是：我不能这样的原因何在？或者换种说法——因为毕竟我知道得很清楚为什么我不能这样——假如我曾自由过，并不曾被驯化，思想也不曾被奴役，那么我是否可以这样，这样做又会有什么结果？"

"但是，伯纳德，你说的这些都是最大逆不道的啊！"

"列宁娜，难道你不希望自己是自由之身？"

"你说的话我一点不懂。我是自由的呀。我很自由，可以尽情享受最美好的时光呀，而且如今人人都快乐。"

他忍不住笑起来，"你说的妙极了：如今人人都快乐。所有儿童在五岁的时候，我们就开始给他们快乐了。可是，列宁娜，你不想体验另一种形式的自由和快乐吗？比如，以你自己的方式，而不是以别人的方式？”

“你说的话我一点不懂，”她重复着刚才的话，然后转身对伯纳德说，“行了，伯纳德，我们回去吧，”她恳求道，“我痛恨现在这个地方。”

“那么你是不喜欢和我在一起？”

“当然不是，伯纳德。我只是说这个地方糟糕透了。”

“我本以为，在这里，我们会更亲密，因为这里只有大海与月光。我们本应比在人群中感到更多的亲密，甚至比在我的房间里更亲密。你明白我的话吗？”

“我什么也不明白。”她坚定地说。她不否认，她真的是完全不理解他。“真的一点都不明白，尤其是，”她换了副腔调，“当你头脑里竟是这些可怕的胡思乱想时。你为什么不吃点索玛？吃点索玛，你会忘记这糟糕的一切，你也不会再感到痛苦，相反你会快乐，极其快乐。”她重复着快乐这个单词，微笑着，露出她诱人、放荡的谄媚姿态，虽然在她眼中困惑与焦虑不曾散去。

他沉默地望着她，面无表情，甚为严肃。他是那样一心一意地看着她呀。几秒钟后，列宁娜躲避了他的目光。她很紧张，却仍微微一笑，试图说些什么，却无话可说。沉默便自行弥漫开来。

终于还是伯纳德开口，声音很低，很疲惫。“那就这样吧，”他说，“我们将返回。”他狠命踩着油门，驾驶着飞机直冲云霄。到达四千英尺的高空，他打开了螺旋桨。在沉默中，他们飞行了一两分钟。突然，伯纳德笑起来。

实在太古怪了，列宁娜想，可是，这真的是他的笑声。

“感觉好些了？”她鼓起勇气问。

作为回答，他只是从控制器上抬起一只手，搂住她的肩膀，开始爱抚她的胸脯。

"感谢主福特，"她暗自想，"他终于正常了。"

半小时之后，他们回到了他的房间。伯纳德一口气吞下四片索玛，打开收音机、电视机，开始脱衣服。

"喂，"第二天下午，当他们在天台碰面时，列宁娜刻意用淘气的语调问道，"你觉得昨天如何，是不是玩得尽兴？"

伯纳德点点头。他们爬进飞机。短暂颠簸一会，飞机起飞了。

"大家都说，我很丰满。"列宁娜自省一般地说道，一面轻轻拍着自己的双腿。

"确实丰满。"伯纳德说，可是在他眼中却有一丝痛苦。像是肥肉，他想。

她抬头看着他，似有些焦虑。"可是，你不会认为我过于肥胖了吧？"

他摇摇头。你只是像许多许多的肥肉。

"你真的认为我很棒？"

他再次点头。

"每个地方都很棒？"

"你完美无缺。"他大声回答。但是在内心深处，他却告诉自己："她就是这么自我理解的，她并不介意自己只是一堆肥肉。"

列宁娜笑起来，像一个胜利者一般。可是，她自我满足的太早了。

"只是，"伯纳德犹豫一会，继续说道，"我仍然希望，事情会以不同的结局出现。"

"不同的？"会有不同的结局吗？

"其实，我本不希望我们最后会同床共枕。"他终于挑明了。

列宁娜极其震惊了。

"我是说，我不想立刻和你上床，至少不是第一天。"

"那么到底是什么……"

他又开始长篇大论，她完全不懂，都是些危险的胡说八道。列宁娜竭尽全力，想把自己思维的双耳堵住，可是没用。时不时地，一个句子就强迫她去听。"……我想看看控制自己的冲动会有什么结果。"她听到他说了这么一句话，这些词语似乎触碰了她思维上的某根弦。

"行乐当及时，何必推来日？"她冷峻地说。

"从十四岁到十六岁半的时间里，每两周一次，每次重复二百遍。"这就是他的评论。然后他继续他的风言风语。"我想知道，何为激情，"她又听到这句话，"我想强烈地体验某些事物。"

"当个体自作主张，社群将蹒跚混乱。"列宁娜指出。

"不错，可是，为什么社群就不能混乱一些？"

"伯纳德！"她抗议了。

可是伯纳德毫无羞耻。

"智力上、工作时，本是成人；表达情感、欲望，却蠢如婴儿。"

"主福特热爱婴儿。"

伯纳德不顾她的插话。"不久前某天，我突然想到，一个人的言行举止，可以从始至终都像一个成年人。"

"我根本不明白。"列宁娜的声音都快僵硬了。

"我知道。因此昨晚我们才会上床，就像婴儿一样。若是成年人，我们不会这么匆忙，我们更愿意多些期待。"

"可我们不是很快乐吗？"列宁娜固执地说。

"是啊，那是至乐的境界。"他回答道，可是，他的声音如此悲伤，他的表情充满如此深沉的痛苦，列宁娜感觉到了，于是，她短暂的胜利情绪随即挥发殆尽。

或许，他终于还是发现，她过于丰满了。

当她后来向范妮吐露心声时，范妮就说了一句话："我早就告诉过你，他就是这样的人，因为人家给他的血液替代品里掺杂了酒精。"

"不管如何，"列宁娜固执地说，"我倒真喜欢他。他的手非常优雅，而且当他晃动他的肩膀时，别提有多迷人了，"她叹了口气，"可是，真希望他不是这么古怪的人。"

二

在主管办公室门前，伯纳德略微停顿，深呼吸，挺胸，迫使自己能抵抗即将到来的厌恶感。他知道，在主管办公室里，他一定会感受到这种厌恶感。他敲门，走进去。

"主管先生，请您签字。"他尽量轻快地说，把请示公文放在主管的写字台上。

主管狐疑地看着他。但是世界元首办公室的印章敲在公文天头，穆斯塔法·蒙德的签名粗而黑，横过公文的地脚，程序无误。主管只能签字，他拿起铅笔，写下他名字的首字母，两个又小又灰白的字母，孤苦伶仃地屈居穆斯塔法·蒙德签名之下。他不发评论，也无意亲切问候，正准备将请示公文返还给伯纳德时，突然被请示文字中的某些内容吸引住了。

"到新墨西哥野人保留地？"他说，他的音调和他抬起来望着伯纳德的脸色，皆显出一种焦虑与不安。

主管的惊讶让伯纳德也感到惊讶，他只能点点头。两人都沉默了。

主管靠着椅背，皱起眉头。"多久之前的事情了？"这话更像是自言自语，不像是对伯纳德说的。"我猜是二十年前，或者二十五年之前，那时，我肯定像你这样的年纪……"他叹了一口气，摇了摇头。

伯纳德感到非常不快。身为主管，此君一贯循规蹈矩，谨慎为人，从不出错，现在说出来的话，却有些颠三倒四。这使他渴望把自己的脸藏起来，或者直接跑出房间。并不是他对旁人谈及遥远的旧事一定就反感——对过去的反感本来就是他已经去除（他认为是这样）的睡眠教材中的偏见之一。令他选择回避的原因在于，主管本来是反对忆旧的，可是现在，他倒自己犯贱，谈论起犯禁的事情来。主管内心被什么冲动控制了？纵使不快，伯纳德还是很热切地听主管忆旧下去。

"那时，我也有和你一样的想法，"主管说道，"想去看看野人。于是，我得到了允许，前往新墨西哥，去度过我的暑假，当时正约会的女孩陪我一起去。她是一个副 β 族人，我想，"这时他闭上了眼睛，"我想，她的头发是黄色的，她很丰满，非常丰满，我仍然记得这点。我们到了那里，也看到了野人，我们骑在马背上，我们把该玩的都玩了。然后，几乎就在我要离开前的最后一天……她失踪了。当时我们骑马往一座险恶的山上去，天气酷热，令人窒息，午饭后，我们睡觉了，至少我是睡着了。她肯定是独自一人出去走一走，不管真实情况如何，最后的情况是，我一醒来，发现她人不在。与此同时，雷电交加，劈头盖脸而来，这是我一生所见过的最恐怖的暴风雨。雨水倾泻而下，风雷在咆哮，闪电剪切着天空。马匹受惊，挣脱缰索而去。我扑过去，本想把马拦住，却只弄伤了膝盖，以至寸步难行。即使如此，我仍然四处搜寻，呼喊她，寻找她。可是到处都看不到她的身影。当时我想，她恐怕是独自回休养所去了，所以，我就沿原路返回，连滚带爬，下到山谷。我的膝盖疼痛极了，索玛也被我弄丢了。到达山谷，我花了很长时间，直到后半夜，我才终于到达休养所。而她并不在那里。她不在那里。"主管重复着这句话。

两人都沉默了。

直到主管继续讲他的过去。"第二天，大家都去寻找，但是没人发现她的踪迹。她肯定是摔倒在某处水沟里，或者被一头美洲狮吃掉了。只有主福特知道。这件事实在太可怕了，那时的我极其痛苦，我敢说，恐怕有些过度痛苦了。因为，毕竟这是有可能发生在每个人身上的意外，再说了，不管社会肌体的每一个细胞如何变化，社会肌体本身将青春永驻。"可是，看样子这句睡眠教材里的安慰话并不起明显的效果，主管还是摇着头，"有时我真的会做噩梦，想到这件事，"他低声说道，"梦到自己被雷鸣惊醒，发现她一去无踪影；又梦见自己在树林里，一次又一次地寻找她。"他深深陷入对往事的回忆中。沉默再次降临。

伯纳德几乎带着嫉妒心评论说，"那么你一定非常震惊。"

他的声音使主管立刻意识到自己目前身在何处，他意识到自己在犯罪，便扫了伯纳德一眼，又立刻转移了目光，脸色煞红，却一脸阴沉。他再次看了伯纳德一眼，心头陡然起了疑心，自尊心的作用使他怒火中烧。"千万不要以为，我和那女孩有什么苟且之事，我们之间绝无情感，绝无牵挂，我们之间关系非常健康，非常正常。"他随手将请示公文递给伯纳德。

因为将如此不堪的秘密泄露给别人，他对自己也很恼火，并将怒火发泄在伯纳德身上。现在他的眼神中袒露无遗的，都是怨恨。"现在，马克思先生，我愿意借这个机会告诉你，有关你工作之余时间里的行为报告，我看了极其不满意，你会说这与我无关，但是我告诉你，这跟我有关系。在中心里我名声很好，我的手下都必须是无可挑剔的，尤其是那些高级种姓的人。α族人驯化已然到位，他们在情感行为中无须表现出婴儿之心，但是正因如此，他们更需刻意遵从社会规范；情感行为婴儿化，是他们的责任，即使这会违背他们的习性。所以，马克思先生，我善意地告诫你，"说着说着，主管的声音由义愤填膺转而变为纯粹的客观公正——这等态度代表了社会对马克思行为的否决，"假如我再听说你有任何违背婴儿化标准礼仪的倒退行为，我将会把你调到中心的下属机构去——最好是冰岛。行了，请便吧。"他一边旋转着椅子，一边拈起铅笔，开始写什么东西。"足够教训这小子了。"他心想，但他想错了。

实际上，伯纳德离开房间时，可以说是大摇大摆、趾高气扬的呢，他显得非常高兴，砰一声关上门，满心都以为他在这世上是独一无二的，并且俨然在对世界秩序发出"挑衅"。他因自己地位的重要而欣喜、迷醉，即使主管的威吓亦不能使他泄气沮丧，反倒更像是在鼓舞他的气势。他深感自己足够强悍，可以面对迫害且克服困难，即使面对流放冰岛的危险也并无恐惧。而他一生从不真正相信会有人要求他"挑战"任何事物，想到这里，他的自信更加爆棚。要知道，从没有人仅仅因为类似的"挑战"而被下放——冰岛只不过是个威胁的借口罢了，这威胁甚至是极其振奋人心，令人提神的呢。沿着走廊独自走着的时候，他居然吹起了口哨。

随后他在评论此次与主管的会面时，把自己描述得像个英雄一样。"于是，我不屑地对他说：到你自己记忆的深渊里捡那些陈谷子烂芝麻吃吧，然后昂然出了大门。事情就是如此。"他说完，定睛看着亥姆霍兹·华生，期待他的首肯、鼓励、崇敬。结果，亥姆霍兹·华生单单静坐着，看着地板，一言不发。

他喜爱伯纳德。在他认识的人中，当他想倾诉自以为重要的事情时，伯纳德是唯一的听众，对此他很是感激。虽然如此，但在伯纳德言行之中，他亦发现有些东西是他深恶痛绝的，比如类似方才这样的炫耀，以及随之而来的间歇性的自怜自艾；又比如伯纳德事后逞英雄的可悲习惯，以及人不在现场却惯于显摆他无穷的高见。他憎恶这些，其实是因为他真的喜爱伯纳德。时间一秒一秒地过去，亥姆霍兹仍然静静望着地板，突然，伯纳德脸红了，悄然离开。

三

旅途风平浪静。"蓝色太平洋"号火箭在新奥尔良提前两分半钟起飞，在德克萨斯半空因龙卷风延误了四分钟，但在西经九十五度区域，进入平滑气流层，飞行顺畅，因此，到达圣菲①时，只晚点四十秒。

"行程六个半小时，却只晚点四十秒，已经相当不错了。"列宁娜说。

当晚，他们即在圣菲入睡。旅店极佳（与其他某些旅店相比更是无与伦比得好，比如，上个夏天列宁娜曾入住其中却备受折磨的极光博拉宫）：湿润的空气、电视、真空震动按摩机、收音机、滚热的速溶咖啡、催情的避孕剂，还有每个房间都安装的八种香精。当他们一走进大堂，合成乐播放器即开始工作，一切看来都完美无缺。电梯旁边贴的告示写道，在酒店里，有多达六十个电梯壁球比赛场，在公园里，还可以玩电磁高尔夫、障碍高尔夫。

"啊，听起来棒极了，"列宁娜叫道，"我真喜欢我们可以在此常住。有六十个电梯壁球比赛场呢……"

"在野人保留地，一个都不会有，"伯纳德提醒她，"也没有香精、电视，甚至连热水都没有。假如你感觉忍受不了，你就在这里待着，等我回来。"

列宁娜感觉受辱，反驳道："我当然可以忍受，我只是说这里很棒，因为……因为进步让生活更美好，不是吗？"

"这句话，从十三岁到十七岁，每周五百次重复。"伯纳德无奈地说，有点像自言自语。

"你说什么？"

"我说进步让生活更美好，因此你不是一定要去野人保留地，除非

---

① 圣菲，美国新墨西哥州的州府。

你真的想去。"

"我当然想去。"

"那很好。"伯纳德说，听起来倒像是在威胁似的。

他们进入保留地需要保留地监守长的签字。第二天早上，他们前往监守长的办公室，以做说明。一个副 ε 族黑人门房接过伯纳德的名片，很快，监守长就请他们进来，此人是副 α 族人，白肤、碧眼、金发、头颅很短、个矮、红润、圆脸、宽肩膀，说话时嗓门洪亮，睡眠教材中的名言张口就出。他那肚子里，还有无数多余信息、说言忠论，你不用说，他就主动告白。一旦开口，他便口若悬河，隆隆隆隆地响个不停。

"……五六万平方公里，四个分区，每个分区都建了一圈高压铁丝网。"

此时，伯纳德忽然无来由地想起来，旅馆淋浴间里的古龙香水水龙头忘记关了，香水白白流淌。

"……利用科罗拉多大峡谷的水流进行水力发电。"

"在我返回之前，我要损失一大笔钱了。"伯纳德想，冥冥中似乎能看见香水流量表上的指针，像蚂蚁一样不知疲倦地一圈又一圈地慢慢爬行。

"快点打电话给亥姆霍兹·华生。"

"……超过五千公里的铁丝网都通了六万伏的高压电。"

"不要吓我哦。"列宁娜礼貌地说，其实对监守长所言根本就没放在心上，只是在监守长夸张的停顿时下意识地回应一句。监守长刚开始说话，她就已经神不知鬼不觉地吞服了半克索玛，结果她就坐下来了，很是安静，其实不但耳朵听不到人声，大脑也是一片空白，单单将自己那双湛蓝的大眼睛盯着监守长的脸看，表情倒像是全神贯注呢。

"倘若碰到铁丝网，立刻就死翘翘了，"监守长郑重地说，"保留地里的野人，谁都别想逃出来。"

逃这个字眼令人浮想万千。"或许，"伯纳德半立半坐的样子，说道，"我们该走了。"想象中香水流量表上的那个指针已经一路小跑，像一个虫子，一步步咀嚼着时间，吞噬着他的钱。

"绝无逃亡，"监守长重复道，挥手请伯纳德坐回椅子上。既然监守长还没有在参观申请单上签字，他别无选择，只得听命。

"出生在保留地里的人——记住，亲爱的小姐，"他补充说，一面色迷迷地看着列宁娜，声音变得像是在跟人窃窃私语，"一定记住，在保留地里，小崽子们仍然是生出来的，是的，是母体直接生产，这种恶心的事情看起来似乎……"他本来指望提及这种下流的事情会让列宁娜脸红起来，不料列宁娜只是微笑，假装明白他在说什么，还来了一句："不要吓我哦。"监守长失望了，只得继续说道："那些在保留地里出生的人，注定也要死在那里。"

注定死去……每分钟可是十分之一公升的古龙香水在流淌呀。一个小时可就是六公升呢！

"或许……"伯纳德再次试着打断，"我们必须……"

身体前倾，监守长用食指敲打着桌子，"你们问我，保留地里住了多少人，我的回答是，"说到这里，他显出得意的神情来，"我们不知道准确数字，我们只是猜猜。"

"不要吓我哦。"

"我亲爱的小姐，我说的可是真的。"

六乘上二十四，不，应该是六乘上三十六更贴近。伯纳德脸都白了，他因不耐烦而颤抖。但是监守长叽里呱啦依然冷酷无情地继续说着。

"……大约是六万个印第安人或混血儿……纯粹的野人……我们的巡查员定期拜访……否则，他们将毫无机会与文明世界接触……他们仍然保留着令人恶心的风俗习惯……比如婚姻——假如小姐知道这个词，家庭……他们没有被驯化……超级迷信……基督教、图腾崇拜、祖先信仰……某些消失的语言还在使用，比如祖尼语[①]、西班牙语、阿萨巴斯卡语[②]……美洲豹、豪猪还有其他一些残忍的野兽……传染病……神父……毒蜥蜴……"

"不要吓我哦。"

他们终于离开了。伯纳德冲到电话机前。急啊，急啊，他居然花了近三分钟才转接到亥姆霍兹·华生的房间。"我们倒像是已经来到野人中间了，"他抱怨说，"见鬼了，真他妈的无能！"

"要不来一克？"列宁娜建议说。

他拒绝了，他宁愿自己处于愤怒之中。

感谢主福特，电话终于接通了，真的是亥姆霍兹在接电话。他向亥姆霍兹解释了自己客房里淋浴间的问题，亥姆霍兹答应立刻去把香水龙头关掉，但在离开话机之前，亥姆霍兹还是抓紧时间告诉伯纳德，昨天晚上主管当着众人的面说了伯纳德的坏话。

---

① 祖尼语，居住在美国新墨西哥州西部的普韦布洛印第安人所用语言。
② 阿萨巴斯卡语，北美大陆一系列原住民语言的统称。

"什么？他想找人顶替我的位置？"伯纳德恼火地说，"他已经决定了？他有没有提到冰岛？你真的听到他说了？主福特啊！冰岛……"他挂掉电话，转过来看着列宁娜，他脸色苍白，神情极其沮丧。

"你怎么了？"她问道。

"怎么了？"他沉重地坐到椅子上，"我要被派到冰岛去了。"

曾经，他时常遐想，倘若遭受巨大的考验（既无索玛也无其他可以依赖，只有自身内在的力量可以依托），或痛苦，或惩罚，他甚至渴望被折磨。早在一周前，在主管先生的办公室，他曾想象自己可以勇敢地抵抗，也可以坚忍地接受苦难，一句怨言都无，主管的威吓其实反令他高兴，使他感觉自己宛如英雄。现在他知道了，这仅仅是因为他不曾认真考虑这些威吓，他本不相信事情会真的发展到那一步，主管先生真的会把威吓付诸行动。而现在，威吓即将成真，伯纳德终于惊恐了，他那幻想的坚忍、他那理论上的勇气，转瞬烟散。

他恨自己。你真是一个蠢货！还想与主管作对！可是为什么不再给他一次机会，这不公平。再给他一次机会啊，他坚信，他本来就打算采取行动取悦主管的。而现在是冰岛，冰岛啊……

列宁娜摇摇头，引用道："过去未来令我恶心，一克索玛令我存在当下。"

最终，她说服伯纳德吃了四片索玛。果然，五分钟之后，种子般的过去、果实般的未来皆从头脑中消失，单单那玫瑰色的花朵怒放当下。

门房通知他们，根据监守长的意见，一名保留地护卫已经驾驶飞机过来，正在宾馆天台恭候他们。他们立刻上到天台。护卫有八分之一的黑人血统，身着 γ 族绿色的制服，向二人致意，并当即背诵起当日上午的行程安排：首先空中鸟瞰十或十二个主要的印第安村庄，然后在玛尔普山谷①降落吃午餐，此山谷里的休养所相当不错，山谷之上，玛尔普村子里正是野人庆祝夏日丰收的时候，他们或许能亲眼目睹，因此，在此过夜实在是最佳的方案。

他们上了飞机，十分钟之后，他们越过了文明世界与野蛮世界的分界线，地势上下起伏，经过盐碱地、沙漠、森林，飞进紫罗兰遍布的峡谷，飞过峭壁、山峰、桌面一般平整的台地，到处都可见到笔直蔓延的栅栏，无可阻挡，那是人定胜天的象征。栅栏之下，随处皆能看到白骨森森。一具尚未腐烂的尸体已经焦黑，躺在褐色土地上，尸体所在之地招来鹿、牛、美洲狮、箭猪、郊狼，或贪婪的美洲鹫，它们被腐肉的味道吸引，却因过于靠近这致命的栅栏，遭致高压电流之击。贪婪者必受灭顶之灾，这倒像是诗歌里描述的公正审判呢。

"它们压根儿就不知道，"身着绿色制服的飞行员指着地上的骨架说道，"而且它们永远都不会知道。"他重复了这句话，不觉大笑起来，似乎在与这些被电击而亡的畜生的较量中他取得了某种胜利。

伯纳德也笑了。吃完两克索玛，不知何故，他感觉飞行员的笑话真的很好笑。刚一笑完，他就昏然睡去，在睡眠中一路经过陶斯、特斯阙、南比、皮库瑞丝、婆鸠阙、西亚、奇蒂、拉古纳、阿科马、恩长美萨、祖尼、西波拉、欧荷卡勒真泰②，醒来时，发现飞机已经着陆，

---

① 玛尔普山谷，位于美国西南部的熔岩区。
② 上述均为印第安村庄名。

列宁娜拎着手提箱，正走进一间方形的屋子，而身着绿色制服的飞行员正与一个年轻的印第安人说话，咕咕哝哝，不知所云为何。

"玛尔普已到，"当伯纳德从飞机里下来时，飞行员解释说，"这里是休养所，今天下午在印第安村庄里，会有舞蹈表演，这个人会带你去。"于是指着那个一脸阴郁的年轻野人。

"我希望会很有趣，"飞行员撇嘴一笑，"好在这些家伙做什么都很有趣。"说完他就爬进飞机，开动引擎。"我明天过来接你们，记住，"他安慰列宁娜说，"野人其实都很温顺，他们不会伤害你们，毒气弹给了他们足够的教训，他们不敢要什么花样。"说完他又笑起来，然后启动直升机的螺旋桨，飞机加速，一飞而去。

第七章

　　这片台地好似一艘大船，稳稳停泊于金黄的尘土构造的海峡之中。峡谷蜿蜒，两岸形势险峻：沿着整个山谷，从这边的岩壁到那边的岩壁，一片一片的绿色倾泻而下，乃是田地和河流。海峡正中的这艘石头大船，船首之上，有一大片裸露的岩层，玛尔普印第安村落即建筑于此。此地住宅挨次从下往上建，每一层楼都比下面一层小，使得那些房子断续相连，好似可以一级一级攀爬，仿佛直插蓝天的金字塔。金字塔下方，还有一些零星分散的低矮的平房，以及十字一样交叉的围墙；村落三面皆是峭壁，峭壁垂落，至底居然还有一大片平地。

　　他们看见好几条烟柱，因为无风，垂直上升，却终于在半空散尽。

　　"诡异，好诡异。"列宁娜说。她责备时好用这个词。"我不喜欢这里，也不喜欢这个人。"她指着印第安导游说。这个导游受命要带他们到村庄里去呢，显然，他的感受与列宁娜相比也一般无二，就看他在前面带路，整个后背都表现出敌意。他是阴郁的，而且对两人的来访很是轻蔑。

"此外，"她低声说，"他有一股难闻的味道。"

伯纳德无意否认。

他们便跟着走。

突然，他们感到整个空气似乎都变得充满活力，连带着他们的脉搏也因血液永不疲倦地流动而加速。远远听到上面的玛尔普村庄里，鼓声隆隆作响。他们的双脚感应着这片神秘的土地心跳的节奏，不知不觉加快了脚步。道路通往一处悬崖的山脚，头顶之上是那巨大的台地，像船体一样高耸，两地相距有三百英尺的距离。

"真希望我们坐飞机过来。"列宁娜说。她抬着头，怨恨地看着岩壁上悬垂着的苍白的岩石立面，"我讨厌步行。而且头上有座山，人却站在山脚，你会变得很渺小。"

在头顶台地巨大的阴影之中，他们继续前行，绕过一处凸起的岩石，他们看到一个山涧，乃是被水流冲刷出来的，山涧旁，乃是一架升降梯。他们朝上面爬。此路非常陡峭，梯子在岩沟两边"之"字形曲折上升。

有时，鼓声的节奏几乎要听不见了，其他时候，鼓声却似乎就在身边奏响。

他们爬到了半山腰，这时一只鹰从他们身边飞过，它如此靠近他们，其翅膀的扇动使他们脸上感到了一阵寒冷。在一处岩石的裂缝中，他们看到了一对白骨。这一切都太诡异，令他们倍感压抑，而印第安导游身上的味道也越来越难闻。终于，他们走出了山洞。满目都是阳光。此时去看那台地，其顶部就像是石头制成的一块甲板。

"就像是碳化 T 塔。"列宁娜评论道。看见似曾相识的事物实在令人安心，但是她还来不及多欣赏，就听到一阵轻盈的脚步声。他们回头一看，两个印第安人正沿路跑过来。这两个印第安人，从脖子到肚脐都是赤裸的，棕黑色的身体上涂抹着白色的线条（列宁娜后来描述说，"像沥青网球场"），其面部因涂上猩红色、黑色、赭色而显出残忍，黑色的头发则用狐皮和红色的法兰绒布条编成辫子，火鸡羽毛织成的斗篷在肩膀后面飘动，巨大的羽毛王冠在他们头顶俗丽地颠动，伴随着每一步，他们的银手镯、沉重的项链（乃是由骨头和绿松石串成）都在叮当作响。他们跑过来，一言不发，脚下的鹿皮软鞋无声无息。其中一人手持羽毛刷子，另一人远看每只手上都握着三四根很粗的绳子，其中有一根绳子不安地扭动着。突然，列宁娜看清了，那不是绳子，是蛇。

这两人渐渐靠近，他们黑色的双眸看着列宁娜，却似乎又当她不存在。只见扭动的蛇松软地垂下来，像其他的蛇一样。

他们就这样跑过去了。

"我不喜欢这一切，"列宁娜说，"我不喜欢这一切。"

当他们到达村子入口时，她更不高兴了，因为他们的导游把他们扔在门口，自己到村子里打探消息。眼见的是烂泥、堆积的垃圾、尘土、狗、苍蝇。她的脸因厌恶而扭曲，一脸苦相。她拿出手帕遮住了自己的鼻子。

"他们怎么能住在这种地方？"她义愤填膺地指责道，声音中满是怀疑。(这不可能！)

伯纳德耸耸肩，像一个哲学家一样无所谓。"无论如何，"他说，"在过去的五六千年里，他们一直就是这样生活。所以，我猜他们早就习惯了。"

"但是，清洁之人才能靠近主福特啊。"她固执地说。

"是的，还有一句呢：文明就是消毒，"伯纳德语带嘲讽，接着他的话又引用了睡眠教材中《初级卫生学》里的格言，"不过，这些人可从来没有听说过主福特，他们可不是文明人，所以，讨论他们清洁与否毫无意义……"

"啊，"她突然抓住了他的手臂，"快看。"

只见一个近乎全裸的印第安人，正从附近一处房子的一楼的阳台沿着梯子往下爬，他的动作缓慢，一个横档一个横档地下降，极其小心。是一个年纪很大的老人，脸上皱纹深深密布，肤色炭黑，这张衰老的脸就像是一个黑曜石面具。他的牙齿全部掉光了，嘴深深凹陷。唇角边上，两颊处各有几根长长的白色的髭毛，在黑色的皮肤上微微闪光。他的长头发披散着，一缕缕灰白的发丝挂在他的脸上。他的身体是驼着的，瘦得皮包骨，几乎看不到一丁点肉。他极其缓慢地下了梯子，在每一级横档他都要停一下才敢踏出下一步。

"这个人什么毛病？"列宁娜低声说。她的眼睛因恐惧和惊奇而睁大了。

"不过是年纪大了。"伯纳德回答说，尽量显得平静。其实，他自己也吓得够呛，但是还是努力显出不为所动的态度。

"年纪大？"列宁娜重复着，"但是主管先生年纪也大了，其他许多人年纪也大了，却没有人像这个人这样。"

"那是因为，我们的文明世界不允许人变得这样衰老。我们让人们远离疾病，我们让所有人的内分泌系统始终处于年轻人才有的那种平衡状态，我们不允许人们身体内的镁钙比例低于三十岁时的水平，我们给人们换上年轻的血液，我们确保人们的新陈代谢系统永远活跃。正因如此，我们谁都不会像这个人那样老。或许也有可能，"伯纳德补充说，"在我们的文明世界里，绝大多数人在到达这个老家伙的岁数之前就死去了。我们的人六十岁之前几乎永葆青春，然后，咔嚓！生命就消失了。"

但是列宁娜根本没有在听。她一直看着那个老人，他往下爬，缓慢地，缓慢地。他的脚终于着地，然后慢慢转身。只见他深深凹陷的眼窝里，两只眼睛依然格外明亮。他看着列宁娜，长久地看着，脸上平静，毫不惊讶，似乎她并不存在。然后，缓慢地，这驼背的老人蹒跚着经过他们，不见了。

"可是这太可怕了，"列宁娜低声说，"简直是恐怖。我们不应该来这里的。"她手伸进口袋，寻找着索玛，结果发现，因为疏忽（以前从来没有发生过这样的事情），她居然把索玛药瓶落在休养所了。伯纳德的口袋里一样空空如也。

列宁娜不得不在毫无保护的情况下，直面玛尔普村的种种恐怖。这些可怖的事物频频朝她涌来。

她看见了两个年轻的妇女，正在给她们的孩子喂奶，她的脸立刻通红，便转过脸去。在她的人生中，她从没有见过如此下流的事情。

让她感觉更糟糕的是，看到此情此景，伯纳德不仅没有机智地视而不见，相反却公然讨论这胎生的场景，实在是太恶心了。索玛的效力已然衰竭，想到早晨他在旅馆表现出来的软弱，伯纳德感到了羞耻，于是，他刻意表现出强硬、蔑视正统的一面。

"看啊，这是多么温馨亲密的关系啊，"他说，有意用一种粗暴的语气，"如此会造成何等强烈的情感！我常常想，因为没有母亲，一个人到底失去了多少东西啊！列宁娜，也许因为没有机会做母亲，你也损失了好多东西呢！想想看，你坐在那里，怀抱着自己的小宝贝……"

"伯纳德！你怎么敢这样说话！"列宁娜愤怒地叫道。但是，一个患有眼疾和某种皮肤病的老妇人恰好经过，吸引了列宁娜的注意力。

"我们走吧，"她乞求道，"我不喜欢这一切。"

但是就在此时，导游过来了，招手让他们跟上，于是引着他们，沿着一条狭窄的街道前行，街道两旁都是房子。他们拐过一个街角，看见垃圾堆上有一条死狗，一个甲状腺肿大的妇人正忙于在一个小女孩的头发里寻觅虱子。导游停在一架梯子旁，举起手，直指着梯子。他们听从了导游的手语，爬上梯子，穿过门洞，进入一个窄而长的房间，内里黑暗，烟、煮着的油脂、破旧而长期不洗的衣服，氤氲着某种味道。房间另一头，还有一个门洞，穿过门洞，见到一束阳光射进来，响亮的鼓声近在耳边。

他们跨过门槛，来到一个宽阔的阳台，阳台下是村寨的广场，被周边较高的房子围住。此时，广场上挤满了印第安人。满目皆是：鲜艳的毛毯、黑发上的毛羽、闪烁的绿松石、汗津津的黑肤。列宁娜再次用手帕捂住了鼻子。在广场中央开阔之地，有两个圆形的平台，用石头和黏土混筑而成，这两个圆台明显是地下室的屋顶，因为每个圆台的中央，皆有一个天窗，其中各有一架梯子从黑暗的地下伸出来。隐隐能听到地下有长笛演奏的声音传来，却几乎被那持续不断的鼓声所遮蔽。

列宁娜爱那鼓声。闭上眼睛，她听任自己被那温柔重复的鼓声包围，使自己的意识越来越彻底地被鼓声牵引，以致最终世上只有一种东西存在，即是那深沉、脉搏一样跳动的鼓声。这鼓声使她欣慰地联想到在"团结仪式日"和"主福特纪念日"上奏响的合成乐（因二者节奏近乎一样），"咬兮炮兮"，她喃喃自语。

突然爆发出一阵歌声，乃是成百个男性的嗓音，以重金属一样的和声，猛烈地歌叫，忽而又哼唱着几个长长的音符，忽而又是沉默，鼓亦停歇，好似雷霆蓄势之前的安静。然后，尖叫声响起，像马嘶一样，高声汹涌而来，这是女性的嗓音应和了。于是，鼓声重又响起。然后又是男性深沉的歌声，他们以最粗野的声音认证着自己雄性的力量。

诡异吗？是的。这地方就诡异，这音乐也诡异，众人的衣服一般诡异，甲状腺肿大、皮肤病、老人都诡异。但是这表演本身，却毫无诡异可言。

"这场表演让我想起低等种姓搞的社群合唱。"列宁娜告诉伯纳德。

可是一会儿之后，她就不想再将这场演出与"社群合唱"这种无伤大雅的功能联系在一起了。因为，突然之间，从圆形的地下室里爬出来一支鬼怪的队伍，戴着骇人的面具，涂着妖异的色彩，看不出一丝人性。这队伍围绕着广场踩着，跳着，像是跛子的舞蹈，一遍又一遍地转着圈，一边跳，一边唱着歌。转圈的速度越来越快，鼓声也随之变化，节奏越来越快，致使耳朵内像有一股热流在不断冲击。观众们已经开始跟着舞蹈者一起歌唱，声音也越来越大。接着，听到第一个女人尖叫的声音，然后一个又一个女人都开始尖叫起来，仿佛她们就要被人杀死了一样。突然，领舞者离开了舞蹈圈，跑到广场顶头一个木柜子处，打开盖子，拎出两条黑蛇。人群中爆发出尖叫，其他所有舞者于是全部跑到领舞者身边，他们的手皆张开着。领舞者将蛇扔给最先跑过来的舞者，然后伸手到柜子里，拎出越来越多的蛇，有黑的，有棕色的，有花斑的，他把它们全扔了出去。

然后，舞蹈的音乐节奏变化了。舞者们抓着蛇，一圈一圈地旋转。就像蛇一样，他们的膝盖、屁股上下起伏。一圈又一圈。突然，领舞者给出信号，于是，舞者们一个接一个地把蛇甩到广场中央。一个老人从地下室爬出来，向蛇撒播玉米粉；另一个地下室天窗处，爬出来一个妇人，抓着一口黑罐，向蛇群中洒水。老人于是举起手，只听万籁俱寂，世界恐惧。鼓声停止，生命似乎走到尽头。老人的手又指向两个通往地下室的天窗，于是，从一个天窗里缓慢地举出一只彩绘的鹰，乃是被地下室里看不见的手所举；从另一个天窗里，则出来一个人的形象，此人赤裸，被钉在十字架上。两幅形象于是立在那里，好似独立支撑，仿佛在观望。老人开始鼓掌，只见一个十八岁左右的男孩从人群中跳出来，除了一块棉质的遮羞白布，他近乎赤裸，这男孩走到老人身边，他双手交叉放在胸前，头深深弯下。老人在男孩头顶做了一个十字架的手势，然后走开了。于是，这男孩慢慢地，慢慢地围着广场上纠缠成一堆的蛇群步行，他走完了一圈半的时候，从舞者中出来一个高个的男人，此人戴着一张郊狼的面具，手上抓着一条鞭子——是用编织的皮革做的——向男孩走来。

但男孩却无视他的存在，依然自行其道。带着郊狼面具的男人举起他的鞭子，众人屏息期待，许久之后，他迅速抽动，鞭子的尖啸声、抽打在身体之上那响亮却沉闷的回音，流传在人群之中。男孩的身体开始颤抖，但他依然沉默，依然保持方才缓慢、平稳的步伐绕着圈子。于是，带着郊狼面具的男人一鞭又一鞭，每一鞭都令众人先倒吸一口气，然后深深叹息。男孩继续绕着圈子，两圈、三圈、四圈。

血液流淌。

五圈、六圈。

突然，列宁娜捂住自己的脸，开始啜泣。"啊，停住吧，停住吧。"她哭泣着，恳求着。但是鞭子却无情地甩下。第七圈了。突然，男孩步履蹒跚起来，他一言不发，一头栽倒在地。老人弯下腰，用一根很长的白色羽毛碰触男孩的背部，等了一会儿，羽毛变红，此情此景大众都能见到。然后，老人将这羽毛三次在蛇群上方挥过，有几滴血跌落。突然之间，鼓声再次大响，节奏迅疾，仿佛恐怖；随之有人高声呼喊。舞者们冲上前，将蛇捡起，然后跑出广场。男人、女人、孩子，所有的人，皆尾随着舞者们狂奔而去。一分钟之后，整个广场已经空无一人，单单留着那个男孩，躺在地上一动不动。从一处房子里走过来三个老妇人，她们竭力将这男孩抬起，运到房子里去。此时只有鹰和十字架上的男人还在守卫这空荡荡的村庄，然后，或者是因为已经看够这场景，它们皆缓慢下降，退入天窗，终至不见，没入黯黑世界。

列宁娜仍在啜泣。"太可怕了。"她不停地说。无论伯纳德如何安慰，皆属无用。"太可怕了！那是血啊！"她身体在颤抖，"天啊，要是有索玛多好。"

此时，室内深处有脚步的声音。

列宁娜一动不动，单是坐着把脸埋在双手里。她不愿意看周遭，宁愿置身事外。

伯纳德转过了身。

走进阳台的年轻人从穿着来看是一个印第安人。但他梳成小辫的头发却是淡黄色的，他的眼睛则是一种淡蓝色，他的皮肤则是浅白的，但被晒成了古铜色。

"喂好，早好。"这陌生人说，其所用的英语语意无误，但措辞怪异。"你们是文明的，对吗？你们来自'它世界'，我听说，是从保留地外面进来？"

"你究竟是谁……"伯纳德惊讶地问。

年轻人叹一口气，摇摇头。"一个非常不开心的绅士。"然后指着广场中央的血迹，说道，"你们看见那见鬼的场景了？"他问话时，情绪激动，声音颤抖。

"一克药总比见鬼好，"列宁娜机械地回应道——乃是从双手里发出的声音，"要有索玛多好。"

"本应该我干那事，"年轻人继续说道，"但他们竟不让我做牺牲？为何？我曾经能走个十圈，十二圈，甚至十五圈，帕罗维塔才走了七圈嘛。他们要选我，我身上出的血都要比他多一倍，'像红色海洋滚滚'①。"他甩着手臂，幅度夸张，却很快就沮丧地放下了，"但是，他们就不让我干那事，我肤色他们究竟不喜欢的。总是这个样子。总是。"这年轻人眼眶已经湿润，他感到耻辱，试图走开。

事出突然，列宁娜竟因诧异而忘记缺少索玛这回事了。她挪开手，头一次打量这个年轻人。"你刚才是说，你希望被人鞭打？"她问。

年轻人虽然在远离列宁娜，却还是给出了肯定的示意。"自然，是为了村庄，为了使甘雨降临，玉米丰收，为使普公和耶稣欢悦。而且，我便展示给人看，我可以承受痛苦，连哭都要不得。"此时，他的声音变化，共振感加强，便傲然挺起胸膛，下巴骄傲地扬起，"终于证明我乃是一个男人……哇。"他突然喘了一口气，大张着口，沉默起来。

原来，这是他一生中初次见到一个巧克力色皮肤的女人，还不是狗皮模样；其头发并非赤褐色，也不是自来卷；其表情竟是一种关切（实在惊奇，前所未见！）。列宁娜对他微笑，这男孩漂亮极了，她心想，真的很漂亮。年轻人的脸却迅速红了，他低下眉目，却忍不住抬起来又看她，看她是否仍在对他微笑，但又不得不强迫自己把视线转到广场的一角，装作在看什么东西一样。

伯纳德的问题分散了他的注意力。你是谁，怎么过来的，什么时候过来的，从哪里来？

年轻人盯着伯纳德的脸（因为他如此热烈地渴盼着看到列宁娜对他微笑，却转而不敢看她一眼），试图解释自己的来历。琳达——他的妈妈（列宁娜听到这个词非常不舒服）——和他在保留地是陌生人，

---

① 语见《麦克白》第二幕。按：本书中所有引用莎士比亚的字句，皆出自本书译者，在此说明。

琳达多年以前和一个男人是从"它世界"来到了保留地的，那时他还没有出生，那男人是他的父亲。（听到这里伯纳德竖起了耳朵。）琳达早年有一次在群山里独自漫步，一直往北边走，却滑下一个陡坡，伤了她的脑子。（"继续说啊，继续说。"伯纳德激动地说。）玛尔普村的几个猎人发现了她，把她带回了村子。至于那个男人也就是他的父亲，琳达此后再没有见到过，他的父亲名叫"托马亲"。（正确发音是托马斯，正是主管先生的姓呀。）他一定飞走了，飞到"它世界"去，丢下琳达不管，所以，"托马亲"是一个坏人，无情、反常。

"我就是这样出生在玛尔普，"年轻人说，"就是此地的玛尔普。"他摇了摇头。却是住在村庄边缘一个又小又脏的房子里，这房子与村庄隔着一堆尘土和垃圾。两条饥肠辘辘的狗嗅着门口的垃圾，一副猥琐模样。当他们进入房子时，看到屋内光线暗淡，闻到一股恶臭，苍蝇群飞。

"琳达！"年轻人叫道。

从里屋传来一个非常嘶哑的女性的声音，"来了。"

他们等待着。

地上有几个碗，碗里还有一些剩饭，也许是好几顿剩下的。

门开了。一个矮胖的白肤金发妇人踏过门槛，站住了，一脸怀疑地看着来访的陌生人，她的嘴大张着。列宁娜嫌恶地发现，这妇人两颗门牙已经掉了，剩下的牙齿，那颜色……她吓得发抖，这简直比刚才所见的老人还要糟糕。她是那么肥。而且她脸上的线条，那么的松弛、发皱。看她下垂的双颊，遍布着紫色的斑点；还有那鼻子上红色的静脉、充血的眼睛；更别提她的脖子了，那脖子啊。还有，还有她裹着头的毯子，又粗糙又肮脏；至于她那用麻袋一样的束腰外衣包裹的是何等的肥乳啊；肚子鼓凸；还有那肥硕的屁股！天啊，糟糕透顶！突然，这造孽般的妇人却口若悬河起来，她伸出双臂，冲向列宁娜。主福特啊！这简直令人反胃，倘在另一种情况下，她必定要恶心了。现在，这妇人竟抱住她，她不得不忍受那鼓凸的肚子、硕大的胸脯。她甚至要亲吻列宁娜！主福特啊！她要来亲吻人！她还流着涎水呢，身上一股馊味，明显从不洗澡，她浑身可都散发着δ族、ε族人的臭味（他们在胚胎瓶中吃多了兽食才有这味道，那明显是酒精的恶臭——现在可以明确了，伯纳德在胚胎瓶中绝对没有泡在酒精里过）。列宁娜立刻逃到旁边。

这时，列宁娜看到，这妇人号啕大哭起来，一张痛苦扭曲的脸正对着她。

"哦，亲爱的，亲爱的人啊。"伴随着啜泣，妇人语若悬流地说起来，"你们知道我有多么高兴？已经过去了这么多年！终于见到了一个文明人的脸孔。还有，体面的衣裳。我还以为今生连一块醋酸丝布都再不能见到了呢！"她轻抚着列宁娜衬衫的衣袖，那指甲却是乌黑的。"啊，还有那仿天鹅绒的短裤，令人羡煞！亲爱的，你可知道，我依然保留着当年的衣服，当时我穿着它来，如今它却躺在箱子里。待会儿我拿给你们看，不过，醋酸丝衣服免不了会有太多的破洞。我还有一条白色的裤带很漂亮，但是我要说，你那绿色的摩洛哥皮带更漂亮。……"说着说着，她眼泪流了出来，"我想，约翰告诉过你们了，这么多年我受了多大的苦啊，连一克索玛都没有，只能时不时地喝上一杯龙舌兰，那是珀毗^①过去常常送我的——他是我以前认识的一个男孩。可是，喝这种酒，过后会非常难受。真的，龙舌兰酒不好喝，你会因为那股仙人掌味犯恶心的。更何况，喝了之后，第二天你常常感到更加羞愧。一直以来，我都感到羞愧。想想看：我，一个β族人，生了一个孩子！你们试试处在我这样的局面！（仅仅想象这样的场景，就足够让列宁娜颤抖了。）

"但我发誓，这并非我的错。到现在我都不知道事情是怎么发生的，因为我可是一直坚持做马尔萨斯避孕操的呀，一直按照程序，一、二、三、四。我发誓，真的一直都按照程序。可我还是怀孕了，而且这里更不可能有流产中心。顺便问一句，流产中心还是在切尔西，对吗？"她问列宁娜，列宁娜点头表示肯定。"啊，那粉红色的漂亮的玻璃塔啊！"可怜的琳达抬起头，闭上眼，心醉神迷地回想记忆中那明亮的建筑。"还有那夜色中的河流，"她喃喃自语，大滴大滴的泪珠从她紧闭的眼睑慢慢流出，"还有乘着夜色从斯托克波吉斯飞回，然后一次热水澡，真空震动按摩机，啊……但是这里……"她深深一呼吸，摇摇头，睁开了眼睛，吸一两口气，擤了擤鼻子，擦在长袍的边缘。列宁娜不知不觉露出厌恶的表情。"啊，我很抱歉，"琳达说道，"我不应该这样的，真的抱歉，但是我没有手帕，还能怎样？过去，这样做也会令我反感。还有那些灰尘，那些肮脏不净的一切。但当印第安人把我带到这里时，我的头部裂了个大口子，你们能想象他们用什么

---

① 珀毗，原文Popé，此处暗指一位印第安英雄。1680年，为反抗西班牙移民定居，一个名为Popé的印第安原住民在后来的新墨西哥州一带发起了一场起义，将外来殖民者赶出了十二年之久。

来敷我的伤口吗？是烂泥巴，仅仅是烂泥巴。我告诉他们说，文明就是消毒，还唱给他们儿歌听：雄鸡粘上链球菌啊，右拐跑进班伯里T，有啥稀奇瞧一瞧啊？漂亮浴室外加WC。只当他们是小孩，可是他们当然不理解。他们又怎么可能理解呢？最后，我不得不适应这里。想想看，没有热水，怎么能保持清洁？再看看这些衣物，像这件羊毛衫，用畜生的毛做的，只会越穿越大，再怎么也不能像醋酸丝衣服始终笔挺。衣服开裂了，你还得缝缝补补，可我是一个β族人，过去都是在受精室工作，哪里学过做这种事？这可不是我该做的事。此外，过去我从没必要缝补衣服，衣服有了洞，扔掉就是，立马买新的。扔掉旧衣好于缝缝补补。难道不是吗？缝缝补补实在是反社会的呀。可是这里完全相反，我像是在跟疯子一起生活，他们所做的一切都是疯狂的。"

她四处看看，见约翰和伯纳德已经到屋外去了，正在尘土和垃圾中走来走去，却仍然刻意低下声音，欲跟列宁娜推心置腹地说话。她向列宁娜靠过来，列宁娜却身体僵硬地回避了，但她们还是很靠近，以至于琳达口中的酒气都吹动了列宁娜双颊上的汗毛（酒啊，你这罪恶的胚胎液中的毒药啊）。

"比如，"琳达嘶哑地低语道，"就说说他们男女如何在一起吧。疯了，我告诉你，简直是疯了。每个人都属于别人。难道不是吗？难道不是吗？"她固执地自问，还扯着列宁娜的袖子。

列宁娜头虽扭到一边，却仍点点头。她长出一口气，又试图再吸进一口清新的空气。

琳达继续说："然而，这里所有人都觉得，自己只能属于另外一个人。假如照我们正确的方式与男人交往，他们就会认为你邪恶、反社会，他们会恨你、蔑视你。有一次，许多女人跑到我这里来，大吵大闹，因为他们的男人来和我约会。可是，为什么不能约会呢？那时她们全部扑向了我……啊，那实在是太可怕了，我都无法跟你描述。"琳达掩住自己的面庞，双肩颤抖。"这里的女人，她们充满仇恨。她们是疯了，疯了，而且残忍。她们当然不知道世上还有马尔萨斯避孕操、胚胎瓶、倒瓶一说，或类似的事情。所以，他们不停生小孩，就像狗一样——实在是太令人恶心了，我一想到这种事就……啊，主福特啊，主福特，主福特！幸亏约翰对我是一个巨大的安慰，若没有他，我可怎么过日子啊。可是，一看见男人来找我，他就变得心烦意乱，甚至在他是一个小孩子的时候就如此了。有一次，那时他已经长大许多了，他居然想杀死可怜的维乎西瓦——也可能是珀毗吧，仅仅因为我偶尔会跟他们约会。我根本就没有办法向约翰解释清楚，文明人男女之间，本来就应该这样相处。我相信，疯狂是可以传染的，而约翰从印第安人那里感染了疯狂，因为他免不了常跟他们在一起鬼混，虽然他们都排挤他、野蛮地对待他，其他男孩可以做的事情，他们也都禁止约翰做。从某种程度上说，这倒是个好事，如此一来，我驯化约翰会更容易些，虽然你们想象不到驯化约翰是多么困难的一件事。此外，这世界上有太多的事情我不知道，了解这些事也并非我的职责，我是说，譬如小孩问你直升机如何工作，或者谁创造了宇宙这样的问题，假如你是一个β族人，而且一直在受精室工作，你又从何知道这种问题的答案？你能怎么回答？"

第八章

外面，在尘土与垃圾之间（现在这地方已经聚集了四条狗），伯纳德和约翰正缓慢地散步，来来回回。

"对我来说，明白这里的一切，然后重新认识世界，实在是太难了。仿佛我们两个生活在完全不同的星球上，生活在完全不同的时代。胎生妈妈、所有的灰尘，还有神灵、衰老、疾病……"伯纳德说着，摇摇头，"这几乎令人无法相信，除非你解释给我听，否则我永远都不会明白。"

"解释什么？"

"就是这里。"伯纳德指着村子说。"还有那里。"他又指向了村庄外围这间小屋，"以及这里全部的一切，包括你的生活。"

"可是你到底要我说什么是好？"

"从头开始，越早越好，从你能记事开始吧。"

"从我能记事开始？"约翰皱起眉头。他们沉默了好长一会儿。

天气很热。他们吃了太多的墨西哥玉米饼和甜玉米。琳达说："到这里来，躺下，宝贝。"他们在那张大床上一起躺下。"唱歌吧。"于是琳达就唱起，她唱的是"雄鸡粘上链球菌啊，右拐跑进班伯里T……"和"再见瘦瘦的小宝贝，待会你就要被倒瓶……"两首儿歌。她的声音逐渐降低，低下去，低下去……

突然有响亮的说话声，他吃惊地醒来一看，只见一个男人正在对琳达说话，而琳达正在大笑。只见琳达把毯子往上拉，都到了下巴，那男人却又把毯子扯下来。男人的头发梳成两条辫子，就像两条黑色的绳子，胳膊上戴着一根漂亮的银手镯，手镯内部镶嵌着蓝色的宝石。他喜欢那手镯，可是他仍然被吓坏了。他钻进琳达的怀中，遮住了自己的脸，琳达拍拍他，使他感到安全些了。他听到琳达用那种他不能清楚领会的说话方式对男人说："约翰在这里，咱们先不做。"男人看着他，又看看琳达，用温柔的声音说了几句话。琳达说："不行。"但是男人弯腰伏在床上，直直盯着他，男人的脸很大，令人讨厌，黑色的发辫碰到了毯子。"不行。"琳达再次说，他感到她抱他抱得更紧了。

"不行，不行！"但是男人抓住了他一只手臂，他感到生疼，他尖叫起来。男人又抓住他另外一只手臂，将他拎了起来，琳达那时仍然抱着他，仍然在说："不行，不行。"男人说了些什么，话简短，充满怒气，突然，琳达的手离开了他。"琳达，琳达。"他踢着脚，扭动着。

但是男人把他拎到大门边，开了门，把他放在另一个房间的地上，走开，关上门，任他一个人在黑暗中。他爬起来跑到门口，踮起脚尖勉强够着那粗大的门闩，他把门闩抬起，使劲推，不料门却打不开。"琳达。"他叫道。但是她不吱声。

他还记得有一个巨大的房间，很黑暗，屋内有巨大的木头制作的什么东西，上面绑着许多根绳子。许多妇人站在旁边，琳达说，她们正在纺织毛毯。琳达让他坐在角落里，与其他孩子一起玩，她则去帮助那些妇人。他与那些小男孩玩了很长时间，突然，人们开始大声说话，只见妇女们推搡着琳达，琳达则在哭泣。琳达朝门外走去，他就跟在后面跑。他问琳达，为什么她们那么生气。"因为我打碎了一个东西，"她回答，"可我又怎么知道该怎么做编织，这是野人才做的事情啊。"他问琳达，野人是什么。当他们回到家，珀毗正在门口等着，他们三人一起进了屋子。

珀毗带来一个大葫芦，里面似乎装满了水，其实并不是水，而是某种难闻的液体，烧灼双唇，使人咳嗽。琳达喝了些，珀毗也喝了些。琳达便大笑起来，说话的声音都响亮了。然后琳达和珀毗一起进了琳达的卧室。珀毗离开之后，他进到琳达的房间，那时琳达正酣睡，他叫不醒她。

珀毗时常过来。珀毗说，葫芦中装着的是龙舌兰；可是琳达却说不是，认为应该叫索玛，虽然喝了之后会让人难受。

他憎恶珀毗。他憎恶所有来找琳达的男人。

他仍然记得，有一天下午，天气很冷，山顶上可以见到积雪，他与其他的孩子一起玩耍过后回家，却听到卧室中有愤怒的声音。那是妇女们在喊叫，她们说的话他一句也不懂，但知道那是极其可怕的语言。突然，哗啦一声响，什么东西翻倒在地，他听见众人快速走动的声音，然后又是哗啦一声响，接着传出一个声音，像是有人在踢打骡子，只是没有击中骨头那种清脆的质地。他听到了琳达的叫声。"啊，不要，不要，不要啊！"他冲了进去，见到三个披着黑色毛毯的妇人，琳达躺在床上。其中一个妇人抓住琳达的手腕；另一个妇人横坐在琳达的腿上，确保琳达脚不能乱踢；剩下一个妇人挥舞着鞭子，抽打着琳达。一次，两次，三次。每次被打，琳达都要尖叫一声。

他哭了，用力撕扯着挥舞鞭子的妇人的衣摆。"求求你，求求你。"但她另一只空闲的手把他推到了一边去。鞭子又落下来了，琳达再次尖叫了。他双手抓住那妇人宽大的褐色手掌，用尽全身力气咬了下去，那妇人大叫一声，挣脱了他的双手，然后狠狠地把他推倒在地。他躺在地上，那妇人竟用鞭子抽打了他三下，那种痛苦，比他曾经承受过的所有痛苦（比如被火灼伤）还要重得多。鞭子又嗖嗖地响起，落下，这次，轮到琳达继续尖叫了。

"琳达，到底为什么，她们要伤害你？"当晚，他问琳达。那时他哭着，因为鞭子抽打在背上，那红红的伤痕仍在深深作痛，也因为人们行为如野兽、世道不公平，他一个小小的男孩，根本无力反抗。琳达也在哭泣。她是成年人了，可是她没有强壮到可以抵抗三个妇人，这对她也是不公平的。

"琳达，到底为什么，她们要伤害你？"

"我不知道，我怎么可能知道？"这句话听起来很模糊，因为她那时面朝下躺着，脸埋在枕头里。"她们说，那些男人是她们自家的男人。"她继续说着，却根本不像是在跟他说话，而是在跟她身体内的某个人说话，她说了许多，他却听不懂，最后，她痛哭起来，他从没听过她如此大声地哭泣。

"啊，不要哭了，琳达。不要哭了。"

他靠着她的身体，手臂搂着她的脖子。琳达叫起来："啊，小心，我的肩膀！啊！"她推开他，非常用力。他的头一下子撞到了墙上。"小蠢货！"她吼道，突然，她开始扇他的脸，一次，一次，又一次……

"琳达，"他哭叫着，"啊，我的母亲，不要打我！"

"我不是你母亲，我不想做你的母亲。"

"因为你，我变成了一个野人，"她吼叫着，"随身跟着你这么一个小畜生……如果不是你，我早就到巡视员那里，也就可以远离这里。可是我走不了，因为有你这个小孩子。我不能承担着这样大的羞辱回到文明的世界里。"

他看出来，她作势又要打他，便举手保护自己的脸。

"啊，不要啊，琳达，不要再打我了呀。"

"小畜生！"她掰下他的手臂，他的脸露出来。

"琳达，不要啊。"他闭上了眼睛，知道琳达要打他了。

但是她没有打他。一会儿之后，他睁开眼睛，发现琳达正看着他。他试着朝她微笑。突然，她伸开双手，拥抱了他，然后一遍又一遍地亲吻他。

有一段时间，是几天吧，琳达一直不能起床。她躺在床上，满心忧伤；要不就喝珀毗带来的那东西，然后就大笑起来，于是睡着了；有时她也会呕吐。她常常忘记给他洗澡，除了冰冷的玉米饼，家里也没有什么好吃的。他仍然记得她第一次发现他头发里那些小虫子时，她是如何地尖叫，不停地尖叫。

他们在一起最快乐的时光，是琳达告诉他有关"它世界"的事情的时候。

"你真的可以想飞哪就飞哪？"

"是的。想飞哪就飞哪。"然后她就告诉他，那个世界里，音乐多么美妙，它们从一个盒子里跑出来；所有的游戏都很精彩；食物味美，饮料可口；朝墙上按一个小物件，光就出来了；那些画，不仅可以看，还可以听，可以触摸到真实的物体，还散发芳香；还有个小箱子，能制造醇香的气味；还有一幢幢高楼大厦，有粉色的，绿色的，蓝色的，银色的，高如山峰；所有人都幸福生活着，从来都没有人会伤心、愤怒；在那里，每个人都属于别人；还有一个箱子，在箱子里可以看到、听到在世界的另一头发生的事情；小宝贝们则生活在迷人而干净的瓶子中。在那个世界里，一切皆清洁，绝没有肮脏的味道，也绝无灰尘，人们从不孤单，他们快乐地生活在一起，有点像玛尔普村夏日的歌舞盛会，但是更幸福，那种幸福的感觉每一天每一天都弥漫在人们心中……

他总是认真听着，一个小时又一个小时。

有时，当他和其他孩子玩得太过，有些疲惫时，村里就有一个老人，很愿意和他们说话，他说话的方式跟琳达完全不一样。他告诉他们，曾经存在过伟大的世界变幻者；曾经有过"左手"、"右手"以及"湿"、"干"之间漫长的争斗；曾经有一位阿威纳威罗纳，他在黑夜中沉思，遂造成一场巨大的雾，从这雾中，他造出全世界；曾经地母和天父逍遥于天地之间；曾经有一位阿艾羽他，还有一位玛赛乐玛，他们是战争与希望双胞胎；还有普公和耶稣两位神者；还有圣母玛利亚以及艾灿阿特蕾——她令自己脱胎新生；还有拉古纳一地的黑石，神鹰，以及阿科玛的圣母。[1] 这些奇怪的故事以特别的语言讲述，他并不能全懂，但他却感到极其美妙。当他躺在床上，他忍不住想及天堂、伦敦、阿科玛的圣母，还有装在瓶子里一排一排的婴儿、飞升的耶稣、飞升的琳达，以及世界孵化场的主管和阿威纳威罗纳。

许多男人都来见琳达。其他男孩开始对他戳戳点点。用他们那种陌生而奇怪的语言，他们说琳达是个坏人，用一些他不能理解的诨号称呼琳达，虽然他知道这些诨号都没什么好意。有一天，他们唱一首歌，歌里描述的就是琳达。他们一遍又一遍地唱。他就朝他们扔石子。他们反击，其中一颗锋利的石子割破了他的面颊，血流不止。

琳达还教他读书。拿着一根木炭，她在墙上画画，比如一只坐着的小动物，瓶子里的一个婴儿；她还会写一些字母给他看。他记得那些句子，比如"猫在垫子上"，"小孩在盆里"。他学得又快又轻松。

---

[1] 上述的神灵以及神迹，除耶稣和圣母玛利亚外，皆源自印第安人的神话。

当他认得她写在墙上的所有单词的时候，琳达打开了她那个巨大的木箱子，拨开她那些从来不穿但颜色鲜红的长裤，从箱子下面找出了一本书，很薄、很小。他见过这本书，琳达以前常常说，"等你更大些，你就可以读它了。"终于到了他长大一些的时候了，他可以读书了，他感到骄傲。但是琳达说："恐怕你不会认为这书很有趣，可我也就只有这本了。"她叹息了一声，继续说，"真希望你能看到在伦敦，我过去用的那种阅读器，是多么神奇啊！"

"胚胎驯化的化学法与细菌法"、"β族胚胎商店员工实用说明"，单单这些标题，就让他读了一刻钟时间。他把书扔在地上，"烂书，烂书！"他一边说，一边哭起来。

男孩们继续唱有关琳达的歌，那歌实在令人难堪。有时，他们则因为他衣衫褴褛而嘲笑他，因为他把衣服撕破，琳达却不知道如何缝补。在"它世界"，琳达解释说，衣服有了洞，人们就把它们扔掉，去买新的。"破布，破布！"男孩们时常对着他高声喊叫。"但是，我可以阅读，"他自言自语，"而他们不会，他们甚至都不知道什么叫阅读。"当他认真思考自己会阅读这件事时，装作不在乎男孩们的嘲笑就变得非常容易了。他于是向琳达要那本书。

男孩们越是对他戳戳点点，越是对他唱有关琳达的歌曲，他就越是刻苦阅读。很快，他能够熟练阅读书上所有的字词，即使最长的那些。可是，这些字词意思何在？他问琳达，但是即使她能解释，他还是搞不清楚字词真实的意思，更何况通常情况下，琳达根本就不会解释。

"化学品是什么东西？"有一次，他问道。

"化学品啊，就是镁盐，或者保持 δ、ε 族人矮小迟缓的酒精，或者骨骼生长所用的碳酸钙，总之，所有类似这样的东西。"

"可是，琳达，你如何生产化学品呢？或者这些化学品是从其他什么地方产生的？"

"这个啊，我不清楚。你只是从瓶子里把它们挑出来，瓶子一空，就跑到化学品商店买来更多。我猜，恐怕是化学品商店里的人制造了它们。也有可能是工厂在给化学品商店供应。但我不清楚。我从来都没碰过化学。我的工作仅仅涉及胚胎。"

在其他问题上，琳达的回答也大致如此，她似乎什么也不清楚。而村里那个老人，相反倒能回答许多问题，还头头是道的样子。

"男人的种子，万物的种子，太阳的种子，大地的种子，天空的种子，凡此一切，都是阿威纳威罗纳从大雾中创造的。须知世界存在四个子宫，阿威纳威罗纳则把种子放在最下面那一层子宫中。慢慢地，慢慢地，种子开始生长……"

一天（约翰估摸了下，这一天极可能就在他刚过完十二岁生日之后），他回到家，发现一本书躺在卧室的地板上，这书他从未见过。这是一本很厚的书，看起来年代久远了，老鼠将装订线都咬坏了，一些页面松散了、揉皱了。他捡起来一看，书名页上写着《威廉·莎士比亚全集》。

琳达躺在床上，就着一个杯子啜饮着令人憎恶的发臭的龙舌兰。"这是珀毗带过来的，"琳达说，她的声音嘶哑、变粗，像是另外一个人在说话一般，"原来躺在羚羊基瓦会堂①的一个柜子里，据说有数百年历史了，我觉得恐怕是真的，因为我翻开来看过，书里面写的似乎都是些胡言乱语，是野蛮时代的作品。尽管如此，用它来练习下你的阅读能力，倒很是不错。"她最后喝了一口，然后将杯子放在床旁边的地板上，身子翻到另一边，打了一两次嗝，于是便睡着了。

他随意翻开那本书。

> "不，你去，缠绻于那破床之上，
> 在臭汗中流连，
> 为腐烂、甜言蜜语熏陶，
> 好比在下流的猪圈，
> 做爱缠绵。"②

这些陌生的字句在他头脑里翻腾，轰隆作响，仿佛会言会语的雷霆响彻；又譬如盛夏歌舞盛会中的鼓声——只是这鼓声不曾言语；又好比众人齐唱玉米颂，何等甜美，何等甜美，你忍不住泪下；又似乎老米辞玛对着他的羽毛、雕花权杖、骨片、石头念神奇的咒语——kiathla tsilu silokwe silokwe silokwe. Kiai silu silu, tsithl——但这些字句却又比米辞玛的咒语更胜一筹，因为它意味更深，因为它在和他对话，声音动听迷人，虽然他半懂不懂。这字句等同于极其美妙的咒语，描绘着琳达，描绘琳达鼾声四起的睡眠，描绘床边地上的空杯子，描绘

---

① 基瓦会堂，或称为大地穴，是印第安人的一种圆形建筑。
② 语见《哈姆雷特》第三幕，哈姆雷特攻击其母。

琳达和珀毗，是的，琳达和珀毗。

他越来越憎恨珀毗。一个人虽然总是对人微笑，却也可以是一个恶棍："冷酷、奸诈、淫荡、无良，一个纯粹的恶棍。[①]"这些词准确描述的是什么？他依旧是半懂不懂。但是这些词语的魔力强大，一直在他脑袋里轰鸣，以至于他莫名其妙地感觉，似乎他过去从来没有真正仇恨过珀毗，因为他还从来没有能力去描述他究竟是如何仇恨珀毗的。

但是现在他有了这些词语，它们就像鼓声、歌声、咒语，不仅这些词语，还有这些词语描述的那个陌生又陌生的故事（他不能完全理解这个故事，可这故事依然是那么的迷人），它们给了他仇恨珀毗的理由，使他的恨意更加真实，它们甚至令珀毗本人的形象也变得更加真实自然。

一天，在外面玩耍够之后他回到家。内屋的门开着，他看到琳达和珀毗躺在一起，熟睡着。一边是纯白的琳达，一边是几乎全黑的珀毗。琳达枕着他一只胳膊，他另一只手抱着琳达的胸脯，他那长长的发辫中有一条垂落在琳达的喉咙处，仿佛一条黑色的蛇意欲扼死她。珀毗的葫芦，还有一只杯子，放在床边的地上。琳达在打鼾。

他的胸膛突然空洞洞的，似乎他的心在离他远去。他的内在变得空虚，空虚而寒冷，他犯恶心，他头晕眼花摇摇欲倒。他靠在墙上，支住自己的身体。冷酷、奸诈、淫荡……好像鼓声，好像众人颂扬玉米，好像咒语，这些词语在他的脑子里不停重复。他本是冰冷，忽然

---

① 语见《哈姆雷特》第二幕。

变得炽热，血液冲向双颊使他双颊火热，于是，在他眼前，房屋飘浮起来、黯黑起来。他咬牙切齿。"我要杀了他，我要杀了他，我要杀了他。"他一遍遍说着。突然间，他似乎听到了更多的句子。

> "当他醉醺醺沉入黑甜之乡，
> 　或者，当他沉溺于愤怒，
> 　或者，当他在床上享受着乱伦之乐……"①

　　这魔咒仿佛为他而设，它自我言说，自我解惑，并发出命令。他退出房间，到了外屋。"当他醉醺醺沉入黑甜之乡……"壁炉旁的地上有一把切肉刀，他捡起来，踮着脚尖再次向内屋走去。"当他醉醺醺沉入黑甜之乡……"他跑过内屋，将刀刺上去——啊，那喷涌之血！他再次刺向珀毗，珀毗挣扎着从睡梦中醒来，他举起刀又一次刺下去，却发现手腕被人捏住、扭曲，他一动不能动，他陷入了困境，然后他看见了珀毗的双眸，黑色的眼珠，小小的眼眶，靠着他很近，直直地看着他的眼睛。他不敢回视。

　　珀毗的左肩上有两处伤口。琳达哭起来："啊呀，看看那些血！看看那些血！"她从来不敢见到血。珀毗抬起另一只手，他想，珀毗是要揍他。他身体僵硬了，不得不承受对方的拳头。但是珀毗只是抓牢他的下巴，迫使他转过脸，于是他不得不再次直视珀毗的眼睛——那是很长的一段时间，也许是几个小时吧。突然，他再也忍受不了，他哭了。珀毗却大笑起来。"走吧，走吧，"珀毗用的是那种印第安人的

_____

① 语见《哈姆雷特》第三幕。

语词，"我勇敢的阿艾羽他。"他于是跑进另一个房间，羞愧于自己的泪水。

"你十五岁了，"老米辞玛说，用印第安的语词，"现在，我要教会你制作陶器。"

于是，他们坐在河畔，开始一起忙碌。

"首先，"米辞玛说，拿起一块湿黏土放在双手之间，"我们来做一个小小的月亮。"只见老人将这块黏土捏出一个圆盘来，并将边缘往上捏挤，只见那月亮忽而变作一个浅浅的茶杯。

他模仿着老人精细的动作。很慢，很不熟练。

"先是月亮，再是茶杯，现在我们做一条蛇。"米辞玛将另一块黏土捏成柔软、细长的圆柱体，又扭出一个圆圈，粘在茶杯的边缘。"然后再做一条蛇，再做一条，又一条。"

米辞玛又做水罐，一圈又一圈，黏土在他手下旋转，然后水罐的边缘竖起来了，底部该细的地方细，中间该凸的地方凸，再往上又细了些，一直捏出水罐的颈子。米辞玛又捏又拍，又敲又刮，终于，玛尔普村常见的水罐立起来了，只不过它是乳白色的，而不是村里常见的那种黑色，那水罐依然柔软可触呢。

至于他做的那个，纯然就是米辞玛拙劣的模仿品，也立在旁边。对比这两个水罐，他忍不住笑了。

"但是我的下一个作品一定会更棒。"他说，然后着手润湿另一块黏土。

塑形、结构、感觉手指获得技能与力量，这一切给予他格外的快乐。"A，B，C，维生素D。"他一边忙碌，一边哼着歌。

"脂肪存在于肝脏，鳕鱼存在于大海。"米辞玛也唱起来，那是一首关于猎熊的歌曲。

他们终日忙碌，日复一日，他满身心都觉到一种紧张、投入的幸福感。

"下一个冬天，"老米辞玛说，"我要教你制作弓。"

他在门外站了好久，终于，屋内的仪式结束，门打开了，众人出来。科斯鲁最先出来，其右手伸出来，却握得紧紧的，仿佛手中护着某件珍贵的珠宝。卡其美随后出来，她的手一样握紧着伸出。二人沉默前行，在其身后，同样沉默行进的是一支老年人的队伍，还有就是两个年轻人的兄弟姐妹或堂表兄弟姐妹。

他们走出玛尔普村，穿过台地，在悬崖边众人停步，共同面对朝阳。科斯鲁张开手，只见一撮白色的玉米粉在他手掌上面，他朝玉米粉上吹一口气，念念有词，然后将玉米粉挥洒出去，好比一手洁白的尘雾飘向太阳。卡其美照样施为。然后卡其美的父亲走到人前，手拿一根装饰着羽毛的祈祷杖，做起了冗长的祷告，随后将祈祷杖扔出去，像是要追逐玉米粉而去。

"仪式了结，"老米辞玛大声说道，"二人终于结合。"

"要我说，"当他和母亲离开时，琳达说道，"就这么点小事，却闹出这么大动静。在文明的国家，当一个男孩想要一个女孩，他只需要……等等，约翰，你要到哪里去？"

他没有理睬她的呼唤，而是一直跑，一直跑，跑到他感觉自由自

262

在的地方。

仪式了结。老米辞玛的话不断回响在他的脑海。结束了，结束了……在寂静中，满怀虔诚，远离人群，他曾热烈、绝望、无可救药地爱过卡其美，而现在，一切了结。那时，他才十六岁。

圆月的时候，在羚羊基瓦会堂，秘密将被泄露，秘密亦会发生。男孩子走入会堂，待其出来，已为男人。所有男孩皆怀着恐惧，同时却充满渴盼。终于，那一天来到了。太阳下山，明月升起。他与其他男孩一起走向会堂。村里的成年男性则站在会堂入口，黑影黢黢的。有一架梯子，通向会堂下部深处，内里有红色的光芒。打头的男孩已经开始往下爬，突然，一个男人走出来，抓住了他的手臂，把他从男孩的队列中拉出来。他摆脱此人，试图躲进他原来的队伍中去。此时，那男人动手打他，并抓住了他的头发。

"没你的事，你个白头小子！"

"对，那母狗的儿子没资格。"另一个男人说。

男孩们笑起来。

"滚！"

他那时仍然在队伍的边缘犹豫。

"滚！"男人们朝他吼叫。其中一人弯腰捡起一块石头，朝他砸过来。

"滚！滚！滚！"随后好像下起了石头雨。

流着血，他跑进了黑暗中。他听到，从那被红光照亮的会堂里，传来歌声的喧嚣。最后一个男孩也爬下了梯子。此刻，他孤独一人了。

纯然孤独，游离于村子之外，他站在台地光秃秃的平地之上。月色之下，那些岩石好像漂白的骨头。在山谷之中，郊狼朝向月亮嗥叫。伤口很疼，还在流血，但他不是因为疼痛而啜泣，而是因为纯然的孤独而啜泣，因为他被逐出人群，孤独地流浪在月光和岩石构成的骷髅一样的世界中。在悬崖边缘，他坐了下来。月亮在他身后，他朝下望，可以见到台地那黑色的影子，那是死亡的影子。只需一小步，只需轻轻一跃……月色之中，他伸出右手，在手腕伤口处，血仍在渗出，每隔几秒钟，一滴血就跌下，伴着黑糊糊的光泽，在死寂之夜色中好似无色一般。一滴，一滴，又一滴。"明天，明天，复明天……"①

　　在那一刻，他发现了时间、死亡、神灵。

　　"孤独，永远是孤独。"约翰沉吟道。

　　在伯纳德心中，这个词语引起他悲哀的共鸣。孤独，孤独……"我也一样孤独，"他说，他心中涌动着知己之感，那无限的信任，"我极其孤独。"

　　"真的吗？"约翰非常惊讶地问，"我本来以为，在'它世界'……我是说，琳达总是告诉我，在那个世界里，永远都不会有人感到孤独。"

　　伯纳德脸红了，扭捏不安，眼神都不敢正对约翰。"老实说，"他喃喃说道，"我与绝大多数人都不一样，我猜是这样，要知道，如果一个胚胎被倒出容器时与别的胚胎不同……"

　　"对，正是如此，"约翰点了点头，"如果你与别人不一样，你必

---

① 语见《麦克白》第五幕。

定感到孤独。对付一个人，他们好像畜生一样。你可知道，几乎所有事情，他们都将我拒之门外？当别的男孩被打发到山顶去过夜时——知道吗，你要在山顶梦见你生命中的神兽——他们却不允许我去。所有的秘密，也不准任何人告诉我。尽管这样，但我独自去做了所有这些事，比如，连续五天什么也不吃，然后在一个夜晚，独自出发到山里去。"他指着山的方向说道。

伯纳德笑了，他居高临下地问道，"那么你究竟梦到了什么没有？"

约翰点点头。"但是我什么都不会告诉你。"

他沉默了一会，然后低声说道，"有一次，我做了别人都没有做过的一件事，在夏日的正午时分，我面对一块岩石站立，双手张开，假装自己是钉在十字架上的耶稣。"

"为什么这么做？"

"因为我想体验，被人钉在十字架上，会是什么样的感受。在大太阳底下，就那么站着……"

"可是为什么想体验这个？"

"为什么？因为……"他犹豫了会，"因为我觉得自己必须去体验。如果耶稣可以忍受，我也可以。而且，假如一个人犯了错……这么说吧，我不开心，这也算是一个理由吧。"

"用这种方式解决你的不幸福感，看起来有些好笑，"伯纳德说，可是再一想，他却觉得在约翰的行为中，到底存在着某种价值。那是比吃点索玛更高的价值……

"可是过了一会儿，我就晕倒了，"约翰说，"面朝地跌倒了。你看，那次划伤的疤痕还在这里。"他撩开前额又密又黄的头发，只见右太阳穴处，有一个苍白色的伤疤，那里的皮肤起皱了。

伯纳德看着，然后微微发抖，迅速移开了视线。他接受驯化教育，使他有根深蒂固的洁癖，使他无法产生更多的同情感。只要提及疾病、伤痕，对他来说不仅是可怕的，而且甚至是深感厌恶、排斥的，就像排斥灰尘、畸形和衰老。他迅速转换了话题。

"我很好奇，你愿不愿意跟我们一起回伦敦？"他问道。当他在那小小的屋子里第一次意识到，这个年轻的野人其"父亲"究竟是谁时，他就开始秘密谋划，这个邀请，乃是他首次将自己的密谋付诸行动。

"你们会愿意？"这年轻人脸上像放了光一样，"你是说真的？"

"当然，只要我能获得许可，你就能去。"

"琳达能去吗？"

"这个……"他犹豫不定起来，自己也不能确信。琳达是多么令人厌恶啊！不，带她回去是绝不可能的。除非，除非……突然，伯纳德意识到，琳达令人厌恶之处，或许正是有助于他实现密谋的巨大的优势呢。"当然，绝对可以！"他叫起来，表现出极大的热诚，以弥补刚才他表现出来的犹豫。

约翰深深呼吸，"我一生都在梦想这一刻，想想看，居然真的要梦想成真！还记得米兰达①说过什么吗？"

"米兰达是谁？"

可是这兴奋的年轻人显然没有听到这个疑问。"这是奇迹！"他说道，两眼闪亮，面颊因激动而焕发红晕光彩，"这里有多少美妙的

---

① 米兰达，莎士比亚戏剧《暴风雨》中的女主角，正是她在台词中提到了"美丽新世界"。

人儿啊，人类又是何等的美丽非凡！[①]"他脸上的红晕忽然加深，他是在想列宁娜，这个身着深绿色纤维胶衣服的天使，因青春与润肤霜而容光焕发，丰满多姿，正朝他微笑呢！他的声音忽然颤抖起来，"啊，美丽新世界！"他说道，却突然打断自己的说话，双颊忽然惨白，白如薄纸。

"你和她结婚了吗？"他问道。

"我和她怎么了？"伯纳德问道。

"结婚。你知道的，永远在一起。'永远'是一个印第安词汇，表示契约牢不可破。"

"主福特啊，当然不！"伯纳德忍不住大笑起来。

约翰也笑起来，却单单为了快乐而笑。

"啊，美丽新世界，"他重复说道，"'啊，在美丽新世界里，该有何等样的人啊。[②]'我们立刻启程吧。"

"有时你说的话甚是奇怪，"伯纳德说，困惑、讶异地看着这个年轻人，"但是，不管如何，要想看到新世界，你还得耐心等等。"

---

① 语见《暴风雨》第五幕。
② 语见《暴风雨》第五幕。

第九章

在经过一整天怪异与惊恐的体验之后，列宁娜觉得有权享受一个真正意义上的完整假日。一回到休养所，她就整整吞食了六粒半克的索玛药片，躺在床上十分钟之后，她开始享受极乐世界之旅。等她回到现实世界，至少还需要十八个小时。

与此同时，伯纳德却甚是忧伤，在暗夜中，他大睁着眼睛。直到午夜之后很久，他才睡着。虽然是午夜之后很久才睡觉，却也不是毫无收获，他想到了一个计划。

次晨十点钟，身着绿色制服的那位飞行员准时踏下直升机，伯纳德正在龙舌兰花丛中等着这个拥有八分之一黑人血统的小伙。

"克朗小姐正在索玛世界里度假，"他解释说，"一直要到下午五点才能苏醒，我们还有七个小时的时间可以打发。"

他可以马上飞往圣菲，完成那些工作，然后再到玛尔普村一趟，返回时，她恐怕还没有醒来。

"她一个人待在这里，会很安全吗？"

"就像直升机一样安全。"飞行员向他保证。

于是他们便爬进飞机，立刻起飞。十点三十四分，飞机在圣菲邮政局大楼天台着陆；十点三十七分，伯纳德已经拨通了伦敦白厅世界元首办公室的电话；十点四十四分，他已经与元首的第四私人秘书沟通情况；十点四十七分三十秒，穆斯塔法·蒙德阁下本人那深沉、洪亮的声音响彻在他的耳朵里。

伯纳德结结巴巴地说："我斗胆认为，尊敬的元首阁下或许对我的发现怀有浓厚的科学兴趣……"

"确实如此，我认为此事具有重要的科学价值，"那深沉的声音回复说，"你把这两个人带到伦敦来。"

"尊敬的元首阁下，你知道，我需要一份特别的许可证……"

穆斯塔法·蒙德说："必要的文件，此时已经传送至保留地监守长处，你现在即刻前往监守长办公室。祝你日安，马克思先生。"

一阵沉默。伯纳德挂掉电话，跑步上了天台。

"到监守长办公室去。"他对那着γ族的飞行员说道。

十点五十四分，伯纳德握住了监守长的手。

"荣幸之极，马克思先生，荣幸之极。"虽然他的声音仍然隆隆作响，却满怀敬意，"我们刚刚收到一份特别的指令……"

"我知道，"伯纳德说，打断了监守长的话，"几分钟前，我刚与元首阁下通过电话。"不耐烦的口气，使人以为他每天都要固定与元首阁下通通电话呢！他一屁股坐下来，"若你能尽快办完必要的事情，我将非常感激。越快越好。"他强调了一遍。对自己现在的处境，他极其享受。

十一点零三分，他的口袋里已经装好所有必备的文件。

"再会。"他对监守长说，一副纡尊降贵的模样。"再见。"而监守长则一直陪着他走到升降门。

他横穿过去，一直走到宾馆，洗了个澡，享受了一会儿真空震动按摩机的按摩，打开电解剃须刀修面，听了会儿新闻，看了半小时电视节目，轻松地吃了一顿午饭，下午两点半钟，混血飞行员载他飞到了玛尔普村。

约翰已经站在了休养所门外。

"伯纳德，"他叫道，"伯纳德！"可是无人答应。

穿着鹿皮鞋，他无声无息地跑上台阶，试图打开门。但门反锁着。

他们走了！抛弃了他！这是他一生所经历的最可怕的事情。她曾邀请他来做客，现在他们却离他而去。他坐在台阶上，哭起来。

半小时后，他突然想到，他可以透过窗户看看屋内情况。他看见的第一件东西，是一件绿色的手提箱，箱盖上刻着列宁娜的姓名缩写"L.C."。他大感快乐，好像心中燃烧了一团火焰。他捡起一块石头，打碎了玻璃，碎玻璃碴掉在地板上。一会儿之后，他爬进了屋子里。打开绿色的手提箱，立刻便闻到了列宁娜的芳香气味，她生命的气息于是充溢了他的肺部。

他的心狂野地跳动，有那么一会儿，他就像晕眩了一样。然后，他俯身去看那珍贵的箱子，他轻轻触碰，把箱子举到阳光之下，仔细观察。列宁娜备用的几条仿天鹅绒短裤上的拉链，起初令他摸不着头脑，等他明白了拉链是干什么用的，不觉大喜。拉下拉链，拉上拉链，拉下，拉上。这拉链的妙用令他着迷。她绿色的拖鞋是他一生所见最美的东西。他打开一件拉链连裤内衣，突然脸红了，慌忙将其放回去。一块醋酸纤维手帕芳香扑鼻，他轻轻吻上去。看到一件围巾，他将其缠绕在自己的脖子上。又打开一个盒子，不小心洒出了一些香粉，他的双手也沾上好多。他在胸脯、肩膀、裸露的手臂上都撒上这些香粉。那是何等迷人的香味！他闭上了眼睛，任自己的脸在手臂上来回摩擦，脸部感受那光滑皮肤的质感，鼻子中溢入麝香一般的粉尘。他感到，其实她就在这里。"列宁娜，"他喃喃自语道，"啊，列宁娜！"

突然响起一个声音，令他大惊。他深感内疚，慌忙转身。于是急忙将窃出之物塞进手提箱，关上箱盖，然后一面谛听，一面查看。并无生命的迹象，亦不再有声音。但他确定自己听到了某种动静，好似叹息，好似模板咯吱作响。他踮着脚尖走到门边，小心地打开，发现外面是一个宽阔的楼梯平台，在平台的对角，另有一扇门，半开着。他走过去，轻轻推开，朝里面偷觑。

啊，那矮床上，床单掀开了，那儿躺着一个美人，穿着粉红的拉链睡衣，不正是列宁娜么。她熟睡着，满头卷发覆盖着那漂亮的脸蛋，粉红色的脚趾头显得多么稚气动人。啊，她那沉睡的庄严的面庞！还有她那柔软的双手、纤弱的四肢，仿佛无助，渴求信任。此情此景，令他双眼湿润。

他的谨慎小心完全是毫无必要，此时的列宁娜正在索玛世界里度假，除非鸣枪，什么都不能使她在规定时间到来之前苏醒。他于是走进屋子，在床边跪下，凝眸望着她，双手紧握，嘴唇颤抖。"她那双眸，"他喃喃自语，"她那双眸，她那秀发，她那双颊，她那体态，她那美声！超越你所有的言说！啊，她那双柔荑，世上白色之物哪能与之相比，都成了黑墨，只会写出自身的惭愧。若被她双手一握，便是天鹅绒在手中，相形亦变成粗糙……①"

　　一只苍蝇嗡嗡地绕着她飞，他挥手赶走。"苍蝇，"他记起来了，"停歇于珍贵如朱丽叶雪白的手，或许从她双唇窃取不朽的祝福。那双唇啊，纵使纯洁谦逊如处女，也仍然羞红于它们的罪孽——为其上下之相吻。②"

　　缓缓地，他伸出手，却因犹豫而悬垂颤抖，仿佛伸过去是为抚摸一只羞涩然而致命的小鸟，他无助的手指，离着她的身体仅有一英寸的距离。他敢吗？他敢用他那卑微的手去亵渎……不，他不敢。那小鸟实在太致命了。他缩回了手。她是何等的美人啊！何等美丽！

　　突然，他想到，仅仅只需从她脖子处抓住拉链，用力拉下，拉链经过那悠长的旅程……他忍不住闭上了眼睛，摇着头，仿佛一条狗摇晃自己的耳朵——当它从水中冒出。可憎的想法！他竟是如此不知羞耻的人！她可是纯洁谦逊如处女啊……

　　半空中仍有嗡嗡声，是另一只苍蝇要来窃取那不朽的祝福吗？莫非是一只黄蜂？他抬头去看，却什么都未见到。嗡嗡声越来越大，似

---

①　语见莎士比亚戏剧《特洛伊罗斯与克瑞西达》第一幕。
②　语见《罗密欧与朱丽叶》第三幕。

乎就停在了百叶窗外面。那是飞机！在恐惧中，他从地上爬起来，跑进另一个房间，越过那打开的窗户，沿着小径狂奔，穿过那高高的龙舌兰花丛，他还来得及迎接伯纳德·马克思——就在伯纳德爬出直升机的时候。

第十章

在布卢姆茨伯里①孵化中心，共有四千个房间，每个房间里都有一个电子钟，这四千部电子钟的指针一齐指向下午两点二十七分。"工业的蜂巢区。"主管爱这样称呼这里。所有人皆在工作，事情皆在有条不紊进行着。

在显微镜下，精子们长长的尾巴剧烈地甩动，它们削尖了脑袋要钻到卵子里去，受精完成，卵子开始发育膨胀、分裂，或者经波氏程序处理而发芽、分解为一群独立的胚胎。从命运规划局乘坐电梯，轰隆隆一直下到地下室。在那里深红的黑暗中，垫着温暖的腹膜，大口

---

① 布卢姆茨伯里，位于英国伦敦，大英博物馆所在地。

吞咽血液替代品和荷尔蒙，胎儿们便不停地长大；或者，胎儿们也会被刻意下毒，然后失去活力，转而成为一个发育不良的ε族婴儿。在微弱的哼呀嘿哟的旋转声中，活动架子不为人察觉地蠕行前进，长年累月，永恒不休，直至进入倒瓶室，刚从瓶子里倒出来的婴儿们于是发出他们一生中第一次的尖叫——因为恐惧，也因为惊奇。

在下层地下室，发电机噜噜响动，电梯不停上下冲刺。在所有十一层育婴室里，现在正是喂食时间。一千八百个谨慎地做好标签的婴儿从一千八百个瓶子里尽情啜饮一品脱经过消毒的外分泌营养液。

育婴室上面的十个楼层里，是小男孩、小女孩的宿舍，他们仍然太小，因此需要午休，即使午休，他们其实也忙得不亦乐乎，虽然他们自己意识不到，因为他们是在下意识中学习《社交与卫生》《阶级意识》《幼童爱情术》等睡眠教材。

再上面的楼层是一些游乐室，因为下雨了，九百个较大的孩童便忙于玩泥巴、堆砖头，或做"找拉链"、幼稚的性爱游戏，他们也自得其乐。

嗡嗡，嗡嗡，蜂房在嗡嗡地响呢，忙碌而快乐。少女们在试管上忙碌，一面愉快地唱歌；命运规划局的员工们一边工作一边大吹口哨；在倒瓶室里，对着那些空空如也的瓶子，大家该是开了多么妙的玩笑啊！但是主管与亨利·福斯特一起走进受精室时，他僵硬的脸却满是严肃。

"在这里警示众人，"他说，"因为容纳的高等级的工人比中心其他任何地方都多。我已经告诉他，两点半在这里见我。"

"他工作还是不错的。"亨利插嘴说，一副道貌岸然的慈悲状。

"我知道。但正因如此，更要严肃处理。他出色的智力理当匹配相应的道德责任。一个人才能越大，误导别人的能力也越大。一个人受罪，总好过更多人被腐蚀。福斯特先生，还是理性对待此事吧，待会儿你将看到，离经叛道实乃十恶不赦。谋杀杀死的只是单个人——话说回来，什么又是'个人'？"他手一挥，指着所有那些显微镜、试管、孵化器，"我们极轻松就能制造一个'个人'出来，要多少有多少。所以，离经叛道的威胁，比杀死一个'个人'更大，它是直接攻击了伟大的社会，天啊，直接攻击社会！"他重复道。"看，那小子来了。"

　　伯纳德走进了房间，在一排排受精师中间穿过，一直向二人走来。活泼泼的自信样子掩饰不了他的紧张感。他说："早安，主管先生，"这声音不免过高，显得愚蠢，于是他为了掩盖这尴尬，又说道，"你叫我来这里，跟你说话。"这声音却过于柔弱，显得荒谬，简直像吱吱叫。

　　"不错，马克思先生，"主管先生盛气凌人地说，"我确实命令你过来这里。我知道，你昨晚结束假期回来了。"

　　"不错。"伯纳德回答。

　　"哼，不错——"主管重复着伯纳德的话，拖长了尾音，好比一条蛇蜿蜒，却突然提高了说话的调子，"女士们，先生们，"他高声宣扬着，"女士们，先生们。"

　　在试管上忙碌的少女们突然停止了唱歌；命运规划局里忙于照管显微镜的员工们也立刻不吹口哨了。在当时当地，一片深深的沉默，众人于是四处张望。

　　"女士们，先生们，"主管再一次喊道，"很抱歉，我打断了你们的工作，因为一种沉痛的责任感迫使我来到这里。诸位，伟大的社会，其安全和稳定正遭受危险，是的，处于危险之中呀。女士们，先生们，而这个人，"他指着伯纳德，谴责道，"就是这个站在你们面前的人，这个增α族人，社会给予他如此之多，也对他有如此之多的期待，他身为你们的同事——或者请容许我预测他即将成为你们的前同事？——却极大地背离了社会对他的信任。他对运动和索玛充满荒谬的见解，他的性生活变态而无耻，他还敢违背我主福特的教训，拒绝在工作闲暇时举止婴儿化。"（说到这里，主管划了一个 T 型手势）"他公然成为了社会的敌人，一个颠覆者！女士们，先生们，他与一切秩序、和谐为敌，直至成为阴谋家，意欲动摇文明。因此，我要求羞辱他，处理他，把他从本中心所把持的职位上撤下来；我要求立刻把他转移到最低等级的分中心。这一处分，乃是为了社会最高的利益，一定要将他驱逐出所有重要的城市。想来在冰岛，他倒是有可能用他那违背主福特的言行诱人作怪呢。"说到这里，主管先生停顿了下，双臂交叉，转向伯纳德，郑重其事地说，"马克思，你能否提出任何理由，让我停止执行对你的判决？"

"当然，我有理由反对。"伯纳德大声回答。

主管似乎很惊讶，却仍然一副庄严的模样，"你可以说出来。"

"当然。可是我要先去走廊拉来我的证人。稍等。"伯纳德急忙跑到大门口，打开大门。

"进来吧。"他喊道。证人进来了。她就是他的理由。

在强健年轻的众人中间，在那些端庄周正的脸庞映照之下，琳达，这个浮肿、赘肉下垂的中年妇人，像一个怪异、恐怖的妖怪走了进来，却一路卖弄风情地炫耀她那支离褪色的微笑，她一面走，一面抖动她那肥硕的双臀——那可是典型的肉欲的象征啊！

有人喘气，有人发出惊讶、恐惧的嘀咕声，一个年轻的女孩尖叫起来，站在椅子上为了看得更清楚，某人打翻了两个装满精子的试管。这个妖怪！

伯纳德陪着她走进来。

"你的那个人就是他。"伯纳德说，指着主管。

"你以为我没有认出来？"琳达恼火地说，然后转身看着主管，"我当然记得你，亲爱的托马亲，无论在哪里我都会认得你，从千人之中分辨出你。但是你是否忘记了我？你不记得了？你真的不记得了，托马亲？我是你的琳达呀。"她站着，直勾勾地看着主管，脑袋偏到一边，一面微笑，但是看到主管那副又厌恶又僵硬的表情，那微笑渐渐不那么自信了，收缩着终于消失。"你真的不记得了，托马亲？"她颤抖着重复问道。她的眼神焦虑而痛苦。那松垂的脏兮兮的脸庞怪异地扭曲，变成一副极端哀伤的苦相。"托马亲！"她伸出双臂。

有人哧哧笑起来。

主管终于说话了，"这是什么意思？这个荒谬的……"

"托马亲！"她跑上前，毛毯拖在身后面，一把搂住了主管的脖子，将自己的脸埋在主管的胸膛。

众人无法抑制地狂笑起来。

"这个荒谬的恶作剧！"主管咆哮道。他的脸色发红，极力要从她的拥抱中脱身，但她却更加绝望地抱紧了他。"我是琳达啊，我是琳达啊。"笑声压住了她的声音，于是她在喧闹中尖叫道，"我给你生了一个孩子！"

突然，众人惊恐地停止了喧闹，中心里一片安静。众人目光飘移，极其尴尬，不知该往哪里去看。主管却立刻脸色苍白，停止了挣扎，他站住身子，手扶着她的腰，恐惧地看着她。

"是的，真的生了一个孩子，你让我做了母亲。"她说出这个淫秽的词语，似乎在向那愤怒而沉默的人群挑衅。她又突然放开了他，羞耻啊，羞耻，逼得她双手遮住脸，啜泣起来，"托马亲，那不是我的错啊，我是一直做避孕操的呀，难道不是吗？难道不是吗？我是一直……我就是不知道……托马亲，要是你知道生个孩子多么痛苦就好了……但是，他到底还是我的一份安慰。"

琳达转身对着大门喊道："约翰！约翰！"

约翰立刻跑了进来，到了门里，他止住步伐，四处看着，然后迈着轻柔的脚步（他那双轻软鞋真好使），大步流星地穿过房间，在主管身前跪下，清清楚楚地喊道："我的父亲！"

"父亲"（这个词含义指的是隔一代的某种关系，远不如生孩子那么恶心和道德败坏，仅仅是一个粗糙、污秽的词罢了，没有那么色情变态）这个单词既滑稽，又猥亵，化解了屋里原先那种令人难以忍受的紧张感。众人又大笑起来，巨大的笑声，简直有点歇斯底里，一阵一阵的，似乎永远都停不下来了。

我的父亲！——这个父亲居然是主管先生！我的父亲！天啊，主福特啊！天啊，主福特啊！太有趣了。咳嗽声，狂笑声，此起彼伏，一张张脸看上去就要崩溃，眼泪都笑出来了。又有六个装满精子的试管被打翻在地。我的父亲！

面色苍白，双目怒视，主管先生看着约翰，感到极度的困惑与蔑视。

我的父亲！本来似乎有迹象要衰竭的笑声，音量比前更高，又一次爆发了。主管先生将手遮住耳朵，跑出了房间。

第十一章

受精室事件之后，伦敦所有上流阶层的人都疯狂地想见见约翰，这个奇妙的造物，他可是在孵化与驯化中心主管（准确说是前主管，这可怜人立刻就辞职了，此后再没有踏足中心一步）面前双膝下跪的人呢，他那一跪，砬砬作响，还响亮地叫了声"我的父亲！"——这可是一个令人难以置信的奇妙的笑话。

而琳达，恰恰相反，没有引起任何轰动，没有人哪怕有一丁点的兴趣要见她。说一个人是母亲，可当不得一个笑话，那可是实在的淫秽。此外，她并不是一个真正的野人，她也是从瓶子里孵化出来的，与其他人一样接受驯化，所以肯定没有啥真正离奇有趣的想法。

最后——这是人们不想见可怜的琳达的最强有力的理由——是她

那副外貌，肥胖、不复青春、一口烂牙、脏兮兮的肤色，还有那身材（主福特啊！），看到她，没有人会不感到恶心的。是的，所有人看到她都会恶心。所以，上流社会便下定决心，不能约见琳达。而琳达，就她那方面来说，她也不想见这些上流人士。回到文明社会对她来说，就是重新遇见索玛，就是可以重新躺在床上不停地度假，永远都不会再感冒、呕吐，永远都不会像喝完仙人掌酒那样感觉糟糕——仿佛做了什么可耻的反社会的事情，再也抬不起头来。

索玛带来了完美的体验。进入索玛的世界度假是妙极的。假如说次晨醒来之后人不舒服，也不是索玛的问题，而是与在索玛的世界度假相比较的结果。要治疗这种不舒服感，那就继续享受索玛带来的度假吧。于是，琳达极其贪婪地索求更大的剂量、更频繁地食用。肖医生起初表示反对，后来还是同意她任意取用了。最后，琳达一天要吞下二十克的索玛。

医生坦白告诉伯纳德，"这样下去，她一两个月之内就完蛋了。很快就有那么一天，她的呼吸中枢会瘫痪，她的呼吸就停止了，她就死了。这不失为一件好事。如果我们能让人返老还童，结果自然不同，可惜我们不能。"

令人奇怪的是，约翰表示反对，这点大家都想不到，因为在索玛世界里度假的琳达可是一点都不讨人嫌的。

"但是你们给她这么多索玛，不就是在缩短她的生命吗？"

"在某种意义上，你说得对，"肖医生承认，"但是在另外一种意义上，我们其实是在延长她的生命。"

年轻的约翰呆呆看着，不明所以。

医生继续说道，"索玛可能会让你在时间上失去一些岁月，但是想想吧，它能让一个人超越时间享受到一种巨大的、难以估量的绵长之感，每一个进入索玛假期的人，在某种程度上，都是在享受我们祖先所称的'永生'。"

约翰有点明白了。他喃喃自语："永生就停留在吾辈之双唇与双眸。①"

"你说什么？"

"什么也没有说。"

"当然，"肖医生继续说道，"你不能让一个有重要工作要做的人突然进入到'永生'状态，但是既然琳达没有任何重要的工作……"

"不管怎样，"约翰坚持说，"我仍然认为这样做不对。"

医生耸耸肩，"好吧，当然，假如你更愿意看到她一直尖叫、发狂……"

最终，他们说服了约翰。琳达得到了她要的索玛。从此以后，伯纳德在自己所住的第三十七层公寓里为琳达配备了一个小房间，琳达开始蜗居。她的小房间里，收音机、电视永远打开，广藿香香水龙头一直滴滴不休，索玛药片一定在她伸手可及的范围里。其实，她根本不在这个小房间里，她总是在极其遥远的世界里，度她的悠长假期。在那样的世界里，那明亮而缤纷的调频音乐建构了一个迷宫，一个游转舞动的迷宫，其不可避免的曲折环绕之处，以其美丽的曲线一直延伸到一处光亮的中心，其亮度不容置疑。在那里，电视里舞者的形象，

---

① 语见莎士比亚戏剧《特洛伊罗斯与克瑞西达》第一幕。

化为恬美华丽的歌唱感官片里的表演者。在那里，龙头里滴下的广藿香远远不止是香水，实在乃是太阳，乃是一百万个萨克斯管，乃是与珀毗的造爱，只是比真实的造爱更其频繁长久，永无止境。

"不，我们无法返老还童，但是我已经很高兴，"肖医生说，"你们给了我一个机会可以看见衰老的人类的范本，非常感谢你们找到我。"他热情地与伯纳德握手。

于是，便只有约翰成为众人追捧的对象，而只有通过伯纳德——约翰极其信任的监护人，别人才能见到他。伯纳德发现，在其一生中，人们第一次不再用常人的眼光看他，而是视他为一个重要、杰出的人。再无人议论说他胚胎时期食用的血液替代品里有酒精，当他在场也无人再加以嘲讽。亨利·福斯特一反常态对他极好，贝尼托·胡佛送给他一份大礼，乃是六包性激素口香糖，命运规划局的副主管有次来找他，低声下气地要求参加他组织的一场晚会。至于女人们，只要伯纳德略一暗示要与她们约会，她们便趋之若鹜，任其随便挑选。

"伯纳德邀请我下周三去会会那位野人。"范妮得意地说。

"我很高兴，"列宁娜说，"现在你不得不承认误会伯纳德了吧？你不觉得其实他是那么可爱吗？"

范妮点头同意。"我不得不说，我既惊讶，却也开心。"

首席装瓶师、命运规划局主管、受精室三位副助理、情绪管理学院感官电影教授、威斯敏斯特社群合唱馆主任、波氏程序主管……类似显赫人物，在伯纳德的名单里实在是数不胜数。

一次他向亥姆霍兹·华生透露说，"上周我睡了六个姑娘，星期一一个，星期二两个，星期五又有两个，星期六一个。假如我时间充裕，或者有此爱好，我还能找到至少超过一打的姑娘，她们迫不及待要跟我……"

亥姆霍兹沉默地听着伯纳德的吹嘘，他那阴郁的表情显出否定的意思，伯纳德被激怒了。

"你就是嫉妒我。"他说。

亥姆霍兹摇摇头，"其实我是悲伤，全是悲伤。"

伯纳德气冲冲地离去，他告诉自己，他将永远永远不再与亥姆霍兹说话。

日子一天天过去，在伯纳德的头脑中翻腾着成功的喜悦，此等成功的过程（像所有令人迷醉之物一样）软化了他，使他愿意接纳自己的世界——虽然不久之前，他还认为这个世界不尽如人意呢。既然这世界视他为重要人物，于是万事万物便井然有序了。但是，尽管思想被成功所软化，他依然拒绝放弃批判世界秩序的特权，因为批判增强了他的存在感，使他感到自己其实更重要，更伟大。而且，他确实真诚地相信，总有事物难免被人批评（与此同时，他也真诚地欣赏自己的成功，可以任意与相中的姑娘颠鸾倒凤）。在那些为了见见野人约翰而来向伯纳德献殷勤的人面前，伯纳德会炫耀自己的大胆言论和吹毛求疵，人们自然礼貌地表示倾听，背后却忍不住大摇其头。

"那个年轻人，最后不得好下场。"他们对自己的预言更其相信，因为认定他们自己将在适当的时机，亲手确保伯纳德的下场一定要足够糟糕。"他不会找到另一个野人，使他第二次起死回生的。"

与此同时，因为这第一个野人的存在，人们仍然很礼貌。正因为看到人们的礼貌，伯纳德以为自己必定是伟大的要人，在伟大的同时，他也因得意洋洋而轻飘飘的，仿佛比空气还要轻。

"比空气更轻。"伯纳德说，向上指着。

仿佛天空中一颗珍珠，高远无比，在他们头顶闪亮，其实那不过是气象局的系留气球[①]，在阳光中闪着玫瑰色的光芒。

"……所提及的野人，"伯纳德收到的指示上写道，"需向其告知文明人生活的所有方面。"

此刻，碳化T塔天台上，站长和驻站气象学家陪着他，权充导游，引导他做一鸟瞰。但全程其实倒是他伯纳德说得最多，他自我陶醉，言行举止表现得起码像是世界元首正在视察一般。

比空气更轻。

孟买绿色火箭从高空着陆，乘客们下了火箭。只见八个典型的达罗毗荼人[②]孪生子，身着卡其色衣服，扒着机舱的八个舷窗往外看——他们是服务员。

"时速一千二百五十公里。"站长令人印象深刻地说道。

"你怎么看这个速度，野人先生？"

约翰想得很妙。"不过，爱俪儿[③]四十分钟之内就能给地球缠上一

---

① 系留气球，是使用缆绳拴在地面绞车上并可控制其在大气中飘浮高度的气球，主要应用于大气边界层的探测。
② 达罗毗荼人，也译作德拉维达人，大多分布在印度南部，目前人口超过两亿。
③ 爱俪儿，莎士比亚戏剧《暴风雨》里的小仙女。

条腰带。"

伯纳德在给穆斯塔法·蒙德写的信里提到，"非常令人吃惊，这个野人对文明世界的发明创造无动于衷，很少感到惊讶，也毫无敬畏感。毫无疑问，这种态度之产生，源于那个叫琳达的妇女早已告诉过他这些东西，这妇女是野人的母……"（穆斯塔法·蒙德皱起了眉头，"这个蠢货是否以为我太过敏感，都见不得这个单词拼写完全？"）"部分原因在于他集中关注一个他称之为'灵魂'的东西，他坚持认为，'灵魂'是独立于物理世界的一个实体，而我则竭力向他指出……"

元首没注意伯纳德下一句话，正准备翻到下一页，想找些更有趣更具体的内容的时候，他被一系列奇怪的表述吸引住了。"但是我必须承认，我认同这个野人的说法，他以为文明世界轻易表现出幼稚状，或者按他的说法，文明世界无须太大成本即可存在，为此，我深盼能借此机会，望阁下关注……"

穆斯塔法·蒙德原本愤怒，看至此处，却立刻笑起来，一想到这个家伙居然一本正经地准备教育他，是教育他啊，告诉他社会秩序如何如何，这实在是太诡异了。此人必定已经发狂。"我要给他点脸色看看。"他自言自语，然后把头往后一甩，大声笑起来。不过目前，他倒不必急于给伯纳德厉害瞧瞧。

此地是一个专为直升机生产灯光设施的小型工厂，是电力设备公司的一个分厂。首席技术员和人力资源总监一起在天台迎接他们二人（来自元首的推荐信效果无与伦比），他们沿着楼梯一直往厂房那里走去。

"每一道程序，"人力资源总监解释说，"尽可能都由同一个波氏胚胎组的人手来执行。"

八十三个几乎没有鼻子的黑色的短头颅的δ族人忙于冷压工作；五十六个有着鹰钩鼻子、一身姜黄色衣服的γ族人忙于操作五十六架四轴机器，一片起起落落景象；一百零七个适应热带气候的塞内加尔籍ε族人则在锻造厂挥汗如雨；三十三个δ族女性，头颅修长，一身淡茶色，骨盆瘦狭，身高均在一米六九（误差不超过二十毫米），正在车着螺丝；在装配间，两组增γ族侏儒正在装配发电机；又见到两个相对很矮的工作台，其间由传送带相连，传送带上满载着零件；四十七个金白发肤、碧眼的女工，正对面的四十七名女工头发却是棕色的；四十七个扁鼻子，对着四十七个鹰钩鼻；四十七个凹下巴，对着四十七个突下巴。

十八名身着绿衣的γ族女孩，一律卷发、褐色皮肤，尽力检查完工的机械制品，随后，三十四个短腿的左撇子副δ族男性将其装箱，然后六十三个蓝眼睛、淡黄头发、一脸雀斑的ε族傻子将箱子装进等待的卡车中。

"啊，美丽新世界……"源自旧日的恨意，这野人发现自己不知不觉引用了米兰达的语言。"啊，在美丽新世界里，该有何等样的人啊。"

当他们离开工厂时，人力资源总监说："我可以向你保证，我们的工人们几乎从来不找麻烦，我们总是发现……"

但是这野人却突然离开众人，躲在一丛月桂树后面，大肆呕吐起来。仿佛大地都要因他的呕吐而退缩，就像一架直升机深陷大气漩涡中。

伯纳德写道："这野人拒绝享用索玛，他似乎因那个叫琳达的女人（他的母……）而深感苦闷。琳达似乎永远处于索玛假日之中。值得记下来的是，尽管他的母……很敏感，而她的外貌也令人极其反感，但这野人却常去看望她，似乎深深爱慕于她。这是一个有趣的案例，证明幼年的驯化能调整甚至使人完全违背自己的自然冲动，须知，人见到不好的事物本应回避的。"

他们在伊顿公学^①的天台降落。校园对面耸立着五十二层高的乐普顿塔，在阳光中闪闪发亮。左边是学院，右边便是校园社群合唱馆。合唱馆是一组高耸的肃穆庄严的建筑，由钢筋水泥和维塔玻璃铸成。在这个四合院一样的建筑结构的中心，主福特的一座精致的铬钢塑像——虽然陈旧了些——挺立不倒。

在他们走出飞机的时候，院长加夫尼博士、校长凯蒂小姐已然在天台等待。

刚开始在校园里参观，这野人便相当担心地问道："你们这里是否也有孪生子？"

"这个嘛，是没有的，"院长回答，"伊顿公学可是专门为上层阶级的孩子们服务的，单一的卵子，独一无二的成人。当然，这使得教育工作甚是困难，但是国家需要征召他们担负重任、应对危机，故此也就只能坚持这种教育了。"说着他叹了一口气。

在那时候，伯纳德忽而对凯蒂小姐甚为倾倒，"真希望您哪个周

---

① 伊顿公学，英国一所著名的学校，位于英格兰温莎，泰晤士河的河边，该公学主要服务于上层社会，培养名人众多。

一、周三或周五晚上有空，"他说，同时用拇指指指那野人，"其实，他什么都好奇，好怪异啊。"

凯蒂小姐微微一笑（这笑容真迷人啊，伯纳德心想），向他的邀约表示感谢，她很高兴哪天能参加伯纳德的晚会。

院长打开一扇门。在增增 α 教室里仅仅待了五分钟，却让野人感到一点疑惑。

"什么是基本相对论？"他对伯纳德耳语道。伯纳德试图解释，但想了想，还是什么都没有说，却提议他们去别的教室看看。

穿过走廊，打开一扇门，他们走向副 β 族地理学教室，只听一个响亮的女高音叫道，"一、二、三、四，"然后，这声音一变而为疲倦与不耐烦，"跟着来做。"

"这是马尔萨斯避孕操，"女校长解释说，"毫无疑问，公学里大部分女生都是自由马丁，我自己就是一个，"她转而朝伯纳德一笑，"但是我们仍然有大约八百名女生没有做节育手术，故此必须坚持参加做操。"

在副 β 族地理学教室，约翰得知，"在野人保留地这样一个地方，因为糟糕的气候或地理局限，或资源匮乏，这些地方不值得花费成本推广文明。"咔哒一声，教室突然暗了，只见教师头上那块屏幕上，投射出阿科玛村庄里的忏悔者，如何俯伏在圣母玛利亚像前，其哭泣之状与约翰亲身所见完全一样，他们也向十字架上的耶稣或者化身为雄鹰的普公像忏悔自己的罪孽。看到这一切，年轻的伊顿学生们哄堂大笑，而屏幕上仍然哭着的忏悔者已经站起来，脱去自己上身的衣服，并用多结的鞭子，开始抽打自己，一鞭又一鞭。学生们的笑声更加响亮，以至经过放大器播放出来阿科玛人的呻吟声，完全被盖住了。

"他们为什么嘲笑？"这野人问道，他既感到痛苦，也感到困惑。

"为什么？"院长转身看着他，脸上依然那副豁达大笑的模样，"为什么？不是很简单吗？因为这一切看起来实在太过可笑了。"

在投影的微光中，伯纳德伸手揽住了女校长的腰，要是搁在过去，即使在完全的黑暗中，他估计也没有足够的胆量做，但现在，他可是个大人物了。那杨柳般的腰肢顺从了。他正准备再悄悄奉上一两个吻，且要轻轻捏一捏她的腰肢，这时百叶门却扫了人兴，咔哒咔哒地打开了。

"让我们继续走吧。"女校长说，便向百叶门走过去。

一会儿之后，院长介绍说："这里就是我们的睡眠教育总控室。"

只见屋内三面墙边，整齐排列着一个个架子，架子上放着成百上千个合成音乐的盒子（一间宿舍一个）；第四面墙边则摆放着分类箱，内里都是录音胶卷材料（像纸筒一样卷着），据此可以打印出所有的睡眠教材。

"摇动这个纸筒，"伯纳德解释道，打断了加夫尼博士，"再按下这个按钮……"

"不对，是那个按钮。"院长恼火地纠正道。

"好吧，按那个按钮，纸筒开始滑动，硒光电管便将光脉冲转化为声波，然后……"

"然后声音就到了你耳朵里。"加夫尼博士说。

"他们播放莎士比亚吗？"在去往生化实验室的路上，经过学校图书馆时，这野人问道。

"当然不会。"女校长说，一脸绯红。

加夫尼博士介绍说："我们的图书馆只收藏参考书，假如我们的年轻人想要轻松轻松，他们大可去感官电影院。但我们可不鼓励年轻人沉溺于独自娱乐。"

忽然，五辆满载着孩童的公共汽车从他们身边开过，沿着玻璃般的公路驶去。车上的孩子们，有的在唱歌，有的却一言不发，单单拥抱在一起。

"他们刚刚，"加夫尼博士解释道——这时伯纳德与女校长咬着耳朵确定了今晚的约会，"从羽化火葬场回来。所有人在十八个月大的时候，开始接受死亡驯化教育，每个孩子每周要花两个早晨待在弥留医院，所有最棒的男孩则留下来，发放奶油夹心巧克力，于是，他们学会将死亡看成一个自然的过程。"

"就像其他所有的生理过程。"女校长插了一句，甚是专业。

八点钟，他们要到达萨伏伊，这是早经安排好的。

于是，他们返回伦敦。路上，他们在布伦特福德下车，参观了电视公司的厂房。

"我去打个电话，请等我一会，好吗？"伯纳德说。

这野人一边等待，一边四处看着。大日班的工人们刚结束工作，成群低等级的工人们在单轨铁路站台前排队等车。大约有七八百男男女女，都是γ、δ、ε族人，这么多人中，不同的脸或体型，只有不到十二个。凡持票男女，售票员都送上一个小小的纸药盒。但见那男男女女的人龙队伍缓慢向前移动。

此时伯纳德回来了。

"啊，在那些小盒中，装了什么东西？"突然想到了《威尼斯商人》，这野人就直接用剧中的话问伯纳德。

"今天发放的索玛，"伯纳德回答说，声音很是模糊，因为他这时开始嚼食贝尼托·胡佛赠送的性激素口香糖，"他们在下班时可以得到索玛，是两克的定量，星期六还可以发放三克索玛。"

他热忱地挽起约翰的手臂，走向直升机。

列宁娜一路哼唱着走进了更衣室。

"你似乎非常自得其乐哦。"范妮说。

"我确实很开心，"列宁娜说，吱一声拉下拉链，"半小时前，伯纳德给我打电话了。"吱，吱！她褪下短裤。"今天伯纳德临时有一个约会。"吱！"他问我今晚愿不愿意带着那野人去感官电影院。我要尽快飞过去了。"她快步走进了洗澡间。

目送着列宁娜离开，范妮自言自语道："她运气真好。"这倒不是说范妮有任何的嫉妒之心，好心肠的范妮不过是在陈述一个事实罢了。列宁娜确实幸运。那野人巨大的名人效应，她能与伯纳德一并分享；作为一个普通人，她身上能反射上流社会崇高的荣耀之光。难道福特女青年协会的秘书不是邀请她做过一次经验分享会吗？她不是受邀参加了爱神俱乐部的年会吗？她不是已经在《感官之声新闻》上亮相了吗——全球亿万人因此不仅可以看到她、听到她，而且还能触碰她？

社会名流甚是瞩目于她，这也绝非奉承之语。世界元首第二常任秘书可是曾经请她吃过晚饭和早饭，她曾与福特首席法官共度周末，另一个周末则与坎特伯雷社群首席歌唱家共同享受，内外分泌物总公司的总裁一直都在给她打电话，欧洲银行副行长则陪她前往多维尔①。

"当然，一切都美妙至极，然而，"列宁娜有次曾告诉范妮，"或多或少，我感觉身处某种不真实之中，因为，所有这些人他们必然要问的第一个问题就是，和一个野人造爱是何感觉。而我却根本不知道。"她摇着头，"当然，他们大部分人都不相信，可这却是真的。我倒希望这事真的发生，"她有些哀伤地补充说，还叹了口气，"这野人倒很是英俊，你不觉得吗？"

"难道那野人不喜欢你？"范妮问道。

"有些时候，我觉得他喜欢我，但另外一些时候，我又觉得他不喜欢我。他总是尽一切可能回避我；当我一进屋子，他就离开；他也不愿意触摸我；甚至不愿意看着我。但是有时当我突然回过身，发现他其实倒是直勾勾地盯着我看呢。我想，你也知道的，当一个男人喜欢女人，他们看着对方，那是什么样的眼神啊。"

范妮当然知道。

"我猜不透他葫芦里卖的是什么药。"列宁娜说。她因为猜不出，所以不仅感到困惑，也时感心烦意乱。"范妮，你知道吧，我是真的喜欢他呢。"她越来越喜欢他，而现在，有一个极佳的机会摆在她面前。洗完澡，她喷了喷香水，啪，啪，啪。绝佳的机会。想及于此，她情绪高涨，忍不住唱起了歌。

"甜心，抱紧我，你让我迷醉；甜心，亲吻我，你让我晕眩；

---

① 多维尔，法国北部海滨城市。

啊，你这毛茸茸的小兔子；在你的拥抱中，你让我感到爱意之美，好比沉浸在索玛的世界里。"

芳香乐器正在播放一曲轻快提神的草药狂想曲，百里香、薰衣草、迷迭香、紫苏、桃金娘、龙嵩的琶音潺潺流过，香料琴键连续、大胆的调整，将这些植物的芳香转化为龙涎香，穿过白檀、樟脑、香柏、新割稻草，音乐缓慢回到开头时草药那种单纯的芳香（其间偶尔会有极其隐秘的不和谐音弹出，比如腰子布丁的味道——仅是极微弱的怀疑，或者是猪粪吧）。百里香最后一股味道也已远去，掌声雷动，灯光亮起。合成音乐播放器上，录音胶卷开始展开，所听见的，乃是超高小提琴、超高大提琴、双簧管代替品组成的三重奏，使空气中迅速布满了令人愉快的慵懒气息。

三四十个小节之后，超越这合成音乐的背景之上，一个远远超越普通人的声音开始歌唱，时而嘶哑，时而利用头腔共鸣，时而空洞如长笛，时而因渴望的和音而充满力量。歌者毫不费劲地打破加斯帕德·福斯特的低音记录，却又转到譬如蝙蝠叫声一般的高音，颤抖着，越过最高音 C，这般高音，在人类历史上所有歌手中，只有卢克雷齐娅·阿朱嘉丽^① 某次曾经达到过。极其震撼，那是在 1770 年，在帕尔马的公爵歌剧院，当时莫扎特听得此曲以为只有天上有。

身陷在充气座位中，列宁娜和那野人一边嗅着，一边听着，不时还要转换到视觉和触觉。

室内的灯光忽然又暗下去，火焰一般的字母打出来，仿佛它们在

---

① 卢克雷齐娅·阿朱嘉丽（1741—1783），意大利著名花腔女高音。

黑暗中凭空存在。

"《直升机上度三周》：绝妙歌唱、合成对白、彩色立体感官电影、同步伴以芳香乐器！"

"抓住椅子扶手上的金属把手，"列宁娜低声说，"否则你对感官电影的效果会没有任何体会。"

这野人遵从了列宁娜的嘱咐。

此时，火焰一般的字母消失了，有十秒左右，室内完全黑暗。突然之间，立体人光芒耀眼地出现了，看起来他们有那些血肉之躯无可比拟的强健度，其真实感远远超越了实际人物。立体人挽着手臂，其中一个形象是一个巨人般的黑人，还有一个金发短颅的增β族女性。

这野人吓了一跳，他的嘴唇上都有触感！他赶紧抬手遮住自己的嘴唇，于是那瘙痒感没有了；待到手放回金属把手，那瘙痒感再度回来。与此同时，那芳香乐器溢出质纯的麝香。忽而，录音胶卷上传来一个声音，奄奄一息，是一只超级鸽子鸣唤着"咕咕"；便有一个比非洲贝斯声音还要低沉的声音"啊啊"予以回应，其震动频率是每秒三十二次。"咕—啊！咕—啊！"忽而，两个立体形象双唇粘在一起，见此生香活色之景，阿兰布拉影院里全场观影的六千人面部的性感区，仿佛遭遇不可忍受的电击一样，因快感而激动起来，他们叫着"哦哦……"

影片情节极其简单，当"咕—啊！咕—啊！"叫了几分钟之后（期间还播放了一段二重唱，在那块著名的熊皮上面还上演了一小段造爱场景——命运规划局的副主管说得不错，"每一根熊毛都栩栩如生呢！"），黑人遭遇飞机失事，一头摔了下来。砰的一声！观者的脑袋感到那般的刺痛！他们一起叫唤起来："哎哟！"

这一摔，使这黑人将自己的驯化经历忘得罄尽，他居然对那金发的增β美人产生一股独占的、疯狂的激情。她一直反抗，他一直坚持，便上演纠缠、追逐、攻击情敌的好戏，最后是一场激动人心的绑架戏。于是，黑人将金发美女劫持到空中，飞机在空中盘旋了三个星期，这个疯狂的黑人在此期间与金发美人进行了疯狂的、反社会的私人谈话。终于，经历一系列冒险和空中特技飞行后，三名英俊年轻的α男子英雄救美成功，黑人则被送往成人再驯化中心。影片结局可谓皆大欢喜、曲终奏雅：那金发美女成为了三名英雄的情妇。这四人抽空进行了一会儿合成四重奏演唱，由超级管弦乐队全力伴奏，芳香乐器里便溢出栀子花香。熊皮最后一次出现了，在萨克斯的嘟嘟声中，最后一次接吻——那立体感啊，此后便是完全的黑暗。嘴唇上最后一丝电击般的瘙痒感也消失了，仿佛一只垂死挣扎的蛾子，颤抖着，颤抖着，越来越柔弱，越来越无力，终于安静了，停止了。

但是对于列宁娜来说，那蛾子可没有死去。即使灯光已然亮起，即使他们跟随人群一起蹒跚前行，往电梯那边而去，蛾子的阴影还在她的嘴唇上鼓翼，并在她的皮肤上扫过——寻找渴盼与欲望战栗交错的道路。她双颊绯红。她抓住野人软绵绵的手臂，拽着，按到自己的腰身。他低头看了她一会，他脸色苍白，痛苦与欲望交织，却羞惭于自己的欲望。他不配和她，不……他们四目交汇，看她的目光，许诺了何等美妙的机会！而她的气质，简直就是女皇般的身价呢！他匆忙转过目光，抽出自己的手臂。他隐隐害怕，生怕她不再是那个他认为自己配不上的人。

"我觉得你不应该看这样的东西。"他说。倘若列宁娜曾有过、或未来会发生任何动摇其玉女形象的丑陋言行，他一律怪罪到周围环境上去。

"什么东西，约翰？"

"比如这场糟糕的电影。"

"糟糕？"列宁娜真的感到惊讶了。"可是我倒是以为它很有趣呢。"

"这电影是很下流的，"他有些愤怒地说，"很无耻。"

她摇摇头。"我不知道你究竟是什么意思。"

他为什么会这么怪异？为什么他总是刻意破坏气氛？

在出租直升机里，他几乎都不看她一眼。他被那从未声明过的强大的誓约所束缚，他遵从那其实早已放弃执行的律法，他独坐一隅，沉默不语。时而，他突然打一个激灵，便全身抖动起来，仿佛一个手指弹拨了某根快要绷断的弦。

出租直升机停歇在列宁娜公寓大楼的天台。"终于可以了。"下飞机的时候，她欢欣鼓舞地想。终于可以了（即使他刚才显得古怪至极）。站在路灯下，她照着手上的小镜子。终于可以了。啊，她的鼻子倒是有点闪闪发亮呢。她用粉扑沾了些蜜粉。他正在支付费用，她还有足够的时间。她用粉扑把鼻子上的亮点盖住，一边想到："他长得可是非常漂亮，他本不应该像伯纳德那样羞涩的呀。然而……要是其他男人，早就跟我做了。好在，现在终于可以了。"她看着那小小圆镜里的半张脸，突然对着她笑了一笑。

"再——见。"身后突然传来一个压抑的声音，列宁娜立刻转过身去。他站在直升机门外，他的双眸固执地凝视着，很显然，刚才她往鼻子上扑粉的时候，他也是这么瞧的吧。他在等待，可是为什么？还是在犹豫，试图下定决心，于是一直在那思考，思考？她不明白他究竟在想什么高深的东西。"再——见，列宁娜。"他再一次说道，突然想做出一个笑脸，却显出苦相来。

"可是，约翰……我本来以为你会……我是说，难道你不想？……"

他却已经关上了门，弯腰对飞行员说了什么。直升机忽地飞到空中。

从脚底下的窗户看下去，这野人可以见到列宁娜仰起的面庞，在蓝色的路灯光中，显得那么苍白。她的嘴张开着，她在呼喊。她迅速缩小的身体终于离他远去，而那方方正正的天台，也迅速从黑暗中消失。

五分钟之后，他回到了自己的房间。从他秘密藏书之地，他拿出那本已经被老鼠咬过的《奥赛罗》，如一个教徒一般，虔诚翻着那些霉变的、揉皱的书页。奥赛罗，他记起来了，很像是那部《直升机上度三周》电影里的英雄，就是那个黑人。

擦干眼泪，列宁娜走过天台，到了电梯里。在下到第二十七层她的房间时，她拿出了自己的索玛药瓶。她想，一克远远不够，因为她的痛苦是一克剂量不能缓解的，但是如果她吃上两克，她有可能第二天早上不能及时起床。权衡再三，她往左手心里放上了三粒半克的索玛。

第十二章

伯纳德只能在门外叫喊，野人就是不肯开门。

"可是所有人都在等你哪！"

"让他们继续等。"从门里传来嗡嗡的声音。

"可是，约翰哪，你完全清楚，"（用最高的声音去劝服别人，是何等困难哪！）"我是特意邀请他们来拜访你的呀！"

"你应该首先问问我，我愿不愿意跟这些人见面。"

"可是，约翰，你以前都是愿意的呀。"

"正因如此，我又不想去了。"

"请让我高兴高兴吧，"伯纳德吼叫着、恳求着，"难道你不愿意让我高兴吗？"

"不愿意。"

"你真的这么想？"

"我就是这么想。"

伯纳德绝望地悲叹起来，"可是我该怎么办呀？"

"你去见鬼吧！"门内那个恼火的声音吼叫着说。

"可是，今晚连社群首席歌唱家都来了呀。"伯纳德已经欲哭无泪。

"哎吖嗒哼，"看来只有用祖尼语言，野人才能准确表达他对社群首席歌唱家的感想，"哈匿！"他想想又加了一句，然后说（那是何等的冷嘲热讽啊），"丛斯哎索帖那。"便朝地上吐口痰，像珀毗可能会干的那样。

最后，伯纳德只得灰溜溜地退回到自己的房间，向已经等得不耐烦的贵宾们通知此消息，那野人今晚不来了。众人听完义愤填膺。

男人们因感到被欺骗而暴怒，伯纳德这个无足轻重的小人，他们居然对他彬彬有礼呢，他不过是个声名狼藉、满口异端思想的家伙罢了。社会等级越高的贵宾，其憎恨感也就越强烈。

"居然敢耍我，"社群首席歌唱家一遍又一遍地说，"耍我！"

至于妇人们，她们娇怒地感觉自己来错了地方，那个可怜兮兮的矮矬小子，其胚胎瓶中定是误放了酒精，长得就跟一个副γ人一模一样的小体格。简直是个羞辱，她们议论着，声音越来越大。其中尤以伊顿公学女校长最是言语尖利。

列宁娜一言不发。她一脸苍白，蓝色眼睛里笼上一层罕见的哀伤之雾，她独坐一隅，因某种无法与他人分享的情感，而远离众人。她来到此晚会，原本满怀一种既焦虑又狂喜的怪异情绪。当她走进大门的时候，她自言自语道："只要过几分钟，我就会见到他，与他说话，并且告诉他（她已经毅然决然了），我喜欢他——超过所有我认识的人。那时，他也许会说……"

可是他究竟会说什么？血液涌上了她的双颊。

"那天晚上看感官电影，他为什么会那么奇怪？真的好怪异。然而我毫不怀疑，他确实喜欢我。我可以确定……"

就在她喃喃自语的时候，伯纳德进来宣布了消息，那野人不会来晚会现场。

瞬间，列宁娜感到了在进行"激情替代治疗"开始时所感觉到的所有情绪：可怕的空虚感、令人窒息的恐惧、恶心眩晕。她的心似乎停止了跳动。

"也许那是因为他不喜欢我。"她自言自语。约翰不来晚会现场，证明了这一点。约翰拒绝来见她，是因为他不喜欢她。他不喜欢她啊……

"实在是太过分了，"伊顿公学的女校长对火葬场兼磷回收工厂的总裁说道，"我本以为我真的可以……"

"对的，"范妮·克朗的声音传过来，"关于酒精的那个事情，现在是千真万确了。我认识一个朋友，她认识一个曾在胚胎商店工作过的人，这个人告诉了我的朋友，我的朋友告诉了我……"

"太糟糕了，太糟糕了，"亨利·福斯特安慰着社群首席歌唱家，"不过，如果您感兴趣，我倒是可以告诉您，其实，我们的前任主管本来马上就要把伯纳德这家伙给送到冰岛去的。"

众人所说的每句话，都如针刺，伯纳德原本开心、自信，其自我就像个饱满的气球，现在因为针刺露出成千小孔，慢慢漏气瘪下去。他面色苍白、心烦意乱、可怜兮兮、焦虑不安，穿行于贵宾之间，含糊不清、结结巴巴地道歉，再三保证下次野人一定会到场，请求他们多坐坐，尝尝胡萝卜素三明治或维生素 A 小馅饼，喝一杯代用香槟。众人照样吃喝，却不理他，或者当着他的面言辞粗鲁，或者与别人讨论他，声音又高，态度凶狠，完全当他不存在一般。

"现在，我亲爱的朋友们，"社群首席歌唱家说道，用他那一贯漂亮响亮的声音（他可是用这声音主持过"主福特纪念日"呢），"现在，我亲爱的朋友们，我想恐怕时间已经到了，……"他站起来，放下酒杯，从他紫色的纤维胶马甲上掸去许多的点心屑，向大门走去。

伯纳德一个箭步跑上前，拦住了他。

"您真的必须走吗，首席歌唱家阁下？……天还没怎么黑呢，我很希望您能……"

列宁娜曾偷偷告诉他，如果发出邀请，他愿意接受邀请来看看野人。他可没有想到他真的来了。"知道吗，首席歌唱家是非常可爱的一个人呢。"她曾给他看首席歌唱家赠送给她的 T 字形的金拉链扣，这是歌唱家为了和她在兰贝斯①共度周末给的纪念品。

"坎特伯雷社群首席歌唱家将与野人先生会晤，欢迎共同见证。"伯纳德在派发请束时，用这样的文字宣示自己的成功。可是就在这个夜晚，那野人千不该万不该，单单选择这个夜晚把自己关在房子里，还叫喊着什么"哈匿"，甚至还说那么长的一句"怂斯哎索帖那"（伯

---

① 兰贝斯，是英国中伦敦的一个行政区，位于伦敦的兰贝斯伦敦自治市。

纳德幸亏不懂祖尼语言）！在伯纳德整个人生中，这个夜晚本该是他的加冕时刻，却不幸成为他人生最大的羞辱。

"我是如此如此地希望您……"他结结巴巴地又说了一次，抬头看着这个尊贵的大人物，眼神中满是恳求，却难免躲躲闪闪。

"我年轻的朋友，"社群首席歌唱家用洪亮、庄重肃穆的声音说道——此时屋内一片安静，"且让我给你一个忠告，"对着伯纳德，他摇晃着手指，"在一切还没有变得不可挽回之前，一个忠告。"此时他的声音变得有些阴森森的，"矫正你的行为，我年轻的朋友，矫正你的行为。"他朝伯纳德头上做了一个 T 字手势，转身离去。"亲爱的列宁娜，跟我一起来。"他换了一个口气叫着列宁娜。

列宁娜顺服了，但是一脸冰冷，并无兴高采烈（她倒是完全不知道首席歌唱家阁下赐予的是何等的荣耀呀），尾随着歌唱家离开。其他宾客表达完对他的敬意，稍等之后，也鱼贯而去。最后一个人砰的关上门。伯纳德现在是孤孤单单一个人了。

被刺伤了，彻底泄气了，他一屁股倒在椅子上，双手捂住了自己的脸，啜泣起来。几分钟之后，他想了又想，拿出了四片索玛。

在楼上，野人在阅读《罗密欧与朱丽叶》。

列宁娜和社群首席歌唱家踏上朗伯斯宫的大台，"快点，我亲爱的朋友，我是说，列宁娜。"歌唱家在电梯口不耐烦地喊着她。而列宁娜，滞留于天台，在看那月亮，一会儿之后，她低下了头，匆忙跑过天台，到了歌唱家身边。

穆斯塔法·蒙德刚刚看完一篇名为《生物学新发现》的文章，他坐了一会，皱着眉头沉思着，然后拿起笔，在标题旁写下如此几句：
"作者用数学方法处理目的这个概念，看来新鲜、很有创意，其实却
是异端邪说，考虑到维持目前社会秩序，这些说法乃是危险的，具有
潜在的颠覆性，不允许公开出版。"他在如下几句话下面划了着重线：
"必须把作者监视起来，如有必要，将之关到圣赫勒拿岛①的海洋生物
学研究站。"

　　他签下了自己的名字。他想，真是一个可怜虫。文章倒是写得呱
呱叫。可一旦有人试图依据目的来解释事物，就没有人知道会是什么
后果了。就是这类想法，极易破坏那些高级族群中驯化尚未彻底的脑
袋瓜，使他们放弃对"至善者幸福"的信仰，转而相信"目的"在另
外什么地方，远离目前人类生活的世界，而生活的"目的"并非维持
幸福，而是对自身意识的加强和改善，以及对知识的拓展。元首以为，
这或许很有道理，但在目前形势之下，却是不能容许的。他再次拿起
笔，在"不允许公开出版"字样下划了第二道线，比第一道线更粗、
更黑。突然他叹了口气，心中想道，"如果不必在乎幸福，那会多么
有趣。"

　　约翰闭着眼睛，面庞因狂喜而发亮，他对着虚空温柔地陈词：

　　啊！她停歇于黑夜的双颊
　　却比火炬更明亮
　　好似照耀黑人的珠宝耳坠

---

① 圣赫勒拿岛，大西洋中的一个岛屿，拿破仑曾流放到此，并死在这里。

佩戴时太过美丽

对大地来说又太过珍贵 ①

列宁娜胸脯上，T字型的金拉链扣闪闪发亮。社群首席歌唱家嬉戏一般地抓住它，把玩不休。列宁娜突然说话了，打破了长时间的沉默，"我想，我最好吃上两三克的索玛。"

此时，伯纳德睡得很死，在睡梦中，他因自己身处私密的天堂而微笑。微笑着，微笑着。但是，每过三十秒，他床头的电子钟的分针都要无情地向前跳一格，伴着轻微至极的嘀嗒声。嘀嗒，嘀嗒，嘀嗒，嘀嗒……转眼便是清晨。伯纳德不得不回到充满痛苦的现实中。当他乘坐出租直升机前往驯化中心工作时，情绪极其低落。成功带来的陶醉感已然烟消云散，他不过是旧日那个平凡的人，与过去那几周里他那膨胀如气球一样的自我相比，旧我似乎前所未有的沉重，压过周遭的环境。

听着伯纳德讲述自己的悲惨遭遇，约翰说："你现在更像是在玛尔普村的模样了。你还记得我们第一次讨论的时候吗，就在那个小房子的外面？你现在比较像那时的样子。"

"这是因为，我又一次感觉不到快乐了。这就是原因所在。"

"相比较你曾享受的那种自欺欺人的快乐，我宁愿做一个郁闷的人。"

---

① 语见《罗密欧与朱丽叶》第一幕。

"但我喜欢那种快乐。"伯纳德苦涩地说，"可是你导致了现在的这一切，你拒绝参加晚会，于是他们所有人反过来与我为敌！"但伯纳德知道，自己这么说，既荒谬又不公平。他在内心深处承认，最后还大声认同这野人所讲的道理：那些因一点小小的刺激就掉转身成为迫害你的敌人，选这样的人做朋友毫无意义。

尽管有此领悟，并亲口承认，尽管他这位朋友的支持和同情是他目前仅存的安慰，但伯纳德固执依旧。即使真的喜爱野人，他却仍然暗暗发生出了对野人的恨意，他于是不断修正计划，预备给予野人小小的报复，以泄心头之恨。对社群首席歌唱家充满恨意是没有用的，对首席装瓶师、命运规划局副主管展开报复亦绝无可能。但对于伯纳德来说，野人与别人相比有巨大的优势：他近在咫尺，适合成为一个受害者。朋友的主要功能之一，就是承受（以一种更温和、更具象征性的方式）我们更愿意给予却不能给予敌人的惩罚。

另一个可以成为报复对象的朋友是亥姆霍兹。当伯纳德深感挫败时，他再一次寻求亥姆霍兹的友情——在他飞黄腾达的时候他还以为与亥姆霍兹的友谊毫无保存价值呢。亥姆霍兹接纳了他，连一句责备、批评的话都没有，似乎他已经忘记了两人曾有过争执。伯纳德深深感动，但同时却感到，对方的宽宏大量羞辱了他，而这种慷慨越是非凡对他羞辱越深，因为这种慷慨不是源自索玛的作用，而是源自亥姆霍兹的天性。捐弃前嫌的是日常生活中的亥姆霍兹，而不是吃上半克索玛度假的亥姆霍兹。因此，伯纳德既深怀感激（重新拥有朋友是多大的安慰啊），又心生仇恨（因其慷慨而对亥姆霍兹展开报复将会带给他何等的快乐啊）。

在失和之后第一次会面时，伯纳德向亥姆霍兹大吐苦水，寻求到了安慰。但直到几天之后他才知道，他不是唯一一个深陷麻烦的人，亥姆霍兹也与上级产生了冲突，这令他感到震惊、羞愧、刺痛。

"是关于一些歌谣，"亥姆霍兹解释说，"当时我正为三年级学生正常讲授《高级情感管理》课程，这个课程一共有十二讲，其中第七讲是关于歌谣的，准确说，该讲的题目是《道德宣传及广告中的歌谣使用法》。在讲课时，我通常会引用一些技术上的实例。这次上课，我想用一个自己所写的例子，完全发疯了，我知道，但我就是忍不住这样干了。"他笑起来，"我当时很好奇，学生们会是什么反应呢？此外，"他加了一句话，这次严肃多了，"我也想做一些宣传，我希望能使学生们感受下我在写作这首歌谣时的情感。主福特啊！"他又一次笑起来，"最后我得到了多少倒彩啊！校长立马喊我过去，威胁要把我开除。现在我是一个名人咯！"

"你到底写了什么歌谣？"伯纳德问道。

"是关于孤独的。"

伯纳德扬起了眉毛，很是惊讶。

"如果你想，我背给你听。"于是，亥姆霍兹背诵起来：

"昨日开了委员会，权杖飞舞小破鼓。城市午夜很热闹，好比长笛真空叫。闭上嘴唇合上眼，好比机器把工停。到处垃圾一片静，人群偏爱此地住。沉默之人皆高兴，大声小声一起哭。有了声音好说话，不知和谁来言语。苏珊不见艾珏失，但见玉臂和胸脯。双唇火热屁股翘，众中现出一妖娆。要知是谁我来问。怎么这般之荒谬？明是此姝忽不是！不管不顾且忙碌，漫漫黑夜要充斥。交媾也是要紧事，何以看来甚淫逸？"

"我就是这么给他们举了个例子，他们却将我告到校长那里去。"

"我可一点都不惊讶，"伯纳德说，"你这歌谣完全就是跟他们的睡眠教育相违背。难道你忘记了？学生们至少接受过二十五万次的驯化，他们早学会了，一定要反对孤独。"

"我知道啊，可是我就想看看，讲讲孤独会有什么样的反响。"

"那么，现在你看到了。"

亥姆霍兹却只是笑。"但我觉得，"他说，忽然沉默了一会，"似乎我准备写些东西。好像我内心深处感觉到的那股力量——那股多余的、潜在的力量，我已经可以运用。似乎有什么东西正在向我奔来。"

伯纳德想，虽然亥姆霍兹身陷麻烦，但他看起来却极度快乐。

亥姆霍兹和野人立刻相互喜欢起来，他们相处如此友善，使得伯纳德感到一阵嫉妒的刺痛。这么多天来，他从来没能和野人走得这么近，而亥姆霍兹立刻就做到了。看着他们在一起，听着他们的谈话，他发现自己有时深深后悔，要是他从来没有介绍两人认识就好了。他为自己嫉妒别人感到羞愧，于是强迫自己不去想，或者吃点索玛了事。可是他的努力并不怎么成功，而且在索玛假日之间，难免会有一些间隔。于是，那种可憎的情绪不时来袭。

亥姆霍兹在第三次与那野人碰面时，再次背诵了他所创作的有关孤独的歌谣。朗诵完，他问："你认为写得怎么样？"

不料这野人摇摇头。"不如来听听这个。"他说，只见他打开抽屉，拿出他藏匿的那本被老鼠咬破的图书，打开一页，他开始朗读：

> 命那歌声嘹亮的鸟儿
> 停歇在孤独的阿拉伯之树上
> 预报忧伤，吹响号角
> ⋯⋯

　　亥姆霍兹认真听着，逐渐兴奋。起初被"孤独的阿拉伯之树"激动，听到"你那尖叫的预言者啊"时他因突然喜悦而微笑，听到"所有狂暴之翼的鸟"，血液涌上他的双颊，但是在听到"挽歌作响"之时，他脸色苍白，因某种陌生的情感而战栗。这野人继续朗诵：

> 珍宝如是令人惊骇
> 自我却不复如旧
> 单一天性竟有两个名字
> 却无人称呼其中之一
> 理性本身困惑异常
> 何以分离者转而合一
> ⋯⋯①

　　"咬兮炮兮！"伯纳德说，他大声笑着，却笑得勉强，打断了朗诵。"这不就是团结仪式日上的圣歌吗？"他这可报复了两个朋友。他绝不愿意他们两个互相欣赏彼此，超过对他本人的喜欢。

---

① 语见莎士比亚诗歌《凤凰与斑鸠》。

在此后两到三次会面时，他屡次重复这招，以为报复。方式虽然简单，效果极佳，因为亥姆霍兹和野人对任一首美如水晶的诗歌被打断和玷污而感到深深的痛苦。最后，亥姆霍兹威胁说，如果伯纳德再敢打断朗诵，就要把他踢出房间。但是，非常奇怪的是，下一次打断诗歌朗诵的人，正是亥姆霍兹自己，而且比伯纳德的方式更其可耻。

　　当时，那野人正在高声朗诵《罗密欧与朱丽叶》（一直以来，他都假想自己就是罗密欧而列宁娜就是朱丽叶），充满了紧张、战栗的激情。这对情人初次见面的场景，亥姆霍兹听得既困惑，又很有兴趣。果园的场景因其如诗如画而使得他大为高兴，这情感的迸发使他微笑。一想到为了得到一个女孩竟陷入这般境地，不是可笑异常吗？不过，单就语词的使用来说，实在是情感管理的佳作！"那个老死的家伙，令现在最好的宣传技术员看起来就像个白痴。"那野人得意地笑了，继续朗诵下去。朗诵很是顺利，直到第三幕最后一景，描写凯普莱特先生和夫人强迫朱丽叶嫁给帕里斯，亥姆霍兹在整个场景的朗诵过程中都坐立难安，当那野人悲伤地模仿朱丽叶的哭喊：

　　　　云端之上神灵岂无同情？
　　　　未曾看见我内心悲伤深沉？
　　　　啊，温善的母亲，请勿离我而去：
　　　　先暂缓婚期，哪怕一月或一周。
　　　　假如你不同意，也请铺好新娘的婚床，
　　　　在那提伯尔特长眠之地，那幽暗的坟场

......①

　　当朗诵完朱丽叶的这段话，亥姆霍兹爆发出一阵难以抑制的大笑。

　　母亲、父亲（古怪而淫猥的词语）迫使女儿跟一个她不喜欢的人睡觉！而这傻姑娘却不明说他另有男人（至少就当时的情况来说）！这等的猥亵与荒唐，使整个叙述场景都变作一场玩笑。他本来一直极力抑制着自己不断高涨的欢乐之情，可是，"温善的母亲"（这野人竟用痛苦、战栗的音调读出来），还有提到的"提伯尔特长眠"——明显不是火化的嘛，竟把身上的磷浪费在一个墓碑里，使他再也忍不住了。他不停难以抑制地笑着，眼泪都笑了出来，流到了脸上。而野人因恼怒而脸色发白，越过书本看着他，看到亥姆霍兹并无罢休之意，他愤怒地合上了书，站起来，就像一个人当着猪猡的面收起自己的珍珠一样，他将书锁在了抽屉里。

　　亥姆霍兹终于停住了大笑，立刻向野人道歉，他平息了野人的愤怒，使其耐心听他的解释。亥姆霍兹说："然而，我很清楚，写作时需要这些荒谬、疯狂的场景，因为不这样，就写不出来好东西。为什么我说那个老死的家伙是如此杰出的一个宣传技术员？就是因为他拥有这么多疯狂、折磨人的情节，令人不知不觉地很兴奋。只有感到挫伤、苦恼，否则就无法想出这些真正出色、具有穿透力的、仿佛 X 光一样的句子。可是，说到父亲和母亲！"他摇起头来，"你可别想让我能正视这两个词，此外，谁会对一个男孩是否拥有一个女孩感到激动呢？"（野人畏缩了一下，但其时亥姆霍兹正沉思地看着大门，没有注意到）

_____

① 语见《罗密欧与朱丽叶》第三幕。

他叹了口气总结说，"不会的，没有人会对此感到激动，我们需要的是别的类型的疯狂、暴力，可是该是什么样的疯狂、暴力呢？怎样才能找到这些疯狂、暴力的情节呢？"他沉默了，又一次摇摇头，"我不知道，我真的不知道。"

第十三章

亨利·福斯特从胚胎商店的微光中隐约出现了。

"今晚要不要去看场感官电影？"

列宁娜摇摇头，一言不发。

"今晚另有约会？"他对自己的朋友之间如何互相约会很感兴趣。"是不是贝尼托？"他问道。

她又一次摇摇头。

亨利从那双紫色的眼睛中发现了疲惫，从脸部红斑狼疮般的光泽下发现了苍白，从深红色、板着的嘴角边发现了忧伤。"你感觉糟糕，对吗？"他问，略感焦虑，生怕她可能感染了目前地球上仅存的几种流行病。

但列宁娜再次摇摇头。

"无论如何，你都应该去看看医生，"亨利说，"医生一天见一次，管教疾病一边去。"他热心地引用名言，为使她更加理解这句睡眠教材中的名言，他还拍了拍她的肩膀。"也许你需要用一次妊娠替代品，或者做一次超强的'激情替代治疗'，你也知道的，有时普通的'激情替代治疗'效果不是……"

"天啊，看在主福特的面上，"列宁娜说，打破了她那固执的沉默，"给我闭嘴！"她转身去忙被她疏忽了的胚胎去了。

还"激情替代治疗"呢！她都快笑出来了，可是那时她都快要哭了。难道她还没有受够自己的激情？在往注射器里填充的时候，她深深地叹了口气。"约翰哪，"她喃喃自语，"约翰……"然后突然沉思起来，"我主福特啊，我究竟有没有往这个胚胎瓶里注射过嗜睡症疫苗？"她已经记不住啦。最后，她决定不能冒险再多注射一次，便转而应付下一个胚胎瓶。（从这个时候开始往后数二十二年八个月零四天，穆万扎市的穆万扎地区一位前途远大的年轻副 α 管理员将因嗜睡症而死，这是半个世纪以来第一次发生这种情况。）她一边继续工作，一边叹息不止。

一小时之后，在更衣室里，范妮积极反对，"看看你把自己弄成了什么样子，你不觉得荒唐吗？实在太荒唐啦！"她重复着，"这是怎么回事？一个男人？又是一个男人？"

"对，但那是我真正想要的男人。"

"难道世上其他男人不是千千万万？"

"可我不要他们。"

"你不试怎么会知道？"

"我已经试过了。"

"可是你试过多少男人？"范妮问道，轻蔑地晃晃肩膀，"是一个，还是两个？"

"几十个吧。"列宁娜摇头补充说，"但是，毫无用处。"

"看来，你还要继续加油，"范妮言简意赅地说，但是很显然，她对自己开的处方信心也不足。"没有坚持一事无成。"

"但是同时……"

"别去想他了。"

"我不能不去想。"

"那就吃点索玛。"

"我吃啊。"

"那就继续吃。"

"但是在两次索玛的间歇，我仍然喜欢他呀。我会永远都喜欢他。"

"啊，如果这样的话，"范妮坚定地说，"你为什么不去找他，要他？你可不用管他自己要不要你。"

"可是你不知道他是一个多么怪异的人！"

"如果这样的话，你更要采取强硬的措施。"

"说来容易做来难。"

"别去管那些废话，行动第一。"范妮的声音就像小号，她仿佛是在福特女青年协会发表一场晚间演讲，对着副 β 族少年们大训特训。"是的，去行动吧，立刻。现在就行动。"

"我害怕。"列宁娜说。

"不怕，你只需先嚼上半克的索玛。而我得去洗澡了。"她走了进去，身上裹着毛巾。

门铃响起，野人一直都在期待亥姆霍兹这个下午会过来（他本来打定主意要跟亥姆霍兹谈谈列宁娜，把这个秘密再掩藏多一点点的时间他也忍受不了了），因此一听到门铃声，便跑去开门。

"我预料到是你，亥姆霍兹。"他一面开门，一面大叫道。

不料站在门口的，竟是列宁娜。她穿着一件白色的醋酸纤维及绸缎成分的海军装，戴着一顶白色的圆帽，轻轻巧巧地斜挂到左耳朵上。

"啊！"野人说。仿佛某人狠狠击打了他一下。

半克索玛足以让列宁娜忘掉恐惧与窘迫。"你好，约翰。"她说，微笑着，越过他，走进了屋子。他只得机械地关上门，跟着她。列宁娜坐下来。两人一时沉默起来。

"你似乎不怎么高兴看到我，约翰。"终于是她先说话。

"不高兴？"野人责备地看着她，却突然双膝着地，跪在她跟前，抓住她的手，充满敬意地亲吻。"不高兴？啊，真希望你知道，"他低声说，大胆地抬头看着她的脸，"我那敬爱的列宁娜呀，'我对你怀着最高的敬意，在这世上，你是最最珍贵。①'"她对着他笑，显得非常恬美温柔。"啊，你是如此完美。"（她张开双唇向他倾下身去。）"如此完美又如此无与伦比，是所有造物的顶峰！"（她靠他越来越近。）但这野人却突然站起来，"这就是为何，"他说，扭过脸，不去看她，"我

---

① 语见《暴风雨》第三幕。

想先做成一些事情，……我的意思是，我想证明我配得上你。我不是说真的能配得上你，但是或多或少证明我不是一钱不值。我真的想做一些事情。"

"你为什么认为有必要……"列宁娜说，却没有说完。她的声音中包含着一丝恼火之意。她本已经弯下身来，越来越近了，而且她的双唇都已经张开，却最终发现自己什么都没有碰到，仅仅因为这个傻瓜冷不丁站了起来。这个理由足够了，即使半克索玛正在她的血液中流淌，她也找到发火的理由。

"在玛尔普村，"这野人还在断断续续地嘀咕着，"你必须将一张美洲狮的皮送给心爱的人，我是说，如果你想娶一个女孩的话。或者一条狼皮也凑合。"

"英格兰可没有狮子。"列宁娜打断了他的话。

"但是即使这里有狮子，"这野人话中突然冒出一股轻蔑的憎恨之情，"这里的人也已经坐着直升机把它们杀光了，我想，恐怕是用毒气或类似的什么东西吧。列宁娜，我才不会这么做。"他挺起胸膛，大胆地看着她，却碰到了她不解、恼火的目光。他感到很困惑，"我会做任何事，"他继续说着，却越来越不连贯了，"只要你命令我去做。'有些运动乃是痛苦的，'你知道的，'可是劳苦中却蕴藏了喜悦。①'我确实如此感觉，我是说，我甚至愿意为你清扫地板，只要你命令我。"

"但是我们有真空吸尘器，"列宁娜困惑地说，"你不需要自己扫地啊。"

---

① 语见《暴风雨》第三幕。

"是不需要，确实不需要。但'为心爱之人，做一些卑贱的事情，才能显示爱的崇高。所以，我要为你做一些卑贱的事情。'①难道你不明白？"

"可如果明明有了真空吸尘器……"

"问题的关键不在这里。"

"而且扫地的事情都是ε族傻子干的，"她说，"而你，真的要扫地？可是为什么？"

"为什么？是为了你，只是为了你。我只想以此告诉你，我是……"

"再说了，你刚才一会说狮子，一会又说真空吸尘器，它们有什么关系吗？"

"只是为了表明我有多么……"

"或者你就是想说狮子见到我很高兴……"她越说越恼火。

"我有多么的爱你，列宁娜！"他近乎绝望地说。

一股突然的狂喜，好似潮水来袭，反映在列宁娜脸上，便是那绯红的双颊。"约翰，你真的是这么想的吗？"

"可我本不想说出来的，"这野人叫道，握紧双手，甚是苦恼，"不是现在……听着，列宁娜，在玛尔普村，人们要结婚。"

"结什么？"她声音中又透着恼火。都这个时候了，他还唧唧歪歪什么？

"永远。他们必须承诺，永远在一起生活。"

"这是什么馊主意！"列宁娜深感震惊。

---

① 语见《暴风雨》第三幕。

"衣服常换常新，灵魂亦如是，常新的灵魂使美貌永驻，足以将血液的衰老制服。"①

"你说什么？"

"这是莎士比亚说的话。还有呢：'在圆满圣洁之仪式前，若你胆敢破坏那处女贞操之带……'②"

"看在主福特的面上，约翰，清醒清醒吧。你说的话我一个字都不懂。首先你说的是真空吸尘器，然后又说什么带子。你非得把我逼疯不可。"她腾地站起来，却似乎怕他身体与灵魂一并逃去，于是一把抓住他的手腕。"回答我的问题，你究竟是真喜欢我，还是不喜欢？"

他忽然沉默了会，然后极低声地回答说，"我爱你，胜过世界万物。"

"那你怎么就不直接说？"她叫起来，她恼火至极，尖尖的指甲都戳破他肉了，"却只顾胡扯什么带子啊、真空吸尘器啊、狮子啊，你可是让我痛苦了好几个星期啦！"

她怒气冲冲地把他的手甩到一边去。

"如果不是这么喜欢你，我简直就要对你发火啦！"

突然间，她的手吊住了他的脖子。他感到她的双唇柔柔地吻上了他。那双唇啊，是那般甜美、温柔、火热，如电一样颤抖，使他不由自主地想到了感官电影《直升机上度三周》里那些拥抱场景。啊！啊！那立体感活生生的金发美人！啊！那超越真实的黑色爱神！太可怕

---

① 语见莎士比亚悲剧《特洛伊罗斯与克瑞西达》第三幕。
② 语见《暴风雨》第四幕。

了，太可怕了，太可怕了……他试图挣脱，但是列宁娜却更紧地搂住了他。

"为什么不早点说呀？"她柔柔地说，抬头看着他。她的目光中满是温柔的责备。

"'即使在最黑暗的密室，在最方便的所在，即使我的坏精灵赐予我最强烈的诱惑，也休想令我的荣耀软化为肉欲。'①绝不，绝不！"他是打定了主意。

"你这个傻瓜！"她调笑着说，"我早就想要你，如果你也想要我，你怎么就不主动呢？……"

"可是，列宁娜……"他争辩说。这时，她立刻松开了双手，后退一步，那时，他想，她已经领悟了他没有说出口的暗示。孰知，她却解开了白色漆皮裤袋，小心地挂在椅背上。他怀疑自己刚才理解错了。

"列宁娜！"他不知所措地叫着她的名字。

她手弯到脖子后面，拉着背后的拉链，她那白色的海员衫便彻底解开了，现在他彻底明白了。"列宁娜，你要干什么？"

吱，吱！继续拉拉链的声音，算是她无声的回答。她脱去了喇叭裤，露出那淡粉的拉链连裤内衣，于是，社群首席歌唱家所赠的T字形的金拉链扣，便在她酥胸前晃悠。

"曼妙的乳峰，隐藏在透明胸衣之中，一旦被男人窥见……②"那歌唱般的、雷鸣般的、魔力般的词语，令她显得半是妖魅，半是迷人。如此酥柔，如此酥柔，却又尖耸。钻啊，钻啊，钻透理性；穿啊，穿啊，

---

① 语见《暴风雨》第四幕。
② 语见《雅典的泰门》第四幕。

穿破决心。"倘若血液因欲望沸腾，即使最坚固的誓言，也仿佛靠近火把的稻草，忽而灰灭。务必更加克制，否则……①"

吱！那粉色的浑圆的胸脯豁然开朗，好比清爽的苹果分成两半。手臂抖动，右脚迈一步，左脚再迈一步，身体便脱离拉链连裤内衣，任其躺在地上，似乎泄了气的气球一样。

仍然穿着鞋袜，那白色的礼帽仍然轻巧地斜戴在头上，列宁娜便如此向他走来。"甜心，甜心！你要早点说该多好！"她伸出了双臂。

但这野人却并没有回应，既不说"甜心"，也没有伸出双臂，却害怕地往后缩，双手朝着她乱摆，似乎是在赶走什么侵入的猛兽。后退四步，他已经背靠了墙。

"啊，亲爱的人啊！"列宁娜说道，双手扶在他的肩膀上，身子紧紧贴了上去。"双手抱住我，"她发出命令，"甜心，抱紧我，你让我迷醉！"当她发出命令时，一样充满了诗意，她知道用词，那会歌唱的词，那符咒一般的词，那鼓点一般的词。"吻我。"她闭上双眼，声音渐低，譬如梦中呢喃，"吻我，让我迷狂吧。抱紧我，亲爱的，温暖我……"

这野人却抓住了她的手腕，扭开她的双手，粗暴地把她推到离自己一臂之外的距离。

"哎哟，你弄疼我了，你这个……啊！"她突然沉默了。恐惧使她忘记了疼痛。睁开眼，她见到他的脸——不，那不像他的脸，而是一个残忍的陌生人的脸：苍白、扭曲、颤抖，因了某种疯狂的、难以言

---

① 语见《雅典的泰门》第四幕。

表的狂怒。

她吓呆了。"可是，约翰，出了什么事？"她轻声说道。他没有回答，但用那疯狂的眼睛盯着她，捏住她手腕的那双手一直在颤抖。他呼吸错乱，大口喘气。虽然轻微到几乎听不到，但是在恐惧中，她突然听到了他咬牙切齿的声音。"出了什么事？"她几乎尖叫起来。他似乎被她的尖叫唤醒了，突然抓住了她的双肩，拼命摇晃：

"婊子！"他咆哮道，"婊子！无耻的娼妓！"

"啊，不要啊，不要！"在他的摇晃中，她发出的抗议声音变得战栗，听来怪异。

"婊子！"

"求你了。"

"该死的婊子！"

"一克药总比……"她准备引用名言呢。

但这野人猛地推开她，她趔趄着倒了下去。"滚，"他咆哮道，站在她面前，威胁她，"别让我再看见你，否则我就杀了你。"他紧握着拳头。

列宁娜举起双臂遮住自己的脸。"不，请不要打我，约翰……"

"快滚！快！"

一只手仍然举着，恐惧的眼睛一直盯着他的每个动作，却终于爬起身。她仍然蜷缩着，抱着头，往洗澡间冲过去。

但她后背又遭了狠命的一掌，巨大的响声就像子弹出膛。"哎哟！"她身子被打得往前一踉，然后加速跑进了洗澡间。

在洗澡间，确定门安全关紧之后，她开始估量自己所受的伤。背对着镜子，她扭过头看。越过左肩膀，她看见一道深红的掌印，在她珍珠一样的肉体上，极其显眼。她小心翼翼地摩挲着伤处。

在外面，另一个房间里，那野人大步来回，那行军一样急速的脚步声，好像应和着鼓声和符咒的音乐。"鹪鹩也热衷那勾当，小小的金蝇在我眼皮子底下纵欲。"这些词语发狂一般在他耳朵内轰鸣，"臭鼬和骚马，交尾之时都无这般浪荡。腰部以上还可称得上是女人，腰部以下，尽是妖魔鬼怪。神灵保管着腰带以上的部分，腰带以下的部分可就是撒旦的欢场——那是地狱，那是黑魔，那是硫磺之坑，灼烧之地，恶臭连连，焚烧殆尽。呸，呸，呸！你这神医啊，且赐我一些麝香，驱赶那可怕的想象。①"

"约翰！"列宁娜大着胆子，做出讨好的声音，从洗澡间里轻声叫唤，"约翰！"

"啊，你这杂草，美丽娇娆，芳香可人，任谁见了都心疼。可就是这等漂亮至极的书，你却要任人在上面标下'婊子'二字——即使上天也将掩鼻而过？……②"

但是她的香味依然在他身旁徘徊，他的夹克上，还保留着她的香粉——那香粉喷在她天鹅绒一样的身体上，芳香扑鼻啊。"无耻的娼妓，无耻的娼妓，无耻的娼妓。"他不自觉地念叨着这无情的韵文。"无耻的……"

---

① 语见《李尔王》第四幕。
② 语见《奥赛罗》第四幕。

"约翰，你能不能把我的衣服给我？"

他拾起喇叭裤，海军衫，拉链连裤内衣。

"开门！"他喊道，踢了门一脚。

"不，我不开。"门里的声音显得恐惧，却有反抗的意味。

"这样的话，你以为我该怎么把衣服给你？"

"从门上的通风窗塞进来。"

他照做了。然后继续在房间里心神不定地踱步。

"'无耻的娼妓，无耻的娼妓。①''魔鬼啊，你那丰硕的屁股、马铃薯一样肥胖的手指头……②'"

"约翰。"

他不想答应。"丰硕的屁股、马铃薯一样肥胖的手指头。"

"约翰。"

"到底想干吗？"他粗声粗气地问。

"我想，你能不能把我的马尔萨斯腰带给我。"

列宁娜坐在洗澡间里，听着隔壁房间里的脚步声，一边听，一边想，他到底要来来回回走上多久？她是不是要一直等到他离开公寓？或者，假如足够安全，等他的疯狂慢慢消退，她就打开门，夺路而逃？就在她胡思乱想的时候，隔壁房间响起了电话铃声，打断了她的思绪。突然间，约翰停止了踱步。她静静地听着那野人打电话的声音。

"你好。"

……

---

① 语见《奥赛罗》第四幕。

② 语见《特洛伊罗斯与克瑞西达》第五幕。

"是的。"

……

"如假包换，我就是。"

……

"是的，你没听到我说吗？我就是野人先生！"

……

"什么？谁生病了？当然，我对这很感兴趣。"

……

"但是真的很严重？她真的很糟糕？我立刻就到……"

……

"她不在房间里？她被带到哪里去了？"

……

"哦，上帝啊！地址是哪？"

……

"花园弄三号，对吗？三号？谢谢。"

咔哒一声，列宁娜听到话筒搁回原位，又听到匆忙的脚步声。一扇门砰的一声关上了。外面一片寂静。他真的走了？

她极其小心地把门开了一道小缝，从缝里往外看，外面确实空无一人。她大着胆子把门缝开得更大，伸出了头，然后踮着脚尖走出来。她的心怦怦直跳。她站了几秒钟，认真去听，然后冲到前门，打开，溜出去，砰的一声关好门，跑走了。直到进了电梯，直到电梯下行，她才感到自己终于安全了。

第十四章

　　花园弄弥留医院是一座六十层的高楼，贴着樱草色的瓷砖。野人踏出出租直升机时，看见一列花枝招展的空中灵车，盘旋着离开天台，向公园方向，朝西飞过去，目的地是羽化火葬场。在电梯门处，值日的门房给了他所需的消息，于是，他坐着电梯到第八十一号病房（门房说那是急性衰老病区），是在第七层楼上。

　　八十一号病房很宽阔，里面布满了阳光，粉刷成黄色，有二十个床位，所有床位上都有人躺着。琳达正与别人一起等待死亡到来，她不孤单，而且这里设施都是现代化的。欢快的合成乐使室内氛围始终活跃，每张床的床脚都有一台电视机，正对着这些将死之人。电视机始终开着，好像拧开的水龙头，从早到晚播放着节目。每隔十五分钟，室内的香水就要换一种味道。在门口接待野人的护士解释说："我们试着在室内制造一种完全舒适的氛围，介于第一流的宾馆和感官影院之间，如果你明白我在说什么的话。"

"她在哪里？"野人问道，对护士礼貌的解释无动于衷。

护士感觉被冒犯了，"你很忙吧。"她说。

"还有希望吗？"他问。

"你是说，指望她不死？"（他点点头。）"不，绝无可能。只要送过来的人，没有希望……"但是看到野人苍白的脸上那副痛苦的表情，护士一惊，没有顺着说下去。"怎么了？出了什么事？"她问道。在来客中，她还从来没有见过这种情况呢。（其实倒不是说这里有很多访客，或者说这里本来就没有理由出现很多访客。）"你是不是感觉生病了？"

他摇摇头。"只是她是我的母亲。"他说话声音很低，低到几乎听不到。

护士用震惊、恐惧的眼神瞄了他一眼，赶紧转移了视线。

从脖子到太阳穴，她的皮肤全部变得通红。

"带我去找她。"野人说，竭力想用平常的语调说话。

虽然满脸通红，护士还是沿着病房往前带路。他们一路走，一路看见许多娇嫩、未见任何衰老的面庞（因为衰老是如此急性、突然，故此只有心脏和大脑衰老了，而面颊还没有来得及变老）。又看见了处于第二度婴儿期的人，他们那空洞、对万事不感兴趣的眼神目送着二人前行，看到这眼神，野人打了个寒战。

琳达躺在那一长溜靠墙的病床的最后一张上。她背靠着堆起来的枕头，正看着床脚电视里直播的南美洲黎曼曲面网球冠军赛半决赛，却只有图像，没有声音。电视里的人全部缩小了，他们在明亮的玻璃的方形球场上，沉默着跑来跑去，好似鱼缸里的鱼——这些另一个世界的居民啊，它们一面沉默，一面却焦虑不安地游来游去。

琳达观看着，茫然并不明所以地微笑着。她那苍白浮肿的脸庞上浮现着无知者才有的那种开心的表情。她的眼睑不时闭上，有那么几秒钟，她似乎在假寐。但是突然一机灵，她又醒过来了，似乎是被网球冠军们小鱼一样的滑稽动作所唤醒，又似乎被超高音歌唱家吴丽翠琳娜的名曲表演《甜心，抱紧我，你让我迷醉》所唤醒，又似乎被她头上换气扇里吹出的马鞭草的温暖的气流所唤醒——总之，这些事物皆能使她醒来。但是，如果更精确地描述的话，她或许更像是被一个梦唤醒，在这个梦里，所有这些事物，在她血液中索玛的影响下，变形了，美化了，成为妙不可言的世界的一部分。她再一次微笑，那支离褪色的微笑啊，像一个婴儿一般满足了。

"你看，我得走了，"护士说，"我那帮孩子们马上要过来，此外，三号床上那位随时会翘辫子，"她朝病房上边一指，"那就请你自便吧。"

她欢快地走开了。

野人在床边坐下来。

"琳达。"他握住她的手，轻声呼唤着。

听到自己的名字，琳达转过了身子。因为认出他，她迷蒙的双眼乍然一亮。她捏着他的手，她微笑着，她的双唇在蠕动。突然，她头一歪，睡着了。他坐在那里，看着她，看着这倦极的躯壳，渴盼着穿越时光，找回那张年轻、明亮的面庞。在玛尔普村，这面庞曾照耀着他的童年。闭上眼睛，他忆起她的声音，她的动作，和他们共度的所有好时光。"雄鸡粘上链球菌啊，右拐跑进班伯里T，有啥稀奇瞧一瞧啊？……"她那歌声曾经何等动听啊！那童谣的韵律，是何等魔幻、陌生而神秘啊！

"A，B，C，维生素D，脂肪存在于肝脏，鳕鱼存在于大海。"

当他回忆其那些词语，还有琳达的声音，他泪如泉涌，那滚烫的泪水啊。还有，还有那阅读课："小孩在盆里"，"猫在垫子上"，"胚胎商店β员工基本操作说明书"。还有那冬夜火堆旁的漫漫长夜，或者盛夏之时在小屋的楼顶，当她讲述关于远在保留地之外的"它世界"的故事，"它世界"是那般美丽，那般美丽哟，在她的回忆里，那里就是天堂，是善与美的天堂，即使他已经接触了这真实的伦敦城，这里真实的男男女女的文明人，但那天堂般的"它世界"在他心中依然洁白无瑕、纯粹唯一、无可撼动。

突然间，一阵尖叫使他睁开了双眼，匆忙擦去泪水，他抬头张望。只见一支长长的队伍走来，都是一模一样的孪生男孩，八岁大小，他们鱼贯而入，似乎没有尽头。两人一组，两人一组，依次跟随。噩梦啊！他们的脸，那不断重复的脸——因为这么多脸其实只是一个模子——慢吞吞地盯着前面，那完全一致的鼻子，那完全一致的灰白的瞪着的眼睛。他们的衣服是统一的卡其装。他们的嘴巴全部张开。叽叽喳喳，不时叫唤，他们就这样进来了。一时之间，整个房间似乎布满了蛆虫，这些蛆虫，挪动到床间，或者爬到床上，或者钻到床下，或者把头往电视机柜子里伸，或者朝将死者们做鬼脸。

但是琳达吓坏了他们。一群小孩站在她的床脚，仿佛一群野兽忽然遭遇未知之物，怀着那种又恐惧又愚蠢的好奇之心，他们盯着琳达看。

"哎呀，快看，快看！"他们低声说着，显得很害怕，"她是怎么了？她为什么这么肥胖？"

他们从未见过一张脸会像琳达那样，这张脸既不青春，皮肤也不紧致，她的身体也不再苗条、笔挺。可是，其他所有那些六十多岁的人，都已经在等死了，却还保持着宛如幼女的容貌。与之相比，四十四岁的琳达，看起来像是一个松松垮垮、歪歪扭扭的老妖婆。

"她不是很可怕吗？"他们低声评论着，"看看她那牙齿！"

突然，从床下钻出来一个，哈巴狗一般的脸，钻到约翰的椅子和墙之间，站起来，便凝视着琳达熟睡的脸。"喂，我说……"他话还没说完整，就发出一声尖叫，原来野人抓住他的衣领子，一把拎起来，给了他一耳光，他便尖叫着溜走了。他的尖叫声引来了护士长匆忙过来护犊。

"你对这孩子做了什么？"她严厉地问道，"我不允许你攻击孩子们。"

"可以，那就让他们滚远些。"野人的声音因愤怒而颤抖，"这些脏兮兮的小屁孩究竟在干什么？简直丢人现眼！"

"丢人现眼？你是什么意思？我们是在对他们进行死亡驯化。我告诉你，"她凶恶地警告他，"如果我听说你又干扰了他们的驯化，我就叫人来把你扔出去。"

野人站起来，向她走过去几步。他的举动，还有他脸上那种表情，是那么吓人，护士长畏惧地后退了。

他竭力控制住自己，一言不发，转身还是坐在了床边。

护士长松了一口气，试图维护自己的尊严，只是略显犹豫，声音尖利："我已经告诉过你，我已经告诉过你，请你记住。"然后，她不说话了，领着那些好奇心十足的孪生子们走开，去做"找拉链"游戏——她的一个同事在另一个房间里已经布置好了。

"走吧，亲爱的，去喝杯咖啡吧。"她对另一个同事说，说话间又恢复了领导的自信，这使她舒服多了。"好了，孩子们！"她叫道。

琳达心神不安地在床上动着，睁开双眼，茫然四望了片刻，然后再一次睡着了。在她旁边坐着，野人努力找回几分钟之前那种情绪。"A，B，C，维生素 D。"他向自己念叨，似乎这些词语就像一段符咒，可以将过去重现。但这符咒不起作用。那些美好的记忆很顽固，它们拒绝浮现，他所唤起的，不过是妒忌、丑陋、痛苦和那令人憎恶的回忆。珀玼受伤的肩膀流下血来，琳达昏睡，苍蝇围着洒在床边地上的龙舌兰酒渍嗡嗡而飞，男孩们当着琳达的面喊叫那些肮脏的称呼……啊，不，绝不！他闭上眼睛，摇着头，拼命驱赶这些回忆。"A，B，C，维生素 D……"他努力回想当年坐在琳达腿上的时光，那时琳达会抱着他，一遍又一遍地为他哼唱，摇着他，摇着他啊，直到入眠。"A，B，C，维生素 D……"

超高音歌唱家吴丽翠琳娜的歌声渐渐强化，如泣如诉。忽而，马鞭草的香味散去，芳香循环系统自动替换为强烈的广藿香。琳达又动了动，睁开眼睛，朦朦胧胧地盯着半决赛的选手们，看了几秒，然后抬起头，就着那崭新的芳香空气，深深呼吸了一两口。她突然笑了。

那是童真的欢喜的笑容。

"珀毗！"她喃喃叫道，闭上了眼睛。"啊，我如此喜欢那酒，真的，如此喜欢……"她叹了口气，然后头又陷进枕头里。

"可是，琳达！"野人哀求着说，"你就认不出我了吗？"他尽了全力，可是为什么她还是提醒他过去的存在？他抓紧她那虚弱的手，几乎是粗暴的，仿佛他要强迫她从那低俗的欢乐之梦中苏醒，从那下贱可憎的回忆中脱身，让她回到当下，回到现实。这当下或许令人惊惧，这现实或许令人害怕，但它们毕竟是崇高的、有价值的、极其重要的，因为当下和现实意味着我们的存在，而死亡却已迫在眉睫，存在的消失不令他们感到恐惧吗？"琳达，你就认不出我了吗？"

他感到她手上的力量微微增强，似乎在做回答。他的眼睛再度充溢泪水。他弯下腰，最后亲吻了她。

她的嘴唇在蠕动。"珀毗！"她轻声呼唤，这声呼唤就像一桶屎尿泼在他脸上。

他内心深处忽然爆发出熊熊怒火。再次被忽视，使他那悲伤之情忽而找到了另一条发泄的途径：转化为了强烈的痛愤之情。

"见鬼，我是约翰！"他吼道，"我是约翰！"在一片愤怒与痛苦中，他竟抓住她的肩膀，猛烈摇晃她。

琳达眼睛眨了几下，终于睁开了。她看见了他，认出了他？"约翰！"可却像是在一个迷梦般的世界里认出了约翰那真实的脸，那真实的粗野的双手。这迷梦般的世界存在于她的内心，由那广藿香、超高音乐、变形的记忆、错位的感官组成。她认出对面的是约翰，是她的儿子，却把他想象成一个误入玛尔普天堂的人，在玛尔普天堂里，她正和珀毗一起度着索玛假日呢。他怒火中烧，因为她更喜欢珀毗。他仍然在摇晃她，因为珀毗现在就在那张床上——这或许是个错误，因为一个文明人不会这么做。"每个人都属于别……"她说着，但声音却突然虚化，无法听清，仿佛喘不过气的人发出那种咯咯的声音。她的嘴张开了，她最后一次拼命呼吸空气，但她似乎却忘了究竟该如何呼吸。她试图哭出来，但只是无声。只有那双瞪着的眼睛中透露的恐惧，才显露出她身心的痛苦。她的手摸向自己的脖子，又伸手要去抓空气——那是她再也无法呼吸的了。对她来说，空气其实已经不再存在。

野人跳起来，弯腰看着她。"什么，琳达？你在找什么？"他的声音是恳切的，似乎乞求琳达能让他安心。

可是她回过来的眼神却满含一种难以言表的恐惧，这恐惧对他来说，就是谴责。

她试图从床上坐起来，却又跌回到枕头上去。她的脸扭曲得可怕，她的嘴唇一片铁青。

野人转身跑到病房外面。

"快，快！"他吼叫着，"快啊！"

站在一圈做着"找拉链"游戏的孪生子的中间，那护士长抬头观望。她最初的震惊迅速转为反感。"别大吼大叫！想想看，这里还有小孩子，"她皱着眉头说，"你会破坏他们的驯化过程……你想干什么？"原来野人冲破了游戏圈。"你小心！"但一个孩子已经哭叫开来。

"快，快！"他抓着护士长的袖子，拖着她走，"快！出事了，我杀了她。"

当他们到达病房最后面时，琳达已经死去。

野人沉默了，像被冰冻住一样孤立无援。他跪在床边，双手捂住脸，再也克制不住，啜泣起来。

护士站在一边，犹豫不定。看着跪在床边的那个人（这场景实在无耻），而此时那些停止游戏的孩子们（天啊，可怜的孩子们）正从病房门外往里看呢，他们的双眼、鼻子都朝着发生在第二十床床边的这令人震惊的一幕。她是不是要告诉他？让他表现得像个体面人士？提醒他现在所在的地方？或者告诉他这样做对这些无辜的孩子们会造成多么致命的伤害？他们所受的死亡驯化就因为他恶心的鬼哭狼嚎而全盘失效，孩子们会以为死亡是可怕的事情，认为人会在乎死亡到这样的程度！这不就让孩子们对死亡产生最灾难性的想法了吗？是否会让他们从此完全背离正确的行为方式，甚至走上反社会的道路？

她走上前，敲敲他的肩膀。"你就不能行为正派点？"她低声说，语带愤怒。但是一回头，她却看到有六个小孩子已经向病房这边走过来。游戏圈已经破裂了，只要再过一会儿……不行，这样风险太高了，如果队伍解散，这个波氏胚胎组的驯化将推迟六到七个月。她立刻跑向自己那摇摇欲坠的工作岗位。

"好吧，谁又想要一块巧克力泡芙呢？"她问，声音响亮，充满了欢乐。

"我要！"这个波氏胚胎组所有的孩子齐声叫道。于是，发生在第二十号床的事被彻底遗忘了。

"啊，上帝，上帝，上帝……"野人一遍又一遍地呼喊。此刻他的心中一片凌乱，悲伤、懊恨交集，只能发出这一个清晰的词语。"上帝啊！"他的低语声提高了，"上帝……"

"他究竟在说什么？"一个声音说，近在咫尺，发音清晰，有些刺耳，穿过超高音乐那婉转的歌声，到了他耳边。

野人猛地一惊，他放下手，抬头一看，只见五个穿卡其衣服的孪生子，每人右手都拿着一根吃剩的长泡芙，那一模一样的脸庞上，巧克力汁却沾在不同的位置。他们站成一排，哈巴狗一般直愣愣地看着他。

双方眼神一交汇，孩子们就同时傻笑起来。其中一个用泡芙的一头指着琳达问："她死了吗？"

野人看着他们，沉默了一会。在沉默中，他站起来。在沉默中，他慢慢走向大门。

"她死了吗？"那个好奇的小孩一路小跑跟着他，追着问。

野人低头看着他，一言不发，把小孩推开。那孩子跌倒在地，立刻就号叫起来。野人对此却看都没看一眼。

第十五章

　　花园弄弥留医院的仆役包括了一百六十二个δ族人，分属两个波氏胚胎组，其中一组八十四人皆是红发的女性，另一组七十八人皆是黑肤长发的男性孪生子。下午六点钟，工作完毕，这两组人便在医院的门厅前集合，等待会计助理分发每日的定量索玛。

　　走出电梯，野人便与这些人站在了一起。但是他的心思在别处。他在想着琳达的思维、他的伤心和悔恨，因此，他机械地往外走，并不知道自己在做什么，结果就冲撞了等待的人群。

　　"挤什么挤？你以为这是什么地方？"

　　从如此之多的喉咙里，却原来只发出两种声音，一高一低，一在尖叫，一在咆哮。仿佛在照镜子一般，他也只是见到两副面孔，一种是光头、有雀斑、形如满月、肤色亮橙橙；一种是瘦削、尖嘴、形如鸟雀，胡子两天没刮，一片拉碴。这两副面孔皆在愤怒地对着他，用语言攻击，用肘子抵着他的两肋，生疼，使他惊觉。他回到了现实之中，四处一看，明白自己身在何地。他心沉了下去，充满了恐惧与厌恶，日日夜夜这样的狂热之景一再出现，噩梦里他仿佛游泳于千人一面的世界。——这就是他身处的地方。孪生子，孪生子……他们犹如蛆虫，满世界爬行，甚至亵渎了琳达亡灵的神秘之所。依然是蛆虫，只是更粗大，完全长成，他们便爬行，穿过他的忧伤与悔恨。

他停步了，那困惑、害怕的双眼，凝视着这群卡其色的乌合之众。他鹤立鸡群，高出所有人一头。"啊，在美丽新世界里，该有何等样的人啊。"这歌唱一般的话嘲弄着他。"人类又是何等的美丽非凡！啊，美丽新世界……"

"开始分配索玛！"有一个声音大叫道。"请排好队，抓紧时间，到这里来。"

有人打开一道门，一张桌子和一把椅子被搬到门厅。说话的人是一个青春洋溢的α族人，他进来时手上夹着一个铁钱箱。正在等待的孪生子们发出满意的哼哼声。他们完全忘记了野人。他们的注意力现在全部聚焦到那个黑色的铁钱箱，只见那年轻人把钱箱放到桌子上，着手打开箱子。箱盖终于开了。

"喔，喔！"这一百六十二人同声欢叹，好似在看一场烟火。

只见这年轻人从箱子里取出一大把小小的药盒子，蛮横地说："现在，往前走，一次一个人，不准推搡。"

一次一个人，不准推搡。于是孪生子们依次往前。先是两个男性，然后一个女性，然后又一个男性，然后三个女性，……

野人站在旁边看着。"啊，美丽新世界，啊，美丽新世界……"在他的思维中，这歌唱般的句子似乎变了声调。这些词语，莫不是在笑话他，不顾他的痛苦和悔恨？它们那冷嘲热讽的调调，是何等可怕啊。它们一定是在嘲笑他！它们发出魔鬼般的笑声，专门揪住他那噩梦里所现的下贱、令人作呕的丑陋。现在，突然间，它们又吹响战斗的号角。"啊，美丽新世界！"

米兰达宣告，这世界存在诸多美好，甚至可以将噩梦变为良善高尚的事物。"啊，美丽新世界！"这是一个挑战，亦是一个命令。

"那边，不准推搡！"会计助理暴怒大吼。他砰一声关上了钱箱的盖子。"只有看到良好的秩序，我才会发放索玛！"

δ族人咕哝着，你推我挤了一会儿，终于静下来了。年轻人的威胁是有效的。不发放索玛，想一想，何等可怕！

"现在好多了。"年轻人说，又打开了钱箱。

琳达曾经是一个奴隶，琳达现在已经死去，其他人务必生活于自由之中，如此世界才真正美丽。这是对逝者的补偿，也是生者的责任。突然间，野人豁然开朗，他清楚了自己必须要做的事，好比百叶窗打开，窗帘收起。

"过来。"会计助理说。

有一个卡其色女性走上前。

"停！"野人大声叫道，他的声音洪亮至极。"停！"

他推开众人，走到桌子前。δ族人目瞪口呆地看着他。

"主福特啊！"会计助理低声说，"是野人。"他感到害怕了。

"听着，我请求你们，"野人恳切地喊道，"请一定听我说……"他以前从不曾当众发言，现在感到要想表达清楚自己的意思，竟是如此的困难。"请你们不要索取这个该死的东西，它就是毒药，它就是毒药啊！"

"听我说，野人先生，"会计助理说，摆出一副息事宁人的微笑，"是否介意我先把……"

"它是毒药，不仅毒害身体，而且毒害灵魂。"

"不错。可是能不能先让我发完？这里可有好多人呢。"小心翼翼地，就像在抚摸一头臭名昭著的凶猛野兽，他温柔地拍了拍野人的胳膊。"请让我先……"

"绝不！"野人叫道。

"可是，看看这里，老兄……"

"把它扔掉，那是可怕的毒药。"

"把它扔掉"这几个字使如坠五里雾中的δ族人忽然知觉，人群中发出愠怒的嗡嗡声。

"我来到这里，给你们送来自由，"野人说，转身面对孪生子们，"我来到……"

会计助理无心听下去了，他溜出了门厅，在大厅电话簿上寻找电话号码。

"他不在房间里，"伯纳德总结说，"不在我的房间里，也不在你的房间里，也不在爱神宫，也不在驯化中心和学院里，那么他会去哪里？"

亥姆霍兹耸耸肩，他们下班回来，原指望在此处或者在彼处，总之是某个通常见面的地方，能见到野人等着他们，但这野人却忽然无影无踪了。更令人烦恼的是，他们本打算乘坐亥姆霍兹的四座运动款直升机飞往比亚里茨①，如果他再不回来，他们就赶不上那里的晚饭了。

　　"我们再等五分钟，"亥姆霍兹说，"如果他到时候不回来，我们就……"

　　电话铃响了，打断了他的话。他捡起话筒，"你好，请讲。"然后，他听了好长一会儿，突然咒骂了一声："福特也见鬼！我马上到。"

　　"怎么了？"伯纳德问。

　　"花园弄弥留医院有一个我认识的家伙，他说野人在那里，而且似乎发疯了。情况紧急，我们立刻就去吧？"

　　他们便跑过走廊，冲向电梯。

　　"但是你们喜欢做奴隶吗？"当二人到达医院时，野人仍然在演讲。他一脸通红，双眼发亮，充满了激情与愤慨。"你们喜欢一辈子都是幼儿吗？对，就是幼儿，只会呜呜哭、吐泡泡。"因这些听众像畜生一样的愚蠢，他怒发冲冠，竟朝他准备拯救的人破口大骂。可这辱骂碰到他们那愚笨的甲壳，便弹落在地。他们依然直勾勾地看着他，面无表情，只有呆滞的眼神中略见愠怒与恨意。"对，你们就会吐泡泡！"他近乎咆哮。所有的悲伤、悔恨，所有的同情、责任，现在全不在他心中，这些原初的情感似乎全部被吸入一股强烈的压倒一切的

---

① 比亚里茨，法国大西洋沿岸最豪华、规模最大的度假胜地。

仇恨之中——他仇恨这些非人的怪物。"你们难道不想自由,不想过人的生活?你们到底知不知道什么是自由,什么是人的生活?"愤怒令他口若悬河,语词急速喷出。"你们知道吗?"他重复道,但是没有任何人回答他。"好极了,"他冷酷地说,"我今天就告诉你们,不管你们想不想,我都要让你们自由。"然后,他推开一扇窗户,从窗户里可看到医院的内院。便只见他将那小小的钱盒里的索玛药片往下倾倒。

好一会儿,那着卡其色的乌合之众们尽数沉默,他们目瞪口呆,对这等荒唐亵渎的行为,觉到惊异与恐怖。

"他疯了。"伯纳德低声说,睁大了双眼看着野人。"他们会杀了他,他们会……"突然,乌合之众里爆发出一阵吼叫,如泰山压顶之势,人群向野人涌来。"主福特救他啊!"伯纳德叫道,不忍再看。

"主福特会救那些懂得自救的人。"只见亥姆霍兹·华生大笑着——那是何等狂喜的大笑,挤进了人群。

"自由,自由!"野人大叫,一只手继续把索玛药片往下倒,另一只手则猛击那些攻击他的人的脸。"自由!"突然间,亥姆霍兹站到了他的身边。"是你!亥姆霍兹老兄!好样的!"

亥姆霍兹也挥出了拳头。"终于成为人!"在间隙之时,他也一把一把地将那些毒药扔出窗外。"是的,人!人!"终于,毒药倒光了。他举起钱盒,给所有人看,里面空空如也,什么都没有了。"你们自由了!"

咆哮着,δ族人们以双倍的怒火向他们冲过来。

身在战斗的边缘,伯纳德犹豫不决。"他们完蛋了。"他自言自语道。但是，一阵突然的冲动，却激励他要跳到人群里，去帮助他们两人。只是再一思索，便停下了脚步。他感到了惭愧，又一次迈步，却又一次改变主意。于是，他站在当地，对自己极度失望，因为他深陷于令人羞辱的优柔寡断之中。想一想吧，如果他不帮助他们两人，他们会被打死；如果他前去帮助，他也可能被打死。

就在那时（感谢主福特之佑！），警察冲过来了，他们带着防毒面具，看上去眼睛鼓凸，还有一个猪鼻子。

伯纳德冲过去迎接他们。他挥舞着手，这也是行动，他可是在帮忙呢。他大叫"救命"，叫了许多次，一次比一次大声，这使他产生了正在帮助朋友的错觉。"救命！救命！救命啊！"

警察却一把推开他，开始忙自己的事情。三个背着喷洒机的人朝空气中喷射浓厚的索玛喷雾，另外两个人正忙着打开手提式合成音乐盒。

还有四个人搬来了水枪，里面填满了威力强大的麻醉剂，他们挤进人群，有条不紊地喷射着，尤其针对那些打斗最凶猛的人。

"快点，快点！"伯纳德叫道，"再不快点，他们就要被打死了。他们就要……哦不！"因为他的碎嘴子，有一个警察居然拿水枪射他，伯纳德摇摇晃晃地站了一两秒，他的双腿好似去了骨头、肌腱、肌肉一般软绵绵的，变成了两根长果冻，最后甚至都不是果冻了，不过是水。他一头倒在地上。

突然，从合成音乐盒里，传来一个声音。那是理性之声，是善意之声。《反骚动演讲第二章》的合成之声（中等强度）的录音胶卷开始播放，那声音出自一个并不存在的心灵，却像发自肺腑："我的朋友们，我的朋友们！"那声音如此的富有同情，其调子充满了如此非凡的温柔与责备，以至于那些带着防毒面具的警察，在面具之下，他们的眼睛都立刻被泪水润湿。"这样做有何意义啊？为什么你们不快乐和善地生活在一起？快乐啊，和善啊，和平相处，和平相处。"重复着，战栗着，慢慢降低变成耳语，以至消失。然后又说道："我如此期盼你们能善良为人！求你们了，求你们了，做善良的人吧！而且……"不过两分钟之后，这段声音和索玛喷雾就发挥了作用。满脸泪水，δ族人相互亲吻、紧拥在一起，每六个孪生子一组。他们因谅解而抱成一团，甚至亥姆霍兹和野人也几乎哭了。一批新的索玛药盒被从财务室拿出来，立刻即予分配。于是，在录音胶卷里男中音那饱含深情的告别词中，孪生子们相互别去，但哭哭啼啼，似乎他们的心都要因离别而破碎。"再见，我最亲爱的人，最亲爱的朋友，愿主福特保佑你！再见，我最亲爱的人，最亲爱的朋友，愿主福特保佑你！再见，我最亲爱的人，最亲爱的……"

当最后一个δ人离去，警察关掉了电源。那天使般的声音便消失了。

"你们是乖乖地跟我们走，"警官问道，"还是我们必须得使用麻醉枪？"他威胁性地指着自己手上的水枪。

"可以，我们跟你走。"野人答道，一边交替抚摸着自己裂开的嘴唇、抓伤的脖子和咬伤的左手。

亥姆霍兹此时正用手帕捂着自己流血的鼻子，他也点头表示同意。

伯纳德苏醒了，腿也能动了，他抓住这个时机，尽量不引人注目地向大门溜去。

"嗨，那个。"警官叫道，于是，一个带着猪鼻子面具的警察跑过大厅，一把抓住了伯纳德的肩膀。

　　伯纳德转过身来，一脸无辜与愤慨。逃跑？他从没想过会逃跑。"你们抓我干什么？"他对警官说，"我简直不明白。"

　　"你是那两个罪犯的朋友，对吗？"

　　"这个……"伯纳德犹豫了，不，这点他是不能否定的。于是，他问道："我不能有朋友吗？"

　　"那就一起过来。"警官说，领着众人走向门外，那里，警车正在等待。

第十六章

　　三人被带到了元首的书房。γ管家让他们自行待着，说："元首阁下很快下来。"

　　亥姆霍兹放声大笑。"这更像是个咖啡派对，哪像是审判？"说着，他坐进那顶级奢靡的充气靠椅。"快活点，伯纳德。"他鼓励伯纳德，因为看见了这位朋友那张愁闷的脸，可是铁青铁青的呢。

　　可是伯纳德高兴不起来，他一言不发，看都不看亥姆霍兹一眼，便走到房间里那张最不舒服的椅子坐下来，这倒是他精挑细选的，暗暗期望如此一来可以减轻元首的怒火。

　　野人则在房间里不安地徘徊，他模模糊糊地有那么一点好奇心，一会儿盯着书橱里的书看，一会儿看着录音胶卷，一会儿又看看编号的分类箱里装着的阅读器梭芯。窗下那张桌子上摆放着一本巨书，用柔软的黑色人造皮装订，上面烫金贴着大大的 T 字。他拿起来，打开一看，乃是《我的一生与工作》，作者是"我主福特"。这书乃是福特知识宣传协会于底特律出版的，他随手翻翻，这里读一句，那里看一段，最后得出结论，这书一点都不好玩。此时，门打开了，西欧常任世界元首脚步轻快地走了进来。

穆斯塔法·蒙德与三人握手，特意与野人打了个招呼。"那么你不太喜欢文明世界，野人先生？"

野人看着他，他本想撒谎、怒号，或者一言不发沉默以对，但是元首那张愉快而富理解力的脸鼓舞他说出真相，直截了当地说吧。"是不喜欢。"说完他摇了摇头。

伯纳德诚惶诚恐。元首会怎么想呢？他现在已经被认定为这人的朋友，而这人竟说他不喜欢文明世界，而且是公然地说，更可怕的是他不跟别人说反而向元首说。这实在太糟糕了。"可是，约翰。"他试图提醒野人。但是元首瞄了他一眼，使他可怜巴巴地沉默了。

"当然，"野人继续承认，"这里有一些事物非常好，比如：空气中的音乐……"

"在我的耳边有时环绕着成千的弦乐之声，有时则是动听的歌声。①"

野人的脸因突然的快乐而发亮，"怎么你也读过那本书？"他问元首，"我还以为在英格兰，没有别人知道有这本书的存在。"

---

① 语见《暴风雨》第三幕。

"几乎没有人，我只是这极少数人中的一个。你们清楚，这是严行禁止的，但我既然是法律的制定者，自然可以不遵守，而且还不受惩罚。但是马克思先生，"他加了一句，朝伯纳德看去，"我想你恐怕不可以。"

　　伯纳德立刻陷入更深的无望与痛苦之中。

　　"可是为什么要禁止这本书？"野人问道，遇见一个读过莎士比亚的人，使他兴奋已极，暂时忘记了其他事情。

　　元首耸耸肩，"因为太过时了，这是主要的原因。在这里，旧的东西都没有什么用。"

　　"即使这些旧东西非常美丽？"

　　"特别是当它们很美丽的时候，更要禁止。美是会蛊惑人的，所以，我们不愿意人民被旧的东西迷住，我们希望人民喜欢全新的事物。"

　　"但是这些新事物既蠢又可怕。比如那些电影，明明内容空洞，只有直升机飞来飞去，或者人们可以感受到电影里亲吻的感觉，"他一脸苦相，"不过是山羊和猴子的把戏！①"仿佛只有引用《奥赛罗》里的词语才能准确描述他的轻蔑与憎恶。

　　"其实，它们倒是温顺的动物。"元首喃喃地插了一句。

　　"既然如此，那你为什么不让人们去阅读《奥赛罗》？"

　　"我已经告诉过你，过时了，此外，人民也看不懂这本书。"

　　这倒是千真万确。他记起来，当时亥姆霍兹是如何嘲笑《罗密欧与朱丽叶》的。他顿了顿，继续问道："那么，类似《奥赛罗》的新书，

---

①　语见《奥赛罗》第四幕，奥赛罗的咒骂之语。

人们能够看懂的？"

亥姆霍兹突然开口——之前他一直都在沉默："我们所有人都期待写出这样的书。"

"这样的书你永远写不出来，"元首断然说道，"因为，如果这书真的像《奥赛罗》，就无人能读懂，不管它写多么新的东西。而如果它写新的东西，它也根本不可能像《奥赛罗》。"

"为什么不能？"

"是啊，为什么不能？"亥姆霍兹重复了野人的话。他也忘记了自己身处的是何等糟糕的环境，只有那脸色铁青的伯纳德，因为忧惧尚记得，但大家都忽视了他。"为什么不能？"

"因为我们生活的世界可不像《奥赛罗》描述的世界，制造小汽车必须要有钢铁，写作悲剧怎么能没有社会的动荡呢？但目今的世界是安稳的。人民快乐，要什么有什么，对于得不到的东西，他们也从来不去想。他们富足，他们安全，他们从不生病，他们不必害怕死亡，他们终日愉悦，不知激情与衰老为何物。他们不必被父母所困扰，他们无妻无子无爱人，所以不受强烈的情感摆布。他们被驯化得如此到位，以至于他们的所作所为忍不住要按照规范的要求。如果说有什么东西会出问题，那就是索玛，野人先生，就是你以自由的名义抛出窗外的药片。你说自由，野人先生！"元首忽然大笑起来。

"指望δ人知道什么是自由！现在又指望他们去读懂《奥赛罗》！我的好孩子，你可真幼稚！"

野人沉默了一会儿，但仍然固执地坚持说："不管如何，《奥赛罗》是好的，比那些感官电影好得多。"

"这是当然的，"元首表示同意，"可是为了稳定，我们只能牺牲《奥赛罗》了。在幸福快乐与人们过去常称的高级艺术之间，你必须做出选择。因此，我们牺牲了高级艺术。我们于是拥有了感官电影、芳香乐器。"

　　"可是它们毫无价值啊。"

　　"它们自有价值，它们提供许多令人愉悦的感觉。"

　　"但是它们……它们都是些'白痴说出的东西'①。"

　　元首又笑了。"你对你的朋友华生可不是那么礼貌，他可是我们最棒的情绪管理员之一……"

　　"但是他说的很对。"亥姆霍兹沮丧地说，"它们确实是白痴一样的东西，因为无话可说，便胡乱编写……"

　　"不错。但那也需要极大的独创性，就像你用最少的钢材却制造出了小汽车，或许本来并无一物但却成了充满纯粹感官享受的艺术佳作。"

　　野人大摇其头。"对我来说，它们就是糟糕。"

　　"当然很糟糕。真正的幸福快乐，与作为痛苦的过度补偿的那种快乐，两者比较起来，前者是要污秽得多。而且，稳定当然也绝没有动乱那么气势壮观。对抗不幸命运的伟大斗争何等迷人，抵制诱惑的心灵挣扎何等栩栩如生，为了激情与怀疑而颠覆命运又何等如诗如画，身处安逸满足自然是享受不到一点点这样的荣光，要知道，幸福从来都不是宏伟壮阔的。"

---

① 语见《麦克白》第五幕。

野人略一沉默，回复说："我想你这么说是对的，但你所谓的幸福是要让所有人都像那些孪生子一样吗？"他伸出手挡住眼睛，似乎要抹去那些记忆中的形象：排在医院门厅处的那些一长溜一模一样的侏儒、宾福特单轨电车站旁那些排队的孪生子、围绕在琳达临终时病床边的蛆虫一般的孩童，还有那些攻击他的无穷无尽的同样的脸。他看了看包扎着的左手，浑身发颤。"太可怕了！"

"可是他们多有用啊，我看得出来，你并不喜欢我们的波氏胚胎组，但我可以向你保证，他们是建构这个世界的根基。他们是陀螺仪，确保喷气飞机始终飞翔在稳定的轨道上。"他深沉的声音如此洪亮，令人发抖，他的手势像在说明空间、模拟那不可抗拒的飞行器的冲刺。穆斯塔法·蒙德，你的雄辩术已然升级到美妙如合成乐的水平。

"我很好奇，"野人说，"你又是为了什么，非要造出五种人，既然你对那些胚胎瓶可以予取予求，为什么不把所有人都制作为增增α族？"

穆斯塔法·蒙德又笑了，"因为我们都不想被人割喉，我们信仰的是幸福与稳定，每一个成员都是α人的社会却难免动乱、痛苦。一个工厂里全是α人，就是说，他们全部遗传良好，经过驯化能够在限定的范围内自由抉择，并承担责任，而且可以独立为生、互不相关。想想看，会出什么事？"他强调说。

野人努力去想象，但想象不出什么东西。

"那得有多荒谬！一个出自α专用胚胎瓶、经过α驯化的人，倘若要去做ε人——半个白痴——的工作，他们不要发疯吗？即使不发疯，他们也会把所有东西都砸烂。α人能彻底社会化，但前提是他们只能干α人的工作。而ε人为社会所做的贡献，也只有ε人自己能承担，因为对ε人来说，他们所做的一切其实不叫贡献，仅仅是他们接受驯化后所适应的人生之路，他们可以顺顺当当地干那些事。所有人的命运都已经规划好了，他们情不自禁要走规定好的人生之路。即使脱离胚胎瓶成人，他们其实依然在一个瓶中，这个瓶子无影无形，却把所有人的命运固化，与他们的婴儿期并无区别。当然，我们每个人，"元首沉思着，继续说道，"也一样在这个瓶子中度过我们的一生。但如果碰巧我们是α人，我们的瓶子相对而言会更大些，所以，如果我们被放在一个狭窄的空间里时，我们会感到极大的痛苦。将高等级种姓的代用香槟酒倒进低等级种姓的瓶子里也是绝不可以的，单单从理论上看，也是显而易见的道理。而在现实当中，这一道理也得到了验证。塞浦路斯实验的结果是极有说服力的。"

"什么塞浦路斯实验？"

穆斯塔法·蒙德微微一笑，说道："那个实验啊，你也可以把它叫做'重新装瓶实验'，当时是福特纪元473年，元首们决定，清除塞浦路斯岛上所有的居民之后，往岛上移民，当时是精心挑选的一批α人，总数达到两万两千人，提供给他们所有的农业、工业设备，并允许他们自力更生。这一实验的结果完全验证了先前的理论预测：土地荒芜无人照顾，所有工厂悉数罢工，法律形同摆设，命令无人执行；所有被派遣去做低级工作的人挖空心思要获得高级工作，而占据了高级工作位置的人，则竭尽全力要保留自己的位置。于是，六年之内，最残酷的内战爆发了，两万两千人中死去一万九千人，剩余的三千人一致恳请元首们重新管理该岛。元首们同意了。这就是世界上唯一一次由

单纯的 α 人组成的社会，结局不过如此。"

野人长叹一口气。

穆斯塔法·蒙德又说道："适度人口的设置，是按照冰山的模型来做的，冰山是九分之八体积在水里，只有九分之一体积在水面。而 α 人，只能占总人口的九分之一。"

"可是那些生活于水下的人，他们会幸福吗？"

"他们倒是比生活在水面上的人幸福哩。比如，他们就比你这两个朋友幸福得多。"

"尽管他们要做各种粗笨的活计？"

"粗笨？他们可不这样认为。相反，他们喜欢这些工作。工作量很轻，就像儿童游戏那么简单。大脑和肌肉都不会有任何的紧张感。要知道，他们只有七个半小时轻松不累的工作，然后就能享受定量的索玛，参加运动，还可以不受限制地交配、观看感官电影。他们还能要求更多吗？也许，他们还会要求压缩工作时间，这个我们肯定能满足，从技术上讲，把低种姓的工作时间减为一天三四个小时，实在是简单至极的事情。但是他们会因此而更开心吗？不，他们不会的。一个半世纪多以前，也曾做过一个实验。当时，整个爱尔兰岛定为一天四小时工作制，你们想得到结果是什么吗？结果是动乱、索玛用量的激增，这就是实验的结果！由此可见，多出来的三个半小时空闲时间绝不能给他们增加幸福感，反而使他们非要再来一个索玛假期。发明局其实有了节省劳动时间的方案，有好几千种，"穆斯塔法·蒙德做了一个表示很多的手势，"但为什么我们不实施某个方案呢？因为我们完全是为劳动者们考虑，如果给他们更多些空余时间，简直就是折磨他们，这不是太残忍了吗？农业也是如此。假如我们想，我们可以人工合成所有粮食，但是我们不能这么做。我们宁愿让三分之一的人在土地上劳动，这也是为了他们考虑，因为耕种收获粮食所花劳动时间要远远比工厂里合成粮食花的劳动时间多多了。此外，我们还要考虑稳定问题，我们不希望任何变革，任何一个变革对稳定的社会都是一个威胁，正因如此，我们在采用新发明时非常非常谨慎。纯科学领域的任何一个发现，都具有潜在的颠覆危险，因此，即使科学本身，我们有时也要视其为一个可能的敌人。不错，科学也是敌人。"

科学？野人皱起了眉头。他知道这个单词。但是这单词所指为何，他就说不清楚了。莎士比亚和村子里那个老人从未提及过这个词，琳达也只是给过他一些很模糊的暗示，比如，科学是制造直升机的东西，科学是会让你嘲笑"玉米舞蹈"的东西，科学是让你青春永驻的东西。他拼命想要理解元首的意思。

元首继续说道："是的，为了社会稳定，科学也是要被牺牲掉的一个词。当然，艺术这个词与幸福是水火不容的，科学这个词也好不到哪里去。科学是危险的，我们必须小心谨慎地锁住它的手脚，封住它的口。"

"你说什么？"亥姆霍兹大惊失色，"可是我们不总是说科学就是一切吗？我们在睡梦中已经听滥了这句话。"

"从十三岁到十七岁，一周三次重复。"伯纳德突然插嘴说。

"而且我们还在学院里对科学进行大肆宣传……"

"不错，可是你们宣传的是什么科学呢？"穆斯塔法·蒙德挖苦说，"你们从没有经过科学的训练，所以你们判断不了什么是科学。我原本是个不错的物理学家，我能看出来，你们所谓的科学顶多是烹饪书的水平——不过是关于烹饪的陈词滥调，不准人质疑，除了厨师长同意的菜谱，不允许任意添加新菜。现在，我就是那个厨师长。但是我却曾经是厨房里一个很年轻的打下手的人，我会质疑，那时我甚至开始打理自己的菜谱了，会有新奇的菜、以前禁止的菜端上桌子——实际上，这些倒可以说是真正的科学哩。"说完，他沉默了。

"后来发生了什么？"亥姆霍兹·华生问道。

元首叹了一口气，"年轻人，就像你们即将遭遇的事情一样，我当时也差点被发配到一个岛上去。"

这话一出来，伯纳德深受刺激，举止狂乱失态。"要把我送到岛上去？"他跳起来，跑到元首面前，站在那里比划手势，"你不能发配我，我啥都没有做，是他们做的。我发誓，是他们做的。"他控诉着，把手指向亥姆霍兹和野人，"啊，求你了，不要把我送到冰岛，我保证，我一定按规定来做，再给我一个机会吧。"他的眼泪哗啦哗啦流淌起来。"我告诉你了，都是他们的错，"他啜泣着说，"我不要去冰岛。啊，求你了，元首阁下，求你了……"

一阵怯弱之情陡然发作，伯纳德扑一下跪在元首面前，穆斯塔法·蒙德试图让他站起来，但是伯纳德却固执地保持着奴颜婢膝的姿态，语若悬河地恳求着。到最后，穆斯塔法·蒙德只得打铃叫第四秘书来。

"找三个人过来，"他命令道，"把马克思先生送到一间卧室去。给他喷点索玛喷雾，把他抬上床，让他一个人休息吧。"

第四秘书退出，回来时果然带了三名穿绿色制服的孪生男仆。伯纳德叫着、啜泣着，却还是被带了出去。

"他还以为自己将要被割喉呢，"当门关上后，元首说道，"其实，他要是有一丁点的意识，他就会明白，对他的惩罚不过是个奖励。他是被发配到岛上去了，那也就意味着，他将在那个发配之地遇见来自世界各地的最最有趣的男男女女。这些人，因各种原因，导致个体意识过于发达，已经不能适应社群生活。他们对正统的秩序不满，他们形成独立的思想。一言以蔽之，他们每个人都是独一无二的。华生先生，其实我相当嫉妒你呢。"

亥姆霍兹笑起来，"那么你为何不到某个岛上去？"

"因为到最后，我更喜欢这里，"元首回答说，"当年我有两个选择，一是被发配到一个岛上去，在那里，我可以继续我的纯科学研究；二是被选进元首理事会，有机会论资排辈当上真正的元首。我选择了后者，从此放弃了科学。"他又沉默了会，然后说道："有时，我非常怀念我的科学。幸福是个残酷的主人，尤其这个幸福还是属于别人的。如果一个人没有驯化到能毫无保留地接受幸福的指令，那么幸福就是一个比真理残酷更多的主人。"他叹了一口气，又一次沉默，忽而改成更轻快的语调，"不过，责任就是责任。既然做出选择，就没有讨价还价的余地。我对真理感兴趣，我喜欢科学，但真理是一个威胁，科学则危害着社会——虽然它同时也是给社会造福的。因为科学，整个历史达到了空前的稳定，相比较而言，汉唐盛世也是极其不稳定的，连原始母系社会都不如我们现在这般稳定呢。我再说一遍，我们感谢科学。但是我们绝不容许科学破坏它所造福的绝佳世界，正因如此，我们小心谨慎地限制着科学研究的范围，而我当初差点就是因越过这个范围而被发配到岛上去的。除了应付最紧急的难题，我们不允许做其他科学研究。所有其他的探索，我们孜孜不倦地予以否决。"

歇了一小会，他继续说道："其实，在我主福特生活的年代，人们写了一些关于科学进步的文字，读读这些东西，倒是能满足人的好奇心呢。那时的人们似乎认为，科学可以随意发展，不用关心其他事情，知识最为可贵，真理则是最高价值，其他一切都是次要的。说实话，从那时开始，观念就已经开始变化。我主福特为使人们转变观念，更注重舒适与幸福，而不是真理与美，付出极大努力。机器化大生产也要求这一转变，因为普遍的幸福感推动着社会车轮稳定运转，真理和美是办不到这一点的。当然，当大众掌握了政权，社会就更关注幸福，而不是真理和美。然而，即使政权已经更迭，可是科学的研究仍然无限制，而有些人也依然大肆讨论真理与美，似乎它们倒是最宝贵的。这个局面一直延续到九年战争，这场战争彻底扭转了人们的观念。当炭疽炸弹在你周围四处开花，高谈什么真理、美、知识有什么意义吗？九年战争之后，社会开始控制科学。从那时开始，人们甚至开始控制自己的食欲。控制一切，为了过上安稳的生活。从此以后，我们一直都在加强控制。当然，对真理来说，这绝非什么好事情，但对幸福来说，这却再好不过了。你要有所得，必定有所失。为了幸福，必须付出一些代价。华生先生，你就是要付出代价的人，原因就在于你恰好对美太过喜欢。而我，则是对真理太过喜欢，因此我过去也付出了代价。"

野人在长久的沉默之后，此时说话了："但是你根本就没有被发配到岛上去。"

元首微微一笑。"这就是我付出的代价，当我选择为幸福效劳——我是说为别人的幸福，不是我自己的幸福。幸运的是，"他停了一下接着说道，"全世界有这么多岛屿，如果没有它们，我们可怎么办是好？我猜，或许是把你们这些人全部关进毒气室。顺便说一下，华生先生，你喜欢热带气候吗？比如，马克萨斯群岛①如何？萨摩亚呢？或者某些更凉爽的地方？"

亥姆霍兹从充气椅子上站起来。"我宁愿去一个气候极差的地方，"他回答说，"气候越差，越有利于一个人写出好作品。如果那里有一些暴风雨……"

元首点头表示赞许。"华生先生，我欣赏你的精神。实际上我真的非常喜欢。虽然从官方的角度我必须否定你。"他又是微微一笑，"去福克兰群岛②如何？"

"可以，"亥姆霍兹说，"现在，如果你不介意，我想去看看可怜的伯纳德情况如何了。"

---

① 马克萨斯群岛，南太平洋群岛，位于澳大利亚和美洲的中间。

② 福克兰群岛，英国、阿根廷争议领土，位于阿根廷南端以东的南大西洋水域。

第十七章

"艺术、科学离你而去，似乎为了幸福，你付出了高昂的代价，"当房间里只剩下他们两个的时候野人说，"你还失去了什么？"

"当然，还有宗教，"元首回答说，"过去——我是说九年战争之前，存在一种叫上帝的东西，但我早已经忘记了，我猜你对上帝无所不知吧。"

"这个……"野人犹豫了，他倒很想说说孤独、夜晚、月光下静卧的白色台地、悬崖、几乎朝着黑暗中阴影那一跃，以及死亡。他很想说些什么，但是语塞了，甚至连莎士比亚都救不了他了。

而元首此时穿过房间，走到书架旁，在一堵墙上打开一个保险柜。看着沉重的门缓缓打开，又见领袖在黯黑的柜子里摸索。"这里有个东西，"他说，"曾经让我极感兴趣。"只见他拿出一本砖头一样厚的黑皮装订的书。"恐怕你从来没有读过这本书？"

野人接过来一看。"《圣经·新旧约全书》。"他大声地读着书名页。

"这本恐怕也没有见过？"

野人一看，是一本小书，封皮都掉了。

"《师主篇》①。"

"或者这本？"元首又递过来一本书。

"《宗教经验之种种》，作者威廉·詹姆斯②。"

"我还有更多，"穆斯塔法·蒙德继续说道，又坐回了自己的椅子。"我的情色旧书收藏的可是全套，上帝躲在保险柜里，主福特则蹲在架子上。"他指着自己那个所谓的图书馆，笑着说，书架上都是书、阅读器梭芯和录音胶卷。

"如果你知道上帝，为什么不告诉众人？"野人愠怒地问道，"为什么你不把这些有关上帝的书籍给大家看？"

"原因和我们不开放《奥赛罗》给人民看是一样的：它们都太旧了，里面谈及的上帝乃是数百年前的上帝，不是我们现在的上帝。"

"可是上帝是永恒不变的呀！"

"但人在变化。"

"那又有什么不同？"

"一丝一毫的相似之处都没有，"穆斯塔法·蒙德说，他站起来，

---

① 《师主篇》，中世纪著名的天主教灵修书籍。
② 《宗教经验之种种》是威廉·詹姆斯出版于1902年的著作。

又一次走到保险柜前。"过去有一个人，号称枢机主教纽曼①，是一个红衣主教，"他补充说明道，"很像是现在的社群首席歌唱家。"

"我在莎士比亚的书里读到过红衣主教这个词，'我，潘多夫，来自可爱的米兰，一个响当当的红衣主教。'②"

"不错，你肯定读过。刚才，我说过有一个人叫红衣主教纽曼，这里是他的书。"他抽出一本书来，"既然谈到纽曼的书了，这本书也拿出来吧。作者是一个叫曼恩·德·比朗③的哲学家，如果你知道哲学家是什么意思的话。"

"哲学家是一类人，此辈梦想，包囊天堂与尘世。"野人冒冒失失地说。

"说得不错。我给你读一段这个哲学家某次梦到的东西。与此同时，我们再听听这位过去时代的社群首席歌唱家说过些什么。"元首打开夹着纸条的那一页书，开始读起来：

> 吾辈不再是吾辈自己，因吾辈所占有的物质更多地主宰了吾辈。吾辈已不能建构自我，也已不能超越自我。吾辈不再是自己的主人，因吾辈实乃上帝的财富。从此角度考虑，难道不给予吾辈幸福？一旦思及吾辈非自我之主人，难道不心生幸福之感、愉悦之感？或许春风得意之辈会作此想：拥有一切便是至大，如他

---

① 枢机主教纽曼，即约翰·亨利·纽曼（1801—1890），十九世纪英国重要的宗教人物，牛津运动（英国基督教圣公会重整教义礼仪的一场运动，起源于1833年牛津大学，故而得名）的领导者，并创建了爱尔兰天主教大学。
② 语出莎士比亚悲剧《约翰王》第三幕。
③ 曼恩·德·比朗（1766—1824），法国哲学家，神秘主义的神智论者。

们所假想，他们甚至是完全独立，不靠他人得到此等成就；此辈亦会想，眼不见则心不烦，也无须考虑那琐碎的感恩、祈祷，或老是提及受人之命所做的事。然而，时间流逝，他们一如众人，终将发现，独立实非世人所能成就——独立本是超越之境，或许他们所谓的"独立"能起一时作用，却终于不能导人安全抵达终点……

穆斯塔法·蒙德停下来，放下第一本书，拿起另一本书，翻着书页。"我们就读读这一段。"他说，于是，他那深沉的嗓音又开始响起来：

人将老朽，他便感到自身彻底虚弱无力、萎靡不振、身体不适，此等现象，必然伴随年老而来。因此之故，他幻想自身所患不过小病，自欺欺人以抵抗恐惧，便生此想：此等窘境，其来有因，既然疾病可治，他也能从衰老中恢复。此辈实在妄想！衰老实乃疾病，实乃可怕之恶疾。有此种说法：人渐衰老，便生出对于死亡之恐惧，以及对于死后之害怕，故此转而信教。但鄙人之经验，却可下此结论：吾辈年纪渐长，信教之心自然萌发，绝非源自彼等所谓恐惧、幻象，实源自激情淡化，心性渐定，胡思乱想、多愁善感不再那般令人激动，吾辈理性运转更加妥当，也更少受假相、欲望、分心之物遮蔽——过去吾辈倒是容易被它们诱入歧途，如此一来，上帝显灵，譬如拨云见日；吾辈灵魂乃能感知、看见，并膜拜此万光之源。此等转变，信为自然，且属必然。只因既然给予感官世界以鲜活与魅力之物已然离吾等而去，既然吾辈身心内外之印象均不再支持那现象之存在，则吾辈自然要依赖某物，可寄托，亦不欺瞒吾辈。此物非它，实在是真正之现实，乃一完全、永恒之真理。如其所是，吾辈必然转而信仰上帝，因这信仰情感，品质纯粹，感知此信仰之灵魂充满愉悦，吾辈所失去，由此信仰，尽皆弥补。

　　穆斯塔法·蒙德合上书页，靠着椅子坐下，说道："哲学家梦想天堂与尘世，有万万千千的事物，而有一个是他们梦想不到的，"他摇了摇自己的手，"那就是我们这个现代的世界。只有破除对上帝的依赖，你才能青春不老、繁荣昌盛。'独立终于不能导人安全抵达终点，'不过，我们依赖青春不老、繁荣昌盛，却终于将世人一直带到终点。结果是什么？毫无疑问，结果就是我们独立于上帝了。'吾辈所失去，由此信仰，尽皆弥补。'可是我们现在没有什么可以失去或需要弥补的，宗教情感纯属多余。当青春的欲望都能实现，难道还需要去寻找替代品？当我们能享受自古以来所有的游玩把戏，难道还需要寻找其他分心之物？当我们身心始终因运动而快活，难道还需要什么静养休息？当我们拥有了索玛，难道还需要别的安慰？当社会已然秩序井然，难道还需要什么永恒不变的东西？"

　　"那么你是说并没有上帝？"

　　"不，我倒是以为很有可能有这么一位上帝。"

　　"那么为什么？……"

　　穆斯塔法·蒙德止住了野人。"可是上帝向世人显灵，针对不同人，便会有不同的方式。在旧时代，他的显灵就像这些书里所描述的那样。而现在……"

"他现在怎么显灵的？"野人问。

"他现在显灵，是作为一个缺席者，似乎他根本不存在。"

"这都是你的错。"

"应该说这是文明的错。上帝与机器、科学医疗、普遍幸福是无法相容的。你必须做出选择。而我们的社会选择了机器、医疗、幸福。因此，我不得不把这些书锁在保险柜里，它们是些污言秽语，人们看了会震惊的……"

野人打断了他。"可是，感觉到上帝的存在，不是很自然的一件事吗？"

"你也可以问问，裤子装上拉链是否也是很自然的事情？"元首嘲讽地说道，"你这么一说，倒是让我想起了过去一个叫布拉德利[①]的人，他这么定义哲学，说哲学是为人类依据本能而信仰的事物寻找糟糕的解释，似乎人是因为本能才产生信仰！其实人是因为经过驯化才对事物产生信仰。哲学，我看倒是应该这么定义：因为某些糟糕的理由信仰某物，于是用另一些理由来为其开脱。须知，人们信仰上帝，也是因为被驯化的结果。"

"即使如此，"野人固执地说道，"当你孤独、非常孤独的时候，在黑夜里，或当你想到死亡的时候，你自然而然会去信仰上帝，……"

"可是现在人们再也不会孤独了，"穆斯塔法·蒙德说，"我们已经驯化他们，使所有人都憎恨孤独，而且经过安排，他们的人生中绝没有可能碰到孤独。"

---

① 弗朗西斯·赫伯特·布拉德利（1846—1924），英国唯心主义哲学家，新黑格尔主义代表人。

野人阴郁地点点头。在玛尔普村，他曾经很痛苦，因为他把自己与村子里的集体活动隔离开了，而在文明的伦敦，他也感到痛苦，因为他根本就不可能躲开那些集体活动，所以从来不会真正的孤独。

"还记得《李尔王》中那段台词吗？"野人说，"'神灵们乃是公正，他们以我等风流浪荡所酿苦果，痛惩我等。如此，出生于黯黑淫亵之地的你，结果是以你生父的眼睛作为代价。'对此，埃德蒙回答说——你应该记得，这时他已经受伤，命不久矣——'你所言不错，确实如此。大道循环如车轮，已经一圈，我活该自作自受。'① 这段台词如何？这不是说明存在一个上帝，他掌控万物、惩戒众生、回馈善人吗？"

"是吗？果真如此吗？"轮到元首发问，"与一个自由马丁，你可以大干各种各样的淫亵风流的勾当，可绝不会担心你的眼睛会被你儿子的情妇挖出来。'大道循环如车轮，已经一圈，我活该自作自受。'可是时至今日，埃德蒙会在哪里？他会坐在一把充气椅子上，搂着某个姑娘的腰肢，大嚼性激素口香糖，看着感官电影。神灵确实公正，这点毫无疑问，不过到最后逼不得已，他们的律法之密码还是由人间的统治者来宣读，所以也可以说，上帝也是在接受人的指令。"

"你真这么想？"野人问道，"你真的以为埃德蒙坐在充气椅子上，就不是在受严厉的惩罚？这种惩罚与他受伤流血至死的惩罚，难道不是一样严厉？神灵确实公正，他们难道不是以埃德蒙风流浪荡所酿的苦果来羞辱他吗？"

"从什么境地羞辱他？作为一个快乐、勤奋、消费商品的公民，他

---

① 语见《李尔王》第五幕。此处对话，情节背景如下：格劳斯特伯爵之长子埃德加与伯爵私生子埃德蒙对话，埃德蒙陷害其父，其情妇里根（李尔王次女）使其眼瞎。

是完美无缺的。当然，如果你采用你的标准，或者你会说他被羞辱了。但在这里，我们还是坚持同一套标准吧，你总不能用离心球比赛的规则来玩电磁高尔夫的游戏吧？"

"可是价值并不取决于个人喜好，"野人说，"它既取决于人之判断，也取决于其自身宝贵与否。①"

"少来了，少来了，"穆斯塔法·蒙德反驳道，"你扯得也太远了，对吗？"

"如果你容许自己想到上帝，你是不会让你自己因风流淫亵的勾当而沉沦的，相反，你会有理由耐心地容忍万物，充满勇气地处理事情。在印第安人中，我就看到了这一点。"

"我肯定你确实看过，"穆斯塔法·蒙德说，"可是这里的人并不是印第安人啊，在这里，一个文明人没有任何必要去忍受那些极其扫兴的事物。至于'做事情'嘛，我主福特早就禁止人们头脑里有这个概念了。如果人们各行其是，大做事情，这个社会的秩序就会被颠覆。"

"那么自我克制又怎么说？如果你有一个上帝可以信仰，你不就有理由自我克制了吗？"

"但是工业文明的前提是，人们不会自我克制。医药和经济的发达要求人的放纵达到社会可以容忍的顶点，否则，社会的车轮将会停止旋转。"

"你总得为贞节保留一个理由吧！"野人说，当他说这话的时候，脸都有点红了。

---

① 语见《特洛伊罗斯与克瑞西达》第二幕。

"可是贞节意味着激情，意味着神经衰弱；而激情和神经衰弱则意味着不稳定；不稳定又意味着文明的结束。为了持久的文明，必须要让民众充分享受风流快活。"

"可是上帝是所有高贵、美好、英雄的事物存在的理由啊，如果你信仰上帝……"

"我亲爱的小老弟，"穆斯塔法·蒙德说，"文明世界是根本不需要什么高贵品质和英雄主义的。只有当政治缺乏效能的时代，这些东西才存在，而在一个像我们这样组织良善的社会里，没有任何人有机会显示出高贵和英雄主义。当我们的社会驯化工作完全不顺畅时，这些东西倒会冒出来。比如，战争发生的时候、党派纷争的时候、抵抗诱惑的时候、争夺或保卫所爱之物的时候，这样的情形之下，很显然，容易滋生高贵品质和英雄主义。但是当今社会天下太平；而且我们已经付出巨大努力，阻止狂热恋爱的发生；党派纷争也不存在；每个人都经过了驯化，他们顺其自然做他们该做的事情——这些自然而然做的事情总体上来说都是令人愉悦的。当一个人诸多的自然冲动都可以任意发泄，还存在什么诱惑需要我们抵抗呢？然而一旦不幸的情况发生，人们遭遇什么不开心的事情，又何必去抵抗烦恼呢，因为有索玛，可以让人们一下子远离糟糕的境况，等于去度假了。索玛会平息一个人的愤怒，使你与敌人握手言和，使你忍耐力增强，可以抵御长久的折磨。过去，拥有这样的自我控制力需要巨大的努力，需要经历长期而艰苦的道德训练，而现在，只需吞上两三粒半克大小的药片，你就万事大吉了。现在，所有人都可以是正直无畏的。只需随身携带一个索玛药瓶，你就携带了至少一半的道德性。无畏无惧的基督精神，不就是索玛提供的吗？”

"可是眼泪怎么能缺少。你忘记奥赛罗所说的了吗？'倘若狂风暴雨之后必然跟随海清河晏，那便一任狂风呼啸，直到吹醒死者吧。[①]'曾经有一个印第安老人告诉我这么一个故事，故事的主人公是一个名叫玛萨琪的姑娘，想娶她的人需要在她的花园里耕耘一个早晨，事情听来容易，但是花园里到处飞着富有魔力的苍蝇和蚊子，绝大部分年轻人都不能忍受蚊虫的叮咬，只有一个人忍受这些痛苦，就是他，最后获得了姑娘的芳心。"

"迷人的故事！可是在文明国家里，"元首说，"你想要姑娘的话，可不需要给她们耕耘土地，也绝无苍蝇蚊子来叮咬你，几个世纪以前，文明就将这些蚊虫悉数消灭干净了。"

野人点头承认，却还是皱眉，他说："你们消灭了蚊虫，不错，你们正是干这号事的人。你们会消灭任何令人不悦的东西，而不是学会忍受它们。'无论是在精神上忍受狂暴命运投掷的石头和箭羽，或者全副武装抵抗无数的困苦，以反抗终结它们……[②]'可是你们什么都不做，既不忍受，也不抵抗，你们只是让投石和箭羽消失。这未免太容易了。"

他突然间沉默了，想起了母亲。在三十七层公寓她的卧室里，琳达漂浮在一个声光色香俱全的海洋里，越漂越远，远离时空，远离她记忆的牢笼，远离她的习惯，远离她衰老浮肿的身体。而托马亲，这个孵化场及驯化中心的前主管，仍在度他的索玛假期，以此远离屈辱和痛苦，在他的索玛世界里，他不必听到那些闲言碎语、嘲笑之声，

---

① 语见《奥赛罗》第二幕。
② 见《哈姆雷特》第三幕。

多么美丽的世界啊……

"你们需要的，"野人继续说，"是某种带眼泪的东西，可是，我看这里没有任何东西能与眼泪的价值相匹配。"（先前野人也讲过这个观点，当时亨利·福斯特反驳说："价值？一千二百五十万美元够吗？一千二百五十万美元啊，这就是我们新的驯化中心的造价，一分钱都不能少。"）

"'纵使为一个蛋壳，也敢于挺身而出，以凡人无望之身，抗拒命运、死亡、危险。'① 这句话里不是深有意义吗？"他抬头看着穆斯塔法·蒙德问道，"虽然上帝遥远，但上帝必定是这精神的源泉。难道冒险而活就没有价值？"

"其实有很高的价值，"元首回答说，"男男女女必须时不时地刺激一下肾上腺素嘛。"

"什么？"野人不解地问道。

"这是保证完全健康的条件之一。因此我们强制规定所有人都要进行 V.P.S. 治疗。"

"V.P.S.？"

"就是激情替代治疗，基本上是一个月一次。治疗时，我们让人体整个系统都充满了肾上腺素，从生理上说，这就等同于让人经历恐惧、愤怒等极端情绪。于是，我们感受到杀死苔丝狄蒙娜或被奥赛罗杀死的刺激，却无须承担真正的折磨。"

"可是我喜欢折磨。"

---

① 见《哈姆雷特》第四幕。

"但我们不喜欢，"元首说，"我们更喜欢舒舒服服地完成事情。"

"但是我不喜欢舒服。我想要上帝，我想要诗歌，我想要冒险，我想要自由，我想要慈悲，我也想要罪孽。"

"其实，"穆斯塔法·蒙德说，"你要求的，不就是痛苦的权利吗？"

"不仅是痛苦的权利，我还想要变得老丑无能的权利，患上梅毒癌症的权利，食不果腹的权利，败衣破絮的权利，朝不保夕恐惧不安的权利，患上伤寒的权利，还有被所有其他难以言尽的痛苦折磨的权利！"话音落下，屋内陷入长久的沉默。

"我申请这所有的权利。"野人最后说道。

穆斯塔法·蒙德耸耸肩。"你会如愿以偿的。"他说。

第十八章

门打开了一半，他们进来了。

"约翰！"

从浴室里传来一声难听而奇特的声音。

"发生什么事了？"亥姆霍兹问道。

并无回答。难听的声音重复了两次，然后沉寂下去。

忽而，咔哒一声，浴室门打开了，野人脸色苍白地走出来。

"我说，"亥姆霍兹关切地叫道，"约翰，你看起来像是病了！"

"你是不是吃了什么不干不净的东西？"伯纳德问道。

野人点点头。"我吃下了文明。"

"你说什么？"

"文明有毒，我被玷污，然后，"他用低沉的声音补充道，"我还吞下了我自己的邪恶。"

"啊，你说清楚些？……我是说，刚才你在干……"

"现在我净化了自己，"野人说，"我吃了点芥末，喝了点热水。"

两人目瞪口呆地看着他。

"你是说你故意这么做的？"伯纳德问道。

"印第安人想净化自己的时候，他们就这么做。"说完，他坐下来，叹息着，用手抹一下额头。"我得休息个几分钟，"他说，"我太累了。"

"这点我毫不惊讶。"亥姆霍兹说。沉默了一会，他继续说道："我们来跟你道别，"说完声音突然变了，"明天一早，我们就出发了。"

"是的，明天我们就出发。"伯纳德说。从伯纳德的脸上，野人察觉到一种新的表情，那是一种坚定和弃绝。

"顺便说一下，约翰，"伯纳德继续说道，从椅子上倾过身子，一只手放在野人的膝盖，"对于昨天发生的一切，我想说，我非常抱歉，"他脸红了，"这实在太丢人了，"说话间，他的声音都开始颤抖，"实在是……"

野人打断了他的话，热情地握住他的手。

"亥姆霍兹对我很慷慨，"伯纳德顿了一顿，又说道，"幸亏有他在，否则我……"

"行了，行了。"亥姆霍兹插话道。

众人又沉默了。尽管他们很悲伤——甚至可以说，正因为他们很悲伤，才显示出彼此热爱之情——但三个年轻人却很快乐。

"今天早上，我去见了元首。"野人终于打破了沉默。

"去找他干什么？"

"我想问问他，能不能跟你们一起到岛上去。"

"他怎么说？"亥姆霍兹热切地问道。

野人摇摇头。"他不同意。"

"为什么不同意？"

"他说，他想继续拿我来做实验。可是，真他妈的该死，"野人突然暴怒起来，"真他妈的该死，还要拿我来做实验。世界上所有的元首，全他妈见鬼去吧。我可不干，我明天就走。"

"到哪里去？"另两人一齐问道。

野人耸耸肩，"任何地方都可以，我无所谓，只要能独自一人。"

空中有两条飞行线路。一条是下行线，从吉尔福德始，沿韦谷、戈德尔明、米尔福德、威特利，一直往黑斯尔米尔、彼得斯菲尔德、朴茨茅斯；一条是与之平行的上行线，从沃普斯顿始，经汤罕、普顿汉、埃尔斯德和格雷肖特。在"猪背"和"鹿头"两地之间的好几个航站点，两条飞行线路相距不到六七英里，对于飞行员来说，这间距太小，尤其深夜飞行或当飞行员索玛吃多了的时候，曾经出过很严重的事故，为此，上头决定将上行线路往西偏上几千公里。于是，在格雷肖特和朴茨茅斯之间，留下四个废弃的航空灯塔，标志着从朴茨茅斯到伦敦的旧线路。如今，这些灯塔上面，天空宁静、荒凉。而在西面的塞尔本、博尔顿、法纳姆，直升机则嗡嗡轰鸣个不停。

野人选择一处旧航空灯塔作为自己隐居之地，那灯塔位于普顿汉和埃尔斯德两地之间，建在一处山峰之上。这灯塔是钢筋混凝土建造的，保存良好，野人第一次进去查看它的情况时，甚至以为这灯塔简直太过舒适、太过文明、太过奢侈了。为了平息良心的不安，他决定过一种艰苦卓绝的自律生活，更彻底地净化自己。在隐居处的第一夜，他刻意在无眠中度过，于是他长久地跪着祈祷，一会儿向着克劳狄斯①曾经吁求宽恕的苍天，一会儿用祖尼语向着阿威纳威罗纳，一会儿向耶稣和普公，一会儿向他的保护神兽雄鹰。一次又一次，他铺展双臂，似乎他自愿被钉上了十字架，就这么长时间不动，于是疼痛不断增加，直到胳膊疼得颤抖，汗如雨下，从那咬紧的牙关里，他不停吟诵："啊，宽恕我！啊，令我纯净！啊，助我为善！"一遍又一遍。终于，他疼得几乎要晕死过去。

来日早晨，他感到自己已有资格隐居此灯塔中，虽然绝大部分玻璃仍是完好，而平台风景殊胜。他选择此灯塔隐居原为的是风景好，但这却立刻成为他想要另寻居所的理由。从他所居的位置看去，他似乎面对着神圣之存在。但他又是谁？竟能每日每时都徜徉美景之中，竟能直面上帝之显灵？他本该居于污秽的猪圈，或地下的暗穴。一夜自苦之后，他麻木而疼痛，但正因此，他内心反获自信，便爬至塔顶平台。耀眼的朝阳之下，世界如其所是，而他已经重获生存于这世界的权利。

往北看，视线却被"猪背"绵延不绝的白垩山脉所阻，群山东边尽头处则矗立着七座摩天大厦，那里便是吉尔福德。看见摩天大厦，野人露出苦笑，但随着时光流逝，他终将适应它们的存在。而在夜晚，它们

---

① 《哈姆雷特》中的丹麦国王，弑兄欺嫂。

明媚闪烁，应和着天空中几何形的星座；或者，当泛光灯明亮的时候，它们如同举起的发亮的手指（这手势的意义，在这英格兰，除了野人之外已经无人能懂），庄严地指向杳冥莫测的苍穹。

隔别"猪背"与灯塔所在的砂质小山的是一个峡谷，普顿汉村即在峡谷中。普顿汉村有一幢九层的高楼，有粮仓，有家禽农场，还有一个小型的维生素 D 工厂。灯塔的另一面，往南去，沿着一条长长的长满石南花的陡坡，土地逐渐下倾，然后是星罗棋布的池塘。

过了池塘，越过丛生的树林，可以看见一座十四层高的塔，那是埃尔斯德。在英格兰朦胧的雾气中，隐约可见"鹿头"和赛尔本，它们将人的视线引向冰蓝绮丽的远方。但是吸引野人留居这灯塔的原因，不止是远景之美；其实近景之美，也非常诱人。树林、铺展盛放的石南和黄色的金雀花、赤松林、桦树之下闪亮的池塘、池塘中的睡莲、丛簇的灯心草，凡此诸物，对于一个习惯了干旱的美洲沙漠的人来说都是迷人的，甚至是精彩绝艳的。莫忘了孤独！长日流逝，他未见到一个人影。其实，此处灯塔距离碳化 T 塔不过一刻钟的航程，然而，连玛尔普村的山丘也比不上这萨里郡的苍凉冷清。那些每日离开伦敦的人群，原只是为了打电磁高尔夫球或网球，普顿汉没有高尔夫球场，最近的黎曼曲面网球场在吉尔福德，而这里唯一吸引人的不过是鲜花和风景。因此之故，此地被认为不值得光顾，也就无人来往了。于是，在最初的日子里，野人便不受打扰，离世独居了。

初到伦敦时，野人曾领过一笔零花钱，绝大部分早已用于购置设备。离开伦敦时，他买了四张纤维胶毛毯、绳索、钉子、胶水、一些工具、火柴（但是他做好了钻木取火的准备）、一些锅碗瓢盆、二十四包种子、十公斤小麦粉。"不，不要合成淀粉或废棉代用面粉，"他当时是这么坚持说，"即使它们更营养。"可是，到了购买泛腺质饼干和维生素代用牛肉时，他就没能抵抗住商家的游说。现在看着这些马口铁罐，他对自己软弱的个性强烈自责。这些令人憎恶的文明货！他下定决心，绝不吃这些，即使饿死也不动一口。"这会给他们一个示范。"他报复性地想。其实，这也教育了他自己。

他数着自己的钱。他希望现在手头剩余的，足够他度过这个冬天。到了明年春天，他的田园将出产众多，他将因此自立于外部世界。同时，此地还有很多乐趣，他已经看见过成群的兔子，池塘里还有许多水鸟，他立刻着手制作弓箭。

灯塔旁边，有一些桪树，可以做弓；还有一丛灌木，内里满是漂漂亮亮、长得笔直的榛树幼苗，可以做箭杆。他于是砍倒一棵小桪树，砍下一根六英寸长无枝杈的木干，剥下树皮，削啊削啊，刮掉了木质白色的部分，这些可都是当年老米辞玛教给他的呢，最终他制作了一根等身高的弓体，中间部分坚硬粗实，两端则较细，甚是轻便。这手艺活给了他巨大的喜悦。在伦敦几周，他完全是闲逛，无事可做，当他要什么东西，都是按个按钮，或转个把手，因此，做一件需要技巧和耐心的事情真是纯粹的快乐啊。

快要做成弓体的时候，他惊讶地意识到，自己居然在唱歌！仿佛精神游离体外，他骤然发现自己正在干坏事，真是罪大恶极啊！他不觉脸红了。他来到此地，可不是为了唱歌或自得其乐的，乃是为了逃避文明世界诸种污秽对自己更深的玷污，是为了净化自身重为善人，是为了积极赎罪。他失望地意识到，因为沉溺于制作弓箭，他居然忘记自己曾经所发的誓言，他本来要时刻记住自己所见所闻的。啊，可怜的琳达，是他的残忍谋杀了她；还有那些令人憎恶的孪生子，虱子一样麇集玷污了她亡灵的神秘之所，他们的在场，不仅侮辱了他自己的悲伤和悔恨，还亵渎了神明。而现在他坐在自己的弓体上，唱歌，竟然在唱歌……

他走进房内，打开一盒芥末，又生火烧水。

半小时后，隶属普顿汉波氏胚胎组的三个副δ族农场工人恰巧开车前往埃尔斯德，在山顶之上，他们惊恐地看见一个年轻人站在废弃的灯塔外面，上身赤裸，正用一根打结的绳鞭抽打自己，他的背上，一条条深红的鞭痕平行排列，鞭痕之上，渗着丝丝鲜血。卡车司机停下车，和他的两个同伴目瞪口呆地看着这个匪夷所思的场面。一、二、三——他们数着，数到八，年轻人停止了自罚，跑到树林边，猛烈地呕吐起来。呕吐完，他又抓起鞭子，开始鞭笞自己。九、十、十一、十二……

"主福特啊！"司机喃喃自语。

他的两个孪生兄弟也是一样的感受。"主福特哟！"他们说。

三天之后，就像美洲鹫扑向腐尸一般，记者们蜂拥而来。

生材的火苗很小，却正适合烘弯弓体，待弓体烘干、变硬，弓就成型了。野人便忙着制作箭，他砍了三十根榛树枝，烘干，用锋利的钉子做箭头，又细细刻好搭弦处。有天晚上，他在普顿汉家禽农场搞了次偷袭，所以有足够的羽毛武装一整支军队。就在他忙着给箭杆安上羽毛的时候，第一个记者到来了。穿着充气鞋，他无声无息地走到野人身后。

"早上好，野人先生，"他说，"我是《每时广播》的通讯员。"

似乎遭蛇咬了一口，野人跳起来，踢乱了箭、羽毛、胶锅、刷子，弄得到处都是。

"请原谅，"记者说，后悔之情溢于言表，"我不是有意……"他碰了碰自己的帽檐——那是铝制的型同烟囱管的帽子，内里安装了无线电收发机，"我就不摘帽子了，请你理解，这东西有点重。好吧，我刚才说过了，我是《每时广播》的通讯员……"

"你想要什么？"野人皱着眉问道。记者则报之以最最谄媚的笑容。

"啊，当然了，我们的读者将感到极大的兴趣……"他头歪到一边，其笑容看去近乎卖弄风情似的。"野人先生，我只想问您几句话。"于是，仿佛仪式一般，他迅速解开系在腰间的手提式电池盒上的两根电线，把电线连到铝制帽子的两侧；拍了帽顶的一个弹簧，啪的一声，一根电线弹出来；又拍了下帽檐上另一个弹簧，只见好比打开魔术盒一样，一个麦克风弹了出来，在他鼻子前方六英寸的地方悬挂着，一抖一抖的；又拉下一对耳机盖住耳朵；然后他拍了下帽子左侧的一个按钮，只听帽子里传来一阵微弱的嗡嗡叫声，好似黄蜂在哼；又转了下帽子右侧的一个圆钮，嗡嗡声便被打断了，传来的是听诊器里才能听到的那种喘气声、咯咯声，还有打嗝的声音、间歇性的叽叽声。

"你好，"他对麦克风说，"你好，你好……"

他的帽子里突然响起了铃声，"是你吗，埃德赛？我是普里莫·梅

隆 ①。对的，我找到他了。野人先生马上会拿麦克风说几句话。对吗，野人先生？"他再次抬头看着野人，露出胜利般的笑容。"你就告诉我们的读者，你为什么来到这里，为什么突然离开伦敦（不要挂断，艾德泽！），当然，还有，那鞭子是怎么回事。"（野人一惊，他们是怎么知道鞭子的事情的？）"现在所有人都对你的鞭子感到疯狂。另外，再就文明世界谈谈，你知道，就是那种话题，比如'我是怎么看文明世界的姑娘的。'只需要几句话，非常少的话……"

野人确实说话了，却用了令人愕然的文字，他说了八个字，绝不再多，那是他在评论坎特伯雷社群首席歌唱家时对伯纳德说的那句话。"哈匿，怂斯哎索帖那！"他一把抓住记者的肩膀，把他的身体扭过去（这位年轻的记者甚是丰满，转起来很动人的），对准他的屁股，以一个足球冠军的全部力量和精准性，狠命踹了下去。

八分钟之后，新一期的《每时广播》已经摆到伦敦的大街小巷，头版头条标题是："本报记者被神秘的野人先生踹伤尾椎骨，萨里郡全郡轰动。"

"恐怕连伦敦城都已经轰动了。"当那位记者回去之后看到报纸时，心里想。而且还是一次非常疼痛的轰动。他小心翼翼地坐下来吃他的午餐了。

同行尾椎骨的淤青并未让其他人提高警惕，当天下午，又有四名

---

① 普里莫·梅隆，原文 Primo Mellon，此处暗指两人。一个是指独裁者米戈尔·普里莫·德里维拉（Miguel Primo de Rivera），作者写作《美丽新世界》时他正在西班牙掌权；一个是指时任美国财政部长的安德鲁·威廉·梅隆（Andrew William Mellon）。

记者拜访了灯塔，分别来自《纽约时报》《法兰克福四维连续体》《福特科学箴言报》和《台达之镜》，但这四人遭遇了变本加厉的粗暴对待。

隔着一段安全的距离，《福特科学箴言报》的记者一边揉着屁股，一边大叫："你这个蠢货、混球！为什么不吃索玛？"

"滚！"野人晃着他的拳头说。

其他几人退了几步，又转回身来。"索玛药在口，邪恶变乌有。"

"呼哈吁吁嗦咯咦！"野人的声音既有威胁意，也有嘲笑意。

"痛苦皆虚幻。"

"哦，是吗？"野人说，拿起一根很粗的榛木枝，大步走过去。

《福特科学箴言报》的记者一个箭步跑向了自己的直升机。

众人走后，野人总算安静了一会儿。可是又有飞机好奇地绕着灯塔盘旋，他索性向最靠近的那架飞机射了一支箭，穿过了机舱铝制的地板，只听一声尖叫，那飞机以最高的加速度冲上高空。其他飞机见状后，便敬而远之，却仍在不远处盘旋。野人不再管他们（他把自己想象为处女玛萨琪的求婚者之一，虽被这些飞着的害虫们缠扰，却坚定如初、毫不动摇），只忙于开垦自己的园地。过了一会儿，这些害虫明显开始厌倦，陆续飞走了。于是，他头顶的天空，连续好几个小时都别无他物，要不是云雀飞叫，简直可以说是静谧无声。

天气炎热，喘气都困难。空中响了一声雷。他一整个上午都在忙着开垦，此刻，他躺在地板上，四肢摊开，歇息了。突然，列宁娜栩栩如生的形象出现在他眼前。她赤裸着，风姿如真，呼唤着他："亲爱的！"又说："抱紧我！"啊，她其实只穿着鞋袜，一身喷香。无耻的娼妓！可是，啊呀，啊呀，她的手臂缠绕在他脖子上，那挺拔的酥胸，还有那张诱人的嘴哟！"永生就停留在吾辈之双唇与双眸。"列宁娜……不，不，不，不！他突地站起来，半裸着冲出房间。屋外石南花丛边，有一片灰白色的杜松灌木丛，他猛地扑上去，拥抱的不是那丰盈的欲望之肉体，而是大片绿色的尖刺，它们锋利，从无数个点刺痛了他。他迫使自己去想念可怜的琳达：她身体僵硬，呼吸已无，握紧双手，眼里满是恐惧。啊，可怜的琳达，他曾发誓牢记你在心中。可是现在，他一心所想的，只是列宁娜——他可是曾经发誓彻底遗忘她的。尽管松针刺痛，他那抽搐的肉体却依然感到她的身体，那般的真实，难以回避。"亲爱的，亲爱的，……如果你也想要我，你怎么就不……"

门后钉子上本来挂着鞭子以备记者进来时触手可用。此时野人狂暴非常，便跑回房间，拿下鞭子，挥舞着，鞭鞭入肉。

"娼妓！娼妓！"每打自己一鞭，他就这般叫喊，仿佛他打的人是列宁娜（他并没有意识到，自己是多么疯狂地渴望鞭打列宁娜）：雪白肉身、温暖胴体、芳香四溢、淫邪无耻。啊，他的鞭子尾随着她！"娼妓！"然后，在绝望中他叫道："啊，琳达啊，原谅我吧。原谅我吧，上帝啊。我是一个坏人，我是邪恶的，我是……不，不，你这个娼妓，你这个娼妓！"

三百米以外，在树林中藏身的达尔文·波拿巴 [1]，这位感官电影公

---

① 达尔文·波拿巴，原文 Darwin Bonaparte，此处暗指两人。一个是英国生物学家查尔斯·达尔文（Charles Darwin）。而作者的父亲、《天演论》的作者托马斯·亨利·赫胥黎是达尔文的支持者；一个是指法国军事家、政治家拿破仑·波拿巴（Napoleon Bonaparte）。

司的摄影大咖，全程记录了这一过程。他的耐心和技术终于得到回报。三天以来，他待在一颗假橡树的树干里。这三天的晚上，他则匍匐在石南花丛中，把麦克风藏在金雀花丛里，把电线埋在柔软的灰砂里。整整七十二个小时，极其不舒服，但现在伟大的时刻终于来临，不，是最伟大的时刻。当达尔文·波拿巴在仪器旁挪动时，他仍然有时间回顾，自从拍摄《大猩猩的婚床》这部全场号叫的著名的立体感官电影以来，这次拍摄确乎是他拍摄生涯中最伟大的时刻。"精彩绝伦！"他自言自语道，当野人开始他令人震惊的表演的时候。"精彩绝伦！"他小心翼翼地确保他的望远镜头摄像机紧跟着移动的目标，不时调整到更高的分辨倍数，展现那张疯狂的、变形的脸的特写（令人五体投地）。然后是半分钟慢镜头（妙极了的喜剧效果，他敢担保）。同时，凝神静听那一声声鞭打、呻吟、狂野的词句，这些声音都被记录在电影的录音带里，他还试了试略微放大声音的效果（是的，这样好多了）。在间歇的平静中，他很高兴可以听到一只云雀清利的歌声。他很希望野人转过身来，这样他能给他背上的血印子做个特写，结果这野人极其配合，几乎立刻就转过了身（他的运气真是好极了），他于是做了极其出色的一个特写。

当一切记录完毕，他告诉自己："很好，完美无缺！"他抹一抹脸，再次自言自语："完美无缺啊！"一旦在制片室加上感官电影特效，这将会是一场完美的电影，他想，可以媲美《抹香鲸的情爱一生》了，主福特啊，那可真是了不起啊！

十二天后，《萨利郡的野人》放映了，在整个西欧第一流的感官电影院里，人们可以看到、听到、触摸到野人的生活。

达尔文·波拿巴的电影立刻产生了轰动效应，电影首映之后的第二天下午，约翰那田园般的孤独又被打破了，成群的直升机在他的住处上空飞个不停。当时他正在园地里挖土，其实也是在做着思想上的深挖，努力提炼他的思想的精华。死亡——他踩着铁锹，一铲，一铲，又一铲。"我辈之过去，不过是回光，照耀着愚笨之人走向尘埃与死亡。①"仿佛一声雷霆，很有说服力，响彻那词语。他又扬起了一铲土。可是琳达为何死亡？为何任由她慢慢变得似人非人，直到……他打了一个寒战。"不过一具腐尸，神竟来亲吻。②"他踩下铁锹，狠狠踩进坚硬的土地。"仿佛苍蝇在嬉戏的孩童之手，吾辈也任凭神灵之玩弄，神灵杀死吾辈，只当是游戏。③"又一声雷霆。词语宣示其自性为真，某种程度上比真理更真。就是那个格劳斯特④，曾经称呼神灵们为"永恒温柔"。此外，"你最好的休息乃是睡眠，故此你时常召请；却又恐惧于你的死亡，虽然死亡是永恒的睡眠。⑤"是的，死亡不过是睡眠罢了。睡眠，"还能做梦呢。⑥"铁锹碰到了一个石头，他弯腰捡起。"但在死亡的长眠中，又有什么可以去梦想呢？⑦"

头顶的嗡嗡声渐渐变作咆哮，突然，他发现自己身处阴影之中，有什么东西遮蔽了阳光。他吓了一跳，从挖土与思考中停下来，抬头一看，所见景象令他眼花缭乱。一面，他的思绪仍然游荡在另一个"比

---

① 语见《麦克白》第五幕。
② 语见《哈姆雷特》第二幕。
③ 语见《李尔王》第四幕。
④ 《李尔王》里倒霉的伯爵。
⑤ 语见莎士比亚戏剧《恶有恶报》第三幕。
⑥ 语见《哈姆雷特》第三幕。
⑦ 语见《哈姆雷特》第三幕。

真理更真"的世界里，仍然聚焦于无限宽广的死亡与神性；一面，他抬头看到就在他头上面，麇集着盘旋的飞机。它们来如蝗虫，悬停自若，或直接降到石南花丛上。从这些庞大的蚱蜢的肚子里，身着白色纤维胶法兰绒衣服的男人们走了出来，还有那些女人们，因为天热，她们穿着醋酸盐仿绸的宽长裤，或者是仿天鹅绒短裤、拉链半开的无袖单衫。他们是一男一女为一组。几分钟内，就聚集了几打这样的男男女女，他们围着灯塔站成一个大圆圈，望着、笑着，照相机咔咔直响，一边扔着花生（像是喂猿猴）、成包的性激素口香糖、泛腺质奶油小饼。每一分每一秒，他们的人数都在增加，目下，整个"猪背"地区的交通可说是川流不息。仿佛噩梦般，人数变成成百上千。

野人后退寻求遮护，但是退路已无，他摆出困兽犹斗的姿态，背靠灯塔的墙壁，以无言的恐惧直面人群，仿佛一个陷入疯狂的人。

突然，一包口香糖准确击中他的面颊，使他从恍惚中苏醒，立刻意识到身处何等境界。他是何等的震惊与痛苦，现在他完全清醒了，清醒而暴怒。

"滚开！"他吼叫道。

这猿猴居然说话了。众人大笑起来，鼓起了掌。"好一个老野人！好哇！好哇！"在一片嘈杂中他听见叫声："鞭子，鞭子，鞭子！"

受此提醒，他从门后抽出了鞭子，对着那些折磨他的人摇晃。

却只是赢得一阵讽刺性的掌声和叫喊。

他朝众人走近，做出威吓之势。一个妇人吓得叫了起来。直接受到威胁的人群，队列不稳了，但最后还是定下来，站稳了脚跟。意识到自己人占据压倒性的力量优势，围观的人群有了勇气，这可是野人不曾想到的。他后退了数步，停住了，看看四周。

"你们为什么不能离我远点？"在他愤怒的声音中却有着悲哀。

"何不吃点镁盐杏仁呢！"那最靠近野人攻击范围的男人说。他拿出一包来。"那可是非常好的东西，你知道的，"他加了一句，脸上的笑容甚是紧张，却是息事宁人的态度，"镁盐可以让人永葆青春。"

野人对他的建议置之不理。"你们想要我的什么？"他问道，从一个个咧嘴而笑的脸上望过去，"你们想要我的什么？"

"鞭子，"有成百的声音杂乱地说，"要要那套鞭子的把戏！我们要看鞭子把戏！"

慢慢声音汇合了，缓缓然而沉重的节奏："我们——要——鞭子，"背后那群人叫道，"我们——要——鞭子。"

其他人立刻呼应了这叫唤，他们重复着这句话，鹦鹉学舌般，一遍又一遍，声量不断增高，直到喊了第七或第八遍，此时灯塔旁已无别的声音。"我们——要——鞭子。"

他们一起喊叫，因这响亮的声音而沉醉。这种同一性，这种节奏上产生的赎罪的共鸣感，使他们似乎可以持续叫上几个小时，几乎可以永不停歇地叫下去。但是在喊到第二十五遍时，这整齐的节奏突然被打断了。穿过"猪背"又飞来一架直升机，在人群头顶停住，最后在人群和灯塔之间的开阔地降落，离着野人就几码之远。螺旋桨的轰鸣暂时盖住了人群的吼叫。但当直升机着陆，关闭发动机后，那洪亮、固执的单调的声音又响起来了。"我们——要——鞭子；我们——要——鞭子。"直升机的舱门打开，有人走了出来，起先是一个年轻的男子，皮肤白皙、脸色红润；然后是一个年轻的女人，穿着绿色的仿天鹅绒短裤、白色衬衫，戴了一顶轻便的鸭舌帽。

看到这个年轻的女人，野人惊住了，他退缩着，脸色变得苍白。

那年轻的女人站着，朝着他笑，那是一个拿捏不定的、恳求的、几乎有点可怜的笑容。时间一秒秒过去了。她的嘴唇嚅动，要说什么，但她的声音却被人群重复单句那响亮的声音淹没。"我们——要——鞭子！我们——要——鞭子！"

年轻的女人双手捂住左肋，在她那鲜桃一样明亮、布娃娃一样精致的脸庞上，忽然出现了一种奇怪的、与她的脸不协调的表情，那是一种渴慕，是一种折磨。她那双蓝色的眼睛，似乎变得更大了，更明亮了。突然，两行泪水沿着面颊滚落。她再次说话，却无人听见，然后，她迅速地、充满激情地伸出双臂，朝向野人，她向他走过去。

"我们——要——鞭子！我们——要……"

突然间，他们果然看见了他们想看见的。

"娼妓！"只见野人像疯了一样朝她扑过去。"臭鼬！"像一个疯汉，他挥起鞭子，朝她抽打过去。

她恐惧了，转身想跑，却摔了一跤，跌在石南花上。"亨利，亨利！"她叫着。但是她那脸色红润的同伴却早转身跑到直升机后面躲避风险了。

狂欢一般，人群叫喊着分开了，又更加紧凑地涌至那富有吸引力的中心。疼痛何尝不是一种迷人的恐怖。

"烂货，荡妇，烂货！"野人狂怒地鞭打着。

他们饥渴地汇集，推搡着，抢着位置，就像猪埋头水槽抢食。

"啊，肉欲！"野人咬牙切齿道。这次，他从肩头挥下鞭子。"杀死肉欲！杀死肉欲！"

　　被疼痛的恐怖魔力所吸引，加上内心深处协调一致的习惯，渴望同一、赎罪的欲望——这是他们驯化过程中已经深深根植的东西，他们开始模仿他疯狂的动作，互相攻击。而他则鞭打着自己叛逆的肉体，或者鞭打着在他脚下翻滚于石南花中的那具丰满的肉体——实在是淫邪的化身与象征啊。

　　"杀死肉欲，杀死肉欲，杀死肉欲……"野人不停喊叫。

　　突然，有人开始唱歌："咬兮炮兮。"一会儿之间，所有人都跟上了这调子，大家唱着，然后开始跳舞。咬兮炮兮，一圈又一圈旋转，用八六拍的节奏拍打着彼此，咬兮炮兮……

　　直到午夜过后，最后一架直升机才升空离去。野人被索玛弄得迷狂，加之长时间的肉欲的放纵，他已经筋疲力尽，便在石南花丛上睡去。当他醒来时，太阳已经老高。他躺了一会儿，像只猫头鹰一样眨眼，仿佛不理解光线的存在。突然，他想起了所有的事情。

　　"哦，上帝啊！我的上帝啊！"他双手捂住了眼睛。

　　第二天傍晚，离着"猪背"地区十里之外，成群的直升机像一朵巨大的浓云嗡嗡地席卷而来。昨夜关于赎罪狂欢的故事已然遍布报纸。

　　"野人啊！"第一批到达的人刚出飞机舱，就大喊起来。"野人先生！"

　　无人回答。

　　灯塔的门半开着。他们推开门，走进里面，黄昏光亮被百叶窗挡住，屋内很暗。从屋子深处一个拱门，他们可以看到楼梯的底部，这楼梯通向上面。拱门的顶部，悬挂着一双脚。

"野人先生！"

缓缓地，缓缓地，像罗盘上两个指针般，不急不慢，从容不迫，那双脚向右边荡去，先是北边，然后是东北方向，然后是东边、东南、南边、西南，然后停住。几秒之后，又是不急不慢、从容不迫地向左边荡去，西南、南边、东南、东边……

图书在版编目（CIP）数据

重返美丽新世界 /（英）阿道司·赫胥黎著；庄蝶庵译 . -- 北京：北京时代华文书局，2019.5（2023.11 重印）

ISBN 978-7-5699-3044-3

Ⅰ . ①重… Ⅱ . ①阿… ②庄… Ⅲ . ①长篇小说—英国—现代 Ⅳ . ① I561.45

中国版本图书馆 CIP 数据核字 (2019) 第 098851 号

ALDOUS HUXLEY

Brave New World Revisited

重返美丽新世界

CHONGFAN MEILI XINSHIJIE

著　　者 | [英] 阿道司·赫胥黎
译　　者 | 庄蝶庵

出 版 人 | 陈　涛
责任编辑 | 徐敏峰　黄思远
营销编辑 | 陈　煜　呼秀雯
装帧设计 | 高　熹
版式设计 | 迟　稳
责任印制 | 刘　银　范玉洁

出版发行 | 北京时代华文书局 http://www.bjsdsj.com.cn
　　　　　北京市东城区安定门外大街 136 号皇城国际大厦 A 座 8 楼
　　　　　邮编：100011　电话：010 - 64267955　64267677
印　　刷 | 三河市兴博印务有限公司　0316-5166530
　　　　　（如发现印装质量问题，请与印刷厂联系调换）
开　　本 | 787mm×1092mm 1/16　　印　张 | 26　　字　数 | 281 千字
版　　次 | 2020 年 4 月第 1 版　　印　次 | 2023 年 11 月第 4 次印刷
书　　号 | ISBN 978-7-5699-3044-3
定　　价 | 69.00 元

当人类进入 21 世纪，科学、神学、哲学、文学、艺术、政治、军事、文化等各领域都取得了伟大的成就，但普通大众对人类自身所处的这一纷繁复杂的世界的认知程度却依然非常有限。"Reflection { 不重要 }"以完全中立并独立的视角，与读者一起阅读人类历史进程中不同时空、不同观点的优秀图书作品。

REF 016　密码女王（精装）

改变当今科学技术的传奇女性！从莎士比亚作品密码分析员到纳粹间谍捕手，现代密码学先驱伊丽莎白·弗里德曼惊心动魄的人生故事，女性版《模仿游戏》！

ISBN 978-7-5699-2911-9

REF 015　权力精英（精装）

美国著名社会学家 C. 赖特·米尔斯经典力作。揭示美国上流阶层环环相扣的权力结构，勾勒美国精英主义的社会图景。

ISBN 978-7-5699-1500-6

REF 014　卢丹的恶魔（精装）
法国神父"附魔"案

法国历史上的绝命冤案，神父与修女荒淫无度，究竟因为被魔鬼附身，还是权力阶级陷害？

ISBN 978-7-5699-2568-5

REF 013　失控的正向思考

"正能量"不总是正确的，真正的正向思考不是凡事都乐观，而是拥有面对现实的勇气。这本书教你不做"积极废人"。

ISBN 978-7-5699-2283-7

REF 012　恶女
普通女性为何化身连环杀人狂

欧美犯罪心理学权威专家彼得·佛伦斯基代表作，全面揭秘骇人听闻的女性连环杀手罪案现场。

ISBN 978-7-5699-2285-1

REF 011　暗网

全面深入揭秘暗网的幕后世界和操纵者，现实中所有的罪恶，在暗网中，都是明码标价的商品。

ISBN 978-7-5699-2330-8

REF 010　死亡的视线
医学、谋杀指控与临终抉择争议

在濒死边缘，医学是要不惜一切代价保全生命，还是减轻临终病患的痛苦？

ISBN 978-7-5699-2305-6

REF 009　永远的现在时
失忆症患者 H. M. 留给后世的礼物

一个记忆只有 30 秒的男人的真实故事。他的失忆症悲剧，却带来人类医学的伟大进步。

ISBN 978-7-5699-2323-0

REF 008 召唤
沃伦夫妇的惊凶职业实录

《招魂》和《安娜贝尔》等恐怖影片的灵感来源，这可能是一本强烈颠覆你以往对闹鬼、幽灵、驱魔认识的著作。

ISBN 978-7-5699-1518-1

REF 007 知觉之门 / 知觉之门（精装）

英国伟大作家阿道司·赫胥黎最具献身精神的作品，用迷离文字记录下亲自服用迷幻剂后的超感官体验。

ISBN 978-7-5699-1434-4
ISBN 978-7-5699-3045-0（精装）

REF 006 人贩
难民危机中的罪恶生意

大量一手材料、深入调查还原世界范围内罪恶的地下人口交易，地球上的"犯罪丛林"正在捕获一个个普通人。

ISBN 978-7-5699-1418-4

REF 005 亚伯拉罕·林肯传

充分地了解亚伯拉罕·林肯个人的方方面面，进而也可以了解美国的历史，从而理解今天的民主世界。

ISBN 978-7-5699-1170-1

REF 004 极简进步史
人类在失控中拨快末日时钟

科技的不断发展是引领人类进步还是毁灭？
英国国宝级非虚构大师罗纳德·赖特震撼白宫的惊世小书。

ISBN 978-7-5699-1150-3

REF 003 来份杂碎
中餐在美国的文化史

中餐文化在美国发展的趣味历史，以中餐和华人在美国的历史为线索，引出一段"舌尖上的中国"不会讲给你听的美国中餐文化传奇。

ISBN 978-7-5699-0703-2

REF 002 天谴行动
以色列针对"慕尼黑惨案"的复仇

以色列摩萨德特工自述真实经历，挑战西方文明的20世纪大案纪实。
史蒂文·斯皮尔伯格导演、奥斯卡热门影片《慕尼黑》原著作品。

ISBN 978-7-5699-0465-9

REF 001 重返美丽新世界 / 重返美丽新世界（精装）

20世纪英国著名作家阿道司·赫胥黎晚年集社会学、心理学和传播学于一体的伟大论著，国内首部无删减版本。

ISBN 978-7-5699-9942-2
ISBN 978-7-5699-3044-3（精装）